O SILÊNCIO DOS ANJOS

Editora Appris Ltda.
1.ª Edição - Copyright© 2022 do autor
Direitos de Edição Reservados à Editora Appris Ltda.

Nenhuma parte desta obra poderá ser utilizada indevidamente, sem estar de acordo com a Lei nº 9.610/98. Se incorreções forem encontradas, serão de exclusiva responsabilidade de seus organizadores. Foi realizado o Depósito Legal na Fundação Biblioteca Nacional, de acordo com as Leis nos 10.994, de 14/12/2004, e 12.192, de 14/01/2010.

Catalogação na Fonte
Elaborado por: Josefina A. S. Guedes
Bibliotecária CRB 9/870

I961s 2022	Ivo, Luiz O silêncio dos anjos / Luiz Ivo. - 1. ed. - Curitiba : Appris, 2022. 406 p. ; 23 cm. - (Artêra). ISBN 978-65-250-1810-2 1. Ficção policial brasileira. I. Título. II. Série CDD - 869.3

Appris
editora

Editora e Livraria Appris Ltda.
Av. Manoel Ribas, 2265 – Mercês
Curitiba/PR – CEP: 80810-002
Tel. (41) 3156 - 4731
www.editoraappris.com.br

Printed in Brazil
Impresso no Brasil

SUMÁRIO

CAPÍTULO 1 9
CAPÍTULO 2 16
CAPÍTULO 3 19
CAPÍTULO 4 22
CAPÍTULO 5 29
CAPÍTULO 6 37
CAPÍTULO 7 45
CAPÍTULO 8 49
CAPÍTULO 9 53
CAPÍTULO 10 57
CAPÍTULO 11 61
CAPÍTULO 12 69
CAPÍTULO 13 78
CAPÍTULO 14 84
CAPÍTULO 15 86
CAPÍTULO 16 93
CAPÍTULO 17 97
CAPÍTULO 18 101
CAPÍTULO 19 113
CAPÍTULO 20 123
CAPÍTULO 21 139
CAPÍTULO 22 142
CAPÍTULO 23 146

CAPÍTULO 24..150
CAPÍTULO 25..155
CAPÍTULO 26..159
CAPÍTULO 27..163
CAPÍTULO 28..165
CAPÍTULO 29..172
CAPÍTULO 30..176
CAPÍTULO 31..178
CAPÍTULO 32..181
CAPÍTULO 33..186
CAPÍTULO 34..198
CAPÍTULO 35..201
CAPÍTULO 36..209
CAPÍTULO 37..214
CAPÍTULO 38..222
CAPÍTULO 39..231
CAPÍTULO 40..233
CAPÍTULO 41..238
CAPÍTULO 42..244
CAPÍTULO 43..250
CAPÍTULO 44..256
CAPÍTULO 45..262
CAPÍTULO 46..267
CAPÍTULO 47..268
CAPÍTULO 48..281
CAPÍTULO 49..287

CAPÍTULO 50 290
CAPÍTULO 51 298
CAPÍTULO 52 299
CAPÍTULO 53 306
CAPÍTULO 54 310
CAPÍTULO 55 322
CAPÍTULO 56 333
CAPÍTULO 57 336
CAPÍTULO 58 339
CAPÍTULO 59 343
CAPÍTULO 60 346
CAPÍTULO 61 349
CAPÍTULO 62 353
CAPÍTULO 63 355
CAPÍTULO 64 363
CAPÍTULO 65 368
CAPÍTULO 66 371
CAPÍTULO 67 379
CAPÍTULO 68 381
CAPÍTULO 69 383
CAPÍTULO 70 384
CAPÍTULO 71 390
CAPÍTULO 72 393
CAPÍTULO 73 397
CAPÍTULO 74 401
EPÍLOGO 403

CAPÍTULO 1

Domingo, 9 de março de 1969.

Um sujeito moreno das feições rudes, olhos negros sem brilho, barba média cobrindo parcialmente uma cicatriz que vai da ponta do nariz, passando pelo canto da boca, até o queixo, está sentado no último banco da igreja com o olhar fixo no homem por trás da sotaina branca. Está particularmente impressionado com sua voz mansa e pausada durante a celebração eucarística e com seus gestos refinados. Não perde de vista, também, os dois coroinhas que o ajudam na celebração: um rapazote branquelo, gordinho dos cabelos encaracolados e bochechas rosadas, e outro garoto mulato, magrelo, sarará dos olhos claros.

A igreja suntuosa é iluminada por uma série de pequenos holofotes com luz amarela fixados de forma equidistante ao longo das paredes laterais, nas arcadas que separam os corredores laterais e por dois imensos lustres pendentes presos ao teto por um conjunto de três correntes, ornados com cristais, pingentes de cristais e muitas lâmpadas amarelas em forma de vela. Em contraste, o presbitério recebe iluminação indireta de pequenos holofotes que jogam luz branca sobre os quatro vitrais multicoloridos em forma de seteiras em estilo romano. Em frente aos vitrais, uma imensa cruz com Jesus Cristo crucificado se sobressai em meio aos reflexos da luz sobre os vitrais.

A nave está lotada e quente, apesar dos ventiladores ligados e das portas e basculantes abertos. Os fiéis ocuparam os bancos de madeira em sua totalidade, sentados ou ajoelhados no genuflexório; outros, de pé, ocuparam os corredores laterais e um aglomerado de pessoas se amontoou entre o átrio de entrada da paróquia e a última fileira de bancos de madeira.

Em dado momento, o sujeito elegantemente vestido com traje social preto, calças, camisa e blazer, mostra-se agitado quando ouve as últimas palavras do padre e dos fiéis:

— Abençoe-vos, Deus Todo-Poderoso, Pai e Filho e Espírito Santo.

— Amém!

— Glorificai o Senhor com vossa vida. Ide em paz, e o Senhor vos acompanhe.

— Graças a Deus.

Um burburinho forma-se quando os fiéis começam a sair do templo. O sujeito enfia a mão sob o blazer e apalpa a pistola presa ao coldre axilar. Altivo, levanta-se, faz o sinal da cruz e caminha calmamente, seguindo o fluxo de pessoas, até a porta principal do templo, onde fica parado, no canto esquerdo, observando as pessoas se dispersando. Espera calmamente, sem perder de vista o pároco e seus ajudantes. Minutos depois, de forma discreta, caminha em direção ao altar-mor, movimentando-se com passadas curtas pelos cantos, desviando-se educadamente das pessoas que ainda circulam pelo recinto. Encosta-se ao lado do pequeno confessionário de madeira envernizada e cortinas vermelhas e de lá observa o padre e os dois coroinhas arrumando o altar-mor e a área do presbitério. Fixa-se então no garoto gordinho e estima que ele tenha entre 13 e 14 anos. O magrelo, também na mesma faixa de idade, fala alguma coisa com o sacerdote e desaparece em direção à sacristia.

Imponente dentro da sotaina impecável, o homem contorna o altar e conversa com um casal de idosos por alguns minutos. Duas ajudantes fecham o portal principal da igreja e por último o casal de idosos sai por uma das portas laterais. As luzes da nave são apagadas, jogando uma penumbra por todo o salão, e o sujeito mal-encarado passa despercebido por todos: continua nas sombras, observando o padre e o coroinha gordinho arrumando os objetos litúrgicos na área do presbitério.

Finalmente, as duas mulheres despedem-se e saem por um corredor lateral em direção aos fundos da igreja. O pároco confere visualmente que as portas e janelas estão fechadas e as luzes parcialmente apagadas. Passa a mão sobre o ombro do rapazote e os dois caminham em direção à sacristia; as últimas luzes do presbitério são apagadas, sobrando apenas uma réstia de luz vinda do corredor que leva à sacristia.

O sujeito oculto nas sombras espera mais alguns instantes ao lado do confessionário, certificando-se de que todos já saíram da igreja, saca a pistola e confere que está devidamente municiada e travada. Então devolve a arma ao coldre, ajeita o blazer, corre os olhos pelo recinto e segue na penumbra em direção à réstia de luz. Caminha cuidadosamente, sem pressa, até à sacristia: a porta está fechada e o ambiente escuro e silencioso. Sorrateiro, encosta o rosto na porta e apura os ouvidos na tentativa de escutar alguma coisa. Inicialmente, apenas silêncio, depois, palavras ininteligíveis seguidas de murmúrios estranhos. O sujeito respira fundo, meneia a cabeça lentamente, saca a pistola e olha desconfiado de um lado ao outro. Abre a porta lentamente, mantendo a pistola apontada para o piso. A sacristia está na penumbra, iluminada pelas chamas tremulantes de duas velas presas a dois castiçais. O sujeito furtivo presencia a silhueta do padre despido e ajoelhado sobre o assoalho de madeira encerada, apalpando o órgão genital do rapazote nu, corpo empertigado e mãos apoiadas nos ombros do padre: parece em êxtase.

O homem pigarreia propositalmente, o padre, arfando, vira o rosto e vê o vulto do sujeito mal-encarado de pé junto à porta entreaberta. Eles encaram-se mutuamente por segundos; o padre aterrorizado sente o coração bater descompassado. Levanta-se, assustando, gira o corpo e dá dois passos atrás. O rapazote está paralisado e não esboça reação. O intruso recua, bate a porta e desaparece na escuridão da igreja.

O padre e o coroinha entreolham-se assombrados e vestem as roupas apressados. O pároco, agora sem a sotaina, sai da sacristia em pânico à procura do invasor. Acende as luzes da nave e percorre toda a área à procura de alguém escondido pelos cantos. Corre para os fundos da igreja e encontra a porta entreaberta; o coroinha acompanha-o com os olhos esbugalhados e a face rubra. O padre apressa-se rumo à lateral da igreja, mas não vê nada de suspeito. Ninguém à vista nos passeios laterais, tudo silencioso: ouve-se apenas o ruído dos carros circulando na avenida.

Ψ

Ainda trêmulo, o pároco libera o coroinha e tranca a porta dos fundos da igreja. Adentra o escritório, senta-se à mesa de trabalho e faz uma ligação para um velho amigo. Ele atende no segundo toque:

— Alô!

— Preciso que você venha até aqui, meu amigo, mas tem que ser agora!

— Aconteceu alguma coisa, padre?! Você está com uma voz estranha.

— Estou te esperando aqui na paróquia, por favor. Todos já saíram e eu estou sozinho.

O homem gordinho dos olhos miúdos fica intrigado, mas concorda:

— Tudo bem! Chego aí em 20 minutos, está bom assim?

— Estou te esperando!

O homem da voz mansa e pausada bate o telefone e recosta-se, pensativo. Gira a cadeira para trás e olha insistentemente para o cofre-forte cinza com mais ou menos 1,20 metros de altura; sobre ele repousa uma imagem de São Bento. Percebe que suas mãos estão trêmulas e o coração descompassado; respira fundo várias vezes e gira o disco mecânico cuidadosamente para a direita e esquerda. Abre a pesada porta de ferro e com a chave destranca uma gaveta interna. Empunha o revólver 38, confere a munição e coloca a arma no bolso da calça. Seus olhos recaem sobre outro compartimento fechado. Por impulso, procura por outra chave no chaveiro e acessa esse compartimento. Retira um pequeno álbum fotográfico com a imagem de um anjo pairando sobre nuvens azuladas impressa na capa e o folheia lentamente: seus olhos brilham ao contemplar as fotos. Guarda o álbum, volta a fechar o cofre e vai para a sacristia cuidar da limpeza do local.

O susto serviu de alerta e o homem de feições e gestos delicados está preocupado e com a mente fervilhando. Limpa cuidadosamente o piso e o sanitário e retorna ao escritório. Senta-se na cadeira, recosta-se e volta a maquinar sobre o acontecido. Ouve duas batidas à porta dos fundos e levanta-se com a mão segurando a arma enfiada no bolso da calça. Aproxima-se e escuta uma terceira batida seguida da voz do amigo:

— Sou eu!

O homem, agora sisudo, abre a porta e cumprimenta o amigo com um aperto de mãos, silencioso. O homem gordinho dos olhos miúdos estranha a postura e o jeitão preocupado do amigo.

— Que cara é essa, padre?!

O pároco aponta para uma cadeira em frente à sua mesa e o amigo senta-se. Ele circula a mesa com uma calma aparente, senta-se e recosta-se.

— Aconteceu uma coisa horrível, hoje, meu amigo. — diz o pároco com voz tensa, ao mesmo tempo que retira a arma do bolso e a coloca sobre a mesa; o amigo cerra o cenho e faz cara de preocupado. — Um homem invadiu a igreja sorrateiramente e me viu lá na sacristia com o Betinho.

— Com o Betinho?! Vocês estavam...

— Sim, meu amigo, e eu olhei bem na cara dele antes do sujeito bater a porta e desaparecer.

O padre gordinho alisa o bigode e levanta-se preocupado.

— Ele saiu assim... sem mais nem menos?!

O pároco comprime os lábios e assente gestualmente.

— Você não vai à polícia?!

— Quando te chamei aqui estava pensando em dar queixa e queria que você me acompanhasse, mas... pensando bem... acho melhor manter a polícia bem longe de mim e da minha paróquia... a não ser que eu não tenha alternativa.

O pároco levanta-se e passa a andar de um lado para o outro sob o olhar intrigado do amigo. Após um instante de reflexão, relaxa a expressão facial e muda de assunto.

— Padre Levi foi transferido para outra diocese e estou com essa vaga disponível aqui.

— Aconteceu alguma coisa em especial com o padre Levi?!

O pároco volta a sentar-se, recosta-se calmamente e puxa os cabelos escorridos para trás.

— Digamos apenas que o padre Levi não se encaixava na nossa vocação, se é que me entende, e isso se tornou um problema. Então eu o convenci a solicitar essa transferência.

— Sei!

— Ele vai deixar a paróquia no final desse mês e quero que você ocupe o lugar dele!

Os olhinhos miúdos do homem gordo brilham e seu rosto enrubesce.

— Você sabe que eu quero, mas tem as aulas de religião e não posso simplesmente abandoná-las.

— Daremos um jeito nisso, meu amigo. Preciso da sua ajuda para cuidar da nossa paróquia. Vejo que o uso da sacristia ou qualquer outra dependência da igreja está ficando perigoso e preciso pensar em alternativas. Precisamos de um local adequado para nosso trabalho de evangelização e iniciação dos nossos anjinhos. — o homem sorri maliciosamente; o amigo enrubesce, mas assente.

O pároco volta a ficar sisudo, levanta-se e dirige-se ao amigo, agora como se nada de anormal tivesse acontecido:

— Obrigado pela sua visita.

O padre levanta-se, estende a mão e aperta a do amigo.

— Tudo bem. Tem certeza de que não precisa de mais nada?

O pároco apenas gesticula meneando a cabeça lentamente. O amigo abre um sorriso amarelo e retira-se.

ψ

O rapazote com cara de assustado entra no coletivo e detém-se na catraca em frente ao cobrador, ofegante e enrubescido. O homem encara o jovem gordinho com trejeitos efeminados e franze a testa mantendo um olhar preconceituoso de desagrado e censura. O jovem mete a mão no bolso e paga a passagem com moedas. Passa pela catraca sem encarar o cobrador enfezado, o sujeito meneia a cabeça e torce a boca, e estaca-se na frente do coletivo, de pé junto à porta de saída e de costas para o motorista.

Os passageiros, alheios ao drama pessoal do rapazote, simplesmente o ignoram. Sua mente, contudo, fervilha, preocupado e ansioso por chegar em casa. Não tira os olhos da pista movimentada, das lanternas vermelhas dos carros, dos faróis vindo em sentido contrário e ofuscando seus olhos. Preocupado, muda seu foco para a movimentação de pessoas pelo calçadão em frente à praia, atento a seu ponto de parada. Salta no quarto ponto de ônibus e espera o coletivo partir. Sente uma leve brisa fria no rosto e o forte cheiro de maresia impregnar suas narinas. Respira forte e tenta se acalmar enquanto observa as pessoas descendo e dispersando-se pelo calçadão. Finalmente, o coletivo fecha as portas, acelera e desaparece na avenida movimentada.

O rapazote atravessa a pista correndo entre os carros e para no canteiro central. O coração está acelerado e o garoto ofegante. Olha de um lado ao outro, quase em pânico, atravessa a outra pista correndo e entra na Travessa que leva à sua casa. Caminha apressado pela viela escurecida, olhando insistentemente para trás, preocupado com o sujeito mal-encarado. Finalmente, alcança e abre o portão de ferro, sobe as escadas apressado e toca a campainha seguidas vezes.

— Já vai! — soa uma voz feminina cansada e abafada.

A porta abre-se, o rapaz entra apressado e refugia-se no quarto.

— Betinho... Ôh, Betinho. Que cara é essa, menino?! — inquire a senhora quarentona, gordinha, baixinha dos cabelos pintados e presos com um lenço florido.

— Nada não, minha mãe. Cadê painho?

— Foi pra Fonte Nova e ainda não chegou. E como foi lá na igreja?

— Tudo bem.

— Fez tudo direitinho, lá?

— Claro, minha mãe... Oxe!

— Sei... Domingo que vem eu vô pra missa com você e quero ver. Vá tomar um banho e vem jantar.

O rapaz bate a porta do quarto. Dona Celeste franze a testa desconfiada do comportamento arredio do filho. Encosta o rosto na porta tentando escutar alguma coisa e ouve o som abafado do radinho de pilha do filho. Dá de ombros e vai para a cozinha.

Instantes depois, o rapazote entra no banheiro e enfia-se embaixo do chuveiro de água quente. Sua mente insiste em relembrar sua relação libidinosa com o padre. Sente um misto de prazer e medo. Apesar de apavorado, sente desejo e vontade de fazer tudo novamente.

CAPÍTULO 2

Quarta-feira, 12 de março de 1969.

Três dias depois...

A tarde está ensolarada, quente e úmida. Apesar da brisa que vem do mar, o calor é intenso e o tempo está abafado. Um Corcel 68 vermelho entra no pátio e estaciona no extremo oposto à igreja. Um sujeito moreno das feições rudes, cabelo crespo cortado baixinho e penteado para trás, barba bem-feita, olha em volta atentamente e encaixa uma pistola por baixo da camisa social preta. O sujeito arregaça as mangas da camisa um pouco acima dos punhos, confere as horas no relógio de pulso, são 14h20, e anda rapidamente em direção ao templo. Com jeitão despojado, mas elegante, camisa com dois botões abertos, deixando à vista uma grossa corrente de ouro, e sapatos pretos brilhando de limpos, o rapaz entra na igreja e faz o sinal da cruz enquanto avalia o ambiente praticamente vazio. Fixa-se nas duas beatas ajoelhadas no genuflexório próximo ao confessionário. Depois, na outra senhora ajoelhada confessando-se. Por fim, senta-se no banco e aguarda pacientemente a sua vez.

Instantes depois, um senhor grisalho acomoda-se ao lado do sujeito de olhar ameaçador. Ajoelha-se no genuflexório, faz o sinal da cruz e fecha os olhos com a mão em posição de reza. O homem franze a testa e torce a boca com desdém.

O confessionário fica disponível e o sujeito se aproxima. Ajoelha-se sobre o genuflexório forrado com almofada vermelha e sussurra com voz rouca e forte:

— Abençoe-me padre, eu pequei.

O pároco faz o sinal da cruz, mantendo-se cabisbaixo e o sujeito continua falando:

— Eu gosto de estar com crianças, padre, principalmente meninos entre 12 e 14 anos. Tenho uma casa para acolher crianças abandonadas, meninas inclusive, e pessoas que me ajudam com trabalho voluntário. — o sujeito cala-se propositalmente na tentativa de analisar as expressões faciais do padre, mas o gradeado não ajuda e o pequeno confessionário está na penumbra, ocultando as reações do homem de sotaina preta.

— Mas qual é o pecado que te aflige, meu filho?!

— Eu gosto de ter relações com as crianças... Como o senhor!

O pároco da voz mansa estremece e sente o coração disparar desmedidamente. Alguns dias já se passaram desde o fatídico domingo, sem que tivesse sido procurado ou intimidado pelo invasor e acreditava que o assunto estivesse encerrado. Sua mente está fervilhando. Respira fundo e faz-se de desentendido.

— Desculpe-me, filho, não estou entendendo.

— Não vim aqui para intimidá-lo ou chantageá-lo, padre, mas para pedir sua ajuda.

O pároco arrisca olhar através do gradeado e observa por instante as feições marcantes e temerárias do seu interlocutor.

— Ajuda?!

— O juizado de menores tem me incomodado com muitas exigências e marcação cerrada nessa pequena instituição e preciso da sua ajuda para dar ao abrigo uma aparência mais apropriada e confiável. Estou propondo ao senhor uma sociedade. A casa de acolhimento seria uma fonte de crianças como nós gostamos e depois elas seriam adotadas, preferencialmente por estrangeiros. Negócio rentável, padre, do qual o senhor pode ter uma participação vantajosa, vamos dizer assim.

O padre está ofegante, prestes a entrar em pânico. Questiona com voz trêmula:

— Foi o senhor quem esteve aqui no domingo à noite, lá na sacristia?

— Sim. Eu vi o senhor com o coroinha e confesso que senti uma ponta de inveja.

Após uns segundos de silêncio fazendo exercícios respiratórios na tentativa de acalmar-se, o padre volta a falar:

— E se eu não quiser fazer uma sociedade com o senhor?

O homem respira fundo, olha fixamente para o genuflexório, corre os olhos pelo salão, pensativamente, e volta a encarar o padre através do gradeado.

— Caso o senhor não aceite minha proposta, eu irei embora e procurarei outro que se interesse. Não deve ser tão difícil assim!

— Como eu posso confiar no senhor?! E em que termos seria essa sociedade?

— Se eu quisesse denunciá-lo... já o teria feito, padre. Pense na minha proposta e podemos nos encontrar em outro momento para discutirmos os detalhes. E se o senhor não se interessar, eu, como disse, simplesmente desapareço e procuro outro padre que queira se juntar a mim.

— Simples assim?! Se eu não quiser, você desaparece?

— Simples assim, padre. A propósito, meu nome é João de Deus, mas a partir de agora, peço que me chame apenas de Deus! Volto a procurá-lo em alguns dias.

O homem levanta-se e sai apressado da igreja. O senhor grisalho aproxima-se e ajoelha-se no genuflexório. O padre, atordoado com a abordagem, faz o sinal da cruz automaticamente e deixa o homem falar.

CAPÍTULO 3

Domingo, 23 de março de 1969.
Onze dias depois...

O sujeito entra na igreja apinhada de fiéis e caminha com dificuldade pela lateral direita até ficar próximo ao altar-mor, onde o pároco reza a última missa dominical. Encosta-se em um dos cantos próximos a uma das portas laterais de saída, cruza os braços e observa as pessoas à sua volta. Por fim, foca nas palavras proferidas pelo homem da voz mansa e grave.

É noite com céu parcialmente encoberto, temperatura amena e muita umidade no ar. A igreja está lotada, como de costume, paira um leve cheiro de incenso no ar, as pessoas estão atentas, a maioria delas de pé, silenciosas, e apenas a voz do pároco reverbera pelo salão dos fiéis. Uma fiel em especial, gordinha, baixinha dos cabelos pintados de vermelho-cereja, está com sua atenção voltada quase que exclusivamente para o coroinha dos cabelos encaracolados, auxiliando o pároco na celebração da missa.

Proferidas as palavras finais que encerram o rito dominical, os fiéis deixam a nave lentamente e o padre, cabisbaixo, inicia a arrumação do altar-mor com a ajuda do coroinha e duas assistentes. O sujeito das feições rudes, no entanto, segue até o corredor central e fica de pé em frente ao altar observando a senhora gordinha dirigindo-se ao padre: ela aponta insistentemente para o coroinha, que se mostra encabulado. O padre nota a presença e reconhece o sujeito da cicatriz no rosto. Fala rapidamente com a senhora, despede-se, instrui o coroinha e as duas senhoras que fazem a arrumação e sinaliza para o sujeito segui-lo. Caminham sem pressa para a lateral direita e cumprimentam-se com um aperto de mãos, rápido e sem palavras. O padre conduz o homem para o escritório e o apresenta ao amigo, que casualmente o esperava.

— Este é o senhor...
— Deus! Apenas Deus.

O padre gordinho dos olhos miúdos franze a testa e arqueia a sobrancelha em clara demonstração de surpresa com a aparência e com o nome peculiar do sujeito. Cumprimenta-o gestualmente e sorri de forma contida enquanto o examina de cima a baixo: ele veste roupas pretas, blazer, camisa e calça sociais, e usa sapatos pretos brilhantes.

— Este é um amigo de minha inteira confiança. — diz o pároco apontando para o amigo.

O sujeito franze a testa e olha com desdém para o padre gordinho.

— Podemos conversar em particular?

O pároco comprime os lábios, olha para o amigo e dirige-se a ele com a voz mansa de sempre:

— Espere-me na sacristia, por favor.

O amigo enrubesce, assente e sai com passadas curtas e rápidas. O pároco e o sujeito trancam-se no escritório por vários minutos em uma conversa franca e reservada.

ψ

A igreja, já esvaziada e limpa, tem as luzes da nave apagadas, restando apenas as duas lâmpadas que iluminam o corredor que leva até a sacristia e ao escritório. O coroinha, sua mãe, a senhora gordinha, e as outras duas senhoras vão embora e o padre dos olhos miúdos sente-se apreensivo com a demora do encontro entre o amigo e o homem que se diz chamar "Deus". Abre a porta da sacristia e confere que o escritório ainda está fechado e que há luz embaixo da porta, mas não se atreve a aproximar-se. Caminha até o final do corredor e observa, temeroso, a escuridão no salão dos fiéis. Volta para a sacristia e insiste nesse vaivém até que a porta do escritório abre-se e o amigo acompanha o sujeito até a saída nos fundos. Os dois homens despedem-se de forma cordial e forte aperto de mãos como se fossem velhos amigos. O sujeito mal-encarado caminha pela lateral da igreja e desaparece no estacionamento parcamente iluminado. O pároco fecha a porta, aproxima-se do amigo e comenta, entusiasmado:

— Vamos dar assistência a uma casa de acolhimento a menores abandonados, meu amigo! Acabei de selar um acordo com Deus. — diz o homem da voz mansa e sorri maliciosamente.

— Como assim?!

— Venha, meu amigo, que eu vou te explicar tudo direitinho.

ψ

O pároco certifica-se de que estão sozinhos, fecha a porta do escritório e expõe, com serenidade e em tom baixo, os termos da sociedade, mas enfatiza um ponto sensível do acordo:

— A partir de hoje fica proibido o uso das dependências da igreja para os trabalhos de catequese dos anjos escolhidos. Estamos entendidos, padre?!

— Mas...

— Mais do que nunca precisamos de discrição e de cuidados redobrados, meu amigo. Amanhã à tarde iremos visitar a casa de acolhimento para fazer um trabalho inicial de evangelização das crianças e estabelecer uma rotina para isso. Pensei, inicialmente, em fazer essa visita de acompanhamento três vezes por semana e quero que você fique responsável por esse trabalho.

Os olhos do padre gordinho brilham e ele mostra-se empolgado.

— Ótimo! Meu compromisso com o colégio é pela manhã e, a princípio, poderia ser todas as segundas, quartas e sextas.

— Ótimo, padre!

O homem gordinho sorri, mas logo se retrai ao se lembrar de Deus.

— E o sujeito, lá, o tal de Deus? Parece que o homem não foi muito com a minha cara.

O pároco sorri enquanto anda calmamente de um lado para o outro.

— É verdade, mas ele concordou em que seja você.

O padre sorri ligeiramente e seus olhinhos miúdos voltam a brilhar.

— Contanto que você respeite as regras da sociedade, creio que vai dar tudo certo. — enfatiza o pároco.

— E onde vai ser o local da catequese dos anjos?

— Calma, meu amigo. Contenha esse seu ímpeto, para não fazer bobagens. Amanhã à tarde, depois do trabalho, lá na casa de acolhimento, vamos conhecer a casa dos anjos. Posso te garantir que agora não vão faltar anjos para catequizar.

— Você confia nesse sujeito mal-encarado?!

— Na verdade... não totalmente, meu amigo, e vou tratar de me garantir.

O padre gordinho franze a testa.

— E você pretende fazer o quê?

O pároco sorri e meneia a cabeça.

— Segredo, meu amigo. Segredo!

CAPÍTULO 4

Segunda-feira, 24 de março de 1969.

O tempo está quente e abafado quando a Brasília amarela estaciona próxima ao sobrado com três pisos, sendo o último uma cobertura gradeada e coberta com telhas cerâmicas empretecidas pelo tempo. O pároco joga o corpo em direção ao painel do veículo e confere os dizeres na faixa branca presa no gradeado da laje: "Abrigo Lar das Crianças". Olha em direção ao puxadinho na frente do sobrado, totalmente gradeado, e reconhece o sujeito elegante ocupando uma das três mesas com cadeiras plásticas. Ao seu lado está uma senhora negra aparentando 50 anos, cabelo estilo black power, e três garotos com idades variando entre 9 e 11 anos.

— É aqui, meu amigo. — diz o pároco, abre a porta e salta do veículo.

O padre gordinho confere o letreiro, olha em direção ao sujeito mal-encarado, apesar de elegantemente vestido, e torce a boca com desdém. Por fim, observa curioso o vaivém de pessoas pela rua e sai do carro. Ele e o pároco vão até o sobrado caminhando pelo calçamento de paralelepípedos e são recebidos pelo sujeito de feições rudes:

— Entrem, por favor. — diz ele polidamente.

Os padres entram e a senhora levanta-se. Um senhor moreno dos cabelos grisalhos e bigode farto surge na porta da sala, onde se posta e observa os visitantes.

O sujeito puxa o blazer para trás, enfiando as mãos nos bolsos das calças, enche o peito de ar e volta a falar, impostando a voz:

— Dona Maria Alcinda, esses são os padres de quem lhe falei.

— Sua benção, padre. — diz a senhora e aperta a mão do padre de barba bem-feita. — Sua benção, padre. — repete o cumprimento e aperta a mão do padre gordinho.

Os padres respondem gestualmente e se voltam para as crianças. O sujeito não gosta do jeitão indiscreto com que o padre gordinho olha para os meninos. Cada vez mais carrancudo, ele explica:

— Aquele ali é Seu Vitor, esposo da Dona Maria. — ele aponta para o homem estacado na porta; o senhor cumprimenta os padres gestualmente; os padres respondem da mesma forma. — Seu Vitor não pode falar, ele teve um probleminha na língua, vamos dizer assim. Enfim. — o casal desvia o olhar para o piso em sinal de respeito. — Dona Maria, leve as crianças lá para o terraço, que já vamos para lá. Primeiro vou mostrar a casa para meus amigos.

A senhora e o senhor grisalho entram com as crianças; o sujeito dirige-se ao padre gordinho em tom severo e ríspido:

— Seja discreto com as crianças aqui no abrigo, padre, ou sua permanência na nossa sociedade vai ser bem curta.

O padre enrubesce, fecha o semblante e olha para o amigo, desconcertado. O pároco sai em sua defesa:

— Desculpe meu amigo imprudente, por favor.

O sujeito carrancudo respira fundo, volta-se para o pároco e aquiesce gestualmente.

— Dona Maria Alcinda é a responsável pelo abrigo — diz ele. — e ela é da minha inteira confiança. Assim sendo, meus amigos, lembrem-se que a tratativa com este abrigo foi feita unicamente por meio dela e com ela. Estamos entendidos?!

— Não se preocupe, meu amigo. Pode confiar em nós.

O sujeito carrancudo não responde, mas olha enfezado para o homem gordinho dos olhos miúdos. O padre entende o recado velado e enrubesce. Respira fundo e acompanha o homem e o pároco entrarem no sobrado. Benze-se e vai atrás.

Ψ

Após percorrerem os cômodos do casarão, o trio sobe para o terraço e lá encontram sete crianças, entre 9 e 11 anos de idade, aos cuidados de duas senhoras, uma delas é a mesma que os recepcionou. Com a chegada dos visitantes, as crianças param com as brincadeiras no totó e no tabuleiro de damas e são orientadas a virem para o centro do terraço: observam curiosas os dois homens de sotaina, ensaiam um murmurinho, mas são repreendidas por Dona Maria Alcinda e se calam. O pároco aproxima-se da primeira criança, um garoto magrelo da pele negra e cabelos crespos loiros. Aperta-lhe a mão.

— Como é seu nome?

— Carlos.

O pároco sorri gentilmente.

— Quantos anos você tem, Carlos?

— Onze.

O pároco assente e, com gestos meticulosos, cumprimenta a próxima criança, um garoto branquelo, cabelos pretos lisos e bochechas rosadas, com um aperto de mãos; o padre gordinho começa a circular lentamente em torno das crianças; o sujeito mal-encarado senta-se em uma das cadeiras plásticas, cruza as pernas e acende um cigarro: traga sem tirar os olhos do gordinho de sotaina.

— Seu nome? — questiona o pároco gentilmente.

— Lian. — responde o garoto com voz meiga.

— Quantos anos, Lian?

— Nove.

O pároco sorri. Os olhos miúdos do homem gordinho brilham; o sujeito das feições rudes franze a testa, pigarreia e traga forte. Solta uma baforada ficando envolto em fumaça.

O pároco aperta a mão do próximo garoto.

— Meu nome é Thiago. — diz o menino, espontaneamente.

O pároco observa o garoto moreno da cabeça raspada e topete. Sorri gentilmente.

— Quantos anos, Thiago?

— Onze.

O pároco assente e cumprimenta o próximo garoto, o menor do grupo: magrinho, tez cor de jambo, cabelos lisos cortados em cuia, olhos verdes. Ele enrubesce ao apertar a mão do homem de sotaina e seus olhos focam o piso.

— Como é seu nome?

— Rafael. — responde o garoto com voz tímida e tom baixo.

Sem largar a mão da criança, o pároco insiste:

— Fale alto e olhe para mim, por favor.

O garoto enrubesce novamente, levanta os olhos carentes e repete:

— Rafael!

— Quantos anos, Rafael?

— Nove.

O pároco sorri e olha de soslaio para o sujeito das feições rudes, que traga e solta uma nuvem de fumaça. Em meio à fumaceira, ele aperta os olhos e assente discretamente. Satisfeito, o pároco cumprimenta a próxima criança, um garoto negro da cabeça raspada, e ele responde de pronto:

— Meu nome é Lindolfo e tenho 11 anos.

Sempre com um sorriso estampado no rosto, o pároco cumprimenta o próximo, um garoto magrelo e dentuço, que se identifica sem ser questionado:

— Jonas, 11 anos também.

O pároco sorri e aperta a mão do próximo menino.

— Meu nome é Aurélio. — apresenta-se o garoto negro, gordinho da cabeça raspada e topete.

— Quantos anos, Aurélio?

— Dez.

O padre meneia a cabeça, afasta-se das crianças e pronuncia-se apontando para o amigo:

— Nós viremos aqui todas as segundas, quartas e sextas para ministrar aulas de religião e, nesse ínterim, trabalharemos para conseguir um novo lar para cada um de vocês. Tudo bem?

Os garotos assentem gestualmente. O padre gordinho tenta ser discreto, mas não consegue tirar os olhos do garoto Lian. O sujeito enfezado levanta-se, traga uma última vez e apaga a baga no cinzeiro. Solta uma baforada e diz:

— As crianças estão liberadas, Dona Maria.

Em seguida, sinaliza para os padres e os três descem para o escritório no primeiro piso. Sisudo, fecha a porta, senta-se à mesa e aponta para as duas cadeiras em frente. Os dois padres sentam-se e o sujeito fala com autoridade e sem nenhum pudor:

— Vi que os senhores se interessaram pelo Lian e pelo Rafael. — os padres dão um sorriso amarelo. — Confesso que são os meus preferidos também, mas somente serão seus por uma semana quando conseguirmos os papéis da adoção para enviá-los a Montevidéu. Até lá, ninguém toca nos garotos, ok?!

Os dois padres entreolham-se e assentem.

— É muito importante manter a rotina de trabalho de vocês, com as aulas de religião e o envolvimento dos meninos nos trabalhos comunitários da sua paróquia, padre.

— Não se preocupe. — garante o homem da voz mansa. — É de nosso interesse manter tudo com o máximo de discrição possível.

— Ótimo! Entendido, padre?! — questiona o homem em tom ríspido encarando o padre gordinho, que enrubesce e engole em seco, mas assente.

O pároco reafirma:

— Claro, não se preocupe!

O sujeito elegante e sisudo assente e encara o padre gordinho. Respira fundo e comenta:

— Vejo que o senhor é um tanto quanto impetuoso, padre, e isso não é bom.

— Ele vai dar conta. — intercede o pároco.

— Tomara que sim, padre. Para o bem da nossa sociedade e dele!

O padre gordinho enrubesce, fecha o semblante e desvia o olhar para o piso.

— Por falar nisso, o abrigo somente acolhe meninos? — questiona o pároco arqueando a sobrancelha peculiarmente.

— Como te disse antes, padre, podemos receber até dez crianças aqui, e estamos na eminência de receber duas meninas na faixa dos oito anos, mas elas são minhas, entenderam?

O homem da voz mansa e gestos refinados levanta as duas mãos, cordato.

— Sem problema algum. — retruca e olha para o amigo ao lado, que enrubesce e assente.

— Quando conseguirmos a adoção, é comigo que elas vão ficar para fazer a transição. — reforça o sujeito mal-encarado.

— Tudo bem! — respondem os dois padres em uníssono.

— Bom! — o sujeito levanta-se. — Vou levá-los até a casa dos anjos.

Os dois padres também se levantam.

— É aqui próximo? — questiona o pároco.

— Não! Na verdade, é bem longe daqui. Fica em uma chácara próxima ao aeroporto. Eu estou de moto e vocês podem me seguir.

ψ

O pároco segue a moto pelas ruas e avenidas da cidade e, 50 minutos depois, entra em um acesso de terra batida deixando um rastro de poeira avermelhada. Seguem por uma área de loteamento recente, ainda com muita área verde, mangueiras enormes, muitos cajueiros, coqueiros e pouquíssimas residências.

Enquanto dirige, o homem da voz mansa confere as horas, são 16h25, e comenta:

— Acho que aqui nesse fim de mundo não vamos ter problemas com vizinhos.

— Parece que o sujeito, ali, pensou em tudo. — retruca o padre gordinho com um sorriso malicioso no rosto.

O motoqueiro faz uma conversão à direita, o padre manobra o carro da mesma forma e seguem em frente na rua esburacada e poeirenta. Fica visível uma ponta do mar, o céu avermelhado na linha do horizonte, muitos coqueiros próximos da praia e sentem o cheiro da maresia invadir o carro. O motoqueiro dobra novamente à direita e para defronte à única área murada. Encosta a moto no portão de madeira e puxa uma cordinha que toca o sino preso na cobertura da proteção do portão. O sujeito mal-encarado e carrancudo faz isso por mais duas vezes e aguarda. A Brasília encosta ao lado.

O portão abre-se parcialmente e um senhor negro, forte, dos cabelos brancos apresenta-se:

— Boa tarde, patrão.

— Abra aí, Seu Josué.

O senhor abre as duas bandas do portão de madeira; o homem e os padres entram com seus veículos. Estacionam em frente à casa com um grande varandão em volta e grades de ferro nas janelas e portas. É um terreno de 2.000 m², arenoso, com dois pés de jambo nas laterais, duas mangueiras enormes na frente do terreno, dois cajueiros e dois coqueiros nos fundos, próximo à casa dos caseiros, ao canil e ao poço artesiano.

Uma senhora usando bermuda bege e camisa de malha com a estampa do Abrigo Lar das Crianças aparece na porta do casarão. Junto com ela está um casal de crianças na faixa dos 11 anos.

O sujeito carrancudo entra no varandão pisando forte com os sapatos.

— Boa tarde, Dona Conceição! Como é que estão as crianças?

— Estão aqui, patrão, conforme o senhor mandou.

As crianças agarram-se na cintura da senhora e o sujeito fala apontando para os dois padres que se aproximam:

— São amigos meus e a partir de agora eles têm acesso livre aqui. Certo, Seu Josué?

— Sim, senhor, patrão!

— Vamos entrar, meus amigos. Nossos amiguinhos aqui já foram adotados e amanhã eles vão viajar com os pais adotivos. Vamos conversar um pouquinho com eles. — diz maliciosamente.

As crianças mostram-se nervosas e a senhora intercede.

— Eu vou dar um chazinho pra eles se acalmarem, patrão.

— Tudo bem, Dona Conceição. Faça isso.

O casal entra com as crianças e o sujeito volta a falar:

— Seu Josué e Dona Conceição são gente de confiança. Daqui a pouco vocês podem se divertir um pouquinho com o garotinho. — o homem sorri maliciosamente. — Eu cuido da garotinha.

O padre gordinho empertiga-se todo e seus olhos azuis brilham. O padre da voz mansa apenas sorri discretamente.

CAPÍTULO 5

Quarta-feira, 9 de abril de 1969.
Quinze dias depois...

O dia está quente e abafado, com céu parcialmente encoberto. Um táxi encosta em frente ao Colégio Dom Pedro e uma morena vestindo calças cigarrete cinzas, blusa preta sem manga e sandálias médias, salta do carro apressada. Cruza o passeio com calçamento em pedras portuguesas com passadas rápidas, entra na escola e aborda o primeiro funcionário que encontra pela frente:

— Boa tarde, moço, preciso falar com alguém da coordenação.

— Primeira sala à direita, senhora.

A morena agradece gestualmente. Instantes depois, está apoiada no balcão da recepção. Uma moça magrela dos cabelos loiros compridos e óculos de metal prateado aproxima-se com um sorriso estampado no rosto.

— Bom dia. Em que posso ajudá-la, senhora?

— Bom dia. Preciso conversar sobre meu filho com alguém da coordenação pedagógica.

— Ahn... Qual é a série?

— Sétima.

— E o nome do garoto?

— Elder Lima Capaverde.

— Certo. E qual o nome da senhora?

— Isadora.

Isadora é morena dos cabelos lisos cortados nos ombros, 35 anos, filha única e mãe solteira, que se tornou uma pessoa amarga e de poucos amigos após a gravidez indesejada.

— Um instante, por favor, Sr.ª Isadora. — retruca a moça e retorna aos arquivos de onde retira uma pasta e confere os dados do garoto. Retorna ao balcão com a pasta-arquivo em mãos.

— Sente-se um pouco, por favor. — diz a moça apontando para uma das cadeiras na lateral da sala. — Eu vou avisar o professor Carbonne que a senhora está aqui.

— Tudo bem. — aquiesce a morena e senta-se.

A recepcionista desaparece por outra porta lateral no momento em que uma senhora negra, baixinha e magrela entra na sala devidamente uniformizada e equipada com uma vassoura, pá e sacos de lixo em mãos.

— Boa tarde!

Isadora responde gestualmente com um sorriso acanhado; a senhora vai até a lixeira no canto esquerdo da sala e troca o saco de coleta.

A atendente reaparece, apoia as duas mãos sobre o balcão e diz:

— Aguarde um pouquinho, que o professor Carbonne já vai atender a senhora.

Isadora aquiesce gestualmente. A moça vira as costas e desaparece atrás do balcão. A morena levanta-se agitada e anda de um lado para o outro, impaciente.

— A senhora aceita um cafezinho? — diz a faxineira solícita. — Posso pegar um pra senhora, lá dentro.

Isadora sorri desconcertada.

— Será que a senhora consegue um copo d'água?

— Claro!

A senhora da limpeza deixa seus apetrechos de lado e entra na área interna da coordenação. Instantes depois, a atendente aparece e oferece o copo d'água para a mãe aflita. Isadora bebe a água e senta-se.

— Como é o nome da senhora?

— Maria.

— Obrigada, Dona Maria.

— De nada... A senhora parece muito nervosa.

— Meu filho está dando muito trabalho para vir pra escola... E eu já não sei mais o que fazer.

A senhora empertiga o corpo e apoia-se no cabo da vassoura.

— Essa fase passa, minha senhora. Eu ainda me lembro do trabalho que minhas filhas deram na faixa dos 14, 15 anos. São gêmeas, já pensou?! Elas não queriam saber de estudo, só pensavam em ser modelo. Eu quase morri de raiva com essas duas criaturas! Hoje já estão casadas e trabalham no Paes Mendonça. São fiscais de caixa.

Isadora sorri e a senhora volta a varrer a sala. A atendente aparece por trás do balcão.

— Pode entrar, Sr.ª Isadora. — diz a moça e aponta para a sala do professor.

Isadora bate duas vezes à porta e entra. O professor levanta-se, arrodeia a mesa e aperta a mão da senhora com um sorriso cordial estampado no rosto.

— Boa tarde, Sr.ª Isadora.

— Boa tarde, professor Carbonne.

— Sente-se, por favor.

Isadora acomoda-se na cadeira em frente à mesa e o professor recosta-se em sua cadeira com jeitão altivo.

— Em que posso ajudá-la, Sr.ª Isadora?

— Estou muito preocupada com Elder, professor. Todos os dias pela manhã é o maior sufoco para esse menino se levantar. Ele não quer vir para a escola e eu queria saber se está acontecendo alguma coisa aqui... Sei lá! Algo que possa estar interferindo na vida escolar dele.

Carbonne recosta-se e aponta para a pasta sobre a mesa.

— Estou com a vida escolar do Elder aqui, Sr.ª Isadora, apesar de que me lembro perfeitamente do seu filho. As notas dele estão na média e a maior dificuldade do garoto é exatamente a matemática.

— O senhor é o professor de matemática, não é isso?

— Isso mesmo. Particularmente, acho que o problema do Lívio é a timidez excessiva, mas isso com o tempo se resolve. No momento acho que ele precisa de ajuda extra. Talvez um reforço em matemática venha a ajudá-lo.

— O que o senhor acha que devo fazer com relação a ele não querer vir para a escola, professor?

— É preciso conversar com ele, Sr.ª Isadora. Seria importante o pai intervir nessas horas.

— Elder não tem pai, professor Carbonne! — retruca Isadora de forma incisiva.

O homem enrubesce e franze a testa.

— Desculpe-me, Sr.ª Isadora. — retruca ele, agora sisudo, aproxima o corpo da mesa, abre a pasta-arquivo e passa os olhos nas informações cadastrais do garoto.

Torce a boca fazendo uma censura velada e encara a senhora à sua frente. Isadora abaixa os olhos, constrangida com o olhar severo do professor. Ele respira fundo e volta a se recostar.

— Podemos combinar e a senhora traz o Elder aqui para que eu possa conversar com ele, fora do horário das aulas, é claro, e longe dos coleguinhas para evitar qualquer tipo de constrangimento para o garoto.

— Não sei, professor, Elder está ficando rebelde... E ele não sabe que eu vim aqui.

O professor joga o corpo para a frente e apoia-se sobre o tampo da mesa com os cotovelos, mantendo as duas mãos com os dedos entrelaçados.

— Sr.ª Isadora, Elder é um bom menino — diz o professor impostando a voz —, ele tem um ótimo comportamento em sala de aula e tem dificuldades em matemática igual à maioria dos colegas de sala. Tenho certeza de que uma boa conversa e o tempo irão resolver isso. Avalie com carinho se não é o caso de trazer o garoto aqui, nesse horário de preferência, para conversarmos. O colégio tem uma assistente social que também pode ajudar e tem o padre Rosalvo, que cuida da catequese.

— Não sei, professor. Outro dia eu disse que vinha aqui na escola e o menino virou um bicho. Disse que se eu viesse, iria fazê-lo passar vergonha e aí é que ele não vinha mais para as aulas. Peço até que o senhor não comente nada com ele.

O homem da face rosada levanta-se mantendo as duas mãos espalmadas sobre o tampo da mesa.

— Tudo bem, mas posso garantir à senhora que não há nada de anormal com seu filho aqui na escola.

Isadora também se levanta.

— Tudo bem, professor. De qualquer forma, estou mais tranquila em saber que aqui na escola o comportamento do Elder está dentro da normalidade, vamos dizer assim.

O professor vai até a porta e a abre em um convite velado para que a mãe se retire.

— Qualquer coisa, a senhora pode voltar a nos procurar.

Isadora comprime os lábios e assente.

— Tudo bem. Boa tarde, professor.

Ψ

Assim que a campainha toca encerrando as aulas do turno matutino, Dona Maria apressa-se em ir para a sala do professor Carbonne, a última que ela limpa por exigência do próprio professor, que faz questão de estar presente. Como sempre, a porta está aberta e o homem sentado à mesa: corpo empertigado e compenetrado na correção das provas.

— Boa tarde, professor Carbonne.

O homem gesticula para que ela entre sem tirar as vistas das provas. A faxineira vai diretamente para o sanitário carregando um balde, pano de chão e uma vassoura. Limpa o sanitário e passa para o hall de serviços. Lava uma xícara de café, um copo e alguns talheres deixados na cuba da pia, dá uma geral na bancada, limpa o suporte do garrafão de água mineral, reposiciona a cafeteira em um dos cantos, limpa o frigobar e, por fim, o guarda-roupa de duas portas. Varre o piso, passa um pano úmido no chão e retorna para a saleta do professor com um saco de lixo em mãos.

— Posso tirar a poeira da estante e da mesa, professor?

Carrancudo, o homem responde sem levantar as vistas:

— Limpe apenas o piso, Dona Maria. A senhora não está vendo que eu estou trabalhando?!

A faxineira retrai-se com o tom grosseiro e o coração acelera.

— Desculpe, professor!

Intimidada, a senhora varre a saleta até se deparar com vários pontos de sujeira ao lado da cadeira na qual o homem continua sentado e focado na correção dos trabalhos de classe.

— Vou precisar passar um pano aí, professor. — diz ela e aponta. — Parece que derramou alguma coisa pegajosa no chão.

O professor olha instintivamente para o piso e enrubesce. Levanta-se carrancudo e ordena rispidamente:

— Seja rápida, Dona Maria! — retruca o professor e desloca-se para o lado deixando marcas do sapato no piso.

— Parece que o senhor pisou nessa coisa, professor.

O homem enrubesce e franze a testa. Vira os pés na tentativa ver a sola dos sapatos e pragueja:

— Droga!

— Limpe os sapatos aqui no pano, professor.

O homem esfrega a sola dos sapatos raivosamente no pano de chão e passa para o outro lado, enfezado.

— Mas que porcaria foi essa, Dona Maria?! A senhora deixou cair o quê, aí, hein?!

— Eu... nada, professor.

— Seja rápida, por favor! A senhora já me atrapalhou o suficiente por hoje!

Dona Maria limpa rapidamente o piso atrás da mesa e o professor volta a ser grosseiro:

— Pode ir!

— Mas...

— Pode ir, Dona Maria! — ele vocifera, apontando para a porta.

ψ

Padre Rosalvo chega à sala do professor Carbonne com o semblante pesado, visivelmente agitado e preocupado. Entra, fecha a porta e senta-se à frente da mesa do homem impassível que continua corrigindo provas.

— Aline me disse que a mãe do Elder esteve aqui. Algum problema em especial com seu anjinho?! — questiona o padre, sarcasticamente.

O professor interrompe a correção, recosta-se na cadeira e encara o amigo nos olhos.

— Nada demais, padre. Parece que o garoto vem demonstrando falta de interesse em vir para o colégio e a mãe esteve aqui procurando ajuda.

— O garoto disse alguma coisa... tipo o porquê de não querer vir à escola?

Carbonne volta a encarar o padre gordinho dos olhos miúdos, cabelos grisalhos nas laterais da careca lustrosa e bigodes bem-cuidados e sorri sarcasticamente.

— O garoto não disse nada, padre, e espero que ele não tenha nada a reclamar sobre a catequese.

— O que que o senhor quer dizer com isso?!

— O senhor sabe muito bem o que eu quero dizer, padre. Não toque em nenhum dos meus anjos sem minha autorização expressa. Fui claro agora?!

O padre franze a testa com o tom severo e ameaçador do amigo e se retrai.

— Tudo bem.

— Mas eu estou bem atendido, padre, e sugeri trazer o garoto para uma conversa com o senhor. Quem sabe o senhor consiga motivá-lo a vir para a escola?

O padre empertiga o corpo e seus olhos brilham.

— Você está me cedendo seu anjinho?!

Carbonne dá uma gargalhada sarcástica.

— Digamos que decidi compartilhá-lo com o senhor por um tempo, padre.

— Obrigado, professor Carbonne, mas preciso de mais. Preciso da sua ajuda para completar a turma da catequese o mais rápido possível. Na verdade, preciso de pelo menos mais quatro anjinhos, se é que me entende. É preciso renovar.

— E a tal sociedade?!

— Leva um tempo… E o homem, lá, o que se chama Deus, é jogo duro.

Carbonne meneia a cabeça lentamente, cético quanto a tal sociedade. Cerra o cenho e comenta em tom severo:

— Infelizmente, não existem tantos anjos assim, padre Rosalvo, e se considere feliz por compartilhar o garoto Elder com o senhor.

— Mas…

— Padre Rosalvo, preciso terminar de corrigir essas provas ainda hoje. Se me der licença…

O padre fica carrancudo e pousa quatro medalhões de São Bento sobre a mesa. Enfatiza em tom severo e ameaçador:

— Quatro!

Levanta-se e sai da sala batendo a porta.

— Hamm… Quem esse gordinho safado pensa que é, hein?!

Ψ

Isadora chega em casa por volta das 18h30 e encontra Elder assistindo televisão. Dirige-se a ele com as duas mãos na cintura e olhar severo.

— Já fez o dever de casa, Edinho?!

— Já, mãe.

— Depois de chorar e reclamar muito dos professores, diga-se de passagem. — diz a avó, Dona Núbia, uma senhora de 54 anos, magrinha, esbelta, cabelos curtos acima dos ombros, cuidadosamente pintados.

Isadora torce a boca e respira fundo.

— A gente precisa conversar, tá ouvindo, Edinho?!

O garoto ignora a mãe e ela dá de ombros.

— Minha mãe, venha até o quarto, comigo. — murmura Isadora.

— Que cara é essa, Dorinha?!

Isadora conduz a mãe para o quarto e fecha a porta.

— Estive lá no colégio e conversei com o professor Carbonne sobre esse comportamento do Edinho não querer ir pra aula.

— E aí?!

— É melhor Edinho nem saber que eu estive lá, senão já viu, né? Ele disse que Edinho tem bom comportamento e que o desempenho dele está na média. O problema é o que já sabemos: matemática. Falou também que Edinho é muito tímido e que com o tempo isso passa.

— E o que a gente faz pra esse menino parar com essa confusão todo dia pela manhã?

— Falou que era para o pai conversar com ele, pode?! Eu fiquei sem saber onde enfiar a cara de vergonha.

— Você não tem que ter vergonha de nada, minha filha. Você não está aí, cuidando do menino?! E o que é que esse professor tinha que falar sobre isso?! A escola está cansada de saber que você... Você sabe! Que o menino não tem pai, que o pai sumiu no mundo... Essa coisa toda!

— Pois é! Ele disse que, se eu quiser, ele pode conversar com Edinho, ou uma das assistentes sociais ou mesmo o padre da evangelização.

— E por que você não faz isso, minha filha?

— Edinho não quer que eu vá ao colégio para as reuniões de pais e mestres, imagine se ele vai querer ir conversar com uma assistente social ou que seja com o professor ou com o padre da catequese. A senhora não sabe quem é esse Edinho, minha mãe. Ele já me ameaçou várias vezes de não ir mais pra escola se eu for lá. Essa tal timidez e a carinha de santinho dele é só lá na escola.

— Hamm... E você vai deixar Edinho te controlar, é?!

— Eu não sei, minha mãe. Preciso pensar sobre isso e tentar uma conversa com ele antes de qualquer coisa.

— Você é quem sabe, minha filha, só não quero você batendo nesse menino todo santo dia!

CAPÍTULO 6

Quinta-feira, 10 de abril de 1969.

A chuvarada que cai sobre a cidade desde a madrugada deixou a manhã cinzenta e com aspecto sombrio. O aguaceiro atingiu fortemente as janelas de madeira da casa dos Capaverde, borrifando água pelas gretas das venezianas e espalhando umidade e friagem no sobrado.

O despertador toca e o garoto magrelo acorda assustado.

— Droga! — resmunga ele, desliga o relógio de cabeceira e enfia-se novamente embaixo da coberta ao escutar o barulho da chuva açoitando o telhado e sentir a friagem da manhã.

Vira-se para o lado da parede e encolhe-se; força a mente na tentativa de lembrar o que estava sonhando e se esquece das suas obrigações.

"Mas que droga!", pensa.

Instantes depois, a porta abre-se e o garoto escuta as passadas inconfundíveis da mãe e, por fim, sua voz firme:

— Levanta, menino!

O garoto magrelo tira a coberta de cima da cabeça e resmunga, sonolento:

— Só mais cinco minutos, minha mãe.

— Nada disso! — vozeia ela. — Levanta, que seu avô vai te levar na escola. Vamos logo, que está chovendo, menino!

Impaciente, Isadora puxa a coberta de cima do garoto. Elder começa a choramingar sem querer levantar-se. A mãe tira a sandália do pé e ameaça em tom ríspido e forte:

— Vai precisar de umas duas chineladas pra ir tomar banho, é?!

— O que é isso, minha filha?! Olha o tamanho de Edinho... Não é mais pra você ficar batendo no bichinho, ora!

— Eu não aguento mais as birras desse menino, minha mãe. Edinho só pensa em brincar! Levanta, Edinho! — berra.

O garoto levanta-se chorando e a avó intercede para o garoto não ganhar umas chineladas.

— Vai tomar seu banho, meu filho, que seu avô vai te levar na escola.

— Eu não quero ir pra escola, vó!

Dona Núbia franze a testa, pede paciência para a filha gestualmente.

— Mas você tem que ir, meu filho. A escola é a coisa mais importante na nossa vida. Sem ela, nós não somos nada! — pondera a avó. — É preciso estudar para ter uma profissão, ter um bom trabalho e comprar tudo o que você quiser.

— Eu não quero comprar nada, vó.

Irritada a mãe dá uma chinelada na bunda do garoto e ele se agarra à avó, chorando.

— Calma, Dorinha! Vem, Edinho... Venha tomar seu banho, meu filho, venha.

Choramingando, o garoto finalmente entra o sanitário. A mãe vai atrás com o chinelo na mão.

— Se continuar com essa choradeira, além de apanhar, vai ficar de castigo!

ψ

Os berros da filha irritam Seu Danilo, um homem alto, 57 anos, magrelo, cabelos grisalhos partidos de lado e penteados para trás. Ele sai do quarto pisando forte com os sapatos sobre os tacos e se dirige à esposa em tom ríspido:

— Que agonia é essa aí, Bia?!

— A de sempre, Dan! Edinho não quer ir pra escola e Dorinha não tem paciência com o menino!

— Dorinha precisa ir na escola conversar com a coordenação! É preciso saber se está acontecendo alguma coisa por lá, ora!

Dona Núbia gesticula para que o marido fale baixo.

— Dorinha esteve na escola ontem, Dan, e eles falaram que o menino é muito tímido, quieto, mas que acompanha as aulas normalmente. Parece que a dificuldade dele é somente com matemática e que essa fase passa, sei lá...

— E aí?!

— E aí, eu não sei, Danilo! Converse com sua filha, mas deixe isso pra depois... Longe do menino! Edinho nem sabe que a mãe esteve no colégio e é melhor que continue assim. Você é todo agoniado... Já chega de confusão!

— Eu... agoniado?! Sou eu quem faz essa confusão toda manhã?!

— Oi, Danilo... Quer saber de uma coisa? Me deixa, tá?!

Isadora entra na sala com o garoto e os avós interrompem a discussão. Dona Núbia abraça o neto.

— Venha tomar seu café, meu filho!

O garoto magrelo de aspecto frágil, cara de dengo, senta-se à mesa com a mãe e os avós. E assim tomam o café da manhã calados e emburrados, com exceção da avó, que tenta apaziguar as coisas fazendo mais dengo no neto. Isadora não aprova o protecionismo excessivo da avó, mas faz vista grossa para evitar mais atritos.

ψ

A chuva diminuiu de intensidade, mas deixou o trânsito ruim com vários pontos de alagamentos espalhados pela cidade. Assim que Seu Danilo encosta o carro em frente à escola, a chuva cede lugar a uma neblina fina e persistente.

— Use o guarda-chuva, Elder. — diz Seu Danilo.

— Precisa não, vô. — retruca o garoto e abre a porta do carro.

— Elder, você vai se molhar...

Elder fecha a porta do carro e corre com a pasta escolar sobre a cabeça até alcançar a área coberta do pátio externo. Entra cabisbaixo e apreensivo no pátio interno do colégio. Sabia que teria que enfrentar o corredor polonês formado pelos garotos que se diziam donos do pedaço. Os padres e os fiscais sabiam das brincadeiras de mau gosto, mas faziam vista grossa. Nesse dia, em especial, Elder vê um dos poucos amigos que fez na escola chegar à sua frente usando uma capa de chuva com bordas verde-cana e o corpo e o capuz transparentes. O colega era mais um do grupo dos excluídos, que sentava nas cadeiras da frente e servia de saco de pancadas para os riquinhos "donos do pedaço".

Elder sente um ímpeto de chamar o amigo. Seu nome, Lívio, veio à mente, mas o menino tímido se contém e apenas o segue com passos contidos e hesitantes até o corredor das salas de aula. Detêm-se ao ver o corredor polonês formado e Tusta, com a mão na cintura, bochechas rosadas e sobrancelhas cerradas, fazendo cara de mau, esperando pelas vítimas.

Lívio, um garoto gordinho de olhar angelical, não se dá conta do tamanho do problema e segue em frente.

— Louva-a-deus... Tam-tam-tam... Louva-a-deus... Tam-tam-tam.

A gritaria tomou corpo com o menino sendo empurrado de um lado ao outro, o capuz foi arrancado com a violência desmedida dos colegas, a capa rasgou e jogaram dois copos d'água nos cabelos e nas roupas do garoto assustado. Lívio cai no chão impotente e desata a chorar.

A gritaria continua:

— Louva... Tam-tam-tam, louva... Tam-tam-tam.

Um fiscal aparece repentinamente, manda todos entrarem na sala de aula e leva o garoto Lívio para a diretoria.

Abalado e receoso, Elder segue para a sala e ao entrar é recebido aos gritos:

— Provetinha... Tam-tam-tam, Provetinha... Tam-tam-tam.

Não bastasse, Tusta levanta-se, vai por trás e dá um safanão na cabeça do garoto, seguido da gritaria da turma do fundão. As bolinhas de papel voam de um lado ao outro e a guerra parece botar um ponto final no caso Lívio. Entre gritarias, gargalhadas e assobios, os donos do pedaço impunham uma onda de terror disfarçada e aparentemente inofensiva.

Mais um safanão aos gritos de "Provetinha" e Elder levanta-se com os olhos marejados. O gordinho das bochechas rosadas, cabelos cacheados caindo sobre a testa, sobrancelhas cerradas e olhar intimidador segura o órgão genital por cima da bermuda, sacode ostensivamente e grita:

— Chupa... Provetinha... Filho da puta!

O garoto amedrontado corre para o canto da sala, próximo à mesa do professor, no mesmo instante em que alguém avisa:

— Professor Carbonne tá vindo aí!

Tusta aponta para Elder com o dedo em riste e olhar intimidador. A ameaça velada é entendida e o garoto magrelo ajeita os óculos e senta-se cabisbaixo. A algazarra termina com a entrada do professor de matemática. Todos se calam enquanto o homem da pele branco-rosada, olhos verdes, barba e bigode bem-feitos, cabelos parcialmente grisalhos, calvo na parte superior da cabeça, em seus 50 anos, óculos de aro fino, olhar severo, vestindo camisa branca de mangas compridas com colarinho romano, sobe no tablado, coloca alguns livros e uma pequena bíblia sobre a mesa e inquire em tom severo:

— Quem rasgou a capa de chuva e molhou os cabelos e as roupas do Lívio?!

A pergunta era pura retórica já que todos sabiam quem eram os donos do pedaço. O silêncio é impressionante!

— Lívio está aos prantos lá na sala da diretoria — ouvem-se risadas contidas e dissimuladas no fundo da sala. —, e se recusa a vir para a sala de aula. — diz o professor e caminha de um lado ao outro do tablado. Suas passadas firmes ressoam na sala silenciosa.

A sala continua quieta. Um ou outro se arrisca a olhar para os lados. O professor posiciona-se no centro do tablado e olha no rosto de um por um dos alunos.

— É muito bonita essa união de vocês sem que um dedure o outro, mas se não aparecer o responsável ou os responsáveis pelo que fizeram ao Lívio, todos vocês ficarão sem o recreio e vou aproveitar esse horário para aplicar um teste surpresa! O que acham disso?!

A sala de aula volta a ficar ruidosa e tumultuada. O homem carrancudo trinca os dentes, pega o apagador de giz sobre o suporte em frente ao quadro verde e bate três vezes com ele no quadro. A violência do gesto, o barulho e a nuvem de pó branco que se forma, faz a sala voltar ao silêncio.

O professor ajeita os óculos com a ponta do dedo indicador, joga o apagador sobre a mesa, bate uma mão contra a outra, sobe mais uma poeira de giz, cruza os braços e mira a turma do fundão. A professora de português entra na sala, Carbonne relaxa as expressões faciais, cumprimenta gestualmente a colega e volta a falar:

— Como disse, se não aparecerem os responsáveis, faremos um teste surpresa no horário do intervalo.

Sisudo, o professor pega suas coisas sobre a mesa, cumprimenta gestualmente, mais uma vez, a professora de português e retira-se da sala de aula.

Ψ

Lívio está de pé com o rosto colado na parede da sala do diretor. Chora inconsolavelmente, nega-se a tirar a camisa e a bermuda molhadas e pede insistentemente a presença da mãe, que chega 40 minutos depois. Ainda aterrorizado e com a roupa úmida, agarra-se à cintura da mãe e implora com voz embargada:

— Quero ir embora, minha mãe... Me tira daqui, por favor?! Eu quero ir embora!

— Lívio, meu filho, o que foi que aconteceu?!

— Eu quero ir embora, por favor! — repete o garoto e volta a chorar agarrado à mãe. — Não quero ficar aqui!

A mãe assustada afaga a cabeça do garoto e sente a roupa úmida.

— Por que sua roupa está toda molhada, meu filho?!

O menino só faz chorar e a mãe olha interrogativamente para o vice-diretor, padre Francisco, um homem sisudo, moreno-claro, cabelos lisos partidos do lado e gestos pensados.

— Coisas de crianças, Sr.ª Kátia... Molharam a roupa do Lívio e acabaram por rasgar a capa de chuva dele. Sentimos muito e já estamos apurando quem são os responsáveis. O professor Carbonne está tendo uma conversa com os alunos... Enfim, tentamos convencer o garoto a se enxugar e a trocar as roupas, mas ele se negou.

— Me tira daqui, por favor, minha mãe! — volta a implorar o garoto com os olhos inchados de tanto chorar.

— Meu Deus! — a mãe aflita encara o padre. — E os fiscais?! Por que deixaram fazer isso com meu filho?!

— O fiscal intercedeu, Sr.ª Kátia, infelizmente, não a tempo de evitar que molhassem a roupa do seu filho e rasgassem a capa dele, mas a escola vai ressarci-la dos prejuízos materiais.

— E os prejuízos psicológicos, padre?! — questiona severamente a morena cor de jambo, olhos castanho-claros, cabelos curtos nos ombros e franja.

A criança continua chorando e o padre pondera:

— São coisas de crianças e tenho certeza de que o Lívio, que é um ótimo garoto, vai superar isso sem maiores problemas. De qualquer forma, acho melhor conversarmos depois, Sr.ª Kátia! — ele diz isso e olha para o menino aos prantos. — No mais, os responsáveis serão identificados e os pais chamados para uma conversa.

Inconformada, mas refém do desespero do filho, ela cede:

— Tudo bem, padre, mas isso que aconteceu é um absurdo e quero uma explicação. Melhor... quero uma punição para os envolvidos.

O padre franze a testa e aperta os lábios, incomodado com a cobrança incisiva da mãe.

— A senhora precisa que chame um táxi?!

Kátia, com o semblante pesado, respira fundo e meneia a cabeça.

— Acho que sim, padre! Onde está o diretor?

— O diretor está viajando, Sr.ª Kátia, e deve retornar em dois ou três dias.

ψ

Carbonne desponta no corredor e Tusta é o primeiro a entrar na sala, seguido dos parceiros de bullying: Maurício, Zeca, Orlando, Carlinhos e Beto. Em poucos instantes o ambiente fica em completo silêncio.

O homem carrancudo do olhar severo entra e caminha sobre o tablado em direção à sua mesa. Passa os olhos na turma quieta e desconfiada, pousa os livros sobre a mesa, cruza os braços, aproxima-se do beiral do tablado e dirige-se aos alunos com voz firme e severa:

— E então, turma?!

Os garotos da linha de frente e os intermediários entreolham-se preocupados, ao contrário da turma do fundão, que mantém uma postura altiva e debochada, apesar de calada.

O professor insiste, visivelmente irritado:

— Quem rasgou a capa de chuva e molhou os cabelos e as roupas do Lívio?!

— Foi Elder, professor! — aponta Tusta com um sorriso sarcástico no rosto.

O menino magrelo e tímido enrubesce; não consegue falar nada e apenas meneia a cabeça, apavorado.

— Tenho certeza que não foi o Elder, Tusta! — retruca o professor encarando o garoto tímido, que abaixa as vistas.

Carbonne volta-se severamente para o garoto gordinho das bochechas rosadas, que mantém as sobrancelhas cerradas fazendo cara de mau.

— Você está levantando um falso testemunho, Tusta?!

— Brincadeira, professor! Fui eu quem rasgou a capa de chuva do Lívio, mas foi sem querer, professor.

— Sei! E quem mais te ajudou a molhar o garoto?

Tusta olha severamente para sua turma e os cinco levantam as mãos.

— Maurício, José Carlos, Orlando, Carlinhos e Roberto. — vocifera o professor. — Vocês não se sentem envergonhados?! A mãe do Lívio esteve aqui e o garoto insiste que não vem mais para as aulas. A Sr.ª Kátia está revoltada e com razão!

Todos permanecem calados. O professor carrancudo dá um ultimato:

— Vocês seis, vêm comigo para a diretoria, agora! Precisamos conversar melhor sobre isso e o padre Francisco está nos esperando.

Os garotos levantam-se e saem na frente. O professor acompanha-os até a porta, mas se volta para a sala.

— Vocês aguardam aqui! Elder, venha cá.

O garoto enrubesce e levanta-se sem tirar as vistas do piso. Estaca-se na porta da sala.

— Preciso conversar com você lá na minha sala, no intervalo. Não falte, hein!

O homem dissimulado olha discretamente para os lados e conclui:

— Não comente nada com ninguém. Certo?

O garoto enrubesce e aquiesce.

— Certo. — retruca e abaixa os olhos.

CAPÍTULO 7

O garoto magrelo caminha rápido pelo corredor molhado das salas de aula e sobe para o segundo piso, utilizando-se do hall das escadas em frente ao pátio de recreação. Apesar da barulheira e algazarra concentrada no galpão de recreação, o menino tímido está focado, preocupado com o chamado do professor. Segue, agora, pelo corredor vazio restrito aos padres e professores. Anda com passadas curtas e hesitantes pelos cantos, encostado na parede, tentando evitar os borrifos da chuva açoitada pelos ventos. Olha para trás, desconfiado, acelera os passos e alcança a última sala; a porta está aberta.

Carbonne já o esperava.

— Entre e se sente aqui, filho.

O homem levanta-se, aponta para uma das cadeiras em frente à sua mesa e vai até a porta. O garoto, cabreiro, senta-se e ajeita os óculos sem perder o professor de vista; ele fecha a porta, passa a chave e volta em direção ao hall de serviços.

— Aguarde aí, filho. — diz ele e desaparece na outra saleta.

Elder olha curiosamente para os objetos sobre a mesa: livros de matemática, uma pequena Bíblia Sagrada com um terço em madrepérolas sobre ela, um porta-canetas com canetas e lápis coloridos, um abajur com o porta-lâmpada na cor vermelha, um telefone preto, muitos envelopes e uma agenda com capa de couro marrom. Em seguida, foca na estante que ocupa toda a parede dos fundos. Está repleta de livros, enciclopédias, classificadores, pastas plásticas, envelopes, vários bibelôs decorativos, alguns troféus, flâmulas de times. Por último, descansa os olhos curiosos sobre o pequeno cofre-forte de aço na parte intermediária da estante. Sobre ele tem uma imagem de São Bento, com aproximadamente 15 centímetros de altura. Por fim, o garoto inquieto gira o corpo na cadeira e olha para a esquerda. Examina curiosamente o crucifixo de madeira envernizada com o Cristo crucificado preso à parede. Abaixo, foram colocados vários pequenos quadros com fotos comemorativas do colégio. Gira novamente o corpo, agora para a direita, e observa as várias imagens de santos sobre dois armários de madeira escura.

Carbonne reaparece com uma merendeira térmica em uma das mãos e um objeto na outra. Senta-se na cadeira e sorri para o garoto tentando ser gentil.

— Isto aqui é uma medalha de São Bento... e é para você! — diz o homem e a entrega ao garoto, que enrubesce e olha desconfiado para o medalhão e a corrente. — Diga a sua mãe que é pelo seu bom comportamento. Você deve usá-la sempre, Elder! Com ela você vai estar protegido das ciladas do demônio, como o que aconteceu hoje com o Lívio.

O menino arregala os olhos, intimidado.

— Sim, senhor!

— Agora, coloque no pescoço.

O garoto olha interrogativamente para o medalhão e depois para o professor.

— Coloque por dentro da camisa, assim ninguém precisa saber que você está usando.

O professor recosta-se na cadeira e sorri gentilmente. O garoto coloca a corrente com o medalhão no pescoço e o ajeita por baixo da camisa. Constrangido, olha para o professor e enrubesce.

— A partir de agora você é meu protegido, está ouvindo, Elder?! E se alguém fizer algum mal a você aqui no colégio, é só me falar. Mas isso é nosso segredo! Ninguém pode saber disso. Ninguém! Ouviu bem, garoto?! — o homem emposta a voz severamente. — Ninguém! Nem mesmo sua mãe. Você entendeu?! As armadilhas do diabo podem ser ainda piores! Lembre-se disso, filho.

O garoto empalidece e responde com voz fraquejando:

— Sim, senhor!

— Ótimo!

O professor, agora com olhar malicioso, abre a marmita e entrega um sanduíche misto-quente ao garoto.

— Coma!

O menino sente-se constrangido e amedrontado. Recusa gestualmente.

— Coma! — vocifera o professor.

Elder estremece com o tom alto e ríspido. Seus olhos lacrimejam, mas ele segura o choro e come o sanduíche o mais rápido que pode sob o olhar, ora severo e intimidador, ora malicioso e sorridente, do professor. Em seguida, o homem cinquentão dos cabelos ligeiramente grisalhos oferece um copo de suco e ordena com a mesma autoridade:

— Beba!

O garoto obedece sem pestanejar.

— Ótimo! Agora você pode voltar para a sala de aula. — diz o professor.

Carbonne cruza os braços e recosta-se na cadeira com o olhar severo e intimidador de sempre. O menino levanta-se, mas não consegue abrir a porta trancada à chave. O professor, então, levanta-se e ajuda o garoto intimidado. Elder sai sem pressa, mas logo está correndo em direção ao hall das escadas e desaparece.

Ψ

Apesar do céu nublado, a chuva deu uma trégua. Elder ajeita o guarda-chuva atravessado na parte superior da pasta escolar e o prende entre o corpo e tampa da pasta. Como de praxe, a turma do fundão sai primeiro e os sacos de pancadas, por último para evitar as chacotas e agressões físicas. Nilo percebe o jeitão soturno e fragilizado do amigo e vai até ele.

— Bora, Elder!

Encorajado por um dos raros colegas com quem fez amizade, além de Lívio, Elder finalmente sai da sala de aula e segue em direção à portaria. Desconfiado, o garoto volta e meia olha para trás, mas segue calado. Assim que saem do corredor das salas de aula e dobram à direita em direção à saída, o garoto tímido vê o professor Carbonne de pé em frente à porta da secretaria: altivo, braços cruzados e olhar severo. O garoto estremece, abaixa os olhos e muda de lado, tentando esconder-se atrás do colega, mas o professor já o viu e se aproxima propositalmente da catraca de saída ficando ao lado de um dos fiscais.

O garoto mantém a cabeça baixa, passa pela catraca e corre em direção à rua deixando o colega para trás. Chega em casa 15 minutos depois, suado e arfando.

A avó nota o cansaço e o rosto avermelhado do garoto.

— O que foi que houve, Edinho? Você parece que viu uma assombração.

— Eu vim correndo, vó.

— E por que isso, meu filho?!

— Nada não, vó.

— Sei... Vá tomar seu banho pra depois almoçar e me dê logo essa camisa pra lavar.

O garoto corre para o sanitário e a vó, desconfiada, vai atrás.

— Edinho...

O garoto tira a camisa de costas para a avó, entra no sanitário e a entrega pela greta da porta. Desconfiada, Dona Núbia vocifera:

— Edinho, abra essa porta!

Em seguida, força a entrada e nota a corrente com o medalhão no peito do neto. O garoto começa a chorar:

— Eu ganhei, vó. Eu juro!

— Calma, meu filho. Quem te deu essa medalha de São Bento?!

— Foi o professor Carbonne.

— E precisa chorar, Edinho? Tire essa corrente pra tomar o banho, vai.

ψ

Enquanto o menino toma o banho, Dona Núbia liga para a secretaria da escola. Uma voz feminina atende a ligação:

— Alô!

— Boa tarde. Eu sou a avó do aluno Elder Capaverde e preciso falar com o professor Carbonne.

— Boa tarde, senhora. Ele estava de saída para o almoço. Deixa ver se ele pode atendê-la, agora.

Instantes depois o homem atende com voz empostada:

— Alô!

— É o professor Carbonne?

— Sim!

— Professor, sou a avó do Elder Capaverde... É que ele chegou hoje com uma medalha de São Bento...

— Como é o nome da senhora?

— Desculpe, professor. Meu nome é Núbia e, como disse, sou a avó do Elder.

— Dona Núbia, eu dei essa medalha ao garoto como estímulo. Ele é um bom menino, bem-comportado, um pouco tímido, mas bem-comportado.

— Tudo bem, professor, obrigada. Desculpe incomodar... Eu só queria ter certeza.

— Não é incomodo algum. Tenha uma boa tarde.

CAPÍTULO 8

Apesar do dia chuvoso, à noite o tempo apresentou melhoras com céu parcialmente nublado e a lua apareceu timidamente entre nuvens. No entanto, o clima na casa dos Leal não está nada bom. O garoto Lívio está irredutível e, apesar das ameaças do pai, continua arredio afirmando que não vai voltar à escola. O menino isolou-se no quarto, onde jantou, e acabou dormindo. A mãe tenta controlar o mau humor do marido e encontrar uma solução para o caso.

— Mô, acho melhor a gente pensar seriamente em mudar Livinho de escola.

— Isso não faz sentido, Káti! Livinho tem que se comportar como homem e aprender a lidar com essas coisas. Ele vai viver pulando de escola em escola toda vez que esses filhinhos de papai olharem atravessado pra ele? Pelo amor de Deus!

— E o que você vai fazer, Lívio?! Amarrar o menino na sala de aula?!

Lívio, um homem grandalhão, rosto de traços retos e marcantes, olhos castanho-claros miúdos, anda pela sala, visivelmente nervoso. Carrancudo, apoia-se na janela e contempla a rua praticamente deserta e com pouca iluminação. Respira fundo, passa as duas mãos sobre os cabelos cortados ao estilo militar e volta a se sentar no sofá.

— Merda!

— Mô... Livinho é uma criança sensível...

— Merda de sensível, Káti! Livinho é homem e tem que aprender a lidar com isso e ponto final!

Kátia meneia a cabeça e cobre o rosto com as mãos. Está confusa e completamente perdida.

— Certo! E você pretende fazer o quê, Lívio? Bater no menino só vai piorar as coisas.

— Tudo bem, Mô. Amanhã cedo vamos conversar com Livinho e ver o que acontece. Vou tomar um banho e tentar dormir um pouco!

ψ

O homem da pele branco-rosada e olhos verdes, tranca a porta do escritório, tira os óculos e coloca-os sobre a mesa. Olha para o garoto tímido de feições delicadas à sua frente e seus olhos adquirem um brilho diferente. Segura no ombro do menino e o conduz para a outra sala, onde há uma pequena cozinha e sanitário. O homem apaga a luz do cômodo, deixando o ambiente propositalmente na penumbra, e toca o garoto na altura do peito e do pescoço.

— Onde está a medalha que te dei?

— Em casa, professor.

O homem contrai as sobrancelhas e assume uma postura severa.

— Eu não disse que você tinha que usá-la sempre, filho?!

— Desculpe, professor.

— Tarde demais, filho... Vejo que o mal está a seu lado.

O garoto sente o coração acelerar. Assustado, consegue dar um passo atrás com os olhos esbugalhados. Está em pânico.

— Mas eu vou tirar esse mal de você.... Tire a bermuda e a cueca, garoto!

O menino fica pálido e não consegue reagir. O homem dos olhos verdes brilhantes e bochechas rosadas ignora seu desespero. Aproxima-se, curva-se e lentamente abaixa a roupa do menino paralisado pelo medo. Toca no pênis do garoto, ele fica confuso e paralisado, e o acaricia por um tempo. O garoto não reage... Em seguida, o homem põe-se de pé com um sorriso malicioso estampado no rosto rubro, dá um passo atrás e abaixa as próprias calças. O faz com gestos lentos e isso o deixa muito excitado. Passa a masturbar-se ao mesmo tempo que se aproxima mais do moleque paralisado pelo medo.

— Abra a boca, filho! Vou te dar algo que vai te purificar e tirar o demônio do seu corpo.

O menino continua parado, trêmulo, com os olhos arregalados.

— Abra a boca, garoto! — brada o professor.

O menino obedece e o homem introduz o pênis em sua boca e ejacula. O garoto engasga e o homem, ainda em êxtase, vocifera:

— Engole tudo! Tudo!!

— Ahhh!! — grita o garoto e senta-se na cama suado e ofegante.

Instantes depois, a mãe entra no quarto escuro. Senta-se ao lado do filho e o aperta contra o peito.

— Livinho… O que foi isso, meu filho?!

O garoto começa a chorar abraçado à mãe. O pai entra no quarto, acende a luz e não gosta do que vê.

— O que foi que houve, Káti?!

O menino chora copiosamente. A irmã, Luiza, aparece com cara de assustada.

— Escutei um grito, minha mãe.

— Acho que Livinho teve um pesadelo, gente. Só isso!

— Eu não quero voltar pra aquele colégio, por favor, minha mãe, me ajude! — implora o garoto entre soluços.

Preocupada, a mãe olha para o marido: seus olhos suplicam paciência para com o filho fragilizado.

O pai comprime os lábios e meneia a cabeça lentamente. Está decepcionado com o comportamento do filho e com o protecionismo exagerado da esposa.

— Droga! — resmunga e vira-se para sair do quarto.

— Apague a luz, Mô. Vou ficar um pouquinho com Livinho. Vai dormir também, Lú.

ψ

Aos primeiros sinais do amanhecer, Kátia ajeita o garoto, que dorme profundamente, e levanta-se silenciosamente. Volta para seu quarto, senta-se na cama do casal e isso faz o marido acordar mal-humorado.

— O que foi agora, Káti?!

— Acho melhor deixar Livinho em casa hoje.

Lívio senta-se na cama e resmunga:

— Eu já não sei mais o que fazer com esse menino. Droga!

O homem levanta-se, contorna a cama e vai até a janela. Puxa a cortina para o lado e observa o amanhecer com céu parcialmente encoberto e levemente escurecido. A rua ainda apresenta sinais da chuva noturna, mas o tempo parece que está firmando. Gira o corpo, olha para o relógio de cabeceira marcando 5h50 e boceja.

— O que a gente vai fazer, hein, Káti?

— Não sei, Mô... O professor Carbonne disse que ia conversar com os pais dos meninos que fizeram isso com Livinho, mas de nada adianta se ele não quiser retornar para a escola. Meu Deus! Livinho parece apavorado!

O pai mostra-se impaciente. Senta-se novamente na cama com as mãos cobrindo o rosto e os cotovelos apoiados sobre os joelhos.

— Livinho fica em casa hoje... e depois?! — murmura o homem.

— Hoje é sexta, Lívio, e eu vou lá na escola pedir para transferir o Livinho de turma. Quem sabe assim a gente consegue convencê-lo a voltar para a escola?

O homem corpulento dos olhos miúdos respira fundo e se levanta.

— Tudo bem, Káti. Talvez essa seja uma boa solução. — diz Lívio e vai para o sanitário.

A mãe deita-se na cama, abraça o travesseiro e fixa o olhar na luminosidade que invade o quarto pelo canto da cortina. Perde-se em seus pensamentos e angústias e acaba cochilando.

CAPÍTULO 9

Sexta-feira, 11 de abril de 1969.

Kátia Leal entra na secretaria do Colégio Dom Pedro pontualmente às 14h, sendo prontamente conduzida à sala do diretor por uma das atendentes. Padre Francisco já a esperava e vem recebê-la na porta do escritório.

— Boa tarde, Sr.ª Kátia.

— Boa tarde, padre.

— Entre e sente-se, por favor. — diz o homem sisudo apontando para a cadeira.

A mãe senta-se. Ele contorna a mesa e senta-se na imponente cadeira de madeira trabalhada e recosto de couro.

Abatida e sisuda, Kátia observa o padre de gestos comedidos. Ele recosta-se e olha fixamente para a senhora à sua frente; ela abaixa as vistas, constrangida pelo olhar insistente e intimidador.

— E então, Sr.ª Kátia, como está o garoto Lívio?

Kátia comprime os lábios e gesticula como que procurando as palavras certas.

— Sabe, padre... Livinho parece muito assustado com tudo o que aconteceu aqui... e insiste que não quer vir para a escola. Estou muito preocupada e gostaria de encontrar uma alternativa para não tirar o menino desse colégio. O senhor acredita que ele teve pesadelos noite passada e acordou aos prantos, reforçando que não queria voltar ao colégio?!

O padre carrancudo assente e fixa o olhar em um ponto qualquer da mesa, reflexivamente. Aproxima o tronco da mesa, apoia os cotovelos sobre o tampo, entrelaça os dedos das mãos, apoiando o queixo sobre elas, e pondera:

— As crianças às vezes nos surpreendem, Sr.ª Kátia. Coisas banais às vezes tomam uma dimensão inexplicável na cabecinha desses jovens. É preciso muita compreensão... muita conversa... e no fim... isso passa. Lívio é um bom menino, mas precisamos ajudá-lo a superar essa timidez excessiva para que ele consiga conviver com essas e outras brincadeiras, próprias da garotada.

Kátia franze a testa, empertiga o corpo e apoia as mãos sobre o tampo da mesa.

— Não me parece uma bobagem rasgar a capa do colega e molhar o menino todo, padre!

O padre enrubesce e franze a testa. Recosta-se e aquiesce. Retruca, impostando a voz:

— É claro que não, Sr.ª Kátia! Já identificamos os colegas que protagonizaram essa brincadeira de mau gosto com seu filho. São seis ao todo. Os garotos foram suspensos e voltam às aulas na segunda-feira. E na segunda à tarde tenho uma reunião com os pais deles. Estamos tratando o assunto como deve ser, Sr.ª Kátia.

Kátia finalmente recosta-se na cadeira, desvia os olhos momentaneamente para o piso, respira fundo e, então, propõe:

— Padre, seria possível mudá-lo de turma?

— Veja bem, Sr.ª Kátia... É possível sim, mas pelo que a senhora falou, talvez o mais recomendado seja transferi-lo para o turno vespertino. Assim ele não vai mais se encontrar com seus algozes, vamos dizer assim, e terá melhores condições de se recuperar.

Kátia mostra-se indecisa.

— Não sei, padre... Mudar de turno não é muito radical, não?

— O que eu posso dizer para a senhora é que temos como realocar o garoto das duas formas. A senhora decide.

A mulher mostra-se aflita.

— Vamos fazer uma coisa, Sr.ª Kátia. Converse com seu esposo e com seu filho e me ligue amanhã por volta das 10h. O que acha?

Kátia respira fundo e aquiesce.

— Tudo bem. Obrigada, padre!

ψ

É final de tarde e assim que se encerram as aulas, o professor impecavelmente vestido com uma camisa branca de mangas compridas e colarinho romano, calças creme e sapatos sociais pretos, sai da secretaria e vai para seu escritório com passadas curtas e firmes. O olhar altivo, a carranca e o jeitão autoritário e intimidador o faz temido pelos alunos e respeitado pelos funcionários e professores. Entra na saleta, fecha a porta, senta-se à mesa e fica pensativo. Fecha os olhos e lembra-se do garoto das feições delicadas e um sorriso malicioso lhe vem ao rosto. Um ímpeto incontrolável arrebata-o e o homem gira a cadeira até ficar frente a frente com um pequeno cofre-forte. Gira o seletor cuidadosamente para a direita e esquerda, abre a pesada porta de ferro e retira um pequeno estojo de madeira. Coloca-o sobre a mesa e fica encarando-o por alguns instantes. Sente o coração acelerado e mais uma vez, por impulso, abre a caixa. Retira algo envolto em papel manteiga, levanta-se e vai até o sanitário. Fica de frente para o espelho e olha-se por alguns segundos. Respira fundo e murmura:

— Eu também sou filho de Deus!

Abre cuidadosamente o papel manteiga, colocando-o sobre a bancada da pia e arruma cuidadosamente as cinco fotos 3x4 sobre um pequeno batente afixado abaixo do espelho, deixando-as de pé encostadas ao azulejo da parede. Olha agora para as cinco crianças que estão sob sua proteção, abre as calças e masturba-se até ejacular sobre a pia... Fecha os olhos em êxtase e sussurra:

— Eu amo vocês!

O homem abre os olhos e volta a encarar-se no espelho, mas não gosta do que vê; sente remorso ao rever as fotos das cinco crianças. Cerra o cenho e esbraveja:

— Droga!

O remorso logo dá lugar ao mesmo desejo incontrolável. O homem volta a se masturbar freneticamente até ejacular mais uma vez. Rubro, arfando e trêmulo, o professor contempla as cinco fotos.

Batem à porta. Assustado, o homem empacota as fotos rapidamente e fecha as calças, apressado, sem se limpar adequadamente. Mais duas batidas à porta ecoam ameaçadoramente no pequeno recinto. O homem, agora estressado, joga o pacotinho de papel manteiga no cofre e o fecha.

— Professor Carbonne! — ecoa a voz abafada por trás da porta.

O homem reconhece a voz da senhora da limpeza. Respira fundo, ajeita a camisa dentro da calça e abre a porta.

— Boa tarde, professor Carbonne.

O telefone toca e o homem entufado gesticula para que a senhora entre e volta para a mesa de trabalho. Retira o fone do gancho e vira-se, ficando de frente para a senhora baixinha de lenço na cabeça.

— Professor Carbonne... — responde ele.

A senhora nota uma mancha úmida na calça do padre, na altura da virilha; enrubesce e olha para o homem da pele rosada no exato momento em que ele volta a ficar de costas enquanto ouve seu interlocutor ao telefone e se distrai. Ela entra na área da cozinha e vai direto para o sanitário que ainda está com a luz acesa. Bate os olhos na pia e nota a gosma branca espalhada na cuba de louça marrom. Dona Maria franze a testa, olha em volta e vê uma foto 3x4 no piso do sanitário. Abaixa-se e pega a fotografia suja com a mesma gosma branca da pia. Faz cara de nojo, levanta-se com o coração acelerado e sai do sanitário segurando o pequeno retrato da criança entre os dedos. Esbarra-se com o homem carrancudo e olhar ameaçador; instintivamente, fecha a mão, paralisada de medo.

— Algum problema, Dona Maria?!

— Nada não, professor... é que não estou me sentindo muito bem.

O padre aproxima-se do sanitário e nota a pia completamente suja. Enrubesce e sente o coração acelerado. Gira o corpo, olha severamente para a senhora pálida à sua frente e se dirige a ela rispidamente:

— A senhora viu essa sujeira na pia do sanitário, Dona Maria?!

— Sujeira... — gagueja. — Não, professor... Eu senti uma vertigem quando entrei aqui e ia pedir para o senhor se posso fazer a limpeza amanhã cedo... Mas se o senhor quiser, eu limpo agora.

O professor aproxima-se ameaçadoramente da mulher olhando fixamente em seus olhos e volta a falar grosseiramente:

— Muito cuidado, Dona Maria, com as coisas que se passam na cabeça da senhora e o que pode sair da sua boca. Muito cuidado, porque o mal está de olho na senhora.

— Cruz credo, professor! — a senhora faz o sinal da cruz.

— Pode ir, Dona Maria.

A senhora entende a ameaça velada e sai da sala, apressada. O homem vai até a pia e a lava cuidadosamente. Limpa o piso com papel higiênico e depois passa um pano de chão arrastando-o com um dos pés. Volta para o hall da pequena cozinha e olha-se no espelho fixado atrás da porta; vê a mancha na calça.

— Droga!!

Preocupado, volta para sua mesa e nota que deixou o estojo de madeira sobre o tampo. Abre o cofre, coloca o pacotinho de papel manteiga com as fotos dentro da caixa e tranca tudo na burra de aço. Recosta-se na cadeira e lembra-se do garoto Elder, seu mais novo protegido. Sorri maliciosamente e passa a mão sobre o órgão genital. Lembra-se que está com as calças sujas, levanta-se, vai lavar-se e trocar de roupas.

CAPÍTULO 10

O clima continua tenso no apartamento dos Leal. Lívio chega em casa por volta das 19h30, o filho corre para o quarto, e a mãe gesticula para que o pai tenha calma. Lívio sente o sangue ferver diante da complacência da esposa, mas se controla. Pousa a pasta de trabalho no piso da sala, ao lado do sofá, e respira fundo tentando se acalmar.

— Como foi a conversa lá, com o padre?

— Padre Francisco nos deu duas opções, Mô. Mudar Livinho apenas de turma ou mudá-lo para o turno vespertino. Na verdade, ele sugeriu trocar Livinho de turno.

— E os tais garotos? Qual foi a providência que a escola tomou?

— Segundo o padre, eles já foram identificados e suspensos. Voltam às aulas na segunda-feira, quando os pais deles irão até a escola para conversar com o diretor.

— E aí?! Você já conversou com Livinho?

— Lívio…

— Conversou ou não, merda?!

Kátia engole em seco diante da agressividade do marido; Lívio, visivelmente irritado, parte para o quarto do menino.

— Lívio, por favor, tenha paciência com Livinho.

— Fica quieta, Káti! Você está mimando demais esse menino e é por isso que as coisas estão assim!

A mãe cobre a boca com as duas mãos e os olhos marejam; vai atrás do marido.

O homem exaltado entra no quarto e encontra o menino deitado com a cara enfiada no travesseiro. Retira o cinto, gesticula ameaçadoramente e se dirige ao filho em tom severo:

— Livinho!! Diga na minha cara que você não vai voltar para o colégio! Diga!!

O garoto começa a chorar e senta-se na cama. A mãe intercede:

— Meu filho, você vai mudar de turno. Você vai para o turno da tarde e não vai mais se encontrar com aqueles meninos.

— Eu não quero, minha mãe, por favor!

O pai puxa o garoto pelo braço e lhe dá duas cipoadas nas nádegas. O garoto chora copiosamente e a mãe toma a frente abraçando-o.

O pai esbraveja em tom forte e alto:

— Você vai para a escola, nem que seja amarrado! Você está me escutando, Livinho?!!

— Eu não vou! Não vou!!

— Ah, não?!! — retruca o pai com veemência e retira o menino dos braços da mãe à força. Defere mais três cipoadas nas nádegas do garoto, que chora aos berros.

— Chega, Lívio! Chega, pelo amor de Deus!! — agora é a mãe quem vocifera e chora abraçada ao filho.

— Pode avisar ao colégio que vamos trocar Livinho de turno, Káti. Ele vai voltar às aulas, sim!! Droga!! — esbraveja Lívio e sai do quarto transtornado.

O garoto chora e gagueja, entre soluços:

— Eu não posso ir pra escola, minha mãe... Me ajude, por favor!

ψ

Apesar de aborrecida e muito angustiada, Kátia consegue acalmar o garoto e, por volta das 22h, ele finalmente adormece. Esmorecida, volta para o quarto do casal e encontra o marido vestido com a bermuda do pijama e fumando próximo à janela. Está carrancudo e mantém olhar fixo na rua.

Kátia fecha a porta do quarto e comenta com voz tensa:

— Tem alguma coisa de muito grave acontecendo com esse menino, Lívio. Ele está apavorado e isso não é normal!

Lívio traga e solta uma baforada de fumaça. Em seguida, apaga a baga do cigarro no cinzeiro sobre a cabeceira da cama.

— Não pense que não estou preocupado com Livinho, Káti... Só não posso deixar o menino abandonar os estudos. O mínimo que tenho que fazer é exigir isso dele.

— E você acha que vai resolver batendo nele?!

— Fazendo as vontades é que não vou ajudar em nada! Aliás, se bobear, nunca mais Livinho volta pra escola.

— Eu já estou cansada dessa sua cabeça dura, Lívio!

— Eu é que estou cansado de ver você mimando esse garoto como se ele fosse um... Merda, Káti! Será que você não percebe que Livinho vem se comportando como se ele fosse um...

— Um o quê, Lívio?!

— Um maricas, merda!!

Lívio acende outro cigarro, encara a mulher com os olhos injetados e sai do quarto para fumar. Kátia joga-se na cama e chora silenciosamente; está furiosa com o marido e preocupada com o filho.

Lívio volta logo em seguida. Apaga novamente o cigarro e se aproxima da mulher.

— Vamos fazer uma coisa, Káti. Vamos mudar o turno de Livinho para o vespertino e tentar convencê-lo a voltar para o colégio. Se ele insistir em não ir, a gente providencia outro colégio. — diz Lívio e vai até a janela.

Lívio acende outro cigarro e Kátia se aproxima.

— Eu estou muito preocupada com meu menino! Ele é só uma criança... — diz ela com voz embargada e desata a chorar.

O marido vira-se e abraça a esposa.

— A gente vai dar um jeito nisso, Káti.

ψ

O garoto acorda assustado e começa a choramingar. Levanta-se, vai até a porta do quarto dos pais, que está encostada, mas se lembra da surra e desiste de chamar a mãe. Volta para o quarto e vê a corrente com a medalha de São Bento dependurada na lateral da cabeceira da cama. Olha em volta e sente medo da penumbra e das sombras na casa silenciosa. Vai até a janela, puxa a cortina de lado e contempla a rua deserta e mal iluminada pela luz vinda de um único poste. Sua mente está fervilhando com a ideia fixa de não voltar para o colégio. Uma voz reverbera em sua mente perturbada: "as armadilhas do diabo podem ser ainda piores!".

"Eu não posso voltar...", pensa isso de forma recorrente.

Vai até a cama, empunha a corrente com a medalha de São Bento e sai do quarto com passadas curtas e hesitantes em direção à sala. Vê réstias de luz vindas da janela coberta com uma cortina de tecido branco e enfia-se por trás da estampa de pano. Abre um pouco a janela de madeira e olha insistentemente para o pequeno jardim em frente ao playground; a voz continua reverberando em sua mente: "as armadilhas do diabo podem ser ainda piores!"; e a ideia fixa de não voltar ao colégio ganha corpo.

O garoto desnorteado olha mais uma vez para o medalhão e caminha lentamente até a porta da sala. Olha em direção ao corredor escuro que leva aos quartos, mas sua mente o empurra para fora de casa. Abre a porta e sobe as escadas para o quarto e último andar. Tudo está deserto, escuro e silencioso.

O garoto vê-se no centro do hall e dá um giro sobre o próprio corpo completamente desnorteado. Olha para o teto e vê a passagem para a laje do prédio aberta; ideias obscuras e sombrias começam a rondar sua mente. Coloca o medalhão no pescoço e volta para casa. Apossa-se da escada de alumínio na área de serviços e volta para o hall do quarto andar. Abre a escada e sobe até alcançar os degraus de ferro fixados na parede. Passa por eles e finalmente alcança a parte inferior do tanque de água do prédio. Está escuro, mas o garoto termina de subir e engatinha até uma passagem do outro lado do cubículo de onde consegue ver o céu escuro. Sai por essa passagem pisando sobre telhas de amianto. Observa a luminosidade da rua à sua frente e sente a friagem da madrugada. Arrepiado, olha para trás e vê outra escada que leva para a parte superior da caixa d'água. Sobe e fixa o olhar no extremo oposto. Fixa-se nos contornos do limite da caixa d'água, depois no céu escuro e nas luzes distantes dos outros prédios. O garoto ajeita a corrente e o medalhão embaixo da blusa do pijama, fecha os olhos e a imagem do homem da pele rosada ejaculando em sua boca lhe vem à mente.

— Ahhh... — grita o garoto e sai correndo.

O grito reverbera no silêncio da noite seguido de um som agudo do corpo caindo na vala entre os dois blocos dos prédios. O silêncio volta por alguns segundos; luzes começam a ser acesas nos apartamentos, um burburinho toma corpo, pessoas aparecem nas janelas, no playground e finalmente se ouve o grito desesperado da mãe:

— Nãaao... Livinho, meu filho... Nãaao!!

CAPÍTULO 11

Domingo, 2 de novembro de 1969.
Sete meses depois...

Um homem corpulento, barba bem-feita, bigode farto, usando óculos escuros, chapéu preto de aba curta, camisa preta de mangas compridas e calça jeans, transita taciturno entre a multidão que invadiu o cemitério Campo Santo na manhã de domingo, Dia de Finados. O grandalhão caminha com passadas curtas em frente à capela, olha desolado para as imagens sombrias e jazigos suntuosos à direita e sente uma tristeza profunda. Lembra-se da surra que deu no filho na noite da sua morte e sente um arrependimento que lhe corroe as entranhas. Respira fundo, olhos marejados, e dobra à esquerda da catedral. Anda lentamente pela via lateral até alcançar um conjunto de jazigos perpétuos. Interrompe subitamente a caminhada e observa as pessoas ajoelhadas rezando por seus entes queridos. Recorda-se da esposa que sucumbiu diante da tragédia e luta contra uma depressão ao lado da filha e dos pais, que vieram morar com ela. A separação foi mais um baque na vida do homem forte e decidido que se viu sozinho carregando a culpa pela morte do filho.

O homem retoma a caminhada, dobra à esquerda, anda alguns passos até alcançar um jazigo em mármore preto, detém-se e olha em volta. Apesar de movimentada, a área está silenciosa, o dia, radiante com céu de brigadeiro e sol morno e agradável. Uma leve brisa sopra sobre os túmulos; pássaros cantam ao redor.

O homem abaixa-se junto ao túmulo e lê a inscrição na cruz:
"Lívio Fontenelle Leal Filho. 1958–1969".

Ajoelha-se em frente ao jazigo, cobre o rosto com uma das mãos e chora por alguns segundos. Contém-se, deposita um pequeno arranjo de lírios sobre o túmulo e reza silenciosamente.

ψ

Kátia entra no cemitério amparada pela mãe e pela filha. Caminham juntas em direção à capela. Abatida, com óculos escuros, cabeça baixa e passos curtos e hesitantes, nem de longe lembra a mulher altiva e determinada de antes. À medida que se aproximam do local do jazigo, ela fraqueja e começa a chorar.

— Tenha fé em Deus, minha filha. Lembre-se que você ainda tem uma filha para criar.

Kátia meneia a cabeça lentamente e reduz os passos. Luiza avista o pai ajoelhado no jazigo onde o irmão foi enterrado e corre até ele; a mãe interrompe a caminhada e vira-se de costas na tentativa de conter um sentimento ruim que enche o seu coração de rancor.

Pai e filha abraçam-se e choram juntos sem que nenhuma palavra seja dita. Ele avista a esposa parada de costas e a sogra com um olhar severo e acusador. Levanta-se, dá um beijo na testa da filha e sai rapidamente em sentido contrário. A menina volta correndo e abraça a mãe.

— Acho melhor vocês combinarem um horário para visitar o túmulo de Livinho e evitar esse constrangimento desnecessário. — comenta Dona Clarice em tom amargo e severo.

Kátia parece não ouvir. Abraça a filha, segue até o jazigo, ajoelha-se e chora copiosamente.

ψ

O cemitério Quinta dos Lázaros está igualmente movimentado, com pessoas indo e vindo sem pressa, contudo uma senhora negra, de estatura mediana, cabelos presos com um lenço cinza com estampas em preto, caminha apressada até a área das covas simples. Assim que entra na área dos túmulos demarcados com pequenas cruzes brancas, diminui o ritmo e desvencilha-se cuidadosamente das outras pessoas que visitam o local.

Ajoelha-se ao pé da cruz de madeira e coloca um ramo de sorriso-de--maria no chão. Lê a inscrição na cruz: "Vanda Cruz da Silva. 1905–1962", faz o sinal da cruz e reza silenciosamente por alguns minutos.

Faz o sinal da cruz mais uma vez, levanta-se e fica pensativa enquanto observa a inscrição com o nome da mãe. Lembra-se do garoto que se suicidou, da foto que encontrou no chão do sanitário e da sujeira na pia e no piso; faz cara de nojo. Sente o coração apertado por conta da morte trágica do menino delicado e amoroso.

"Meu Jesus Cristo… Tenha misericórdia, Senhor, daquela criança."

Dona Maria ajoelha-se novamente, faz mais uma oração, agora em memória do garoto, e sua mente volta a fervilhar. Por fim, levanta-se.

"Por que será que essa criança tirou a própria vida, meu Senhor?", pensa e fica olhando para o vazio até que a movimentação de outras pessoas ao lado a traz de volta ao mundo real.

Respira fundo, olha mais uma vez para a cruz sobre a cova, faz o sinal da cruz e retira-se silenciosamente.

Ψ

A pequena capela do Colégio Dom Pedro está cheia com a presença maciça dos professores e funcionários para a missa de Finados. Esta não é uma celebração comum; o padre Olavo prepara-se para o rito diante de um público ainda consternado com a morte trágica do garoto Lívio Leal Fontenelle Filho, porém um burburinho se forma ao notarem a ausência do professor Carbonne. Padre Olavo intervém energicamente para conseguir dar início à liturgia, mas a ausência do professor repercute negativamente logo após a missa.

Um grupo de professores mostra-se insatisfeito com a postura inapropriada e rude do coordenador pedagógico e cobra um posicionamento do diretor. Apesar de ter minimizado a conduta do professor, o diretor, padre Heleno, um homem magro, alto, pele branca, olhos azuis, óculos de aro fino preto, calvo, com poucos cabelos brancos nas laterais da cabeça e voz rouca com forte sotaque, chama-o à sua sala nas primeiras horas da manhã da segunda-feira.

— Bom dia, professor Carbonne. Sente-se, por favor.

— Bom dia. — retruca o professor e senta-se com um olhar interrogativo.

Padre Heleno senta-se em seguida e expõe calmamente os fatos:

— A morte trágica desse menino, Lívio, ainda não foi superada, professor Carbonne. Nem para as pessoas, funcionários e os professores, nem para o colégio como instituição... O senhor bem sabe das dificuldades que tivemos para desvincular a morte do garoto a uma postura permissiva com os alunos a ponto de ocorrer um quase linchamento entre colegas. Um fiscal e um supervisor perderam o emprego por conta desse episódio, sem falar das visitas daquela inspetora da polícia tentando devassar a vida escolar do garoto e a conduta do colégio. Aliás, o senhor sabe disso melhor do que eu.

O rosto rosado do professor de olhos verdes fica rubro. De cenho cerrado e exalando ódio pelos poros, ele questiona:

— Aonde o senhor quer chegar, padre Heleno?

Apesar da postura dura, o diretor continua dissertando de forma direta e objetiva sem esboçar nervosismo ou agitação.

— O senhor, professor Carbonne, não tem se esforçado para ser simpático com seus pares, tampouco com nossos empregados, o que tem gerado certo desconforto, vamos dizer assim. Acho que sua ausência na missa de ontem foi a gota d'água. É óbvio que todos esperavam sua participação, mas apesar de todas as circunstâncias, o senhor prefere agir como se nada tivesse acontecido e não posso ser conivente com essa sua postura.

— Mas...

— A informação que tenho é que os professores estão se unindo para pedir o seu afastamento da coordenação pedagógica do colégio, professor Carbonne, e se isso acontecer, serei obrigado a afastá-lo.

O homem enrubesce, comprime fortemente a boca e seus olhos faíscam de raiva.

— Vou facilitar as coisas para o senhor, padre Heleno. — o homem levanta-se. — Vou preparar o meu pedido de afastamento, imediatamente!

Com o semblante sóbrio, o diretor recosta-se na cadeira.

— Obrigado, professor!

Os dois entreolham-se por instantes.

— Isso é tudo, professor Carbonne.

ψ

Visivelmente aborrecido, o homem da face rosada confere o horário e decide ir para sua sala antes da próxima aula. Senta-se à mesa, alimenta a máquina de escrever portátil com papel e datilografa seu pedido de afastamento do cargo de coordenador pedagógico. Bate nas teclas com raiva e rapidamente redige um texto sucinto alegando motivos de ordem pessoal para o afastamento.

"Droga!", pensa.

Abre a terceira gaveta da mesa, pega um envelope, assina a carta e a envelopa cuidadosamente. Recosta-se na cadeira, respira fundo várias vezes mantendo os olhos fechados e se vê possuído com imagens dos seus anjos protegidos. Começa a alisar o pênis por cima da calça até ser dominado por um desejo incontrolável. Levanta-se, vai até o sanitário e masturba-se freneticamente com o pensamento fixo nos garotos.

Limpa-se, lava o rosto e volta para a mesa de trabalho. Pensativo, sorri maliciosamente. Gira a cadeira para trás, abre o cofre-forte e retira o pequeno estojo de madeira colocando-o sobre a mesa. Olha para o objeto e lembra-se do garoto Lívio... Sente-se triste e tomado de súbito remorso: desde a morte trágica do seu anjinho preferido que não abre a caixa.

Respira fundo e recosta-se melancólico sem tirar os olhos do estojo. Finalmente abre a caixinha, retira o pacote de fotos envoltas em papel manteiga, desembrulha e surpreende-se ao ver que falta uma foto, justamente a do garoto Lívio. Sente uma súbita vertigem e recosta-se na cadeira, incrédulo. O coração acelera e a mente fervilha.

Lembra-se da última vez que viu a foto, da faxineira pálida, da sua falta ao trabalho e, finalmente, de tê-la demitido.

"Será que aquela negrinha?!", pensa.

O homem tenso e preocupado vasculha o cofre a procura da foto, sem sucesso. Pensa em dar uma geral nas gavetas, mas se lembra da aula.

"Droga!", pensa.

Guarda as fotos enroladas no papel manteiga, deposita na caixa de madeira e volta a trancafiá-la. Recorda-se que já se passaram seis meses desde que demitiu a faxineira e tenta relaxar.

"Não... Não! Ela não teria coragem... Afinal é apenas a foto de um garoto que ela poderia muito bem ter achado na secretaria da escola". — sorri sarcasticamente — "Quem daria ouvidos a uma faxineirazinha de merda?!", pensa.

Carbonne volta a ficar carrancudo e com ar desafiador. Com seu material de aula e o envelope em mãos, sai apressado.

ψ

Carbonne entra na secretaria, apoia-se no balcão e dirige-se à atendente ao mesmo tempo que lhe mostra o envelope.

— Dona Aline, entregue ao padre Heleno, por favor.

— Sim, senhor!

Carrancudo, o homem segue em direção à sala de aula. Os corredores estão movimentados e ruidosos, com a garotada indo e vindo aguardando a chegada dos professores, mas à medida que ele avança, os meninos encostam-se calados na mureta e nas paredes. Altivo, Carbonne entra na sala de aula e rapidamente todos se sentam. De cima do tablado passa as vistas na turma enquanto deposita seu material sobre a mesa. Seus olhos pousam sobre o garoto magrelo com óculos pretos de osso de tartaruga. O garoto enrubesce ao sentir o olhar do professor sobre si, mas o homem disfarça, senta-se e faz a chamada. Os nomes são ditos um a um enquanto as bolinhas de papel voam de um lado ao outro discretamente. O professor faz vista grossa e prossegue.

— Carlos Fernadezi.

— Presente, professor.

— Diogo Demello.

— Presente.

Ouve-se também uma voz disfarçada, seguida de risadinhas:

— Meladoo...

— Elder Capaverde.

— Presente.

— Provetinhaa...

O padre levanta as vistas e olha severamente para Tusta. O garoto das bochechas rosadas e cabelos grandes e encaracolados enrubesce.

— Venha ficar aqui ao meu lado, rapazinho.

— Eu?!

O professor carrancudo apenas aponta com o dedo em riste para a lateral da mesa. O menino com um sorriso malicioso no rosto fica de pé ao lado até concluir a chamada. As bolinhas de papel e as piadinhas seguem o ritmo normal.

O garoto senta-se e o professor vai para o quadro, no qual escreve: "Potência e Raiz de Números Inteiros". Enquanto explana sobre o assunto, anda entre os alunos e toca no ombro de um e outro. Finalmente, alcança seu alvo: Elder. Toca em seu ombro sem encará-lo, à procura de sinais da corrente com o medalhão de São Bento. Como não encontra, circula a carteira do menino enquanto continua com as explicações. Novamente toca no ombro do garoto, que enrubesce, e volta para o tablado decepcionado.

O garoto tímido mantém as vistas baixas olhando fixamente para o caderno sobre a carteira escolar. O professor sobe o tablado e passa a exemplificar a teoria da raiz quadrada no conjunto dos números inteiros. A sala fica silenciosa enquanto todos copiam os dados expostos no quadro.

A campainha toca, o professor encerra a aula, senta-se à mesa e escreve algo em um pedaço de papel. A conversa toma conta do recinto e o homem sinaliza para Elder se aproximar. O garoto encosta timidamente na mesa e o professor mostra-lhe o bilhete; o garoto lê e enrubesce. O homem da pele rosada embola o papel e o coloca no bolso da camisa de colarinho romano; o menino volta para sua carteira e o professor finalmente sai da sala.

ψ

O garoto encontra a porta do escritório aberta e o professor sinaliza para ele entrar.

— Feche a porta com a chave e se sente aqui, filho.

O menino tímido obedece. Em seguida, senta-se, mas não ousa encarar o homem da face rosada e olhar intimidador.

— Por que você não está usando sua medalha, Elder?!

— Desculpe, professor, esqueci em casa.

— Toda vez que você tirar essa corrente, o mal pode se aproximar de você, garoto. — o homem levanta-se. — O demônio circula à procura de crianças desprotegidas e é por isso que eu te protejo. Levante-se, Elder!

O menino assombrado levanta-se e o homem carrancudo continua pressionando a criança tímida:

— Olhe para mim, Elder!

O garoto encara o professor e ele retira os óculos colocando-os sobre a mesa.

— Você precisa retirar esse mal que já está dentro de você, Elder, e eu vou ajudá-lo mais uma vez.

O homem puxa os cabelos para trás, esboça um sorriso malicioso e abaixa-se em frente ao garoto.

— Vamos abaixar essas calças... — diz o homem e puxa para baixo a bermuda do menino paralisado.

Em seguida, arria a cueca do garoto e passa a masturbá-lo até ele estremecer e ejacular em seu rosto, agora rubro; o menino pálido está confuso entre o êxtase e o medo. O padre passa a mão sobre o rosto gosmento e mostra para o garoto.

— Todo o mal está aqui, Elder. Venha! — diz o professor e conduz o garoto nu da cintura para cima, pelo braço.

No sanitário, o padre lava o rosto cuidadosamente e a sujeira escorre pelo ralo. Ele diz, impostando a voz:

— Que o mal desapareça nas entranhas da terra!

Abaixa as próprias calças e masturba-se na frente do garoto; a criança continua paralisada, pálida, com os olhos esbugalhados.

Arfando e ao mesmo tempo aliviado, o padre limpa-se, limpa a pia e manda o garoto assustado lavar-se e vestir-se.

— Não fale nada disso com ninguém, Elder, ou coisas muito ruins podem acontecer com você. Lembre-se, o demônio está espreitando você, garoto. Quando chegar em casa, coloque sua medalha e você vai estar protegido!

O garoto apenas gesticula; os olhos estão vermelhos e o semblante tenso.

— Pode ir agora.

CAPÍTULO 12

Sábado, 14 de setembro de 1974.
Cinco anos depois...

A madrugada avança e a casa dos Capaverde está silenciosa e escura. Elder, agora com 17 anos, continua magrelo, cabelos compridos naturalmente desgrenhados, muitas espinhas no rosto e jeitão delicado.

O rapaz dorme um sono agitado. O homem da face rosada e olhar intimidador não sai da sua mente:

— A partir de agora você é meu protegido, mas isso é nosso segredo! Ninguém pode saber disso. Ninguém! Ouviu bem, garoto?! As armadilhas do diabo podem ser ainda piores!

A voz do homem reverbera em sua mente.

— As armadilhas do diabo podem ser ainda piores!

— As armadilhas do diabo podem ser ainda piores!

O homem da face rosada aparece nu, pênis ereto — são visões nebulosas e disformes. —, acaricia seu corpo também nu e passa a masturbá-lo freneticamente: fecha os olhos e esforça-se imaginando ser um corpo feminino, mas entre o êxtase e o medo, vê a imagem transformar-se no homem da face rosada, que por sua vez se transforma na figura do demônio e arranca-lhe o pênis com a boca.

Elder acorda assustado, ensopado de suor e arfando. Tateia o peito à procura do medalhão de São Bento e não o encontra. Pula da cama, acende a luz e seus olhos circulam rapidamente pelo quarto; param no medalhão sobre a mesa de estudo. Com o coração acelerado, empunha a corrente com o medalhão e o coloca no pescoço. Apaga a luz do quarto, deita-se novamente encolhido na posição fetal e reza repetidas vezes para seu Anjo da Guarda, tentando acalmar-se. Porém o rapaz não consegue dormir. Lembra-se dos sonhos recorrentes e sua mente fervilha com ideias sombrias alimentadas por um sentimento de medo e ódio que se arrasta há anos.

Levanta-se, vai até a janela do quarto e contempla a rua escura e deserta. Escuta um apito distante e fixa o olhar à esquerda, onde a rua faz uma curva. O apito repete-se e logo depois surge um homem vestindo calça jeans surrada, camisa branca e um colete preto; na mão o apito. O homem solitário sobe a ladeira lentamente, passa em frente ao sobrado de cabeça baixa e continua em frente. No colete tem escrito "Segurança"; o homem apita mais uma vez, detém-se, olha para trás e volta à sua caminhada solitária ladeira acima.

Elder volta para a cama, enfia-se debaixo do lençol e esforça-se para tirar os maus pensamentos da mente. Lembra-se, então, do padre da catequese e dos abusos a que foi submetido por ele: começa a chorar baixinho. Está quente e logo começa a transpirar sob o lençol, mas não abre mão do seu abrigo noturno. Rola de um lado para o outro da cama, rezando para seu Anjo da Guarda até conseguir dormir.

ψ

O rapaz acorda cedo e vai direto para o banho. Enfia-se embaixo do chuveiro ainda sentindo uma sensação ruim pela noite mal dormida e pelos sonhos recorrentes. Esfrega o rosto freneticamente sob a água e se lembra dos colegas da escola e da confusão que paira em sua mente sobre a própria sexualidade. Sente raiva das suas fraquezas. Retira a corrente e o medalhão do pescoço e pensa em desfazer-se do amuleto, mas nunca consegue ir em frente.

"Merda!", pensa.

Sente os olhos marejando, mas dessa vez não tenta se conter. Chora copiosamente.

Taciturno, arruma-se, toma um café rápido e vai para a escola antes da mãe e dos avós levantarem.

ψ

O sábado amanheceu com céu de brigadeiro e temperatura amena. Carbonne acorda com a luminosidade do dia invadindo o quarto pela fresta entre a cortina e a parede. Espreguiça-se, confere o horário no relógio de cabeceira e vira-se para o lado sem pressa para se levantar. O telefone toca, mas o homem pensa em ignorá-lo. Toca mais uma, duas, três vezes.

"Droga!", pensa.

Levanta-se e vai até a sala ouvindo o quarto e o quinto toque.

— Alô!

— Bom dia, professor!

Surpreso com a ligação, o homem fica mal-humorado.

— Isso lá são horas de me ligar, padre?!

— Estou iniciando um trabalho com mais um grupo de coroinhas, meninos na faixa dos 11 aos 13 anos, e quero que o senhor me ajude a fazer uma avaliação.

— Avaliação?!

— Isso! Ninguém melhor que o senhor para identificar os "anjos especiais".

O mau humor passa e os olhos do homem da pele rosada brilham.

— Quando?

— Hoje, às 10h, vamos recepcionar as crianças e os pais lá no centro comunitário... Mas as demais reuniões serão lá na paróquia.

— Você não disse que tinha outra fonte segura para encontrar os anjos?!

— Sim, mas depende da boa vontade do Papa e de Deus. Pelo Papa, tudo bem, mas esse tal de Deus não gosta de mim e está fazendo jogo duro pra me ceder algum anjinho. Estou seco, meu amigo!

— Tudo bem, estarei lá.

O homem da mente libidinosa desliga o aparelho e vai para o sanitário onde lava o rosto e depois se olha no espelho: sente uma súbita vergonha de si mesmo; o semblante adquire uma feição melancólica. Lava novamente o rosto, meneia a cabeça várias vezes e volta a se olhar no espelho.

"Eu também sou filho de Deus!", pensa e volta sua mente para os atos libidinosos: masturba-se ali mesmo.

ψ

O professor estaciona o Chevette branco em uma vaga na rua e desce do carro olhando de um lado para o outro. Certifica-se de que está com a carteira de documentos no bolso da calça, sem pressa, e olha para o céu azul-anil. Sente a quentura do sol no corpo, confere o horário no relógio de pulso, são 10h17, e anda em direção ao centro comunitário a alguns metros a frente.

Entra no pátio e aborda uma senhora de pé na porta do centro:

— Bom dia, preciso falar com o padre Rosalvo.

— Bom dia. Padre Rosalvo está na reunião dos coroinhas. Pode entrar, moço, é naquela sala ali. — a senhora aponta.

Com as duas mãos enfiadas nos bolsos das calças, o homem sisudo aproxima-se da porta e se vê diante de um pequeno auditório: duas fileiras de cadeiras de plástico branco ocupadas com casais e seus filhos. No palco, um homem vestindo calça social preta, sapatos pretos e camisa social branca enfiada por dentro das calças, discursa para os pais e filhos. Outro homem sentado ao lado sinaliza para que ele venha ao palco e isso chama a atenção da maioria dos presentes, que se viram para o visitante, e do próprio palestrante, que interrompe a explanação.

O padre cochicha algo ao pé do ouvido do palestrante. Ele assente e faz um convite:

— Por favor, professor Carbonne, venha nos acompanhar.

Impassível, o homem sisudo sobe ao palco, cumprimenta gestualmente a todos e se senta ao lado do padre gordinho dos olhos miúdos, que murmura, discretamente:

— Pensei que você não vinha, professor!

Carbonne respira fundo, cruza os braços, e permanece calado. Sua atenção está voltada para as palavras do palestrante e para o comportamento das crianças junto aos pais.

— O professor Carbonne, professor de matemática, diga-se de passagem — expõe o palestrante. —, tem ampla experiência na coordenação de grupos de formação de coroinhas e vai nos ajudar...

Um menino loirinho dos olhos miúdos e verdes chama a atenção do homem da face rosada, que se desliga da palestra. O professor sentiu-se atraído pelo jeito terno do garoto e já o elegeu como o número um. Sua mente agora está fervilhando à procura de outros especiais.

ψ

Elder, Rosana, Elis, Jackson e Ricardo andam por um dos corredores do Mercado Modelo apinhado de turistas. Sobem para o primeiro piso e sentam-se em uma das mesas do barzinho situado no terraço em frente ao cais do porto. A sacada está igualmente movimentada, ruidosa e paira um cheiro delicioso de acarajé frito no ar.

Rosana e Elis chamam a atenção pelo contraste entre elas: Rosana é loira dos olhos verdes, cheinha e baixinha dos cabelos escorridos e compridos até a cintura; Elis é negra, nariz afilado, esguia com cabelo estilo black power. A loirinha dos olhos verdes demonstra interesse em Elder, mas o rapazote confuso, apesar de se sentir atraído por ela, alimenta uma admiração secreta por Ricardo, um rapaz moreno, magrelo e cabeludo. Esforça-se para não demonstrar sua fragilidade e mantém uma estreita relação de amizade com Elis, que tenta aproximar os dois amigos, Elder e Rosana.

Ricardo, o mais velho do grupo, com 19 anos, pede uma cerveja, um refrigerante e senta-se entre Elis e Jackson, praticamente em frente à Rosana. Um grupo de músicos com viola, pandeiro, atabaque, chocalho, ganzá, reco-reco, agogô e um berimbau cuidam de animar o local. Enquanto o samba "come no centro", a garotada bebe, paquera e joga conversa fora.

Ricardo levanta-se, circula a mesa com um copo de cerveja em mãos, abaixa-se entre Rosana e Elder e cochicha ao pé de ouvido do rapaz:

— Senta lá, que Jackson quer te falar uma coisa.

Elder enrubesce, encara o amigo que faz cara de interrogação, mas se levanta sorridente tentando disfarçar o misto de surpresa e decepção. Elis não gosta do movimento e fecha o semblante. Acompanha Elder com o olhar enfezado.

Ricardo senta-se, oferece cerveja para Rosana, que bebericava um guaraná, ela aceita, ele passa a mão por traz da moça e se apoia no encosto da cadeira; aos poucos se aproxima da moça com a clara intenção de seduzi-la. Elder e Elis disfarçam, mas estão claramente contrariados com o assédio do rapaz; porém Rosana, a cada copo de cerveja, mostra-se mais receptiva.

Elis levanta-se, começa a dançar ao ritmo do samba de roda e puxa Rosana para o extremo do terraço; as duas sambam e passam a ser o centro das atenções para delírio dos turistas. Ricardo fica claramente chateado, Jackson indiferente e Elder se levanta para acompanhar de perto a performance das duas colegas, mas de soslaio, não perde Ricardo de vista.

A beleza e o contraste físico entre Rosana e Elis chamam a atenção de um repórter da National Geographic, que passa a fotografar as duas moças. Ricardo levanta-se, coloca os óculos escuros, dá um tapinha no ombro de Elder e vai até as duas amigas que posam para o fotógrafo. Entra na roda de samba, agarra Rosana pela cintura, já eufórica com a cerveja e com as fotos, e beija-a na boca; a moça corresponde e o repórter registra mais algumas fotos.

Elder sente uma forte angústia e uma vontade insana de desaparecer, mas se controla e se dirige ao amigo:

— Jackson, eu vou ao sanitário e de lá, vou embora.

— O que foi que houve, bicho?

— Nada não... Eu só preciso ir pra casa. — resmunga o rapazote soturno e desaparece em meio à multidão que se formou no terraço.

Elder pressiona a bolsa de lona, estilo carteiro, contra o corpo, segurando firme pela alça traspassada entre o pescoço e o tronco, desce para o térreo e segue pelo corredor central, desvencilhando-se com dificuldade das pessoas com a intenção de alcançar rapidamente a frente principal do mercado. Caminha o mais rápido que pode até se esbarrar em um rapaz negro. O sujeito veste calças de malha azul com duas listras verdes e amarelas nas laterais, camiseta bem apertada, exibindo os músculos e chinelos de couro com solado feito de pneu de carro; na cabeça, usa uma touca de crochê preta com bordas verdes e amarelas, cobrindo o cabelo estilo rastafári. O rapaz com ar de malandro, cheio de ginga, está abraçado a uma turista alemã, loira dos olhos azuis, que veste uma saída de praia branca e transparente deixando à vista o biquíni florido e o corpo magrelo. O rapaz não gosta do encontrão, gesticula de forma agressiva e brada em tom sarcástico:

— Vai, viado!

O rapaz transtornado vê sua mente girar pelo passado e os gritos de "Provetinha" lhe vêm à mente. Seus olhos ficam marejados e sente-se sufocado quando finalmente alcança a praça em frente ao mercado. Corre os olhos em volta, perdido em meio às pessoas e aos seus devaneios. Lembra-se dos seus algozes abusadores, dos sonhos recorrentes e sai correndo em direção ao Terminal da França.

ψ

Por volta das 13h, Elder chega em casa e vai direto para o quarto; passa pela mãe e pela avó, emburrado. Bate a porta e tranca-se.

— Tá vendo aí, minha mãe?! Depois ele diz que a gente não liga pra ele.

— Eu fico tão preocupada com Edinho, minha filha!

— A senhora já devia estar acostumada.

Dona Nubia respira fundo, meneia a cabeça, desolada, e muda de assunto.

— Sim, minha filha, quer dizer então que a partir de segunda você vai trabalhar aqui pertinho?

— Graças a Deus, eu consegui essa transferência. Dá pra ir andando.

— Sem falar que você vai conhecer gente nova.
— Lá vem a senhora de novo com essa conversa.
— É isso mesmo, Isa! Quem sabe você conhece alguém interessante. Você é jovem e precisa reestruturar sua vida, minha filha.
— Ahn... Tá difícil!
O telefone toca e Dona Nubia atende:
— Alô!
...
— Ele está no quarto, minha filha. Quem quer falar com ele?
...
— Um momento, por favor.
Dona Nubia tampa o fone com a palma da mão e murmura:
— É uma colega de Edinho. Uma tal de Elis.
Isadora gesticula e vai até o quarto do filho. Bate à porta e vozeia:
— Edinho, tem uma colega sua no telefone. É uma tal de Elis!
Sem abrir a porta o garoto responde:
— Diga que eu estou no banho e que mais tarde eu ligo.
— Está tudo bem com você, meu filho?!
— Tudo!
Resignada a mãe retorna à sala.
— Diga que ele liga depois, minha mãe.
A avó franze a testa e sussurra:
— E eu falo o quê pra moça?
— Que Edinho está no banho, ora!
— Alô.
...
— Elder está no banho, minha filha. Ele te liga depois.
...
— Acho que está. Ele chegou em casa e não disse nada.
...
— Tudo bem. Tchau!

— A moça disse que eles estavam lá no Mercado Modelo e que Edinho veio embora sem falar nada com eles. A moça tá preocupada... O que esses meninos estavam fazendo lá, no Mercado Modelo, hein?!

— Hoje é sábado, minha mãe.

— E você não se preocupa não, é?!

— Oi, minha mãe, me deixe, viu!

ψ

Elder passa a tarde isolado no quarto, jogado sobre a cama, remoendo mentalmente a cena em que Ricardo e Rosana se beijam. Sente-se traído, confuso, magoado e incapaz de se libertar do amor platônico que o mantém preso aos dois colegas. Sequer consegue definir a sua própria sexualidade e isso o deixa amargurado e envergonhado.

Em dado momento, sente fome e vai para a cozinha; o sobrado está vazio e silencioso. O telefone toca, mas o rapaz hesita em ir atender. Toca mais uma vez e ele vai até a sala. Pousa os olhos sobre o aparelho telefônico, indeciso. No terceiro toque, atende:

— Alô!

— Elder?!

— Oi, Lis.

— Tá tudo bem com você?

— Tá!

— Com essa voz?!

O rapaz senta-se no sofá e hesita em responder.

— Elder?

— Tá tudo bem, Lis.

— Você veio embora sem falar com ninguém...

— Eu não estava me sentindo bem.

— Você ficou chateado porque Rica beijou Rô, não foi?

— Não!! Claro que não.

— Eu sempre achei que você tinha uma queda por Rô... Por que você não fala com ela?

— Eu não tenho nada para falar com Rô, Lis... Eu não quero falar sobre isso, tá bom?

— Desculpe, Elder, mas se você não tomar uma atitude, as pessoas vão sempre passar na sua frente. Você viu o que aconteceu hoje. Você vai sempre abrir mão das pessoas que você gosta?! Se você gosta da Rô, você tem que falar com ela; lutar por ela.

O rapaz fica mudo enquanto sua mente revive a cena no Mercado Modelo; sente-se cada vez mais confuso e seus olhos marejam.

— Elder, você está me ouvindo?

O rapaz desliga o telefone e põe-se a chorar. O telefone volta a tocar e ele retira o cabo da tomada. Apoia-se na janela da sala e fica contemplando a rua. Lembra-se dos seus abusadores e sente uma raiva profunda. Pensamentos sombrios começam a tomar corpo em sua mente e o rapaz corre para o sanitário. Enfia-se embaixo do chuveiro de água fria até as lembranças que teimam em povoar sua mente se dissipem por completo.

CAPÍTULO 13

Segunda-feira, 16 de setembro de 1974.
Dois dias depois...

O dia amanheceu nublado e a rua apresenta sinais da chuva fina que caiu durante a madrugada. Isadora acorda mais cedo que o normal. Agitada e ansiosa, toma um banho e arruma-se preocupada em causar uma boa impressão no primeiro dia de trabalho na clínica do Campo Grande. Veste uma calça jeans boca de sino realçando seu corpo escultural, uma blusinha branca de mangas 3/4, calça sandálias tipo plataforma alta e vai para a frente do espelho onde ajeita a franja. Por fim, prende os cabelos fazendo um coque baixo e ajeita os brincos.

Ouve movimentos na cozinha e vai até lá. Depara-se com o filho tomando o café da manhã.

— Edinho...

— Madrugou hoje, minha mãe? Humm... Tá é bonita, hein!

Isadora sorri.

— Estou ansiosa com a mudança de local de trabalho, só isso.

O rapaz meneia a cabeça, levanta-se e abraça a mãe, repentinamente e sem uma explicação. Isadora emociona-se com a atitude impulsiva do filho: retribui o abraço com um beijo na testa do rapaz.

— Tá tudo bem com você, filho?!

— Tudo.

O rapaz volta a sentar-se e distancia-se enquanto termina o café.

Isadora sai da cozinha e cruza com Dona Núbia no corredor.

— Já está saindo para o trabalho, Isa?

— Daqui a pouquinho, mãe.

Dona Núbia observa a filha toda arrumada entrar no quarto, dá de ombros e vai para a cozinha. Entra no exato momento em que Elder levanta-se e coloca a mochila nas costas.

— Por que não penteia esses cabelos, Edinho?!

— Não precisa, vó.

— Se você não gosta de pentear, por que não corta? Agora fica aí com esse cabelão parecendo um bicho.

— Se grila não, vó. Tá na moda!

— Que moda, menino?! Corta esse cabelo e toma jeito de gente!

— Tchau, vó!

O rapaz sai batendo a porta. A avó meneia a cabeça e torce a boca em desabono. Vai até o quarto da filha e enquanto atravessa o corredor, comenta, visivelmente aborrecida:

— Ôh, Isadora...

— O que foi, minha mãe?

Com as mãos na cintura e cenho cerrado, Dona Núbia aproxima-se da filha e continua falando em tom severo:

— Você precisa conversar com esse menino pra ele cortar esse cabelo feito gente!

— Deixa o menino, minha mãe! Edinho tá caminhando pra 18 anos e não dá mais pra ficar falando como é que ele deve cortar os cabelos. Aliás, ele está igual a todos da idade dele.

— Não é porque todo mundo faz que ele tem que fazer também, ora.

— Relaxe, minha mãe. — retruca Isadora.

Isadora dependura a bolsa tiracolo nos ombros, pega a sacola da Sandiz carregada com um par de sapatos baixos e segue para a sala.

— Já estou indo, minha mãe.

Dona Núbia respira forte, meneia a cabeça e segue a filha.

— Vai com Deus!

ψ

Pontualmente, às 7h45, Isadora entra na sala da administração da clínica e vê-se defronte à mesa da enfermeira-chefe: uma mulher baixinha, olhos verdes vivos, sisuda, cabelos claros e lisos com as pontas viradas para fora.

— Bom dia, Dr.ª Nilda.

A enfermeira sorri gentilmente e se levanta.

— Oi, Isadora, bom dia. — responde a enfermeira e entrega-lhe um cartão de ponto.

— Você vai trabalhar no ambulatório, aqui do lado, com os curativos e ministrando as medicações prescritas pelos médicos. São pelo menos três enfermeiras por turno e você vai começar no turno das 8h às 13h. Tudo bem?

A morena esforça-se para conter a ansiedade e o nervosismo.

— Tudo certo!

— Eu vou estar por perto, normalmente fico nesta sala e qualquer dificuldade, você me envolve.

— Certo.

— Você bate seu ponto naquela máquina no final do corredor, próximo à sala de descanso. E lá você pode guardar suas coisas e trocar de roupas. Aqui está a chave de um dos escaninhos. Lá dentro você vai encontrar três guarda-pós com a insígnia da clínica. São seus. Agora vá guardar suas coisas e volte aqui que vou te mostrar o ambulatório e te apresentar para as outras meninas.

— Tudo bem!

Isadora retira-se, passa por uma pequena sala de espera, onde um casal de idosos aguarda atendimento, entra no corredor à esquerda e segue sem pressa. Cruza com um dos médicos, mas abaixa os olhos, envergonhada. Aperta os passos e adentra a sala de descanso onde outras moças trocam de roupas. Apesar do burburinho, cumprimentam-se formalmente. A morena tímida foca no escaninho onde guarda a bolsa, troca de sandálias e veste um dos guarda-pós branco.

Ao sair, depara-se com uma senhora negra baixinha, vestida com uniforme de copeira junto ao relógio de ponto. As duas olham-se com ar interrogativo. Isadora registra o ponto e as duas voltam a se encarar.

— Acho que conheço a senhora de algum lugar. — diz Isadora.

A senhora sorri timidamente.

— Ahn... Tô me lembrando da senhora lá do Colégio Dom Pedro. A senhora estava agoniada por causa do seu menino.

— É isso! Como é mesmo o nome da senhora?!

— Maria.

— Isso mesmo, Dona Maria. Olha só que coincidência, hein! Hoje é meu primeiro dia de trabalho aqui. A senhora sumiu lá do colégio... O que foi que aconteceu?!

— Só com calma pra te falar, minha filha. É uma história muito complicada.

— Então depois a gente conversa com mais calma. — retruca Isadora e confere as horas no relógio. — Está no meu horário e a enfermeira-chefe quer falar comigo.

— Como é mesmo o nome da senhora?

— Isadora.

— Boa sorte, Dona Isadora.

— Obrigada.

ψ

Às 13h36, Isadora bate o ponto, adentra a sala de descanso, guarda o guarda-pó no escaninho, solta os cabelos, calça a sandália plataforma e sai do ambulatório. Encontra-se com Dona Maria na porta da clínica.

— A senhora trabalha no mesmo turno que eu. Coincidência, não é?!

— Pois é, minha filha, e agora vou pra casa fazer uns salgadinhos pra vender.

— Ahn... Que legal! Quer dizer então que se eu precisar, a senhora faz salgadinhos?

— Oxente! Na hora, minha filha. Quando precisar, é só falar com antecedência. A senhora vai pegar o ônibus também?

— Não! Eu moro aqui perto.

— Então deixa eu ir embora, que eu ainda tenho muito o que fazer.

— Vá lá, Dona Maria. Depois a senhora me conta a história lá do colégio.

— Só com tempo, minha filha. Até amanhã.

ψ

Isadora chega em casa por volta das 14h e a mãe a recebe com reclamações:

— Você precisa conversar com Edinho, minha filha. Ele tranca o quarto e ninguém pode limpar as coisas. Deve de tá a maior sujeira aí dentro. Daqui uns dias vai dar bicho.

— Tá bom, minha mãe, depois eu vejo isso.

— A comida está em cima do fogão. Eu vou no mercado comprar umas coisas.

— Tudo bem.
— E como foi seu primeiro dia de trabalho?
— Foi tudo bem. Graças a Deus, a enfermeira-chefe parece que é gente boa. Meio agoniada, mas gente boa.
— Graças a Deus! Vai dar tudo certo, você vai ver. Bom, estou indo lá.
— E cadê meu pai?
— Foi levar o carro na oficina.
— De novo?!!
— De novo, minha filha! Tchau.

ψ

Dona Núbia sai e Isadora vai para seu quarto. Antes, mira a porta fechada do quarto do filho e leva a mão na maçaneta comprovando que a porta está trancada. Fica preocupada e ao mesmo tempo curiosa em saber o porquê de o filho não deixar ninguém entrar. Lembra-se de ter guardado a cópia de todas as chaves da casa no guarda-roupa e resolve invadir a privacidade do filho.

De posse da penca de chaves esquecidas no fundo de uma das gavetas repleta de bugigangas, experimenta uma a uma na fechadura da porta do quarto do filho e consegue abrir. Sente o coração acelerado e uma ponta de culpa ao ver o ambiente todo arrumado. Entra e olha as coisas sobre a escrivaninha e a organização chama-lhe a atenção. Tem uma luminária em um dos cantos, um copo plástico com canetas, lápis e borracha, livros cuidadosamente arrumados um sobre os outros, dois cadernos de seis matérias, a cama arrumada com o travesseiro sob o lençol, o piso está limpo e tem um pôster de Freddie Mercury colado na parede. Vai até o guarda-roupa e abre as duas portas. Assusta-se com a quantidade de fotos do Colégio Dom Pedro coladas em ambas as portas. Fotos de todos os tipos, com professores e alunos, mas o que mais lhe chama a atenção é o fato de as imagens do professor Carbonne e do padre Rosalvo estarem com um círculo vermelho em volta do rosto. Isso se repete em todas as fotos em que eles aparecem. Em seguida, detém-se em outra foto em que uma criança aparentando 11 anos aparece com um círculo vermelho em torno do rosto. Fica intrigada e pensativa, mas logo sua atenção volta-se para três revistas empilhadas sob as camisas dependuradas no cabideiro. Afasta as camisas e vê uma edição da revista Ele & Ela. Levanta a revista com cuidado e o próximo é um jornal cuidadosamente dobrado evidenciando a propaganda do revólver Smith & Wesson calibre 38 e, por último, uma edição da revista americana Playgirl com a foto de um homem seminu na capa.

    Intrigada, reorganiza tudo, fecha o guarda-roupa e sai do quarto. Tranca a porta e vai tomar um banho sem dar muita importância ao que viu.

CAPÍTULO 14

O padre elegantemente vestido e perfumado está ansioso. Anda de um lado para o outro com passadas curtas esfregando uma mão contra a outra. Cansado do vaivém, decide ir ao banheiro. Olha-se no espelho, ajeita os cabelos, confere a barba e o bigode bem-aparados e cheira as mãos. Dá-se por satisfeito e volta para a sala. Só então percebe que deixou uma série de documentos sobre a mesa da sala. Preocupado, arruma rapidamente a papelada.

"Seguro morreu de velho... Deus se acha o todo poderoso e muito esperto, mas eu estou de olho em você, meu amigo.", pensa.

Acomoda a documentação dentro de um envelope padrão oficio, vai para o quarto e guarda o material no cofre-forte que mantém no guarda-roupa.

"Amanhã cedo levo isso pra minha caixa postal", pensa.

Antes de fechar a burra, seus olhos recaem sobre um álbum de fotografias pequeno guardado dentro de um saco plástico e acomodado no fundo do cofre. Fica pensativo e hesitante, mas não resiste e o abre cuidadosamente. A cada página que folheia, contempla a foto 3x4 de uma criança, até que alcança a foto de um garotinho das bochechas rosadas, cabelos negros encaracolados e olhar angelical. Embaixo está escrito: "1969 — 12 anos — Betinho".

O homem sorri e passa carinhosamente os dedos sobre a foto.

"Meu anjinho... Eu te amo!", pensa e volta a guardar o álbum.

Fecha o cofre e retorna à sala. Aproxima-se da janela e observa a rua através da fresta entre as aletas da persiana. É noite de lua nova, a rua está sob uma iluminação precária e o passeio em frente ao prédio está oculto sob a copa de um flamboyant frondoso. O padre confere as horas no relógio de pulso pela enésima vez, são 20h34, e volta para o sofá onde se acomoda. Recosta-se, respira fundo, cruza as pernas, pega uma bíblia sobre a mesinha ao lado do sofá e a folheia lenta e delicadamente.

O interfone toca e o padre levanta-se rapidamente deixando a bíblia aberta sobre o sofá. Vai até a cozinha e atende:

— Alô.

...

— Pode deixá-lo subir, por favor.

O padre volta para a sala e posiciona-se diante da porta esfregando uma mão contra a outra: sente o coração acelerado.

A campainha toca e ele abre a porta. O homem e o rapaz olham-se por instantes.

— Oi, padre.

— Entre, Betinho.

O rapaz vai até o meio da sala enquanto o padre fecha a porta e apaga a luz. Instantes depois, na penumbra e sem que nenhuma palavra seja dita, os dois abraçam-se. O padre o conduz para o quarto, retiram as roupas, tocam-se novamente e se acariciam.

CAPÍTULO 15

Terça-feira, 17 de setembro de 1974.

A inspetora Érika, uma morena elegante de formas bem definidas, franja e cabelos presos em coque baixo, olhos castanho-escuros, nariz arrebitado e lábios carnudos, adentra a sala dos investigadores com a cara amarrada de sempre e passadas firmes até alcançar sua mesa. Carrancuda, corre as vistas pelo ambiente ruidoso, retira o blusão e o dependura no encosto da cadeira. Seu parceiro, o inspetor José Carlos, conhecido como Zecão, um negro alto, forte, cabelos crespos cortados ao estilo militar e feições finas, aproxima-se, apoia as duas mãos sobre o tampo da mesa e murmura com voz forte e rouca:

— O delegado quer falar com a gente.

A inspetora senta-se e olha discretamente em direção ao delegado, um homem bem-apessoado, bigode farto, cabelos castanho-claros cortados em mechas e partidos ao meio. O homem está na sala reservada, protegida por divisórias de vidro, recostado na cadeira com um cigarro na mão, envolto em fumaça. Érika torce a boca com desdém. A cara enfezada não é nada convidativa e o sujeito esboça um sorriso sarcástico ao perceber o olhar inquisidor da inspetora. A morena fecha ainda mais o semblante e murmura:

— Babaca.

Zecão torce a boca e empertiga o corpo. A inspetora gira na cadeira e suas vistas alcançam um dos colegas, um moreno alto, forte e mal-encarado, mas bem-vestido e arrogante.

— Por falar em babaca... o Zanatta não tira o olho da gente. — comenta a inspetora. — O sujeito parece o rei da cocada preta.

Zecão vira-se em direção ao homem e ele o provoca colocando o dedo médio em riste. O grandalhão torce a boca, olhar severo, meneia a cabeça lentamente e se volta para a morena.

— Vamos logo com isso, Kika!

Os dois sentam-se à mesa do delegado, ele traga forte e solta uma baforada ficando envolto na fumaça do próprio cigarro. Sem tirar os olhos da morena à sua frente, o homem apaga a baga no cinzeiro e fala:

— Érika e Zecão, vocês sabem que estamos readequando o nosso quadro de investigadores, e para não afastá-los definitivamente, se é que me entendem, os senhores serão transferidos para a 42DP.

A morena cerra o cenho, torce a boca em desagrado e retruca rispidamente:

— E posso saber por que justamente eu e o Zecão?!

O delegado recosta-se, acende outro cigarro e traga forte jogando uma baforada de fumaça no rosto da moça irritada. Ela franze a testa e recosta-se.

— Porque eu decidi assim, mocinha! Vocês são os novatos da equipe, vamos dizer assim, e não vou abrir mão dos demais. Simples assim!

Érika joga o corpo em direção à mesa, apoia as duas mãos no tampo e questiona de forma incisiva:

— Tem o dedo do Zanatta nisso daí, não é, delegado?!

O homem solta outra baforada, cenho cerrado, e retruca rispidamente:

— Esqueça o Zanatta, inspetora Érika, para seu próprio bem!

A moça está chateada, aperta os olhos e ameaça retrucar, mas é contida pelo parceiro.

— Tá tudo certo, Kika. Somos profissionais e podemos trabalhar aqui ou em qualquer outra delegacia. — pondera Zecão e encara o delegado; o sujeito lança mais outra baforada de fumaça no ar e encara o grandalhão ameaçadoramente.

— E quando será isso, delegado? — questiona Érika.

— Dia 1º de outubro vocês se apresentam ao delegado Romeu. — o homem diz isso em meio à fumaça de cigarro. — Até lá, vocês vão transferir suas atividades para os colegas e focar no administrativo. — o delegado, agora, encara a inspetora. — Quem sabe assim você para de meter o bedelho onde não é chamada, mocinha.

A morena meneia a cabeça lentamente, torce a boca e dá um sorriso sarcástico.

— Já entendi tudo, delegado.

O homem recosta-se, solta mais outra baforada de fumaça e encara desafiadoramente a morena carrancuda. Ela sustenta o olhar e volta a falar:

— Quer dizer que estamos fora das ruas, é isso?!

— É isso aí, Érika!

A morena levanta-se fuzilando o delegado com os olhos semicerrados. Zecão também se levanta carrancudo e o delegado solta mais uma baforada de fumaça sem se preocupar em esconder o sorriso cínico que surge em seu rosto. Em seguida, emenda:

— Vocês estão liberados.

ψ

Érika e Zecão vão para a área do cafezinho e a moça sussurra:

— Essa história de não meter o bedelho... Tenho certeza que tem o dedo do Zanatta nisso daí! Ele me odeia, porque eu não abaixo a cabeça pra ele. Parece que todo mundo aqui tem medo do cara, pô!

— Eu também não gosto do sujeito, mas é melhor não cutucar a onça com vara curta. Parece que ele e o delegado se dão muito bem!

— Você acha melhor eu não cutucar a onça com vara curta?! É isso?! Pois eu vou te mostrar quem é a onça dessa história, Zecão!

— Calma, mocinha... Você não vai ganhar nada enfrentando o Zanatta.

— Ele que me aguarde... Isso não vai sair barato, não!

A inspetora respira fundo, meneia a cabeça lentamente encarando o piso da sala. Por fim, completa:

— Dá pra você passar lá em casa hoje à noite? Quero te mostrar umas coisas, mas aqui não tem condições.

— Coisas?! Que coisas?

— Dá ou não dá, pô?!

— Tudo bem! Às 20h, tá bom?

— Combinado... Às 20h.

ψ

Por volta das 20h17, batem à porta do pequeno apartamento. Érika levanta-se rapidamente deixando a mãe sobressaltada.

— Pode deixar, minha mãe. Deve ser pra mim.

A moça de short jeans, camiseta de malha e descalça, segura no pega-ladrão, confere o visitante pelo olho mágico e abre a porta.

— Desculpe pelo atraso, Kika.

A moça torce a boca.

— Entra, Zecão.

O grandalhão dá dois passos à frente e a morena fecha a porta. Dona Selma levanta-se e a filha faz as apresentações:

— Esse é o Zecão... Essa é minha mãe, Dona Selma.

— É seu namorado?!

— Que namorado o quê, minha mãe?! É um colega do trabalho, pô!

— Ahn... Sei... Colega do trabalho, é?!

— Minha mãe... — a morena franze a testa e gesticula em desabono. — Eu preciso conversar sobre coisas do trabalho. Que tal a senhora ficar lá dentro com meu pai?

Dona Selma, uma senhora morena alta, óculos e cabelos pretos curtos, fecha o semblante e responde fazendo muxoxo:

— Com licença, moço!

Zecão sorri e devia o olhar para o piso. A senhora retira-se para a cozinha e Érika aponta para a pequena mesa redonda com quatro cadeiras. Sobre ela há duas pastas de arquivo cheias de papéis, canetas, um bloco de notas e um coldre com uma pistola.

— Você se parece com sua mãe. — diz o grandalhão.

A morena torce a boca e pega uma das pastas.

— O que é que você tem aí que não podia falar lá na delegacia?

— Zecão... Senta aí, vai.

O grandalhão senta-se, Érika puxa uma das cadeiras como se fosse sentar, mas apoia o joelho direito sobre ela e começa a manusear a papelada de uma das pastas.

— Aqui tem um pequeno dossiê que montei... do nosso amigo... a onça.

Zecão franze a testa.

— Onça?! Que onça?

— Nada de nomes aqui, meu amigo. — ela aponta para a cozinha. — Onça, o miserável que você disse pra não futucar com vara curta, pô!

Zecão sorri e a moça continua falando:

— O único bem que tem em nome do sujeito é um Corcel 79 declarado como doação recebida do pai. O endereço residencial registrado no cadastro dele, lá na 46DP, é na Liberdade onde mora de aluguel, mas o porteiro disse que o cara aparece lá só de vez em quando e sempre com uma amiguinha. Ou seja, o lugar tá mais pra matadouro do que pra residência.

— E daí? O cara é solteiro.

— E daí é que não consegui descobrir onde o mauricinho mora, pô!

— Kika, por que você está investigando o cara? Se ele ou o delegado descobrir, você tá ferrada.

— Só se você abrir o bico.

— Você sabe que eu não faria isso, mas...

— Mas o quê?! Olha isso aqui... — a moça joga uma papelada sobre a mesa. — Veja os casos que esse cara tratou nos últimos cinco anos. Só picuinha com pequenos traficantes de droga. O miserável só pega mula. Nunca leva uma investigação adiante. Seis casos de desaparecimento de crianças caíram nas mãos do sujeito e nenhum foi resolvido nos últimos três anos. Pelo que já apurei, os casos estão parecendo tráfico de crianças e não um simples desaparecimento. É esse o cara que pediu nossa cabeça, Zecão! Tem caroço nesse angu... Só não vê quem não quer.

O grandalhão levanta-se.

— O que você pretende fazer?

— Continuar investigando... com sua ajuda, é claro.

— Você sabe a merda que isso pode dar, não sabe?

— Tá com medo?!

— Não se trata de medo, pô! Eu também acho que tem caroço nesse angu... Não gosto do jeitão desse cara e das sumidas que ele dá de vez em quando. Mas e se a barra ficar pesada?

— Eu me garanto!

— Vem cá, mocinha, você pensa que é feita de quê, hein?!

— Carne e osso igual a você, mas não vou deixar um babaca metido à merda me sacanear! E aí?! Tá dentro ou tá fora?!

O homem grandalhão anda de um lado para o outro na sala. Vai até a janela e olha a movimentação no conjunto residencial. Respira fundo e volta a falar:

— Se vamos futucar a onça, é melhor tirar seus pais daqui. A coisa pode ficar feia.

— Eles vão passar uns tempos longe daqui. Já ajeitei tudo!

— Ou seja, você vai seguir em frente com ou sem minha ajuda, não é isso?

— Isso mesmo!

Zecão meneia a cabeça lentamente e torce a boca em desagrado.

— Tudo bem... Tô dentro, mas vamos com calma pra não assustar o bicho.

— Fechado!

— E essa outra pasta aí?

— Esse aí é meu calo. É um caso de 69 que não consegui esclarecer direito. Na verdade, fui pressionada a encerrar o caso sem conseguir esclarecer as motivações do suicídio.

Zecão franze a testa.

— Suicídio?! E esse caso era o quê, mesmo? — questiona Zecão ao mesmo tempo que abre a pasta e folheia a papelada.

— O suicídio de uma criança de 11 anos. O garoto se jogou do alto do prédio em que morava. Os pais relataram episódios de bullying na escola contra o garoto e que ele parecia muito assustado... Enfim! Parece que o garoto se sentia excluído e isso pode ter sido a motivação do suicídio. Os pais se separaram... A mãe culpa o pai pelo suicídio... Enfim... É isso!

Zecão olha, uma a uma, as fotos do garoto e questiona:

— Afinal, foi suicídio ou não?!

— Suicídio, sem dúvida alguma. Mas a motivação não ficou clara pra mim. Eu acho que...

Érika interrompe a fala com ar de interrogação no semblante e olha para o vazio, pensativa.

— Continue, você acha o quê?!

— Deixa isso pra lá, Negão! O fato é que foi suicídio e isso é o que importava para se fechar o caso na época.

Zecão detém-se em uma determinada foto do garoto estendido na vala entre os prédios.

— E esse medalhão que o garoto está usando, Kika? Tenho a impressão de já ter visto medalhões similares a este.

— É um medalhão de São Bento. — diz a moça, ao mesmo tempo que toma a foto para si. — O coordenador pedagógico da escola deu ao garoto para estimulá-lo, já que o menino era muito tímido. Segundo apurei no colégio, conversando com os empregados e professores, esse garoto foi agredido por colegas em uma dessas brincadeiras, tipo corredor polonês, dias antes de cometer o suicídio... O garoto ficou muito assustado depois disso e não quis mais voltar para as aulas. A família, o pai principalmente, pressionou o garoto a voltar às aulas... Enfim! Segundo apurei, o garoto passou por episódios similares anteriormente e não aguentou a pressão.

Érika devolve a foto e Zecão arruma tudo na pasta. Em seguida, ele questiona:

— E por que você ainda anda com esse troço por aí?

— Sei lá! Fico me questionando se essas brincadeiras dos coleguinhas foram a real motivação do suicídio. — E o que mais você acha que pode ter acontecido?

Érika levanta-se e respira fundo.

— Deixa essa merda pra lá!

— Que boca porca é essa, Érika? — soa a voz da mãe, na cozinha.

— Não é nada não, minha mãe! Vá assistir sua novela, que é melhor.

— Tá passando jornal.

— Que jornal que nada! Deixa de tá prestando atenção na conversa dos outros.

A morena com jeitão autoritário e nariz arrebitado meneia a cabeça negativamente.

— Minha mãe pensa que eu continuo uma criancinha indefesa.

O grandalhão dos olhos cor de mel sorri.

— Ela não sabe a fera que criou à base de Toddynho!

— Tá ficando abestalhado, é, Zecão?!

O grandalhão abre um sorriso largo.

— Afinal, Kika, o que você quer com esse material do suicídio?

— Estou separando minhas coisas pra mudança, ora, e esse caso pra mim ainda está em aberto.

— Como assim, em aberto?! Esse troço aí já foi encerrado há não sei quantos anos.

— Qual é, Negão?! Vai ficar me zoando agora, é?

Zecão dá um sorriso contido e torce a boca.

— Não está mais aqui quem falou.

CAPÍTULO 16

Sexta-feira, 10 de janeiro de 1975.
Quatro meses depois...

Zecão estaciona o carro próximo ao monumento da Sereia de Itapuã, desliga o motor e corre as vistas em volta à procura de algum movimento suspeito. Érika confere o pente de balas, engatilha a pistola e a recoloca no coldre axilar.

— Esse seu informante é confiável, Kika?

— Digamos que ele não quer a polícia na cola dos negócios dele. A gente faz vista grossa por um tempo, é claro, se a informação for boa.

— Tem certeza que não quer que eu vá com você?

— Não precisa, Negão. Alguém da confiança dele vai me procurar naquela barraca ali. — ela aponta. — Fica esperto, ok?

A morena ajeita o blusão jeans, salta do carro e olha cuidadosamente em direção às barracas de praia. Há muito movimento no entorno devido à alta estação de turismo e isso deixa a inspetora mais confortável e confiante. Olha em volta mais uma vez e segue calmamente pelo terreno de terra batida. Desce para o areal e acelera os passos em direção à barraca.

Confere as horas, são 16h25, e encosta-se no balcão de madeira encardida. Uma senhora de meia-idade aproxima-se e a morena dirige-se a ela com voz firme:

— Um guaraná, por favor.

O cheiro do acarajé exala forte chamando a atenção da inspetora para a banca ao lado. A baiana com trajes típicos frita os bolinhos de acarajé e uma garotinha com pouco mais de 11 anos prepara a iguaria para dois turistas.

Érika volta sua atenção para o entorno e seus olhos alcançam uma van de turismo estacionada sobre o passeio de terra batida. Um grupo de turistas japoneses desce do carro: os homens usando tênis e meião, bermudão cheio de bolsos, camisa florida, chapéu de brim e uma máquina fotográfica dependurada no pescoço; as mulheres usam tênis, bermudas, blusas de alça, chapéu de tecido e bolsa a tiracolo. Um pequeno tumulto se forma, mas o guia turístico contorna a situação e os conduz em direção à praia. Entre uma foto e outra eles caminham pelo areal e ocupam algumas mesas vazias.

— Seu refrigerante, moça.

Érika vira-se e olha fixamente para a senhora que pousa um guaraná e um copo sobre o balcão e se afasta. A inspetora torce a boca e serve-se. Um homem encosta no balcão, veste um bermudão e camisa florida similar ao traje dos turistas japoneses, e diz:

— Uma Brahma bem gelada!

Em seguida, o homem dos cabelos compridos desgrenhados, barba e bigodes fartos, coloca uma nota de cinco cruzeiros sobre o balcão e murmura, sem tirar os olhos do fundo da barraca:

— Tenho uma informação para a inspetora Érika.

— Sou a inspetora Érika.

O homem olha rapidamente para a morena e depois para o casal de meia-idade atrás do balcão: o senhor está arrumando bebidas no freezer e a senhora se aproxima com a cerveja e um copo. Abre a garrafa e afasta-se. O sujeito serve um copo e bebe a cerveja de uma virada só. Estala a língua, bate o copo sobre o balcão, caminha até o lado oposto da barraca e fixa as vistas no mar. Érika aproxima-se cautelosamente e se posiciona ao lado do sujeito mal-encarado. Certifica-se que não tem ninguém próximo e aborda o sujeito.

— E então?

O homem respira fundo e meneia a cabeça lentamente.

— Tá rolando tráfico ilegal de crianças, inspetora. Elas estão sendo entregues diretamente em Montevidéu por meio terrestre e de lá viajam clandestinamente em navios cargueiros para a Europa.

— Como eles conseguem essas crianças e como a coisa funciona?

— Como eles conseguem as crianças, eu não sei, mas rola aí que eles têm olheiros na rodoviária, no aeroporto e em postos de gasolina na BR, pra recrutar as mulas. Dão preferência para casais de jovens viajando com uma criança de colo e pagam bem para quem aceitar retardar a viagem para receber a criança com uma documentação de adoção falsa e o dinheiro para a viagem. Quando fazem a entrega em um ponto específico de Montevidéu, recebem o restante do dinheiro e são liberados, mas muitos ficam empolgados com a grana fácil e aceitam fazer a viagem novamente. Se forem pegos pela polícia da fronteira... não tem muito o que falar, porque não sabem de nada mesmo.

— Quero nomes! Quem está à frente do negócio?

— Ache um desses olheiros e você talvez consiga um nome.

Érika respira fundo e faz cara de zangada.

— Diga a seu chefe que a informação é fraca, não tem nada de novo e que faremos uma averiguação de rotina em uma das lojas dele. — ela diz isso e vira as costas para sair.

— Espera! — o homem olha para os lados, preocupado. — Preciso fazer uma ligação... no orelhão ali.

— Érika confere as horas, olha de um lado para o outro e, então, aquiesce.

— Cinco minutos.

O homem caminha a passos largos até o orelhão e faz a ligação. Gesticula bastante enquanto fala ao telefone e observa de soslaio a inspetora carrancuda com as mãos na cintura e olhar atento.

Instantes depois, o homem retorna, respira fundo e sussurra com voz tensa:

— Rola por aí que um tal de Deus está por trás disso.

— Deus?! Que porra é essa de Deus?!

— É o nome do homem, pô, e dizem que ele tem uma conexão com os milicianos. Dizem que o cara é barra pesada, mas ninguém sabe quem é ou, se sabe, tem medo de abrir o bico.

A inspetora coloca o dedo em riste no peito do homem e sussurra em tom forte e ríspido:

— Preciso de um nome, cara! João de Deus, qualquer coisa.

— Sinto muito, inspetora. É tudo que sei. — o homem olha nos olhos da morena, sai correndo e mistura-se aos turistas japoneses.

— Droga! — esbraveja a morena e volta ao balcão onde paga o refrigerante. Bebe mais um gole, pousa o copo sobre o balcão, com refrigerante pela metade, e volta para o carro.

Entra e bate a porta.

— Vamos embora, Negão!

O grandalhão liga e arranca o carro seguindo em direção à Lagoa do Abaeté.

— E aí?

— E aí, nada! O sujeito falou de tráfico de crianças para Montevidéu, olheiros... Enfim, o cara não disse nada que a gente já não sabia, a não ser que o cabeça da operação se diz chamar "Deus".

— Deus?!

— Deve ser um João de Deus da vida, tirando onda... Vamos fazer uma pesquisa com esse nome e ver se encontramos alguma pista.

— E se for apenas um codinome?!

— Aí fudeu, meu amigo. Voltamos à estaca zero.

— E os tais olheiros?

— Já tem gente de tocaia, e assim que eles pegarem um deles, a gente espreme o elemento até ele abrir o bico.

Zecão meneia a cabeça e pouco depois estaciona o carro próximo a uma baiana de acarajé. Olha para a parceira e questiona:

— E quanto ao nosso amigo da onça?

— Hamm... Filho da mãe! Essa história dele frequentar a missa dominical não me convence.

— O fato é que o sujeito tem se tornado um frequentador assíduo da igreja e sempre no último horário de domingo. E mais... Quando sai de lá, vai direto para o tal apartamento, lá na Liberdade. É Deus de um lado e o diabo do outro.

Érika franze a testa e comenta em tom irritadiço:

— Agora me diga se aquele merda tem cara de frequentador de igreja!!

Zecão cai na gargalhada...

— Qual a graça, pô?!

Zecão levanta as duas mãos e responde em tom zombeteiro:

— Para mim ele tem cara é de porteiro de brega, mas deixa isso pra lá. Vamos comer um acarajé, que é melhor.

Érika meneia a cabeça, sai do carro de rompante e bate a porta com força.

— Ôh, garota! Isso aí não é porta de Kombi não, viu?!

A morena carrancuda olha em volta e respira fundo tentando se acalmar.

— Desculpa aí, Negão!

— Hamm... Quando você fica assim é sinal de que as coisas não vão bem.

— Vai comer a porra do acarajé ou vai ficar aí com essa cara de bundão? Que onda!

— Tá azeda hoje, hein?!

A moça murmura alguma coisa e vai até a banca da baiana.

— Bota um acarajé aí, Dona Maria. Com bastante pimenta!

CAPÍTULO 17

O homem manobra o veículo no pátio externo do prédio e o estaciona em frente ao playground. Apaga os faróis e sai do carro carregando uma pasta de couro com seus materiais de aula. Atravessa o playground displicentemente, entra no hall de acesso aos elevadores e às escadas e cruza com o porteiro.

— Boa noite, professor!

— Boa noite. — responde o homem pragmático e sobe as escadas ao perceber que os dois elevadores estão parados no último andar.

Chega ao terceiro andar, vermelho e arfando. Ao aproximar-se do apartamento, escuta o som do telefone tocando. Abre a porta sem pressa, mas o telefone continua a tocar insistentemente. Acende a luz da sala, fecha a porta e olha para o aparelho sem muita disposição em atender, mas o toque insistente o leva até ele. Pousa suas coisas sobre o aparador e atende:

— Alô!

— Sou eu, professor.

Carbonne franze a testa e responde rispidamente:

— O que foi agora, padre?!

— Eu quero seu número um, professor!

— O quê?! Você pirou de vez?!

— Você entendeu muito bem! Eu quero aquele anjinho!

— Ele ainda não está pronto, pô! E a primeira vez é comigo, padre, você sabe disso!

— Já se passaram quatro meses, meu amigo… e eu já não consigo mais dormir pensando naqueles olhinhos miúdos verdes.

— Temos um acordo, padre, e depois essa inicialização não pode ser feita lá na igreja. Não foi esse o acordo que vocês fizeram na tal sociedade?! Sem falar que preciso de uma oportunidade para iniciar o garoto.

— Droga de acordo, professor! Eu quero esse anjinho amanhã, lá na igreja mesmo! Tem que ser amanhã! Dê seu jeito!

— Você está me ameaçando?!

— Ou você me ajeita com esse anjinho ou vou afastá-lo da paróquia, professor.

— Você precisa de mim para esse servicinho, padre.

— Você não sabe de nada, professor! Vamos ver quem precisa de quem.

— Espera... Droga, padre! Preciso pensar, merda!

— Então o que vai ser, professor?!

O homem da face rosada fica rubro de raiva e sua cabeça fervilha. Puxa os cabelos para trás, retira os óculos e cobre os olhos com o braço esquerdo.

— Professor?

— Então vamos fazer uma coisa...

— Diga logo, professor!

— Nós dois vamos iniciar o garoto, lá na sacristia.

— Nós dois?!!

— Já fizemos isso juntos, antes... Qual o problema?! Já que você está assim a perigo, o jeito é fazer a inicialização juntos!

O interlocutor cala-se e um silêncio se segue.

— E então, padre?

— Tudo bem! Como vai ser?

— Tem como liberar a turma meia hora antes?

— Eu dou um jeito... A maioria mora perto da paróquia e vai pra casa sozinha. A mãe do Eduzinho está viajando e o menino vem com a empregada e isso facilita tudo.

— Entendi agora a sua urgência! Ótimo!

O interlocutor desliga e o professor bate o telefone no gancho com força. Anda de um lado para o outro aborrecido.

— Aquele desgraçado está brincando comigo! Hamm... Filho da puta, desgraçado!

Entra no quarto, livra-se das roupas e vai para o banho. Abre a torneira do chuveiro até a água ficar bem quente e enfia-se embaixo. Lava os cabelos, ensaboa o corpo e deixa a água cair sobre o corpo por um bom tempo. O vapor d'água quente deixa o pequeno sanitário enfumaçado enquanto a mente do homem fervilha de raiva e arquiteta um plano de vingança.

"Desgraçado, filho da puta!", pensa e enxagua o corpo rapidamente.

Enxuga-se, enrola-se na toalha e vai para o quarto. Sua mente agora está à procura de subterfúgios. Abre o guarda-roupa e o pequeno cofre escondido atrás das roupas no cabideiro e retira uma caixa de madeira. Senta-se na cama, abre a caixa e retira um pacote de fotos. O homem sorri e seus olhos brilham enquanto dispõe sobre a cama as nove fotos 3x4 de crianças.

"Meus anjinhos!", pensa enquanto fica de pé e retira a toalha do corpo: masturba-se ali mesmo enquanto aprecia as fotos das crianças.

Ψ

O homem gordinho, cabelos grisalhos apenas nas laterais da cabeça, careca lustrosa e bigodes brancos, levanta-se rapidamente e sente o coração palpitando no peito. Pensa no garotinho loiro dos olhos miúdos e o coração acelera. Vai até o sanitário, entra e fecha a porta. Levanta a batina cuidadosamente com as duas mãos, abre as calças, fecha os olhos e masturba-se pensando no garoto.

Arfando e aliviado o padre se limpa, fecha a calça e ajeita a batina preta impecável. Limpa as bordas do vaso sanitário, dá descarga e sai. É possuído por um súbito remorso: fecha os olhos e faz o sinal da cruz. Passa as vistas no pequeno escritório, apaga as luzes e vai até o genuflexório próximo ao altar-mor; ajoelha-se com o olhar fixo na imagem de Jesus Cristo na cruz. O reflexo das luzes da nave sobre o mosaico de vidros coloridos dá uma sensação de leveza ao ambiente. O padre fecha os olhos e começa a rezar.

Uma mulher baixinha, mulata dos cabelos presos com lenço branco, aproxima-se e aborda o vigário em tom baixo e respeitoso:

— Com licença, padre Rosalvo.

O padre conclui sua oração calmamente, faz o sinal da cruz, levanta-se e encara a senhora.

— Padre Humberto está esperando o senhor lá na sacristia e pediu para eu apagar as luzes da igreja.

O padre respira fundo, olha para a nave completamente vazia e, então, responde:

— Tudo bem, Dona Aurelina, pode apagar. — ele diz isso e sai em direção à sacristia.

A faxineira observa o padre se afastando calmamente; torce a boca e franze a testa.

"Não gosto do jeito desse padre", pensa a faxineira sisuda e se benze. "Deus me perdoe!".

ψ

— Padre Rosalvo, eu já estou de saída e como disse ao senhor, amanhã celebrarei a missa das sete, mas não poderei acompanhar os trabalhos com os coroinhas. Está em suas mãos! — diz o pároco.

— Tudo bem, sem problemas.

— Se quiser, posso pedir para o padre Lucas vir amanhã ajudá-lo...

— Não é necessário. O professor Carbonne vai estar aqui... E tem as auxiliares. Não precisa, padre!

— Ahn... O professor Carbonne?! Eu não gosto desse sujeito, mas você é quem sabe. Você ainda vai demorar aqui?

— Não! Assim que Dona Aurelina sair, eu também vou embora.

— Tudo bem, então. Boa noite, meu amigo.

— Boa noite, padre.

CAPÍTULO 18

Sábado, 11 de janeiro de 1975.

Lívio acorda com o toque do despertador sobre a mesinha de cabeceira. Sonolento, desliga o relógio, levanta-se, vai até a janela e abre as persianas deixando a luz do dia invadir o quarto. Observa o tempo nublado, boceja, confere as horas, são 5h02, e vai tomar um banho. Alguns minutos depois, está pronto: veste calça jeans, camisa de malha e um par de tênis branco. Confere a mochila preparada na noite anterior e faz uma ligação, que é prontamente atendida:

— Alô.

— Mário?

— Oi, Lívio.

— Já estou pronto!

— Nós também. Pode vir que te esperamos perto da barraquinha de revistas.

— Já estou saindo, então. Te pego aí em dez minutos.

Lívio desliga o telefone, faz uma rápida vistoria no pequeno quarto e sala para verificar janelas, torneiras e o gás e sai carregando a mochila nas costas. Desiste do elevador e desce as escadas até a garagem apressadamente. Joga a mochila no porta-malas do Passat e confere os documentos na carteira antes de ligar o carro: o motor ruge alto na garagem silenciosa. Abre o portão com o controle remoto, manobra o veículo lentamente, fecha o portão e acelera ladeira acima.

O sábado amanheceu com céu nublado de aspecto cinzento e desanimador. O trânsito está livre e Lívio rapidamente alcança a Rua Rio Amazonas. Assim que faz a conversão à esquerda, avista o amigo e uma moça juntos, de pé ao lado da banca de revistas. A morena esbelta está com os cabelos presos como um pequeno rabo de cavalo, franja, e veste bermuda vermelha, blusa de malha sem mangas na cor creme, usa óculos escuros, sandálias baixas e carrega uma mochila azul com listras rosa e pretas nas costas. Mário, moreno de estatura mediana, cabelos divididos ao meio cobrindo parte da testa e das orelhas, veste bermuda caqui, camiseta azul-claro, usa óculos escuros, sandálias de couro e carrega uma mochila nas costas.

Assim que reconhece o carro do amigo, sinaliza com o polegar em riste. Lívio encosta o veículo do outro lado da rua e o casal atravessa apressado. O grandalhão sisudo desce do Passat, abre o porta-malas e os dois acomodam as mochilas no seu interior.

— Lívio, essa aqui é Cecília... Cecília, esse é Lívio. — diz Mário.

A moça estende a mão para o grandalhão de 1,80 metros de altura. Lívio esboça um sorriso contido, aperta a mão da moça sem muito interesse e fecha o porta-malas.

— Vamos indo, pessoal. — avisa Lívio.

Os três entram no carro: Cecília acomoda-se no meio do banco traseiro sem tirar os olhos de Lívio, que liga o carro, indiferente, e acelera ladeira abaixo. Mário percebe a fixação da moça no amigo, mas faz vista grossa.

— Como é mesmo o nome do lugar pra onde vamos? — questiona a morena e abre um sorriso largo.

— Lívio vê a moça sorridente pelo retrovisor interno. Vira-se de relance para Mário e ele responde:

— Ilhéus.

— Ahn... É muito longe?

— Mais ou menos 450 quilômetros. — retruca Lívio e dá uma olhadela pelo retrovisor interno. — Umas seis horas de viagem, sem pressa.

— Certo! Então a gente chega na hora do almoço, é isso? — insiste a moça.

Lívio assente e olha novamente pelo retrovisor. Cecília sorri, mas ele não corresponde deixando a moça desconcertada.

Cecília cala-se, constrangida. Posiciona-se atrás de Mário e desvia o olhar para a rua. Mário percebe o clima tenso e liga o rádio toca-fitas.

— Você trouxe alguma fita cassete, Lívio?

— No porta-luvas tem duas.

Lívio manobra o carro à direita e entra na Avenida Barros Reis. Mário abre o porta-luvas e se apossa de uma pochete entocada no fundo.

— É o berro?!

Lívio franze a testa.

— Deixa essa zorra aí, Mário.

— Desculpa, pô! — diz o rapaz e volta com a pochete para o porta-luvas. Mostra duas fitas cassete e encara o amigo.

— Tem o quê aqui, Lívio?

— Um pouco de tudo.

Mário gira o corpo no banco, olha para Cecília, sorri, a morena torce a boca, e insere uma das fitas no toca-fitas. A moça manifesta-se eufórica ao reconhecer a voz do vocalista:

— Bee Gees!! Amo!

Mário sorri, mas Lívio se mantém impassível.

Ao som de uma coletânea de sucessos internacionais, o trio alcança a BR-324 e segue viagem em direção ao acesso à BR-116.

ψ

A região leste da cidade amanheceu carrancuda, mar agitado, muitos ventos e uma chuva fina persistente. A missa das sete foi ministrada pelo padre Humberto para um pequeno grupo de fiéis e acompanhada pelo padre Rosalvo, que fez questão de se manter sentado no presbitério, atrás do altar-mor.

Finda a celebração, padre Humberto deixa a paróquia e o padre Rosalvo assume o comando.

O tempo manteve-se ruim até próximo às 10h, quando as nuvens começaram a se dissipar e o sol apareceu timidamente. Aos poucos o grupo de crianças entre 11 e 14 anos foi chegando e ocupando a nave da paróquia. Um burburinho forma-se entre a garotada e o ruído das conversas ecoa pela nave vazia. O último a chegar foi o garoto loirinho dos olhos azuis miúdos, acompanhado de uma moça sorridente, jeitão interiorano e aparentando 17 ou 18 anos. Ela dirige-se ao padre respeitosamente:

— Bença, padre.

— Deus te abençoe, minha filha. — responde o vigário e volta sua atenção para o garoto tímido que abaixa os olhos.

— Dona Letícia viajou e eu vim trazer o Eduzinho.

O garoto sorri e se junta às outras crianças. O padre observa o menino por instantes e, então, comenta:

— Dona Letícia me ligou ontem avisando.

— Que horas eu pego o Eduzinho, padre?

— Ahn... Onze e quarenta e cinco.

— Tudo bem, padre.

A moça gira o corpo em direção ao altar-mor, flexiona-se levemente, faz o sinal da cruz e retira-se.

Carbonne aproxima-se, olha os meninos em volta do altar, observa de soslaio as quatro auxiliares sentadas nas cadeiras ao fundo e questiona:

— Onde está o padre Humberto?

O padre gordinho respira fundo, coloca as mãos em posição de reza e responde com um sorriso malicioso no rosto:

— Saiu logo após a missa das sete, meu amigo.

O professor sorri com a mesma malícia.

— Muito bem, padre, então podemos começar com os garotos...

ψ

A manhã segue com tempo firme e quente na região sul do estado. O Passat arrasta-se atrás de uma carreta em um aclive longo e cheio de curvas; morro íngreme de um lado e uma baixada do outro. A vista perde-se em uma longa extensão de área de pastagem. O gado aparece como pequenos pontos brancos em meio à mancha verde-cana do pasto, algumas poucas árvores e uma mata fechada de tonalidade verde-musgo na linha do horizonte.

O cheiro forte e desagradável de óleo diesel invade o carro, obrigando Lívio a reduzir a velocidade para se afastar da carreta.

— Que saco, esses caminhões! — reclama Mário.

Lívio não comenta; mantém-se atento à sinalização da pista, buscando uma oportunidade para fazer a ultrapassagem. Olha pelo retrovisor e vê uma fila de carros atrás, todos querendo ultrapassar. Cecília está impaciente, joga o corpo para a frente e se apoia nos dois bancos fazendo careta.

— Dá pra gente parar no próximo posto? Preciso ir ao sanitário.

— Tudo bem. — responde Lívio, sem tirar a atenção da estrada; acelera forte e o motor ruge alto.

Ultrapassa a carreta e acelera até alcançar os 90 quilômetro por hora; minutos depois, encosta em frente ao restaurante de um posto de beira de estrada. Mário é o primeiro a sair do carro e puxa o banco para Cecília. A moça desce de olho no restaurante, à procura do sanitário. Fica preocupada com a pouca movimentação no salão e com o homem barbudo dos cabelos desgrenhados que passa uma flanela encardida sobre o balcão: o sujeito olha insistentemente para ela.

— Mário, você vem comigo até o sanitário?

Com a porta do carro ainda aberta, o quarentão bem-humorado responde:

— Claro! Eu também preciso ir ao sanitário. Você não vem, Lívio?

— Vou em seguida.

Mário fecha a porta do carro, segura no braço da moça e segue em direção ao homem atrás do balcão.

— Bom dia! — cumprimenta Mário. — Onde fica o sanitário?

O homem mal-encarado olha a moça dos pés à cabeça.

— O sanitário dos homens fica lá fora, moço, mas a moça pode usar o do restaurante. — ele aponta para o extremo esquerdo do salão.

Mário e Cecília entreolham-se rapidamente. A moça mostra-se reticente.

— Vá lá, Cecília, que eu te espero aqui!

A moça comprime os lábios, preocupada, mas segue em direção ao sanitário. Instantes depois, Lívio aproxima-se.

— Onde é o sanitário?

— Ali do lado. — aponta. — Estou esperando Cecília.

Lívio gesticula com o polegar direito em riste e gira o corpo rumo ao sanitário. Mário mostra-se ansioso com a demora de Cecília. Lívio retorna, bate no ombro do amigo e aponta para o balcão.

— Vou tomar um refrigerante.

— Então eu vou no sanitário e você espera Cecília, ok?

— Tudo bem!

Lívio pede um guaraná e um copo; o homem, com a flanela encardida em volta do pescoço, pousa o refrigerante e um copo sobre o balcão e se afasta. O grandalhão serve-se e distrai-se bebendo e contemplando o movimento nas bombas de combustível. Instantes depois, Cecília aparece, Lívio sorri ligeiramente, mas se mostra indiferente e sem disposição para conversar. A morena franze a testa, intrigada com o jeitão taciturno do rapaz, mas insiste em se aproximar.

— Cadê Mário?

Ele sorri displicentemente sem encarar a jovem.

— Foi ao sanitário. Quer um refrigerante?

Cecília torce a boca com nojo.

— Será que tem água mineral?

O homem corpulento de barba e bigode bem-feitos aponta para o atendente e verbaliza com voz grave de locutor:

— O senhor consegue uma água mineral pra moça aqui?

— Serve garrafinha de 350 ml?

Lívio olha para Cecília.

— Pode ser, moço.

O sujeito mal-encarado deposita a água mineral e um copo sobre o balcão, olha debochadamente para a morena e se afasta. A moça ignora o assédio velado, serve-se e bebe um gole da água.

— Você e o Mário já se conhecem há muito tempo?

— Sim!

— Ahn... E você também é engenheiro?

Lívio olha rapidamente para a mulher esbelta do nariz arrebitado, sotaque carregado, e responde:

— Sim!

Cecília fica desconcertada com tanto pragmatismo, mas o amigo Mário se aproxima com o bom astral de sempre.

— Ôpa... Também quero um refrigerante. Manda um guaraná aí, amigão!

Enquanto o homem barbudo providencia o refrigerante, Mário procura pelo que comer no mostruário de salgados.

— Se eu fosse você, não arriscava comer essas coisas aí. — murmura Cecília e sorri.

Mário arqueia a sobrancelha e torce a boca.

— E esses biscoitinhos aqui? — retruca ele, apontando para os pacotes de biscoitos recheados expostos na parte inferior do balcão.

Cecília dá de ombros; ele faz o pedido:

— Moço, me dá um pacote de biscoito desses aqui. Recheio de chocolate.

O homem limpa as mãos na flanela encardida, Cecília torce a boca enojada, pega o pacote de biscoito e o coloca sobre o balcão.

— Mais alguma coisa? — questiona o homem, que não perde a chance de passar os olhos na morena esbelta.

Mário acena que não. Lívio bebe o último gole do refrigerante e pede a conta:

— Quanto foi tudo aí, moço?

— Pode deixar que essa eu pago. — diz Mário e coloca uma nota de 20 cruzeiros sobre o balcão.

— Tudo bem. — aquiesce Lívio e sai do restaurante sem maiores comentários.

Cecília fecha a garrafinha de água mineral, aproxima-se do amigo e murmura:

— Esse seu amigo é meio estranho... Ele não gosta de conversar não, é?!

Mário sorri.

— Lívio é gente boa, só é assim meio caladão... Na verdade acho que ele ainda não superou a morte trágica do filho e a separação.

— Morte trágica?!

Ambos escutam a buzina do Passat e veem Lívio acenando.

— Depois a gente fala sobre isso. — diz Mário e pisca um olho para a garota que franze a testa.

Escutam o ruído de motor ligando e mais duas buzinadas; o grandalhão sisudo volta a acenar, impaciente. Mário recebe o troco, enquanto Cecília vai até o carro e se acomoda no banco traseiro; mantém-se calada e Lívio, indiferente; Mário entra logo em seguida. O grandalhão arranca e conduz o veículo lentamente pela via de paralelepípedos. Contorna as bombas de combustível e segue em direção à pista, passando por caminhões estacionados de um lado e do outro: homens de bermuda, chinelos e camisas abertas exibindo barrigas proeminentes, circulam entre os caminhões inspecionando os pneus.

O cheiro de óleo diesel exala forte em meio ao ar puro da beira de estrada. O Passat alcança a pista e Lívio acelera forte.

Ψ

Pontualmente, às 11h, padre Rosalvo encerra as atividades com os coroinhas e aos poucos a paróquia vai sendo esvaziada, ficando apenas o garoto Eduardo, o professor Carbonne e Dona Aurelina, a senhora que cuida da limpeza.

Carbonne sai discretamente em direção à sacristia; padre Rosalvo acena para a faxineira e ela se aproxima.

— Dona Aurelina, por favor, termine de arrumar as coisas por aqui e se a moça que vem pegar o Eduardo chegar, peça para ela esperar um pouquinho aqui. Vamos conversar um pouco com o garoto lá na sacristia e já venho trazê-lo de volta. — explica o padre e passa as mãos gentilmente nos cabelos loiros do menino; ele enrubesce e sorri desconcertado.

— Tudo bem, padre.

Dona Aurelina vai para a área do presbitério. De lá, observa desconfiada o padre conduzindo o garoto em direção à sacristia e desaparecer no corredor lateral.

A senhora sisuda arruma rapidamente o altar, reposiciona as cadeiras ordenadamente, mas sua mente está voltada para a criança e o padre. Decide ir até a sacristia e encontra a porta fechada. O coração acelera, mas a curiosidade a faz aproximar-se da porta tentando ouvir a conversa. Não ouve a voz do garoto, mas as vozes ininteligíveis ora do padre, ora do professor. Após alguns instantes, as vozes silenciam e a faxineira volta apressada para o presbitério. Faz o sinal da cruz e termina de arrumar o altar, sobressaltada.

Minutos depois, uma moça aparece no portal entreaberto e bate palmas. Dona Aurelina percorre a área dos fiéis com passadas curtas e rápidas e vai até ela.

— Você veio pegar o garotinho loiro?

— Sim! — a moça sorri. — O Eduzinho. Todos já saíram?!

— A aula dos coroinhas terminou às 11h, moça.

— Mas o padre disse para pegar o Edu às 11h45 — argumenta a moça e confere as horas no relógio de pulso — e já são 11h50!

— Bem, o padre está conversando com o garoto lá na sacristia e pediu pra você esperar aqui.

Ruídos de passadas chamam a atenção das duas para o interior da igreja.

— Graças a Deus, o Edu já vem ali. — comenta a moça com ar de preocupada.

Dona Aurelina vê o menino com jeito angelical e cara de assustado de mãos dadas com o padre e se apressa em voltar para o presbitério. Não vê o professor e olha desconfiada para o homem de sotaina preta conversando com a moça e o garoto.

— O Edu é um garoto muito especial e tenho certeza que ele vai ser um ótimo coroinha. — o padre olha para o garoto, que mantém os olhos baixos. — Ele recebeu uma corrente com um medalhão de São Bento como incentivo. — explica e passa a mão nos cabelos loiros do garoto. — Avise à mãe dele, por favor?

— Tudo bem, padre. Até logo.

Eles saem, o padre fecha o portal principal e volta ao presbitério. Aproxima-se da faxineira e determina com autoridade:

— A senhora pode ir, Dona Aurelina.

— Vou só dar uma olhadinha se está tudo certo pra missa de domingo e já vou, padre. Padre Humberto gosta de tudo certinho.

O padre gordinho fecha o semblante e orienta em tom ríspido:

— Quando acabar, apague todas as luzes e saia pelo escritório.

— Pode deixar, padre. Eu não vou demorar.

O padre segue em direção à sacristia e desaparece no corredor lateral. A senhora cerra o cenho e fica de espreita até escutar a porta dos fundos bater. Sobressaltada, vai até o corredor, olha desconfiada e aproxima-se da sacristia. Bate à porta, aguarda e finalmente entra. Acende a luz do lustre pendente com lâmpadas em forma de velas e observa atentamente o local: tem um aparador em madeira escura no canto esquerdo, sobre ele, dois castiçais com velas brancas; em frente, tem um quadro com a imagem do papa; uma mesa no centro com seis cadeiras, tudo em madeira escura trabalhada; uma janela de madeira no fundo e uma cruz com a imagem de Jesus Cristo crucificado presa na parede ao lado; dois armários de madeira na parede direita e muitos quadros de santos espalhados pelas paredes. Tudo no devido lugar. Observa o piso em taboado encerado e nota marcas de sapatos indo em direção ao sanitário. A senhora franze a testa, segue o rastro e nota mais sujeira espalhada em frente à porta do sanitário, principalmente junto à lixeira, que está aberta com bolos de papel higiênico dependurados para fora e caídos no chão. Ela abaixa-se para conferir a gosma espalhada no piso quando ouve a porta dos fundos bater. O coração dispara e ela levanta-se rapidamente. Acelera os passos em direção à porta aberta e depara-se com o padre Rosalvo, que a encara com olhar intimidador.

— O que a senhora está fazendo aqui, Dona Aurelina?!

Pálida e assustada, a senhora responde com voz hesitante:

— Que susto, padre! Eu só vim olhar se estava tudo limpo e arrumado.

O padre mostra-se desconfiado.

— E quem mandou a senhora vir limpar a sacristia?!

— Desculpe, padre, é que o padre Humberto gosta de tudo muito arrumadinho... Eu vou pegar o material para limpar o sanitário... Parece que derramou alguma coisa no chão.

O padre olha para o piso e vê as marcas de sapatos. O homem gordinho dos olhos miúdos enrubesce.

— O garoto deve ter deixado cair alguma coisa. — pondera a faxineira escabreada.

O padre rubro engole em seco e determina em tom ríspido:

— Vá pegar o material que eu vou esperar a senhora limpar essa sujeira aí.

Dona Aurelina vai até o presbitério e volta com um balde com água e detergente, pano de chão e uma vassoura. Limpa tudo na presença do padre de olhar altivo e intimidador enfiado dentro da sotaina preta impecável: a corrente de ouro com um crucifixo reluz sob a luminária pendente.

Minutos depois, com o material de limpeza e um saco de lixo fechado na mão, a senhora dirige-se ao homem de sotaina com voz temerosa:

— Pronto, padre. Acho que agora está tudo certo.

— Cuidado com as coisas que a senhora faz, Dona Aurelina. A senhora pode se dar muito mal! — ameaça o homem com voz raivosa, enquanto aponta para a porta com o dedo em riste.

A senhora, agora assustada, sai apressada. O padre, preocupado, anda de um lado para o outro, por instantes, e vai até o presbitério. Dona Aurelina aparece; o padre assusta-se e fecha o semblante.

— Já estou indo, padre Rosalvo.

O padre levanta a mão sem falar uma só palavra e sem encarar a senhora que dá as costas e vai embora.

— Droga! — murmura o padre e vai para o escritório.

Liga para a casa do professor Carbonne. O telefone chama insistentemente até o padre desligar batendo o aparelho no gancho.

— Droga! Será que essa desgraçada desconfiou de alguma coisa?

O homem dos olhos miúdos está trêmulo e visivelmente nervoso; anda de um lado para o outro com a mente fervilhando. Senta-se à mesa de trabalho, insere uma folha de papel em branco na máquina de escrever e começa a datilografar um bilhete.

Levanta-se, vai até os arquivos e procura algo nas pastas arquivadas. Tira um cartão de dentro de uma delas, volta para a mesa e termina de datilografar o bilhete. Por fim, coloca-o dentro de um envelope branco com o símbolo da medalha de São Bento impresso em alto relevo. Fecha o envelope com cola, guarda o cartão na pasta-arquivo, fecha o arquivo e volta para a sacristia. Passa os olhos em tudo novamente, olha para o envelope, preocupado, e finalmente decide ir embora.

ψ

O garoto entra no apartamento e corre para o quarto.

— Eduzinho, vá tomar seu banho, que vou colocar seu almoço. — vozeia a moça. — Sua mãe chega hoje à noite, ouviu?!

O garoto, taciturno, joga-se na cama sem se preocupar em tirar os tênis. Abraça o travesseiro e se encolhe. Acaba cochilando.

A moça entra no quarto e não gosta do que vê.

— Eduzinho!

O garoto acorda assustado e se senta na cama com cara de sono.

— O que você tá fazendo em cima da cama com esses tênis, Eduzinho?!

O garoto desce da cama e olha para a moça fazendo cara de choro. A moça fica preocupada com o jeitão prostrado do garoto e se abaixa ao lado dele.

— Tá tudo bem com você, Eduzinho?

O garoto assente gestualmente, apesar da expressão de choro no rosto.

— Você quer que eu ligue pra seu pai vir aqui te ver?

O garoto fica agitado e gesticula que não. A moça fica ainda mais preocupada e se levanta.

— Então vem almoçar... Depois você toma banho. — pondera a moça e conduz o garoto até a cozinha.

Eduardo senta-se à mesa, apático. A moça faz seu prato e ele reluta em almoçar. Come duas garfadas de arroz com feijão, levanta-se e corre para o quarto.

— Eduzinho...

A moça vai atrás do garoto, que volta a se jogar na cama.

— Eduzinho, eu vou ligar pra seu pai.

O garoto pula da cama visivelmente agitado.

— Não. Não... Por favor, não!

— Aconteceu alguma coisa com você, Eduzinho? Por que você está assim?!

O garoto meneia freneticamente a cabeça e se joga novamente na cama. A moça retira os tênis dos pés do menino assustado, guardando-os sob a cama, e levanta-se.

— Eu vou guardar seu prato de comida e mais logo você almoça.

O garoto, com o rosto enfiado no travesseiro, não retruca, mas assente gestualmente meneando a cabeça. A moça, preocupada com o comportamento arredio do menino, retira-se do quarto e liga para o pai. O telefone chama seguidas vezes, porém ninguém atende. Ela desliga o aparelho, desolada. Volta até o quarto e nota que o garoto voltou a cochilar. Tenta mais uma vez ligar para a residência do pai do menino, sem sucesso. Desiste e volta para a cozinha.

CAPÍTULO 19

A tarde iniciou quente com sol forte, céu azul-anil e nuvens esparsas. Dona Aurelina atravessa o estacionamento apressada e segue rápido até alcançar o ponto de ônibus. Está nervosa e transpirando. Olha insistentemente de um lado ao outro, preocupada com o baixo movimento de pessoas em frente à catedral: a rua está praticamente deserta.

A cearense baixinha confere as horas no pequeno relógio de pulso, são 12h20, e olha, apreensiva, em direção à igreja. Um casal de jovens aproxima-se e a mulher respira aliviada. Sua mente fervilha com maus pressentimentos e o coração bate descompassado.

"Meu Pai do céu!", pensa a senhora com ar de assustada e faz o sinal da cruz; os dois jovens olham interrogativamente para ela.

Dona Aurelina esboça um sorriso amarelo, comprime os lábios e aperta a bolsa contra o peito. Olha mais uma vez em direção à igreja e vê o padre em pé em frente ao gradeado de ferro.

"Valha-me Deus!", pensa.

Um ônibus desponta na rua e o casal sinaliza com a mão. O coletivo encosta, não é o da senhora alarmada, mas ela embarca assim mesmo, junto com os dois jovens.

ψ

Padre Rosalvo estaciona o Fusca na rua de paralelepípedos, praticamente em frente ao prédio de 14 andares, e salta visivelmente nervoso. Bate a porta, tranca o veículo e caminha apressado até a guarita. O porteiro reconhece o padre e abre o portão eletronicamente; o padre gordinho entra apressado.

— Boa tarde, padre.

O homem sisudo impecavelmente vestido com uma sotaina preta acena sem proferir uma única palavra e acelera os passos em direção ao hall dos elevadores. Entra em um deles e sobe para o 14º andar. Já no apartamento, vai direto para a mesinha ao lado do sofá. Senta-se e faz uma ligação; um homem atende do outro lado da linha:

— Alô!

— Acho que a faxineira está desconfiada de alguma coisa.

— Como assim?!

— Eu me descuidei e saí da igreja, mas me lembrei da sujeira no chão e dos papéis higiênicos... Voltei e encontrei Dona Aurelina na sacristia. Ela estava assustada... E falou da sujeira no chão.

— Droga! Do que é que você está falando, padre?!

— Levei um anjo... aquele loirinho dos olhos miúdos... o da foto que dei para sua coleção. Eu o levei para uma inicialização na sacristia.

— Você o quê?! — berra o homem. — Você sabe que não podemos fazer essas coisas na sacristia, principalmente com os anjos da igreja! Não precisamos mais disso, droga! Agora temos a sociedade... Droga, padre! E tinha que ser com esse anjo, droga?!

— Não gosto quando você me chama de padre nesse tom!

— Droga! Já te disse várias vezes que agora temos os anjos da sociedade!! Droga! Mil vezes droga!! E tem às regras, padre!! Já te disse milhões de vezes que é mais seguro lidarmos com quem não tem ninguém pra reclamar por eles... E se essa mulher abrir o bico?!

— Eu queria muito aquele anjinho.

— Droga! Até suas prevenções têm limites, meu amigo!!

— O que eu faço agora?!

O interlocutor respira fundo, mas continua irritado.

— Droga, padre! Você tirou os vestígios da sacristia?

— A faxineira limpou tudo!

O interlocutor continua a esbravejar:

— E os tais papéis higiênicos sujos com sua merda?!

— Ela coletou e jogou na lixeira da paróquia.

— Você é quem tinha que ter limpado isso, seu idiota! Você está colocando nossa sociedade em risco. Droga! Você conhece muito bem as regras, então cuide para que essa mulher fique de bico fechado.

— Mas...

— Você devia ter se preocupado com isso antes de fazer essa merda lá na paróquia! E se esse garoto falar alguma coisa?

— Ele não vai falar!

— Como é que você pode ter certeza, padre?!

— Se ele abrir a boca, vai ser a palavra de uma criança contra a minha! Não vai dar em nada!

— Se essa coisa se complicar...

Um silêncio segue-se e o padre, agora com a voz trêmula, volta a falar:

— O que eu faço agora?

— Merda! Mande os dados dessa tal mulher para Deus que eu me entendo com ele. Ele vai decidir o que fazer.

— Eu já preparei a carta com as informações, mas hoje é sábado e os Correios estão fechados a essa hora e não tem como usar a caixa postal.

Um silêncio segue-se.

— Papa...

— Use a coleta manual lá do Cemitério Quinta dos Lázaros!

— Mas assim eu vou me expor!

— Se vire, padre, e reze para que não tenhamos problemas com essa tal faxineira! Você conhece Deus tão bem quanto eu. — fala o interlocutor e bate o telefone.

— Alô! Droga!

O padre, agora trêmulo, faz mais uma ligação, que é prontamente atendida.

— Alô...

— Professor?

— Que voz é essa? Aconteceu alguma coisa?!

— Eu esqueci de limpar a sacristia e o sanitário... E quando retornei, a faxineira estava lá.

— Dona Aurelina?! E daí?!

— E daí que eu acho que ela está desconfiada que fizemos alguma coisa com o anjinho... Ela viu o chão sujo e os papéis higiênicos.

— Merda! Você disse que ia limpar tudo.

— Eu me esqueci e saí... Quando voltei ela estava lá com cara de assustada.

— Droga, padre!

— Eu me desesperei e liguei para o Papa.

— Você ficou maluco?!!

— Mas eu não disse que você estava comigo. Se eles souberem que levei uma pessoa de fora da sociedade para uma inicialização...

— Droga, padre! E agora?!

— E agora eu não sei o que fazer.

— Droga, seu gordo pervertido. Se você me envolver nessa sua maluquice, eu acabo com sua raça! Você está me entendendo?!

Um silêncio segue-se e pouco depois vem o som de linha desconectada.

— Droga! Droga!! — esbraveja o professor; agitado, anda de um lado para o outro com a mente fervilhando.

ψ

O homem da voz mansa e jeitão delicado está preocupado e faz uma ligação. A pessoa atende do outro lado da linha e ele, ao reconhecer a voz, responde:

— Aqui é o Papa e preciso falar com Deus o mais rápido possível! — diz isso e desliga o aparelho.

Recosta-se, aflito.

— Droga!

ψ

Minutos depois, o homem gordinho dos olhos miúdos, agora sem a batina, mas usando uma camisa branca de mangas compridas e colarinho romano, estaciona o veículo próximo à entrada principal do Cemitério Campo Santo, do outro lado da rua. Retira o envelope do porta-luvas e sai do veículo visivelmente tenso. Olha desconfiado de um lado para o outro, várias pessoas circulam no entorno; entram e saem do cemitério, e segue diretamente para uma banca de floricultura a alguns metros à frente. Uma senhora gorda e barriguda de meia-idade percebe a aproximação e se levanta do tamborete.

— Boa tarde! — diz o padre e aponta para um buquê de margaridas exposto na banca. — Vou querer um desses.

— Margaridas?!

O padre assente e mostra o envelope.

— Tenho uma correspondência do Papa... para Deus.

A senhora fecha o semblante, vira-se e dirige-se ao senhor sentado em um banquinho de madeira acomodado dentro da barraca.

— Ôhhh, Zequinha! Pega aqui essa carta que é do Papa.

A senhora, antes simpática e sorridente, fica carrancuda.

— Ainda vai querer as flores, moço?

— Claro!

O senhor negro dos cabelos grisalhos e bigodão preto aproxima-se e o padre avisa, temeroso:

— É urgente!

O homem olha para o timbre no envelope e fica sisudo.

— Vou mandar um garoto entregar agora, moço.

— Tudo bem!

A senhora entrega o ramalhete de margaridas e o homem paga com uma nota de 20 cruzeiros.

— Não precisa de troco. — diz o padre e atravessa a rua apressado rumo ao cemitério.

Antes de entrar no hall das escadarias, olha em direção à barraca e vê o homem negro falando alguma coisa com um garoto na faixa dos seus 12 ou 13 anos. Instantes depois, o moleque sai correndo com o envelope na mão, o homem negro olha em direção ao portal de entrada do cemitério e seus olhos alcançam os olhos miúdos do homem gordinho. Eles olham-se mutuamente por segundos: o padre desvia o olhar, entra no hall e sobe as escadarias apressado. Adentra a primeira sala onde está sendo velado um corpo e deposita o ramalhete de margaridas na mesa, junto com outros arranjos e flores. Retira-se sem se dirigir a nenhum dos presentes.

ψ

Dona Aurelina apoia-se na catraca e pousa a bolsa na mesinha do cobrador à procura da carteira com dinheiro. Atrapalha-se com o saco de lixo que colocou na bolsa e com o movimento do ônibus. O cobrador franze a testa, mas se mantém impassível diante da agonia da senhora baixinha do olhar assustado. Ela finalmente encontra a bolsinha e paga a passagem com moedas. Encara o cobrador com seu jeito desajeitado, joga a bolsinha dentro da bolsa, abraçando-a contra o peito, e passa rapidamente para a frente do coletivo. Salta na primeira parada e, 15 minutos depois, embarca em outro ônibus. Senta-se ao lado de um homem corpulento usando camiseta regata exibindo várias tatuagens tomando os braços malhados. O sujeito com barba e bigodes fartos e careca brilhante olha para a senhora baixinha abraçada à bolsa e franze a testa.

"Misericórdia, senhor!", pensa Dona Aurelina e abaixa as vistas; o homem torce a boca e volta sua atenção para a rua.

ψ

O coletivo dobra à esquerda e entra na estreita rua de paralelepípedos que leva até o final de linha. Instantes depois, estaciona e abre as portas.

É um local aprazível, com dois pés enormes de flamboyant, muito mato, terrenos baldios e uma rua com calçamento precário. O motorista levanta-se e limpa as mãos em uma flanela vermelha encardida enquanto observa as pessoas deixando o coletivo.

Dona Aurelina salta e segue apressada pelo canto da rua, margeando a mureta de contenção, até alcançar a escadaria que desce para a baixada. Casas sem reboco de um lado e do outro e no final da escadaria, uma grande horta de couve e alface. A senhora desce a escadaria apressada sem prestar atenção nas pessoas. Antes de alcançar as hortas, entra esbaforida no penúltimo casebre com paredes amarelas, janelas e porta em madeira crua sem tratamento. Dona Aurelina passa direto para o quarto e a filha vai atrás.

— Que cara é essa, minha mãe?!

— Nada não, menina! Nada não!

— Eu, hein! Foi trabalhar na igreja e encontrou com o diabo, foi?

— Você me respeita, viu, Sileide!! Eu num tô boa hoje não!

— É, tô vendo... Chegô virada do avesso.

Dona Aurelina bate a porta do quarto e senta-se na cama, ainda trêmula. Abre a bolsa e fixa-se no saco plástico preto... Seu coração acelera.

"Droga!", pensa.

Batem à porta e Dona Aurelina se assusta. Fecha o zíper da bolsa e a coloca sobre o guarda-roupa.

— O que foi, Sileide?!

— Minha madrinha está aqui querendo falar com a senhora.

Dona Aurelina benze-se fazendo o sinal da cruz e, finalmente, abre a porta do quarto.

— Oi, comadre — diz Dona Maria, uma senhora negra dos olhos vivos e voz rouca. —, eu trouxe um pouquinho de cozido pra vocês.

— Obrigada, comadre. Que tá cheirando, tá!

— Minha mãe, a senhora vai almoçar que horas?

— Vai comer, menina, que eu tô sem fome. Aproveita o cozido que sua madrinha trouxe.

Dona Maria nota o jeitão nervoso da comadre e fica preocupada.

— Que cara é essa, mulher?! Você parece que viu uma assombração.

— Antes fosse!

— Você tá me deixando preocupada...

— Depois a gente conversa, comadre. Eu vou tomar um banho e vê se como um pouquinho desse cozido aí.

— Tá bom, então! Depois aparece lá em casa e me conta o que é que te deixou com essa cara de assombrada.

Dona Aurelina dá um sorriso contido e respira fundo.

— Obrigada, comadre, pelo cozido. Depois eu vou lá e a gente conversa com calma.

ψ

Um veículo estaciona próximo à placa publicitária da Ford e um homem bem-vestido salta. Respira fundo a brisa carregada de salitre, olha de um lado para o outro, observa o mar esverdeado por alguns instantes e vai até o telefone público. Retira três fichas do bolso e faz uma ligação. Um homem atende:

— Alô!

Após reconhecer a voz do interlocutor, o sujeito responde:

— Aqui é Deus! Quem fala?

— O Papa.

— Seja objetivo, estou em um orelhão.

— Aquele meu amigo, o Bispo, usou a sacristia para iniciar um anjinho.

— O quê?!

— Pois é, meu amigo, e a faxineira viu a sujeira que ele fez e está desconfiada.

— Merda! Aquele gordinho safado vai fuder com nossa sociedade! Eu te avisei...

— Eu mandei que ele te enviasse os dados da faxineira... A verdade é que não sei o que fazer. Se essa mulher abrir o bico...

— Se ela abrir o bico e pressionarem seu amigo, acho que ele não vai te poupar, meu caro. E se esse anjo falar?!

— O Bispo garante que ele não vai falar.

— E esse gordinho safado tem condições de garantir alguma coisa?! Droga! Ele descumpriu as regras da sociedade, colocou nosso negócio em risco e ainda fala em garantias?! Ele tem é que se fuder, merda!

— O que você vai fazer?

— Ainda não sei, mas quero saber quem é esse anjo também! — responde o homem exaltado e bate o telefone.

Ψ

É final de tarde e o céu começa a escurecer. Dona Aurelina pega a vasilha que veio com o cozido e desce as escadarias até alcançar a borda da horta. Dobra à direita e segue margeando a plantação até alcançar o quarto casebre de tijolos aparentes, janelas de madeira inteiriça, sem vidros, porta de duas bandas com portinhola em ambos os lados e cobertura de telhas cerâmicas empretecidas.

Dona Aurelina encosta na janela semiaberta e vocifera:

— Ôh, comadre Maria!

A senhora gordinha do olhar vivo sai da cozinha limpando as mãos no avental e abre a porta.

— Entra, comadre. Vamos lá prus fundos que eu tô terminando de lavar umas roupa.

Dona Aurelina nota a casa vazia e silenciosa.

— Cadê as meninas?

— Foram pru Iguatemi com o namorado de Mariana. Só devem voltar lá pras 20h.

As duas vão para os fundos da casa e Dona Maria aponta para um dos banquinhos improvisados com madeira de caixote, próximo a uma pequena mesa de formica azul e pés de metal já enferrujados pelo tempo.

— Senta aí, comadre. Quer um café?

Dona Aurelina senta-se e murmura em tom carregado de suspense:

— Vem cá, comadre, deixa eu te contar o que aconteceu hoje.

Dona Maria franze a testa, volta a limpar as mãos no avental e se senta ao lado da comadre.

— Nossa! Você tá me deixando preocupada.

— O padre, lá da paróquia que eu estou trabalhando, levou um garotinho pra sacristia. Ele e outro homem que trabalha lá com os coroinhas.

— E daí?!

Dona Aurelina olha de um lado para o outro e sussurra:

— Acho que eles estavam fazendo alguma coisa com o menino. Todas as outras crianças já tinham ido embora e só ficou esse com cara de bobinho.

— Fazendo o quê, comadre?!

— Quando o padre foi embora, eu entrei na sacristia e vi o chão sujo de uma gosma branca e tinha os papel higiênico jogado no chão. Tudo sujo dessa gosma aí.

— Misericórdia, mulher! Será que eles estavam abusando do garotinho?

— Só sei que o padre voltou e me pegô lá na sacristia. Ele ficou brabo e me fez limpar tudo. Eu peguei o saco de lixo com os papel higiênico sujo e trouxe comigo.

— E o que você vai fazer com isso, mulher de Deus?!

— Não sei. Eu tô preocupada… E se fizeram alguma coisa com esse garoto? Eu tava pensando se não era melhor falar com a mãe dele. Ela sempre aparece lá pra levar e buscar o garoto pra aula dos coroinhas, só que hoje ela não veio.

— Num sei não… Você vai se meter nessa história e vai acabar perdendo o emprego.

— E quem garante que eu vou continuar empregada depois do que eu vi? Com a cara que o padre fez, eu não sei como saí viva de lá. Ó… pega aqui no meu coração. — Dona Maria encosta a mão no peito da comadre. — Tá disparado até agora.

— Vixe! E num é que tá mesmo! Qué um copo d'água, comadre?

— Não… Não precisa.

— Então eu vou passar um cafezinho pra gente.

Dona Maria entra na minúscula cozinha, acende a luz e coloca uma vasilha com água no fogão. Dona Aurelina levanta e encosta-se na porta da cozinha; aperta uma mão contra a outra visivelmente ansiosa.

— Essa história me faz lembrar de algo parecido que aconteceu comigo, muitos anos atrás, quando eu trabalhava lá no Colégio Dom Pedro. — comenta Dona Maria.

— Aquele caso da sujeira na sala de um dos professores?

— Isso, comadre, só que nunca contei a história completa.

— Como assim?

— O chão do sanitário tava todo sujo dessa gosma aí, que você disse que viu lá na sacristia, e eu encontrei uma foto 3x4 de um garoto. Ela estava no chão toda breada com essa coisa branca. Quando o professor entrou, eu guardei a foto e esse professor me fez ameaças. Poucos dias depois, eu fui demitida, mas não falei nada. E você não sabe do pior...

— Fala logo, comadre.

— Tempos depois eu soube que esse garoto se suicidou!

— Misericórdia, senhor! E tem alguma coisa a ver com esse tal de professor?

— Deus é quem sabe! Eu fiquei na minha. O que gente como nós pode fazer? Quem ia acreditar em uma faxineira? E depois iam dizer que eu estava tentando prejudicar o professor. Preferi ficar calada.

— Nossa! Parece que esse povo é tudo tarado.

— Até hoje eu tenho a foto desse garoto guardada comigo e acho melhor você ficar de bico fechado pra não se prejudicar. A corda sempre quebra do lado mais fraco, comadre, e acho melhor você jogar esses papel higiênico fora, que isso não serve pra nada.

— E o garoto?!

— O garoto tem mãe e pai, não tem?

Dona Aurelina assente gestualmente e conclui:

— Acho que você tem razão, comadre... E se o padre me demitir?!

— Põe o rabinho entre as pernas e procura outro emprego, ora. É o melhor que você faz, comadre.

CAPÍTULO 20

O tempo está firme, quente e abafado com sol a pino em céu de brigadeiro. Lívio desacelera o carro nas proximidades de Ilhéus, ao passarem pelo lugarejo de Banco da Vitória, e abre o vidro e o quebra-vento do veículo para arrefecer o calor escaldante. Mário faz o mesmo do seu lado e propõe:

— Lívio, em vez de irmos direto para Pontal, vamos passar por dentro de Ilhéus e almoçar lá na orla. Assim, Cecília conhece um pouco da terra da Gabriela, Cravo e Canela. — diz ele e gira o corpo no banco com a intenção de flertar com a amiga; ela sorri, mas sua atenção está voltada para o grandalhão sisudo.

Lívio levanta os olhos em direção ao retrovisor e sorri para a moça. Ela retribui com uma piscadela e um sorriso largo, entusiasmada. Mário fica intrigado e enciumado, mas se contém. O grandalhão, então, aquiesce:

— Tudo bem!

A moça dá-se por satisfeita com a receptividade do grandalhão. Encosta-se no canto direito do carro e se distrai observando a paisagem. Alguns minutos depois, entram na pitoresca e simpática cidade interiorana do sul da Bahia. Lívio dirige sem pressa pelas ruas com calçamento de pedras, cruzam o centro da cidade e, com paciência, alcançam a faixa litorânea. Cecília mostra-se encantada com a simplicidade e a beleza bucólica da orla em frente à Baía do Pontal.

Mário aponta e comenta:

— Acho que é a ponte para Pontal.

Curiosa e deslumbrada, Cecília empertiga o corpo e apoia-se com os braços sobre o encosto dos bancos dianteiros. Lívio assente e, instantes depois, desacelera o carro com a intenção de estacionar em frente a um sobrado com dois pisos, paredes pintadas de vermelho com detalhes em branco e quatro mesas postas no calçadão em frente ao estabelecimento, três delas ocupadas. O clima é alegre e festivo, com muitos turistas comendo e bebendo nos diversos bares ao longo da orla.

— Vamos almoçar ali? — questiona o grandalhão.

— Vamos, gente. — aquiesce Cecília. — Estou morta de fome!

Mário cerra o cenho enquanto confere as horas.

— São 12h30. É melhor almoçar aqui mesmo. Vamos nessa, Lívio.

Lívio estaciona o carro em frente ao bar e restaurante de nome Maria Machadão, salta e vai direto ao porta-malas de onde retira uma máquina fotográfica e a dependura no pescoço. Suas feições agora estão menos tensas. Mário e Cecília aproximam-se e Lívio aponta a mesa vazia.

— Vamos sentar naquela mesa ali, Mário.

O amigo aperta os passos e se apossa da mesa antes que outro casal a ocupasse. Logo os três acomodam-se voltados para o mar e um rapaz usando avental se apresenta munido da comanda. Eles fazem o pedido; Mário acrescenta uma cerveja, Lívio pede suco de laranja e Cecília sinaliza que não quer nenhum tipo de bebida.

A morena está envolvida e entretida observando o grandalhão manusear a máquina fotográfica e mostra-se indiferente ao amigo Mário, apesar deste ser mais simpático, falante e impetuoso. O quarentão não perde a oportunidade de flertar com a amiga, mas ela se faz de desentendida.

Cecília, uma morena no auge dos seus 40 anos, chama a atenção pelo corpão esbelto e bem delineado, pelas feições finas e pelo jeitão espevitado. Lívio procura ser amável com a moça, mas o assédio da morena o está incomodando e ele não se atém a ela. Desconversa e mostra-se curioso com as pessoas, o burburinho em volta e com a paisagem pitoresca do local.

Levanta-se de rompante e avisa:

— Vou tirar umas fotos ali. — aponta para o outro lado da rua.

Cecília tenta argumentar, mas o grandalhão é mais ágil e atravessa a rua trotando até se postar em frente à balaustrada de pedras.

— Eu ia pedir para alguém tirar uma foto da gente, mas seu amigo parece mais interessado na paisagem. — comenta Cecília, fazendo cara de zangada.

Mário abre um sorriso largo, quase uma gargalhada, e retruca, bem-humorado:

— Liga não. A distração do Lívio é a fotografia. Quando ele voltar, a gente tira uma foto juntos.

— Eu, hein! Que homem é esse?!

O atendente encosta, serve a cerveja e se afasta.

Lívio distrai-se fotografando a ponte que leva a Pontal, o terminal pesqueiro, a enseada com seus barcos, veleiros e escunas carregadas de turistas até que sua atenção se volta para uma mulher dos cabelos curtos, short amarelo, blusa de malha branca e sandálias baixas. A morena está a cerca de 10 metros de distância, de pé em frente à balaustrada de pedras, braços cruzados e olhar perdido na baía. Ao lado, sentados na balaustrada, um casal, também na faixa dos quarenta e poucos anos, está abraçado e trocando carícias discretas. O homem levanta-se com uma máquina fotográfica em mãos, fala alguma coisa com as duas mulheres e elas se posicionam lado a lado, abraçadas, para uma foto. Agora é a morena solitária que fotografa o casal e logo em seguida os três andam em direção ao carro estacionado próximo a um dos pés de coqueiro.

Lívio permanece estático, observando o trio. A morena dos cabelos curtos gira o corpo para entrar na Brasília azul, seus olhos alcançam Lívio e os dois se entreolham por segundos. A amiga diz alguma coisa, ela desvia o olhar, adentra o carro e acomoda-se no banco traseiro. Lívio abaixa os olhos e, momentos depois, observa o veículo passar lentamente ao seu lado. Mais uma vez o homem sisudo e a mulher do jeitão solitário observam-se mutuamente.

— Lívio! — ecoa a voz de Mário.

O grandalhão vira-se e foca no amigo extrovertido e animado. Ele acena, abre um sorriso largo; Cecília também gesticula. O grandalhão dá mais uma olhadela em direção à Brasília azul, que se afasta e volta para a mesa.

Nesse ínterim, três rapazes negros, vestindo bermudas brancas, camisas floridas e chapéus de palha, acomodam-se no bar ao lado com um violão, um atabaque e um pandeiro.

— Que tal tirar uma foto da gente? — propõe Cecília com um sorriso provocativo.

Mário nota o claro interesse da amiga no amigo, mas apesar de incomodado, disfarça; Lívio mostra-se desinteressado.

— Fiquem juntos aí, que eu tiro uma foto dos dois. — propõe Lívio e afasta-se com a máquina na mão.

Mário não se faz de rogado e abraça a moça; ela sorri desconcertada; Lívio bate uma foto e volta para a mesa.

— Tire uma foto comigo, Lívio. — propõe Cecília com um sorriso largo estampado no rosto.

Mário levanta-se, mas o grandalhão aborda um casal de jovens que chegava ao restaurante:

— Você pode bater uma foto da gente?! — ele aponta para a mesa dos amigos.

— Claro. — responde o rapaz e se posiciona com a máquina fotográfica em mãos.

Lívio vai para junto de Mário, mas Cecília movimenta-se agilmente ficando entre os dois. Mário, Cecília e Lívio sorriem descontraídos e o rapaz bate a foto.

Ao voltarem à mesa, Cecília apressa-se em se acomodar entre os dois amigos. Inquieta, resolve provocar Lívio.

— Você é sempre caladão assim ou é por que não foi com a minha cara?

Mário sorri e torce a boca.

— Seu amigo aí fala o suficiente por mim e por ele. — pondera Lívio e sorri. — Na verdade eu sou assim mesmo. Prefiro ouvir a falar.

— Ahn… — murmura a morena com a sobrancelha arqueada e um leve sorriso no rosto.

— Cecília é advogada, Lívio, sabia? — comenta Mário.

A morena assente e arqueia a sobrancelha.

— É mesmo? Legal! — diz Lívio sem demonstrar interesse; a morena torce a boca desapontada, mas se cala com a aproximação do atendente, que serve a mesa.

Os rapazes que se acomodaram no bar ao lado iniciam uma roda de samba regado à cerveja. O som dos instrumentos reverbera alto e o local fica animado.

Lívio, Mário e Cecília almoçam calados, ao som de música ao vivo.

Ψ

Finalmente, o trio chega à área de camping na praia de Canabrava. São 14h30 e o local está bem movimentado e em clima festivo. O atendente explica o funcionamento e aponta para a extrema direita da área de camping.

— Tem espaço naquele canto ali, moço.

Lívio conduz o carro devagar o suficiente para observar cuidadosamente a área parcialmente ocupada por barracas e carros. Escolhe uma vaga no extremo esquerdo, próximo ao mar, adequado para um carro e uma barraca tamanho família: à frente, o mar a pouco mais de 20 metros;

à esquerda, no extremo oposto, os sanitários e chuveiros de uso público, alguns metros depois, uma área com restaurante e bar.

Homens, mulheres e crianças transitam de um lado para o outro em trajes de banho, descontraídos. O dia está lindo e agradável, com céu azul-claro e uma brisa refrescante sopra intermitentemente.

Lívio aponta e afirma:

— Vamos ficar ali.

— Gostei! Pelo menos tem uma infraestrutura legal. — pondera Cecília. — Sanitário, banho, comida e esse marzão lindo aí em frente.

— E tem luz também, Cecília! — completa Mário, sorridente.

— Acho que nesse cantinho a gente vai ficar bem sossegado. — conclui a morena e sorri para Lívio.

Lívio manobra o Passat e estaciona-o com a frente voltada para o mar. Desliga o motor e confere o horário.

— Vamos montar logo essa barraca, Mário.

— Vamos nessa.

Cecília sai do carro agoniada e foca na entrada do camping.

— Eu preciso ir ao sanitário, gente.

— Vai lá, Cecília. — Mário aponta para a área com a infraestrutura básica; a moça caminha apressada.

Mário observa a moça se afastando, suspira fundo e comenta:

— Parece que Cecília tá dando mole pra você, Lívio.

Lívio torce a boca, vai até o porta-malas do carro e gesticula com desdém.

— Não estou interessado! É toda sua.

— Tem certeza que você vai abrir mão desse mulherão?!

Lívio sorri.

— Não é meu tipo.

Mário sorri maliciosamente.

— Meu tipo tem duas pernas, dois braços e um parque de diversões.

Lívio sorri.

— E o rosto?

— Se for feia, a gente coloca um saco de Paes Mendonça na cabeça e tá tudo certo.

Os dois sorriem.

— Tô fora desse seu esquema, meu amigo. Vá em frente!

ψ

A barraca com dois quartos, sala e varanda fechada, fica pronta e Cecília apossa-se de um dos quartos. Aparece depois vestida com uma saída de praia leve, transparecendo o minúsculo biquíni vermelho. Lívio aprecia a beleza da morena discretamente, Mário arregala os olhos e sorri maliciosamente; a moça faz vista grossa.

— Vamos dar uma caminhada na praia! — propõe a morena e lança um olhar sedutor para Lívio, que continua se fazendo de desentendido.

Mário e Lívio livram-se das bermudas ficando apenas com os calções de banho e camisetas. Prendem pochetes com dinheiro em suas cinturas, sandálias nos pés e dispõem-se a acompanhar a moça loquaz; Lívio, com a câmera fotográfica dependurada no pescoço por uma tira de couro longa.

O camping está movimentado e animado. Um grupo de jovens faz uma seresta ao som de violão, atabaque e um pandeiro: música e churrasco regado à cerveja e muita animação; todos em trajes de banho.

Mário, Cecília e Lívio caminham por entre as barracas e coqueiros em direção à área comunitária do camping. Seguem uma trilha na grama curta em direção à descida que leva à praia. Até certo ponto, os três andam lado a lado, Cecília entre os quarentões, até que Lívio avisa:

— Pessoal, eu preciso passar no sanitário. Vão descendo, que encontro com vocês lá na praia.

Mário segura no ombro da garota e aponta para a direita.

— Nós vamos pra lá, Lívio. O rapaz lá da portaria disse que tem uma área ótima para banho, uns 200 metros à frente, e que tem umas barracas lá. A gente pode comer e beber à vontade.

— Tudo bem! A gente se encontra lá.

Cecília arqueia a sobrancelha, desconfiada de ser uma armação.

— Estamos esperando você lá, viu, Lívio?!

Lívio assente gestualmente, gira o corpo e aperta os passos rumo à área comunitária. Adentra a área dos sanitários e pouco depois sai decidido a não se encontrar de imediato com o casal de amigos. Corre os olhos em volta, já não vê o casal de amigos, e segue para o bar. O local está movimentado e o homem antissocial acomoda-se no lado oposto ao camping, próximo ao balcão de atendimento. Pede uma cerveja e passa a observar as pessoas em volta.

Na mesa ao lado tem uma família inteira, incluindo uma criança de colo: uma menina dos cabelos loiros encaracolados. A mãe, também loira, branquela, sorridente e conversadeira, carrega o bebê no colo. O pai, um homem branquelo, alto e desengonçado, ensaia um batuque na mesa tentando acompanhar a seresta que rola na mesa ao lado. Uma criança na faixa dos dois anos, um menino com cara de choro, chega à mesa acompanhado de uma moça morena enfiada em um short jeans minúsculo e uma camiseta de alça. O garoto começa a chorar; a mãe diz alguma coisa no ouvido do menino, faz-lhe um afago, entrega a menina para a moça e o coloca no colo. A mãe dá-lhe um bico e o menino adormece em seu colo. A mocinha segura a menina dos cabelos encaracolados sobre a mesa e ela sapateia e distribui sorrisos.

Lívio lembra-se do filho e sente uma súbita amargura. A atendente coloca a cerveja e um copo sobre a mesa e o grandalhão se serve e toma um gole de olhos fechados. Pousa o copo na mesa e sacode a cabeça tentando se desvencilhar das lembranças dolorosas. Seus olhos alcançam o extremo oposto do restaurante e lá vê a moça solitária; a morena de Ilhéus.

Lívio distrai-se com a moça e esquece do trágico passado. Entre um gole e outro, observa sistematicamente a morena conversar com os amigos e, por fim, sorri um sorriso sem cor. O casal levanta-se e parece chamar a moça apontando para a praia, mas ela reluta. O amigo paga a conta e sai com a esposa em direção ao areal. A morena continua sentada, agora solitária e se vira em direção ao balcão. Seus olhos alcançam os de Lívio e ambos se olham por instantes. A morena enrubesce e abaixa as vistas. Lívio coloca uma nota de 5 cruzeiros sob a capa de isopor da cerveja e sinaliza para a atendente que vai mudar de mesa. Anda sem pressa, desvencilhando-se das pessoas e se aproxima, decidido, da morena.

— Você se importa se eu me sentar um pouquinho aqui com você?

A mulher sente um impulso de recusar a aproximação do estranho, mas algo nos olhos, no jeito e na voz daquele homem a faz recuar e assente gestualmente.

O grandalhão senta e se apresenta:

— Meu nome é Lívio.

A morena sorri timidamente.

— Isadora. — retruca ela e sorri.

Eles apertam as mãos; ambos mostram-se tímidos.

— Você quer beber ou comer alguma coisa? — diz Lívio.

Isadora olha nos olhos do homem, hesita em responder, mas diz:

— Eu gostaria mesmo é de andar um pouco na praia. Se você quiser me acompanhar...

— Claro! — retruca Lívio, que se levanta e estende a mão para a mulher, surpresa com tanta gentileza.

A atendente aproxima-se.

— Seu troco, moço.

Lívio sorri, seu semblante agora está leve.

— Fique pra você. — diz isso e conduz a morena tímida em direção à praia.

— Podemos ir para a esquerda? — propõe Lívio e sorri. — É que um casal de amigos foi pra lá e eu não quero atrapalhá-los.

Isadora sorri mais descontraída.

— Meus amigos também foram pra lá. Acho que já atrapalhei o bastante a vida deles.

Os dois sorriem e saem de mãos dadas pelas areias da praia.

ψ

O trecho que o casal escolheu para andar, longe das barracas de comes e bebes, está deserto, mas não menos aprazível. Andam de mãos dadas como se já se conhecessem há mais tempo.

— Quando te vi lá em Ilhéus tive a impressão de já ter visto você antes. — comenta Lívio. — Você é lá de Salvador?

A morena de franja e cabelos presos como rabo de cavalo sorri.

— Sim, mas não costumo sair, Lívio, só se você me viu em algum ambulatório onde trabalhei. É que sou enfermeira.

Lívio meneia a cabeça.

— Não... Acho que não, mas deixa isso pra lá. Você vai ficar aqui até quando?

— Vamos retornar amanhã. Segunda já tenho que pegar no batente.

— Puxa, é mesmo?! Acabei de chegar e vocês já estão indo embora?!

Isadora respira fundo, torce a boca e responde com pesar:

— Pois é, tenho que ir... Gostaria muito de ficar aqui em sua companhia, mas... Enfim, tenho que me conformar.

Os dois calam-se e Lívio aponta para uma pequena lagoa de água doce entre as areias da praia e os coqueiros; mais à frente, um pequeno riacho desemboca no mar.

— Vamos ficar ali, na sombra daqueles coqueiros. — sugere Lívio.

— Nossa, como isso aqui é lindo!

Os dois passam pela pequena lagoa de águas quentes e sentam-se à sombra dos coqueiros. Isadora contempla o mar, um tanto reflexiva, e resolve falar sobre si.

— Bem... Eu sou mãe solteira... Tenho um filho problemático... Moro com meus pais até hoje e estou passando férias com um casal de amigos que se esforça para me socializar. Aliás, essa é a minha primeira viagem desde que Elder nasceu. Em resumo... Essa sou eu... uma mulher solitária que não deu sorte no amor! — Isadora exibe um sorriso contido com ar melancólico. — Agora que você sabe quem sou, vamos dizer assim... uma mulher problemática, acima de tudo... acho que vai agradecer por eu estar indo embora amanhã.

— Ei! Que cara é essa?! Não fale assim... Nada disso! — retruca Lívio e passa o braço esquerdo sobre o ombro da morena; ela inclina a cabeça e ele beija seus cabelos. — Se é assim, então eu também sou um homem problemático. Sou divorciado, tenho uma filha de 20 anos, sem falar do filho que... Bom, que morreu aos 11 anos tragicamente. Desde então me tornei um sujeito antissocial, que vive se culpando e que não consegue superar a morte do filho.

Isadora olha nos olhos do homem ao seu lado e pela primeira vez em muitos anos se sente segura e confortável. Seu semblante volta a ficar leve e seus olhos ganham um brilho diferente. Lívio sente o coração acelerado e prazer pela vida, algo que perdeu desde a morte do filho. Ele aproxima-se ainda mais da morena. Olham-se e beijam-se ternamente.

O sol aproxima-se da linha do horizonte e o céu ganha um tom alaranjado, ao mesmo tempo que o dia perde o brilho lentamente. Lívio e Isadora levantam-se, atravessam a pequena lagoa de águas rasas e quentes e vão até a beira da praia de águas frias. Abraçam-se e contemplam o pôr do sol.

Assim que o sol esconde-se totalmente e a noite se aproxima, o casal, de mãos dadas, caminha em direção ao camping. Isadora dá-se conta do tempo que passou junto com Lívio e se lembra dos amigos.

— Meu Deus, Lucas e Jana devem estar preocupados comigo!

Lívio sorri e mostra-se bem-humorado.

— Não sei se Mário e Cecília estão tão preocupados assim, afinal... Acho que Mário está bem interessado na amiga e eles devem ter dado graças a Deus de eu não estar por perto.

Os dois sorriem.

— Quer dizer que você vai mesmo embora amanhã cedo?!

— Tenho que ir, Lívio.

— Então você me dá seu telefone, que eu vou te procurar lá em Salvador.

— Jura?!

— Claro! Você tinha alguma dúvida disso?!

A morena, esbanjando felicidade, agarra-se ao pescoço do homem grandalhão e os dois se beijam mais uma vez.

— Eu estou tão feliz que chegou a me dar fome!

Lívio sorri.

— Então vamos passar lá no restaurante e comer alguma coisa.

— Vamos sim.

ψ

O casal entra no restaurante com as primeiras luzes sendo acesas. O local está movimentado e animado por uma seresta conduzida por um grupo de jovens, que cantam ao som de violão. Acomodam-se em uma das mesas para dois, no extremo oposto à seresta, e pedem um lanche. A temperatura começa a cair e escurece rápido. Isadora mostra-se preocupada e olha em volta.

— Meu Deus, Lívio! Está escurecendo e meus amigos devem estar preocupados.

— Bem, a essa hora, eles devem estar aqui no camping. A gente lancha e vai até a barraca de vocês.

A garçonete traz os sanduíches e Lívio dirige-se a ela:

— Você me empresta a caneta, por favor?

A moça sorri e entrega a caneta. Lívio passa para Isadora e aponta para o guardanapo.

— Anote seu telefone aí, por favor.

Isadora sorri, anota o número e devolve a caneta para a garçonete, que se retira. Em seguida, passa o guardanapo para Lívio.

— Vou te ligar! — ele diz isso e abre a carteira para guardar o guardanapo; deixa à vista as fotos de duas crianças expostas no compartimento transparente da carteira.

Isadora nota e aponta.

— São seus filhos?!

Lívio olha para as fotos e respira fundo.

— Sim! — retruca o grandalhão e tira as duas fotos da carteira.

— Essa é Luiza, aos 14 anos. E esse é Livinho, quando tinha 11 anos.

— São lindos! E o garoto tem um jeitinho meigo... Engraçado, tenho a impressão de já ter visto esse rostinho antes.

Isadora nota o semblante pesado e os olhos marejados do grandalhão.
— Me desculpe, Lívio, eu me esqueci que o garoto...

— Tudo bem. Eu só não quero falar sobre isso agora, mas a gente conversa em outro momento.

Isadora comprime os lábios e abaixa as vistas.

— Desculpe.

Um casal aproxima-se da mesa e a mulher interpela, atônita:

— Aonde é que você estava, criatura de Deus?!

Isadora enrubesce e levanta-se.

— Me desculpe, Jana... Eu perdi a noção do tempo e... Bem, esse aqui é Lívio...

O grandalhão levanta-se e aperta a mão da mulher com cara de zangada.

— A ideia foi minha de andar para o lado contrário às barracas. Desculpe-me, por favor.

Jana sorri encantada com a educação e gentileza do homem grandalhão. Olha para o marido, aperta os lábios, e então responde:

— Tudo bem! Esse é Lucas, meu marido.

Os dois apertam as mãos e Isadora se esforça para contornar a situação.

— Nós estamos fazendo um lanche... Vocês não querem sentar aqui com a gente?

— Não, Isadora. Eu vou tomar um banho e trocar essa roupa.

— Bem, se eu não estiver aqui, vou estar lá na barraca de vocês, tudo bem?

— Tudo bem, então. Tchau.

Lucas despede-se gestualmente e o casal se afasta. Isadora respira fundo e cobre a boca com as duas mãos.

— Nossa, que vergonha!

Lívio sorri e volta a sentar-se junto com Isadora.

— Espero que Mário e Cecília estejam menos zangados. — diz Lívio e confere as horas. — São 18h30. Acho que preciso de um bom banho também. Podemos nos encontrar aqui mais tarde um pouquinho?

— Sua barraca está aonde?

— Lá no fundo, perto da praia.

— Nós estamos aqui na frente. Às 20h a gente se encontra aqui no restaurante, está bom assim?

— Tudo bem! A gente se encontra aqui às 20h.

ψ

Lívio finalmente chega à barraca e encontra Mário e Cecília já de banho tomado e vestidos com roupas leves: ele com bermuda e camiseta regata e ela com um short amarelo e blusinha de malha creme. Já escureceu completamente e as poucas lâmpadas espalhadas na área de camping deixam o local em uma penumbra agradável e convidativa para as serestas e encontros amorosos.

— Ôhhh... Até que enfim você apareceu, hein! Já estava pensando em dar queixa por desaparecimento. — ironiza Mário.

— Deixa de onda, que vocês nem se lembraram que eu existo.

— Nada disso! — contesta Cecília, agora fazendo cara de zangada. — A gente voltou e acabou ficando por aqui mesmo, na praia aí em frente.

Lívio dá de ombros.

— Bem, eu vou tomar um banho, trocar essa roupa e depois vou encontrar uma pessoa. — diz Lívio e entra na barraca.

Mário sorri satisfeito, porém Cecília empertiga o corpo e faz cena de ciúmes.

— Quer dizer então que o caladão aí mal falou comigo, mas já arrumou uma piriguete?!

Lívio retorna com uma toalha sobre os ombros, uma muda de roupas na mão, cenho franzido, e sai da barraca sem responder às ironias de Cecília. Dirige-se a Mário, agora com o semblante fechado:

— Vou tomar um banho e não se preocupem em esperar por mim.

Mário nota a cara de zangada de Cecília e dá de ombros.

— Tudo bem. Nós estávamos pensando em ir até Ilhéus...

— A chave do carro e os documentos estão na bolsa lateral da sacola. — retruca Lívio e pisca um olho para o amigo. Em seguida, segue para a área comunitária.

Cecília cruza os braços visivelmente chateada e comenta enquanto observa o homem se afastando:

— Que amigo da onça você foi arrumar, hein!

— Que tal você esquecer do Lívio e se divertir um pouco comigo? O homem deixou o carro aí à nossa disposição. Vamos lá pra Ilhéus?

— Perdi a vontade. Droga!

— Mas o que é que está acontecendo com você, Cecília?! Você nem conhecia o Lívio. Qual o problema, hein?!

Cecília percebe que está pagando mico e desconversa.

— Eu não estou chateada. Só não quero ir para Ilhéus, ora! Aliás, eu preferia mesmo era estar em Salvador, do que ficar aqui nesse fim de mundo sozinha.

— Como "sozinha"?! Eu não estou aqui com você, ora?

— Mário, você é meu amigo e não conta.

— Bem, a gente pode deixar de ser apenas bons amigos.

— Qual é, hein, Mário?! Tá me estranhando? Oi, eu estou é com fome e vou comer alguma coisa lá no restaurante e não precisa vir comigo que eu sei o caminho.

Mário levanta as mãos e respira fundo.

— Eu também estou com fome.

Cecília suspira e faz muxoxo. Retira a carranca e passa o braço sob o braço do amigo.

— Me desculpe, Mário, mas é que esse seu amigo me irrita com essa cara de bundão de mentirinha. Vamos comer alguma coisa.

Mário sorri.

— Você é braba, hein!

— Só de vez em quando.

ψ

Às 19h50, Lívio aproxima-se da entrada do restaurante e olha em volta à procura de Isadora. A área do camping está parcamente iluminada, mas não menos movimentada e agradável, com as pessoas sentadas em pequenas rodas de amigos. Alguns casais aventuram-se pela praia em breu total, outros preferem o gramado onde se sentam sobre toalhas de praia e há os que preferem ficar de pé, encostados nos coqueiros, ao som da música ao vivo que vem do bar.

Cecília vê Lívio próximo à entrada do restaurante e ironiza:

— Olha lá, seu amigo caretão, parecendo um leão de chácara! O que tem de grande, tem de besta.

Entre um gole e outro de cerveja, Mário sugere ironicamente:

— Deixa o cara, ôhhh, Maria Bonita. Vamos tomar mais uma, que é melhor.

Em um rompante, Cecília levanta-se.

— Espere aqui!

Sai em direção a Lívio sem dar chance ao amigo de retrucar. Anda rápido entre as mesas, desvencilhando-se das pessoas e se aproxima de Lívio sorrateiramente. Aborda-o pelas costas tocando em seu ombro; o grandalhão vira-se, e ela debocha:

— O ponto de ônibus é do outro lado, moço.

O grandalhão dá um sorriso contido.

— Tá mais calminha agora?!

A morena do nariz arrebatido sorri e faz charme com trejeitos sensuais.

— Venha ficar com a gente lá dentro.

— Não vai dar, Cecília, estou esperando uma pessoa.

Cecília torce a boca em desagrado e Lívio completa:

— Ela já vem ali.

O grandalhão desvencilha-se da morena, agora com os olhos faiscando de raiva, e vai ao encontro de Isadora.

Os dois abraçam-se e beijam-se rapidamente a dois passos de Cecília, que cruza os braços e observa, calada, o casal trocando carícias. Lívio ignora-a e sai abraçado com a morena dos olhos verdes em direção à praia.

ψ

O casal caminha pelos coqueirais em meio ao gramado onde outros casais estão namorando e se aproximam da contenção de alvenaria que separa a área gramada do areal da praia. Sentam-se na parte cimentada, com os pés para o lado da praia, abraçados. O local está em forte penumbra realçando o brilho das estrelas e a lua crescente. Apesar da brisa fria, a temperatura está amena e agradável.

— Depois de três dias aqui segurando vela, nem acredito que estou com você. — confessa a morena, que sorri e se aconchega ainda mais no grandalhão.

— Engraçada a vida, não é? Moramos em Salvador e viemos nos conhecer aqui em Ilhéus.

— É verdade! É muito estranho como tudo acontece. Às vezes uma única coisa muda completamente o rumo das nossas vidas. Como eu gostaria de recomeçar tudo novamente, Lívio... e tentar fazer diferente.

Lívio suspira e faz um afago na cabeça da garota.

— Às vezes fico pensando em como seria minha vida se eu não tivesse me casado... Não teria os filhos que tive... Livinho não teria se suicidado... Sei lá... Tudo parece tão estranho e sem sentido que às vezes dá vontade de desistir.

Isadora sente a voz melancólica do homem grandalhão, agora fragilizado.

— Seu filho se suicidou?! Desculpe, amor, você não precisa falar sobre isso.

— Eu preciso falar, Isa... Guardei isso preso aqui no meu peito durante todos esses anos e nunca tive coragem de conversar com ninguém. Minha ex-esposa me culpa pela morte de Livinho e às vezes acho que sou mesmo o responsável.

— Você não pode passar o resto da vida se culpando, amor. Não sei o que aconteceu, mas será que você realmente é o responsável? Será que sua esposa foi justa com você?

— Já perdi noites pensando sobre isso. Livinho passou por um problema com os colegas de sala... Aquelas brincadeiras de criança, e a partir daí disse que não ia mais voltar para a escola. Eu não aceitei e sempre achei que a culpa era da mãe, que mimava demais o garoto. Na noite que Livinho se suicidou, eu bati nele... E nunca vou me esquecer dele implorando ajuda da mãe. — Lívio respira fundo. — Tudo o que eu queria era garantir que ele não abandonasse os estudos, mas não fui capaz de perceber que ele tinha um problema muito maior, sei lá.

— Deve ter acontecido algo muito grave para levá-lo ao suicídio, Lívio... Com certeza não foi por você ter batido nele.

— Mas foi a gota d'agua. Infelizmente eu estava cego com a ideia de que ele era muito mimado pela mãe e que era por isso que ele se comportava de modo estranho...

— Como assim, estranho?!

Lívio respira fundo e fixa o olhar na escuridão da noite.

— Delicado demais para um menino, você entende?

— E como entendo, Lívio. Apesar de nunca ter admitido isso, meu filho parece sofrer do mesmo problema, só que ele hoje está com 18 anos e até onde sei, nunca arranjou uma namorada. Parece uma pessoa perdida com relação à própria sexualidade. Quando acho que ele está se interessando por uma menina... tudo volta à estaca zero. Enfim, é um rapaz estranho e arredio.

— Sabe de uma coisa, Isa? Acho que eu realmente estava precisando falar um pouco sobre isso que aconteceu. Apesar de não reduzir o meu remorso e sentimento de culpa, agora me sinto um pouco mais leve. Diminuiu a pressão aqui dentro — o grandalhão bate no peito —, sei lá. Acho que eu estava me sufocando aos poucos. Quero conversar mais sobre isso, tentar entender melhor o que aconteceu, mas vamos deixar isso pra depois... Acho que já falei demais por ora... E agora quero curtir você, aqui... Bem pertinho de mim.

— Tudo bem! Me abraça e me beija.

CAPÍTULO 21

Eduzinho acordou às 15h com o mesmo jeitão frágil e assustado de antes, mas sente fome e decide almoçar. Come pouco, não profere uma única palavra, apesar de a moça, Rosangela, insistir em questioná-lo. Apático, volta para o quarto.

— Eduzinho, então vá tomar seu banho. — diz Rosangela.

O garoto indiferente joga-se novamente na cama e se encolhe virado para a parede. Apreensiva, a moça retorna para a cozinha e volta a ligar para o pai do garoto. Ele atende na terceira chamada:

— Alô.

— Seu Roberto?

— Sim.

— É Rosangela, Seu Roberto...

— Aconteceu alguma coisa com o Eduzinho?!

— Pois é, Seu Roberto. Eduzinho está muito estranho e eu estou preocupada...

— Como assim?!

— Ele foi para o curso de coroinha lá da igreja e voltou todo estranho. Não quis comer, não tomou banho ainda e só fica lá no quarto jogado na cama. Dona Letícia chega de noitinha, mas eu estou preocupada dela pensar que eu não tomei conta direito do menino.

— Chama o Eduzinho aí, Rosa, que eu quero falar com ele.

— Um momento, Seu Roberto.

A moça pousa o fone sobre a mesinha e vai até o quarto. Não vê o menino na cama, mas escuta o barulho da água do chuveiro. Bate à porta do sanitário e vocifera:

— Eduzinho, seu pai está no telefone querendo falar com você!

— Não! — soa o grito desesperado do garoto.

Em seguida, ouve-se o choro do menino seguido do ruído de vidro se quebrando seguido de um forte tombo. A moça desespera-se, bate à porta seguidas vezes. Força a maçaneta, mas a porta está trancada.

— Eduzinho! Eduzinho! — berra, desesperada.

Sem resposta, ela volta para o telefone aos prantos.

— Seu Roberto, parece que Eduzinho caiu dentro do sanitário... A porta está trancada e ele não responde.

— Peça ajuda na portaria, Rosa. Eu estou indo pra aí.

ψ

O porteiro, Zé Ramos, um senhor branquelo, calvo e bigodudo, entra no apartamento acompanhado de outro funcionário do prédio, Roque, um rapaz moreno dos cabelos crespos pintados de loiros. Com a ajuda de uma chave de fenda, Zé Ramos consegue abrir a porta do sanitário. O garoto está nu, estirado no chão sobre um amontoado de bolinhas de vidros, com vários pequenos cortes pelo corpo e muito sangue escorrendo pelo pescoço. O menino está pálido, imóvel e com os olhos fechados. O chuveiro está aberto e a água tingida de vermelho começa a transbordar para fora da área do banho.

— Corre lá, Roque, e liga pru Samu[1]. — reage o senhor com autoridade e fecha o chuveiro sem tocar no garoto.

Rosangela chora compulsivamente.

Dez minutos depois, chega a equipe do Samu e o pai do garoto. O homem desespera-se ao ver o filho estirado no chão do sanitário, sem vida. A polícia é acionada e o garoto é coberto com um lençol.

ψ

Por volta das 19h10, um táxi encosta com dificuldade ao lado das viaturas da polícia civil e da ambulância do Samu. Sem entender a estranha movimentação, Letícia paga a corrida e o taxista a ajuda com a mala até a entrada do prédio. Assustada com o entra e sai de policiais, a mulher é abordada pelo porteiro:

— Dona Letícia... — a voz do senhor falha e os olhos enchem-se de lágrimas.

A mulher dos cabelos loiros curtinhos e olhos azuis sente um aperto no coração e maus pressentimentos vêm-lhe à mente. Sua voz também fraqueja, ela larga a mala, que tomba no piso, e indaga com voz embargada:

— Aconteceu alguma coisa com meu filhote?

O senhor calvo e bigodudo assente com um simples gesto e a mulher corre desesperada em direção aos elevadores.

---

[1] Referindo-se ao Serviço de Atendimento Móvel de Urgência (Samu).

ψ

A presença do Samu e das viaturas da polícia civil atraíram curiosos, que se amontoaram em frente ao prédio. Na casa dos Dornatella o clima é ainda mais tenso. Enquanto os policiais trabalham periciando o local do acidente e o corpo do menino, os médicos do Samu prestam atendimento à mãe do garoto, Letícia Dornatella, que se sentiu mal e desmaiou.

Nesse ínterim, um inspetor da polícia civil conversa com os familiares, mas após as primeiras declarações do pai do garoto, Roberto Dornatella e da babá, Rosangela da Silva, o policial percebe que está diante de um caso que pode ter repercussões desastrosas se as investigações ligarem a morte do garoto com a paróquia onde o garoto tinha aulas para se tornar coroinha.

Discretamente, o inspetor afasta-se e vai para o hall de entrada do apartamento. Faz sinal para seu parceiro, que se aproxima, e comenta, reservadamente:

— A babá não pode ser ouvida oficialmente... Pelo menos, não por agora.

— O que foi que houve, parceiro?!

— Esse garoto era aprendiz de coroinha lá na minha paróquia... E é muito arriscado pegar o depoimento dessa moça. Ela certamente vai citar o safado do padre Rosalvo e aí a coisa pode se complicar.

— O que você quer que eu faça?

O homem bem-vestido confirma visualmente que estão a sós no hall e sentencia:

— Essa moça tem que desaparecer por uns tempos. Oriente para que ela vá para casa e ofereça carona. Diga que ela vai prestar depoimento posteriormente e deixa a figura lá na rodoviária.

— E quem vai fazer o serviço?

— Vou resolver isso agora.

— Certo. E o Latino já sabe da confusão?

— Ainda não... Nem o Latino e nem a Santinha. Eles vão ficar putos, com certeza.

— Isso vai dar merda, parceiro!

— Bem, me dê meia hora... Mantenha o pai do garoto ocupado enquanto eu desço e faço mais uma ligação.

— Tudo bem.

CAPÍTULO 22

Domingo, 12 de janeiro de 1975.

Lívio levanta-se assim que o sol nasce. Pega uma muda de roupas no canto da barraca e passa sorrateiramente para a varanda, onde veste uma bermuda sobre o short de banho e uma camiseta. Sonolento, boceja e espreguiça-se. Certifica-se de que os amigos continuam dormindo e sai da barraca. Sente a brisa fresca e revigorante da manhã, respira fundo e espreguiça-se mais uma vez, observando o mar até alcançar a linha do horizonte. Corre os olhos em volta, confere o horário, são 5h30, gira o corpo e fixa as vistas no extremo oposto do camping. Nota a movimentação de três pessoas desmontando uma das barracas e reconhece Isadora entre elas.

"Graças a Deus", pensa o grandalhão e volta para a varanda da barraca.

Apodera-se de uma garrafa de água mineral e lava o rosto. Enxuga-se, ajeita os cabelos e caminha para o local em meio às barracas ainda fechadas com praticamente todos dormindo.

Isadora percebe a aproximação de Lívio e vai até ele. Os dois beijam-se rapidamente; ela, tímida com a presença do casal de amigos; eles cumprimentam o grandalhão gestualmente; Lívio responde com um aceno.

— Posso ajudar vocês a desmontarem a barraca?

— Claro! — responde Lucas e se aproxima para apertar a mão do homem; Jana sorri agradecida.

Os quatro, em poucos minutos, recolhem os apetrechos de camping e acomodam-nos no bagageiro de teto e no porta-malas da Brasília. O casal despede-se de Lívio e acomoda-se no carro. Por fim, Isadora abraça o grandalhão, chorosa:

— Quando é mesmo que você volta pra Salvador?

— A intenção é passar essa semana por aqui. Nós pretendíamos descer até Alcobaça, mas agora... Não sei mais.

— Não deixe seus amigos na mão por minha causa, tá?

Lívio faz um carinho nos cabelos da morena e beija sua testa.

— Claro que não. Assumi esse compromisso e agora fica chato voltar atrás. Enfim...

— Já estou com saudades. — diz ela e abraça Lívio; os olhos marejam.
— Quando você chegar em Salvador, você me liga?

— Claro!

Os dois olham-se e beijam-se rapidamente. Lucas liga o carro; o rugido do motor quebra o silêncio do acampamento. Lana, já acomodada no banco do carona, joga o corpo para a frente, apoiando-se no painel para Isadora entrar. Ela acomoda-se no banco de trás e acena para o grandalhão. O carro parte devagar dentro da área do camping até alcançar a pista que leva para Ilhéus; Lucas acelera e o motor ronca alto na manhã silenciosa.

Lívio fica um tempo parado olhando para o vazio, depois para o chão de terra batida e, finalmente, decide voltar para a barraca. Gira o corpo e vê Cecília caminhando até a beirada do barranco que desponta para a praia. O grandalhão fica carrancudo e hesita. Discretamente se esconde atrás de um dos coqueiros e observa a moça contemplando o mar. Pouco depois, ela volta para a barraca. Lívio continua escondido e não demora a ver a moça novamente, agora olhando em direção à área comunitária, como se procurasse por alguém.

— Droga!

Lívio vira as costas e caminha em direção ao bar, mas ele está fechado. Confere as horas, são 6h13, e decide ir para o local onde ficou à noite com Isadora. Senta-se na balaustrada de pedras com a intenção de esperar o bar abrir. Distrai-se com as lembranças da moça.

— Bom dia!

Lívio assusta-se com a repentina abordagem, mas reconhece a voz feminina. Levanta-se carrancudo e fica frente a frente com Cecília.

— O que é que você quer, Cecília?!

— Nossa! Por que você faz questão de ser grosso comigo, hein?

— E por que você não aproveita a companhia do Mário? Ele está doidinho por você. Já percebeu?!

— Ahn... Mário é apenas um velho amigo... Só isso. Prefiro a sua companhia. — diz ela sensualizando.

— Só que eu não estou a fim! Entendeu agora?!

— Sabe de uma coisa, Lívio... quanto mais você faz essa cara de homem mau... mais eu me apaixono por você.

A mulher charmosa sensualiza enquanto se aproxima do grandalhão, abraça-o pelo pescoço e olha fixamente em seus olhos.

Lívio segura em seus braços, tentando impedi-la de se aproximar mais, mas ela trança os dedos das mãos em torno do pescoço do grandalhão e resiste.

— Bom dia!! Vejo que vocês finalmente se entenderam!

Cecília reconhece a voz atrás de si e desvencilha-se de Lívio, mas não tira o olhar sedutor de cima do grandalhão carrancudo, que retruca em tom sério:

— Ninguém se entendeu com ninguém aqui, Mário!

— Vocês dois estão querendo me fazer de otário, é?!

A morena fecha o semblante e responde rispidamente:

— Qual é, hein, Mário?! Fazendo você de otário por quê? Eu não sou nada sua! Sou livre e desimpedida.

— Ah, é?! E por que você aceitou vir passar as férias comigo?!

— Eu aceitei seu convite para passar as férias em Salvador e não para namorar com você ou qualquer outra coisa. Se oriente, Mário!

— Me orientar, um cacete!

— Vocês que se entendam aí, que eu vou tomar um café. — responde Lívio mal-humorado e se afasta rapidamente em direção ao restaurante, que já abria as portas.

Cecília, agora carrancuda, sai em direção à barraca e Mário vai atrás.

ψ

Lívio é o primeiro a entrar no restaurante. Escolhe um dos cantos, senta-se e faz o pedido de café, leite, pão e ovos mexidos. Está aborrecido e se distrai observando os coqueirais e o mar ao fundo. É servido e toma o café sem pressa, pensando em uma forma de falar aos amigos que quer voltar para Salvador.

Aos poucos o local começa a ser ocupado, principalmente por casais com crianças, e fica ruidoso. Mário e Cecília aparecem e vão até a mesa de Lívio. Ambos estão carrancudos e se sentam sem pedir licença. Lívio encara o amigo com ar de interrogação. Ele comprime os lábios e gesticula nervosamente com as mãos.

— Eu queria me desculpar.

— Deixa isso pra lá, Mário. — retruca Lívio.

— Me desculpe, também, Lívio. — diz Cecília. — Você teve o trabalho de trazer a gente pra cá e eu acabei estragando tudo.

Lívio respira fundo e meneia a cabeça lentamente.

— A verdade é que estamos estressados e chateados. Acho que não tem mais clima pra gente ficar aqui. — pondera Lívio.

— Se você quiser, eu topo voltar pra Salvador. — diz Cecília. — Eu tenho uma amiga que mora lá... Ela não está de férias, mas me ajeito na casa dela.

— Por mim, tudo bem. — responde Lívio e olha para Mário com ar interrogativo.

— Bem, a gente toma o café e se manda agora mesmo. Se você quiser, é claro!

— Ótimo! Tomem um café reforçado e vamos embora.

A atendente aproxima-se, Lívio levanta-se e dirige-se a ela:

— Posso pagar lá no caixa?

A moça assente e volta-se para o casal enfezado.

— Vocês vão pedir alguma coisa?

Cecília assente e pega o cardápio. Mário pede o mesmo que Lívio: café, leite, pão e ovos mexidos.

Lívio caminha apressado rumo à barraca. Está ansioso pelo retorno.

CAPÍTULO 23

O pároco chega à igreja às 6h10 e vai diretamente para o altar-mor conferir se está efetivamente arrumado e pronto para a primeira celebração dominical. Suas passadas ecoam suavemente no ambiente silencioso, mas alertam Dona Celestina, que está abrindo as janelas da igreja. Assim que sai do corredor ainda escurecido, o padre vê a luz do dia penetrando no corpo da nave e seus olhos alcançam a senhora abrindo as venezianas dos janelões com vidros multicoloridos. A mulher de calça jeans e camiseta branca com o símbolo da paróquia estampada no peito olha em direção ao padre, acena e volta ao trabalho.

Instantes depois, o ruído de passadas rápidas denuncia a chegada de dois rapazotes: os coroinhas. Eles falam rapidamente com o pároco e vão para a sacristia se vestir.

O pároco confere mais uma vez o horário, são 6h20, aproxima-se e orienta a senhora:

— Dona Celestina, pode abrir a igreja, por favor. E fique por aqui até as assistentes chegarem, por favor.

O pároco sai em direção à sacristia, cruza com os dois coroinhas, já devidamente paramentados, no corredor, cumprimenta-os novamente, gestualmente, e entra na sacristia. Depara-se com o padre Rosalvo, já de batina e olhar desconfiado. O pároco franze a testa e lança um olhar repreensivo para o homem, agora rubro de vergonha e medo. Fecha a porta com calma, sem perder os gestos refinados, e vai até o armário onde guarda o traje clerical.

— Eu entreguei a carta ontem! — murmura o padre gordinho.

Sem se virar, o pároco responde com a voz mansa e pausada de sempre:

— Você cometeu um grave erro, meu amigo. Reze para que sua amiga não abra o bico.

O homem gordinho dos olhos miúdos aproxima-se e comenta com voz tensa:

— Eu estou muito preocupado.

— Devia ter pensado nas consequências antes, meu amigo. Deus não gosta de você e voltou a deixar isso muito claro. Cuidado, meu amigo! Se sua amiga abrir o bico e colocar em risco nossa sociedade... Não quero nem pensar no que pode te acontecer.

— Você está me deixando apavorado.

O pároco, agora devidamente paramentado com a sotaina branca e demais acessórios eclesiásticos, vira-se e encara o padre amedrontado. Seu rosto de feições finas não consegue esconder a fúria por trás dos olhos negros brilhantes.

— Você criou o problema, meu amigo... Dê seu jeito!

O homem da sotaina branca impecável desvencilha-se do padre gordinho e caminha em direção à porta de saída.

— Mas...

O homem de gestos refinados e voz mansa vira-se, interrompe o padre e pondera sem perder a pose e a tranquilidade:

— Deus costuma vir para a última missa dominical. É melhor não o encontrar por aqui, pelo menos até essa tempestade passar, se é que me entende. — ele diz isso, sai e fecha a porta da sacristia.

O padre gordinho dos olhos miúdos anda de um lado para o outro visivelmente nervoso. Finalmente, para em frente ao armário das vestes eclesiásticas, retira e guarda sua batina e decide ir para seu apartamento. Sai sem falar com o amigo.

ψ

Padre Rosalvo estaciona o fusquinha em frente ao prédio e mostra-se visivelmente agitado ao saltar do veículo. Olha de um lado para o outro e anda com passadas curtas e rápidas. Passa pela guarita e apressa-se em direção ao playground. Apoia-se em uma das mesinhas de madeira branca que compõem a decoração da área e mais uma vez corre os olhos em volta como se estivesse à procura de alguém. Está levemente ofegante. Vai até o hall dos elevadores, aperta o botão de chamada e aguarda. Olha em direção à guarita e o porteiro acena gentilmente. O homem dos olhos miúdos retribui o gesto com um sorriso amarelo e volta sua atenção para o visor que indica a posição do elevador.

Aéreo, o homem assustado escuta o barulho característico da porta se abrindo e se dá conta de que o elevador chegou. Abre a pesada porta de madeira, entra, aperta o botão do 14º andar e se vira em direção ao espelho. Fixa-se na imagem da porta fechando e depois em si próprio. Percebe que está abatido e com olheiras.

"Droga!", pensa, passa a mão no rosto e estica os bigodes grisalhos e fartos.

Volta-se para a frente e se aproxima da porta. Sua mente está fervilhando e continua sentindo a sensação de cansaço associado aos batimentos fortes do coração. Respira pausadamente várias vezes, até sentir o coração diminuindo o compasso. O elevador para e ele sai rapidamente. Dobra à esquerda e segue até o final do corredor com passadas curtas, sem pressa. Abre a porta da direita, entra e tranca-a rapidamente. Vai até a porta da varanda, abre-a e apoia-se no batente da varanda. Sente uma brisa fria bater-lhe no rosto e respira fundo várias vezes tentando relaxar. Olha para o estacionamento, corre as vistas pelos prédios em frente e tudo se mostra quieto e silencioso naquela manhã de domingo.

Preocupado, retorna para a sala e faz uma ligação. O telefone toca por quatro vezes; o padre, cada vez mais nervoso, bate o aparelho no gancho. Passa para a cozinha e serve-se de água gelada. Bebe um gole e retorna para a sala. Senta-se no sofá ao lado da mesinha do telefone e volta a fazer a ligação. Na terceira chamada, um homem atende:

— Alô.

— Professor...

O homem da face rosada reconhece a voz e fica carrancudo.

— O que foi agora, padre?!

— Estou preocupado. O Papa está muito chateado e enfatizou que Deus não gosta de mim e que se Dona Aurelina abrir o bico... não sabe o que pode acontecer comigo.

— E você queria o quê?!

— Eu conheço o Papa desde a época de seminarista. Somos amigos de longa data e agora ele fica assim... com essas ameaças veladas.

— Você quebrou as regras... E eu te avisei!

— Não adianta você ficar falando isso agora, professor! A merda tá feita e, queira ou não queira, você está envolvido também.

— Você me envolveu nessa sua merda, seu gordo desgraçado?!

— Ainda não... para não piorar as coisas pra meu lado.

— Como assim, ainda não?!

— É melhor você parar de me esculachar e pensar em uma maneira de me ajudar a sair dessa, se não...

— Se não o quê, seu desgraçado?! Você está aonde?! — questiona o professor, rubro de raiva, e ouve o som do aparelho sendo desligado.

— Merda! — esbraveja o professor e faz uma ligação para a casa do padre.

Irritado, escuta o tom de chamada inúmeras vezes até a ligação cair.

— Desgraçado!!

Anda de um lado para o outro pensativo e muito aborrecido. Decide ir até a igreja e vai para o quarto se arrumar.

CAPÍTULO 24

Elder acorda suando embaixo do lençol. Estica-se para espreguiçar, descobre o rosto e sente a luz do dia doer nos olhos. Boceja e esforça-se para ver as horas no relógio sobre a mesa de estudos: são 10h20. Senta-se na cama, puxa os cabelos compridos e desgrenhados para trás e, finalmente, levanta-se.

Com gestos lentos, abre parcialmente a cortina e a janela do quarto e desliga o ventilador sobre a escrivaninha. Boceja e estica os braços para se espreguiçar mais uma vez e vai até o guarda-roupa, onde se olha no espelho preso em uma das portas. Faz careta pra si mesmo e abre as outras duas portas. Olha cuidadosamente as fotos afixadas com alfinetes, em ambos os lados, como se fosse a primeira vez. Fixa-se em uma recente foto recortada de um jornal, na qual um grupo de coroinhas aparece ao lado de dois homens: um calvo dos cabelos e bigodes grisalhos, pele branca e bochechas rosadas, usando óculos de aro fino e outro mais baixo, gordinho da careca lustrosa, olhinhos miúdos e vestido com calças pretas e camisa branca de colarinho romano e mangas compridas. Reconhece os dois homens e fica pensativo: ideias sombrias passam por sua mente.

Respira fundo, retira o recorte da porta e vai até a mesa de estudos. Pega uma caneta vermelha e circula o rosto dos dois homens. Embaixo da foto recortada sublinha os nomes dos dois homens e das crianças. Mais uma vez, perde-se nas lembranças dos tempos do Colégio Dom Pedro.

Finalmente, fecha o guarda-roupa e guarda o recorte jornalístico dentro de um dos cadernos que vai para a mochila. Puxa a cadeira para junto do maleiro, sobe e abre uma das portas: depara-se com um monte de caixas vazias. Procura por uma em especial, com a foto de um revólver Smith & Wesson estampado na frente. Após revirar o armário, encontra a caixa escondida nos fundos. Retira a arma, devolvendo a caixa para o maleiro, confere que está municiada e a guarda na mochila. Fecha o armário, reposiciona a cadeira em frente à mesa de estudos e vai tomar um banho.

Minutos depois, sai do quarto com a mochila na mão, tranca a porta do quarto e vai para a cozinha.

A avó nota o neto com as feições tensas.

— Tá tudo bem, Edinho? Aonde você vai todo arrumado assim?

O rapaz magrelo dos cabelos desgrenhados, semblante fechado, acomoda a mochila sobre uma das cadeiras, abre a geladeira, pega a caixa de leite e responde sem pressa tentando disfarçar seu nervosismo:

— Vou na casa de uma colega, vó.

— A essa hora?! Você não vai almoçar aqui com a gente? Sua mãe disse que talvez chegasse para o almoço.

O rapaz prepara o café com leite e experimenta um gole.

— Eu não demoro, vó, mas vocês não precisam me esperar para almoçar.

— Ahn... E onde é a casa dessa sua colega, Edinho? Ela tem um telefone?

— Vó, não precisa se preocupar. É aqui perto.

O rapaz toma o café com leite de uma golada só, limpa a boca com um guardanapo, põe a mochila nas costas e vai para a sala.

— Não vai comer nada, Edinho?

— Tô sem fome. Depois eu como alguma coisa na rua. Ainda tenho dinheiro que minha mãe deixou. Tchau, vó!

O rapaz sai e a avó, aflita, acompanha-o até a varanda. De lá, observa o neto abrir o portão da garagem e sair pilotando sua CB400 preta.

— Não sei pra que Isadora foi comprar essa moto pra esse menino. Nunca mais tenho sossego na vida. Misericórdia, Senhor!

ψ

O rapaz estaciona a moto em frente ao gradeado da igreja, sob a amendoeira. São 11h40, céu de brigadeiro e sol a pino. Nervoso, desmonta e corre os olhos em volta: o estacionamento está lotado de carros. Cruza o estacionamento apressado, entra no pátio interno, sobe as escadas e para em frente ao portal principal: a igreja está lotada com fiéis em pé nas laterais e em frente ao átrio. O rapaz entra, o padre está fazendo o sermão, sua voz grave reverbera soberana, faz o sinal da cruz e contorna com dificuldade os bancos dos fiéis pela lateral esquerda. Acomoda-se em meio à multidão, de pé, encostado em uma das colunas das arcadas que compõem o corredor lateral, próximo ao altar-mor. Apesar dos ventiladores ligados, a nave está quente e o rapaz agitado começa a transpirar. Olha fixamente para o padre ministrando a missa, mas não o reconhece, tão pouco vê o padre que está procurando. Observa agora as pessoas sentadas no fundo do presbitério: dois coroinhas e duas senhoras com camisetas da paróquia. Decepcionado, olha em volta, à procura de alguma outra assistente da paróquia e decide voltar para a entrada principal. Os fiéis não gostam da movimentação do rapaz em meio ao sermão e mostram-se incomodados e carrancudos. Mas ele está determinado e, apesar da dificuldade para circular pelos corredores lotados, logo se vê de pé ao lado das enormes e pesadas portas de madeira do templo. Com o coração acelerado, o rapaz corre as vistas de um lado ao outro e vê uma das assistentes da paróquia do outro lado da igreja e resolve ir até ela. Caminha com discrição, esquivando-se das pessoas, mas os olhares e gestos de censura são inevitáveis.

Toca no ombro da mulher e murmura:

— A senhora sabe dizer se o padre Rosalvo Pyccio trabalha aqui nessa paróquia?

Ela franze a testa e olha para o rapaz de cima a baixo.

— Sim.

— A senhora...

A mulher, agora com o olhar severo, mostra-se impaciente e interrompe a fala do jovem pedindo silêncio gestualmente. O rapaz enrubesce e cala-se. Afasta-se discretamente e segue até alcançar as proximidades do altar, agora pelo lado direito. Encosta-se em uma das colunas das arcadas, disposto a esperar o final da celebração.

ψ

O padre da voz mansa e timbre grave profere as últimas palavras. Logo em seguida, os fiéis começam a deixar o recinto. O rapaz, então, empertiga o corpo e faz menção de ir em direção ao presbitério, mas desiste ao reconhecer o homem alto, branco da face rosada que se aproxima do altar-mor e se dirige ao padre. Com o coração acelerado, recua e volta a encostar-se na pilastra: observa os dois conversando. O homem gesticula e mostra-se mais falante; o padre profere poucas palavras sem retirar as duas mãos do altar. A conversa é rápida e o homem, visivelmente nervoso, vira-se e mistura-se aos fiéis que estão saindo da igreja.

O rapaz sente um impulso de seguir e abordar o homem da face rosada, mas decide ir até o padre. Aproxima-se do altar-mor timidamente, mas hesita diante do homem com as vestes eclesiásticas.

— Posso ajudá-lo em alguma coisa, meu filho? — diz o padre.

O rapaz enrubesce, mas se aproxima mais.

— Bom dia, padre. — ele responde gestualmente. — O padre Rosalvo trabalha aqui nessa paróquia?

— Sim! Ele esteve aqui mais cedo, mas acho que já foi embora. É algo que eu possa ajudar?

— Só com ele mesmo, padre. Quando é que ele vem aqui novamente?

— Ele normalmente participa da última missa dominical, mas hoje acredito que ele não venha.

— Ahn...

— Mas amanhã cedo com certeza ele vai estar aqui... para celebrar a missa das sete.

— Tudo bem... Aquele homem alto, que estava há pouco falando com o senhor... Ele trabalha aqui?

O padre intrigado olha para o rapaz e franze a testa.

— Homem alto?!

— Sim. Alto, barba e bigodes brancos... Ahn... E óculos.

— Sei... Por que você quer saber isso?

O rapaz enrubesce mais uma vez.

— Eu tive a impressão que era uma pessoa que eu conheci tempos atrás. Um antigo professor de matemática.

— Bem, o nome dele é Carbonne, professor Bento Carbonne... Ele é o coordenador do grupo de coroinhas da paróquia e faz um trabalho voluntário ao lado do padre Rosalvo. Ele vem aqui sempre no último sábado do mês, pela manhã.

— Tudo bem, então. Obrigado, padre.

— Como é seu nome, meu jovem?!

— Jonas. — mente.

O padre franze a testa.

— Jonas?! Jonas de quê?

— Ahn... Souza... Jonas Souza!

O padre encara o jovem magrelo nos olhos e torce a boca; o rapaz enrubesce mais uma vez e abaixa os olhos.

— Certo. Vá com Deus, meu filho.

O rapaz assente timidamente e sai com passadas rápidas em direção ao portal principal. O pároco observa-o por alguns instantes até ele desaparecer em meio aos fiéis: está intrigado e ao mesmo tempo curioso. Meneia a cabeça e volta sua atenção para a arrumação do altar.

O rapaz para em frente à escadaria principal da igreja e corre os olhos em volta, à procura do professor. Desce para o estacionamento e vai até a sua moto. Confere as horas, são 12h05, e desiste de procurar pelo homem.

CAPÍTULO 25

Uma Brasília azul estaciona em frente à casa dos Capaverde e duas mulheres saltam do carro, uma delas com uma mochila nas mãos. Elas despedem-se com um abraço e a morena esbelta apoia a mochila nos ombros, contorna o carro por trás, atravessa a rua e aguarda a Brasília acelerar rua abaixo.

Isadora abre o portão de ferro. Em seguida, escuta o barulho peculiar de uma moto se aproximando e um grito familiar:

— Minha mãe!

A mulher olha para a esquerda e o motoqueiro para ao seu lado. Os dois abraçam-se.

— Que saudades, meu filho! Você estava aonde?

— Na casa de um colega. A senhora tá preta!

Isadora sorri, entra na varanda do sobrado e toca a campainha. Elder estaciona a moto na garagem e corre para ajudar a mãe com a mochila pesada. Dona Núbia abre a porta: mãe e filha abraçam-se demoradamente. O pai, Seu Danilo, larga o jornal sobre o sofá e vem receber a filha.

— Vocês ainda não almoçaram?! — questiona a morena sorridente ao ver a mesa da sala posta.

— A gente estava esperando você, minha filha. — responde Dona Núbia. — E o Edinho também.

— Tô morrendo de fome, minha mãe, mas vou tomar um banho primeiro.

— Vá, minha filha, e você também, Edinho.

— Já vou, minha vó.

O rapaz vai para o quarto; Isadora puxa a mãe pelo braço e entra na suíte. A morena fecha a porta e, eufórica, murmura:

— A senhora não sabe o que aconteceu, minha mãe...

— E o que foi assim, gente?!

— Conheci uma pessoa lá em Ilhéus e ele disse que quer me ver novamente. A senhora acredita numa coisa dessas, minha mãe?!

Dona Núbia mostra-se preocupada.

— E quem é essa pessoa, minha filha?! Ele faz o quê na vida?

— Ah, minha mãe! Eu nem bem conheci o homem e a senhora já quer saber da ficha corrida dele. Vivia aí falando que eu devia arranjar uma pessoa e agora fica com essa cara de preocupada.

— Tem razão, minha filha. Deus há de ajudar que ele é um bom moço.

— Mãe! Eu estou muito feliz! Me abraça aqui, vai.

— Oxente, menina! Quer me matar, é?!

ψ

Elder fecha a porta do quarto e tranca-a à chave. Senta-se na cama, abre a mochila e pega a arma e o caderno com o recorte de jornal. Olha fixamente para a imagem do professor Carbonne e do padre Rosalvo e ideias sombrias voltam a rondar sua mente. Fixa-se agora na arma e fica assim por alguns instantes remoendo seu passado. Sente o coração acelerar e meneia a cabeça seguidamente tentando se desvencilhar dos pensamentos ruins.

Levanta-se, puxa a cadeira até o guarda-roupa, sobe e guarda a arma no fundo do maleiro sem se preocupar em acomodá-la na caixa de origem. Em seguida, abre a porta do guarda-roupa e afixa o recorte de jornal sobre os outros. Por instantes, observa as fotos e os recortes: as imagens dos abusos sofridos vêm à sua mente. Sente uma amargura profunda e o coração acelera mais uma vez. Fecha a porta do guarda-roupa, retira a roupa e enfia-se embaixo de uma ducha de água quente.

ψ

Os Capaverde almoçam enquanto Isadora comenta sobre os cinco dias que passou em Ilhéus e comenta, en passant, sobre o homem que conheceu. Dona Núbia não se conforma com as referências rápidas sobre o sujeito e tenta arrancar mais informações da filha. Seu Danilo, entre um copo de cerveja e a feijoada, critica a esposa pela indiscrição. Elder, por outro lado, trata o assunto com indiferença e sequer participa ativamente da conversa. É o primeiro a terminar de almoçar. Levanta-se e vai para o sofá de onde continua ouvindo o converseiro dos familiares. Dobra as pernas sobre o sofá e folheia despretensiosamente o jornal até que se depara com uma pequena manchete. Abaixo dela aparece a foto de um garoto loiro com uniforme escolar, o rosto com uma tarja preta cobrindo os olhos e uma corrente com um medalhão de São Bento pendurado no pescoço. A manchete destaca: "Garoto de 11 anos morre ao escorregar e cair no sanitário". Elder ajeita-se no sofá, agora já não escuta as conversas da mãe e dos avós, e lê a notícia.

Instantes depois, levanta-se intrigado, vai para o quarto levando o jornal e tranca-se.

— Tá vendo aí, Dorinha? Edinho já foi pru quarto.

— Depois eu converso com ele. A senhora já devia estar acostumada.

— Eu, hein! E como é que se acostuma com uma coisa dessas, minha filha?

— Pois é, minha mãe... eu sei que é preciso fazer alguma coisa para ajudar Edinho, mas... sinceramente... não sei o que fazer.

Ψ

O rapaz magrelo senta-se na cama e relê a matéria:

"Eduardo Mendes Dornatella, um garoto de 11 anos, filho de pais separados, residia com a mãe e foi encontrado morto no sanitário da residência após uma queda que resultou em traumatismo craniano e um corte profundo no pescoço causado pela quebra da porta do boxe. Segundo foi apurado, a mãe do garoto estava viajando no momento do acidente e a empregada da família foi quem acionou o porteiro do prédio e outro funcionário da limpeza ao ouvir o ruído de queda e quebra do vidro. A porta foi aberta por fora, mas o garoto já estava sem vida. O Samu foi acionado e logo em seguida a polícia civil. A família informa que o enterro está dependendo da liberação do corpo pela polícia técnica, mas que, a princípio, está previsto para ocorrer na segunda-feira, no Cemitério Campo Santo, às 16h."

Elder foca agora na imagem do medalhão de São Bento e compara-o ao medalhão que carrega consigo desde os 11 anos de idade.

"São iguais!", pensa.

Intrigado, continua lendo:

"O garoto fazia parte de um grupo de coroinhas..."

"Coroinhas?!", pensa e lembra-se dos tempos do Colégio Dom Pedro e do padre Rosalvo ter comentado sobre a formação de um novo grupo de coroinhas durante uma aula de religião.

Levanta-se rápido, vai até o guarda-roupa e observa as fotos antigas do colégio. Fixa-se em uma delas, na qual aparecem um professor e um padre ao lado de um grupo de crianças uniformizadas, todas exibindo o medalhão de São Bento no peito. Reconhece a todos: o padre, o professor, a si próprio aos 12 anos, Lívio, Paulo e Alberto.

O rapaz magrelo empalidece e o coração acelera ao lembrar-se do amigo Lívio que se suicidou anos atrás. No rodapé da foto lê os nomes completos de todos os que aparecem na foto: Paulo S. Moraes, Alberto M. Letriny, professor Bento S. Carbonne, padre Rosalvo Albertino Pyccio, Elder L. Capaverde e Lívio Leal Filho. Pensativo, foca agora na recente foto recortada de jornal que separou pela manhã, na qual um grupo de coroinhas aparece ao lado de dois homens, sendo um deles um padre. Apesar de mais velhos, o rapaz reconhece-os e fica pálido.

Intrigado, Elder fecha a porta do guarda-roupa e volta para a escrivaninha. Senta-se, volta a olhar a foto do jornal e relê a matéria mais uma vez.

"Meu Deus! Será que tem alguma coisa a ver?", pensa.

O rapaz volta à sala, onde a mãe e os avós ainda conversam à mesa, pega o catálogo telefônico e retorna ao quarto.

— Tá vendo aí, Isadora? — diz Dona Núbia; testa franzida e olhar de censura.

— Mãe... Deixa Edinho pra lá, vai.

— Sua mãe ainda não entendeu que Edinho já não é mais uma criança. — argumenta Seu Danilo.

— Eu me preocupo com Edinho. Não sou igual a você que vive aí, no mundo da lua, e não se preocupa com nada.

— Mãe, vamos parar com isso?! Depois eu dou um jeito de conversar com Edinho, tá?

Dona Núbia respira fundo e meneia a cabeça. Seu Danilo dá de ombros.

— Tá bom, minha filha. Me fale mais sobre esse rapaz que você conheceu.

No quarto, Elder folheia o catálogo telefônico à procura do nome do professor Bento Souza Carbonne e anota o número em um pedaço de papel. Em seguida, procura pelo nome do padre Rosalvo Albertino Pyccio e anota o número no mesmo papel. Fica pensativo por alguns momentos e desiste do que ia fazer.

— Merda!! — esbraveja, embola o papel e joga-o na cesta de lixo.

CAPÍTULO 26

O pároco está na sacristia arrumando as vestimentas eclesiásticas, quando batem à porta. Ela abre-se e um homem bem-vestido e carrancudo entra. Ele tem em mãos um jornal enrolado e, com ele, bate insistentemente na própria mão.

— Padre, precisamos conversar. — diz ele e fecha a porta.

— Aconteceu alguma coisa?!

O homem aproxima-se do pároco e murmura:

— O anjo que seu amigo trouxe pra cá faleceu ontem por volta das 15h30.

O pároco sente a adrenalina correr pelas veias e o coração acelera.

— Como é que é?!

— Veja isso. — o homem aponta para a notícia no jornal. — Tudo indica que foi uma morte acidental. O garoto escorregou no banheiro, caiu e bateu com a cabeça no batente de mármore. Pra completar... a porta do boxe quebrou e fez um corte profundo no pescoço do garoto.

O padre observa a foto, lê rapidamente a notícia e benze-se.

— Que Deus o tenha. Mas a morte desse anjo pode ter sido providencial. O que você acha?

— Tudo vai depender dos próximos acontecimentos, padre. Por enquanto está tranquilo. Vou cuidar para que o caso seja encerrado como acidente, mas tem a tal faxineira. Se ela abrir o bico e alguém fizer a ligação do garoto com a igreja, aí a coisa pode se complicar.

— Quer dizer então que nosso problema agora se chama Dona Aurelina Dozanol Pereira? — indaga o pároco e devolve o jornal.

O homem mal-encarado assente e movimenta-se de um lado para o outro, visivelmente nervoso.

— Eu devia acabar com a raça daquele gordinho safado. — diz o homem. — Nada disso precisava estar acontecendo.

— Calma, meu amigo. Se tivermos que acabar com alguém, que seja com a faxineira! Ela não tinha nada que meter o bedelho onde não foi chamada. — pondera o pároco friamente e termina de ajeitar a sotaina.

O homem carrancudo continua andando de um lado para o outro.

— Bem, meu amigo, vou pedir ao padre Rosalvo para levar nossas condolências à família do garoto e se oferecer para celebrar a missa de corpo presente. Acho que é o mínimo que devemos fazer, por prudência, se é que me entende.

— É bom mesmo, padre. Não podemos despertar nenhum tipo de suspeita agora. Ajam com naturalidade, como se nada de anormal tivesse acontecido aqui.

— Tudo bem, eu vou até o escritório fazer a ligação. Pense em alguma alternativa para não termos problemas com Dona Aurelina, por favor.

— Pensar em alternativa?! Diga ao bosta do seu amigo que eu estou de olho nele, isso sim! — retruca o homem e sai da sala pisando forte no assoalho.

ψ

O homem de sotaina segue com passadas rápidas para o escritório. Fecha a porta e faz uma ligação, que é atendida depois do terceiro toque.

— Alô.

— Vou ser bem rápido e objetivo, meu amigo.

— Aconteceu alguma coisa?!

— Seu anjinho sofreu um acidente ontem à tarde e faleceu.

— O Eduzinho?!

— Vá até a família dele e leve as nossas condolências e se ofereça para celebrar a missa de corpo presente. Diga que soube da notícia pelos jornais.

— Mas...

— Deus esteve aqui, meu caro Bispo, e está puto com você! Mas a nossa preocupação agora é com Dona Aurelina... Sabe como é... Se ela abrir a boca, você tá ferrado. — ameaça o pároco com a mesma voz mansa de sempre.

— Eu... Ferrado?! Nós estamos ferrados, meu caro Papa.

— Cuidado com a língua, meu amigo. — retruca o pároco em tom ameaçador e desliga o aparelho.

ψ

O gordinho dos olhos miúdos está vermelho e trêmulo. Está abalado com a morte do garoto e revoltado com as ameaças veladas que vem recebendo. Anda de um lado para o outro da sala esticando o farto bigode grisalho.

— Se vocês estão pensando que vão me jogar para as hienas assim tão fácil... estão muito enganados. — murmura o padre mastigando as palavras carregadas de ódio.

Respira fundo várias vezes até se acalmar e se senta ao lado do telefone. Confere as horas, são 10h25, abre a agenda telefônica, procura pelo número da residência do garoto Eduardo Dornatella e faz uma ligação. Após dois toques uma voz feminina atende:

— Alô.

— É... Boa tarde. Eu sou o padre Rosalvo, da paróquia...

— Padre Rosalvo?! Aqui é a avó do Eduzinho... — a fala é interrompida com choro.

— Eu soube pelos jornais da morte do garoto, que Deus o tenha em seus braços.

— O senhor deve estar querendo falar com Letícia, mas... ela está à base de tranquilizantes agora, padre.

— Tudo bem. Deixo aqui minhas sinceras condolências e se for da vontade de vocês, gostaria de celebrar a missa de corpo presente do Eduardo. Ele era uma criança muito querida lá no grupo dos coroinhas.

— Obrigada, padre. — agradece a vó com voz embargada. — O pai do Eduzinho está aqui e... Eu vou passar para ele.

— Tudo bem.

O padre ajeita-se no sofá enquanto aguarda.

— Alô.

— Alô, o senhor é o pai do Eduardo?

— Sim.

— Meus pêsames, senhor... Como é mesmo o nome do senhor?

— Roberto.

— Seu Roberto, eu sou o padre Rosalvo e faço o trabalho de orientação para os novos coroinhas e seu filho... Bem... Ele era um de nossos orientandos.

— Sei. Letícia me falou.

— Soube desse terrível acontecimento pelos jornais e além de deixar aqui minhas sinceras condolências, em meu nome e da paróquia, é claro, gostaria de me oferecer para realizar a missa de corpo presente do seu filho.

— Tudo bem, padre. Seria ótimo.

— Quando e onde vai ser o velório, Seu Roberto?

— Amanhã, às 16h, no Cemitério do Campo Santo.

— Tudo bem. Estarei lá e caso tenha alguma mudança é só ligar lá para a paróquia e deixar recado.

— Ok. Obrigado, padre.

CAPÍTULO 27

Érika termina de almoçar e sente-se cansada e sonolenta. Descarta os restos de comida no lixo, arruma as louças na pia da cozinha, guarda as sobras na geladeira e volta para a sala. Joga-se no sofá, recostada em um almofadão e apoia os dois pés sobre o braço do sofá. Fecha os olhos, mas sua mente volta a remoer a "puxada de tapete" que resultou na sua transferência para outra delegacia. Lembra-se do pouco que já apurou sobre o inspetor Zanatta e fica ainda mais aborrecida por não ter descoberto nada de concreto sobre o policial. Acaba cochilando.

O telefone toca e a moça acorda mal-humorada. Senta-se e atende a ligação no terceiro toque:

— Alô.

— Kika?

— Fala logo, Negão.

— Você tá com uma voz horrível.

— Pô, velho! Você me acordou... Aconteceu alguma coisa?

— Meu chapa lá da 46DP me ligou. Parece que um garoto de 11 anos caiu no sanitário e faleceu. O Zanatta esteve no local com a polícia técnica e parece que o caso já está praticamente fechado como acidente.

— E daí?!

— E daí que eu vi a foto do garoto e ele usava um medalhão igual àquele do caso que você carrega debaixo do braço de um lado pro outro. E, coincidentemente, o garoto também tem 11 anos, ou melhor falando, tinha.

— Tem certeza, Negão?!

— Compre a Tribuna e veja você mesma.

— Negão, veja com esse seu chapa se ele consegue uma cópia da perícia.

— Ele vai conseguir, Kika. Vai me passar o bizú todo amanhã cedo.

— Valeu, Negão! Vou comprar um jornal e depois a gente se fala.

ψ

Minutos depois, Érika folheia o jornal na banca de revistas até encontrar a matéria sobre o garoto Eduardo Dornatella. Visivelmente agitada, paga pelo jornal e volta para casa, apressada. Abre o periódico sobre a mesa e compara a foto do medalhão do garoto Eduardo com o medalhão que o garoto Lívio Leal Filho usava na época do suicídio.

— Meu Deus! São iguais.

Relê a matéria várias vezes e senta-se no sofá com a pasta do caso Lívio em mãos. Resolve revisar toda a papelada e faz algumas anotações em um pequeno bloco de notas: "Colégio Dom Pedro; professor de matemática Bento Souza Carbonne; padre Rosalvo Albertino Pyccio; padre Heleno Grecco (diretor); padre Francisco Costa Davide (vice-diretor); Lívio Fontenelle Leal Filho; Lívio Fontenelle Leal (pai); Kátia Silva Leal (mãe)".

Fica reflexiva por alguns minutos, volta a ler a reportagem sobre o garoto Eduardo e faz mais uma anotação: "Cemitério Campo Santo, segunda-feira, 16h".

CAPÍTULO 28

A viagem de volta foi exaustiva e de pouca conversa entre os amigos que só acumularam desavenças. Os três estão abatidos e esmorecidos. Por volta das 13h45, sol escaldante em uma tranquila tarde de domingo, Lívio dirige o Passat pelas ruas da capital baiana. Sem trânsito pesado, em poucos minutos o grandalhão alcança a Vila Laura e estaciona o carro junto ao meio-fio, lado oposto à banca de revistas próxima à residência de Mário. Os três saem do carro calados e Lívio se apressa em abrir o porta-malas.

— Lamento que nossa viagem não tenha dado certo, Mário. — comenta Lívio e encara Cecília; a moça torce a boca e abaixa os olhos.

— Tá tudo certo, amigo. Cecília fica aqui comigo, se ela quiser, é claro, e... Bem, programa aqui em Salvador é que não falta.

— Eu ainda não sei como vai ser. — explica Cecília. — Vou ligar pra minha amiga e aí decido.

Os três ficam sem palavras, em um silêncio constrangedor. A moça coloca a mochila nas costas e faz menção de atravessar a rua, mas é contida por Mário, atento ao trânsito.

— Bom, vou com vocês até o outro lado da rua para comprar um jornal. — afirma Lívio.

Os três atravessam a rua de paralelepípedos e despedem-se mais uma vez quando alcançam a banca de revistas. Cabisbaixos, Mário e Cecília seguem em direção à rua transversal; Lívio gira o corpo, procura por jornal no mostruário e dirige-se ao jornaleiro:

— O senhor ainda tem algum jornal aí?

O homem magrelo enfiado dentro de uma camisa oficial surrada do Bahia se abaixa e expõe um exemplar sobre o balcão.

— Tem a Tribuna, moço.

— Serve.

Lívio paga pelo periódico e gira o corpo em direção ao casal de amigos, até vê-los passar pela portaria do prédio. Respira fundo, aliviado, dá as costas e volta para o carro. Joga o jornal sobre o banco do carona, liga o Passat e acelera ladeira abaixo.

ψ

O grandalhão entra no apartamento e sente o ambiente abafado e cheirando a mofo.

— Droga!

Joga o periódico sobre o sofá e abre a porta da varanda deixando entrar uma brisa fresca. Vai para o quarto e sente o mesmo cheiro ruim e abafado: franze a testa em desagrado e abre totalmente as persianas e parte da janela. Apesar de cansado, está aliviado. A imagem de Isadora vem-lhe à mente. Confere as horas no relógio de pulso: são 14h23. Pensa em ligar para a moça, mas desiste. Retira a roupa, enrola-se em uma toalha e vai para o sanitário tomar uma ducha. Lembra-se da geladeira desligada e dá meia-volta. Na cozinha, conecta o cabo de energia na tomada e abre o refrigerador. Sente um cheiro ruim de coisa estragada.

— Merda! — esbraveja o grandalhão e retira a caixa de leite que ficou aberta.

Derrama o líquido coalhado na pia, sobe um odor forte e desagradável, e abre a torneira até ver o líquido amarelado e cheio de plaquetas desaparecer no ralo. Joga a caixa no lixo juntamente com dois copos de iogurte. Por fim, contempla o interior da geladeira com quatro latinhas de cerveja e uma garrafa com água mineral. Sente o mau cheiro exalando e resolve deixar a porta aberta por um tempo. Corre os olhos pelos armários e vê a silhueta da garrafa de Ballantines por trás do vidro fosco do armário sobre a pia. Serve-se com dois dedos da bebida, toma um gole e volta para a sala. Liga a televisão e senta-se no sofá enquanto passeia pelos canais usando o controle remoto. Por fim, desiste e vai até a varanda. Encosta-se na balaustrada e beberica mais um gole da bebida enquanto contempla parte da garagem e o prédio em frente. Lembra-se mais uma vez de Isadora e sorri.

"Linda!", pensa e toma mais um gole do uísque.

Volta para a sala, senta-se no sofá, pousa o copo na mesinha de canto e começa a ler as manchetes do jornal. Folheia o caderno até se ater a uma matéria no pé da quarta página: "Garoto de 11 anos morre ao escorregar e cair no sanitário". Embaixo da manchete vem uma foto com duas imagens; em uma delas o garoto aparece com o uniforme escolar, uma faixa preta cobrindo os olhos e uma corrente com um medalhão de São Bento dependurado no pescoço; na outra, o corpo aparece caído no sanitário coberto com um lençol branco.

Lívio franze a testa ao reconhecer o medalhão no pescoço do garoto.

"Que coincidência, igual ao que Livinho usava!", pensa.

Lê a matéria:

"Eduardo Mendes Dornatella, um garoto de 11 anos, filho de pais separados, residia com a mãe e foi encontrado morto no sanitário da residência após uma queda que resultou em traumatismo craniano e um corte profundo no pescoço causado pela quebra da porta do boxe. Segundo foi apurado, a mãe do garoto estava viajando no momento do acidente e a empregada da família foi quem acionou o porteiro do prédio e outro funcionário da limpeza ao ouvir o ruído da queda e quebra do vidro. A porta foi aberta por fora, mas o garoto já estava sem vida. O Samu foi acionado e logo em seguida a polícia civil. A família informa que o enterro está dependendo da liberação do corpo pela polícia técnica, mas que, a princípio, está previsto para ocorrer na segunda-feira, no Cemitério Campo Santo, às 16h.

O garoto fazia parte de um grupo para formação de novos coroinhas e estava prestes a concluir o treinamento, para, então, iniciar os trabalhos durante as celebrações das missas, principalmente as dominicais, reservadas para os mais jovens..."

Lívio fica pensativo, toma mais um gole da bebida e levanta-se. Coloca o jornal sobre a mesa, toma o último gole do uísque e deixa o copo ali mesmo, sobre a mesa. Relê a manchete e fixa os olhos na foto do garoto estendido no piso do sanitário. Lembra-se da morte trágica do próprio filho e sente os olhos marejando. Apesar de intrigado com a coincidência das idades e semelhança entre os medalhões, Lívio fecha o jornal e vai tomar um banho. Enfia-se embaixo do chuveiro de água quente e tenta relaxar, mas seu pensamento persiste na imagem do garoto estendido no piso do sanitário. Esforça-se para esvaziar a mente, ensaboa-se e toma um banho rápido. Veste uma bermuda leve e serve-se com mais uma dose do Ballantines. Vai para a varanda, olha em volta, respira o ar fresco da tarde e decide rever os recortes de jornal que guardou da época em que o filho se suicidou.

O grandalhão deixa o copo sobre a cômoda, sobe em uma cadeira, abre o maleiro e pega a pasta plástica onde guarda os recortes jornalísticos da época. Embaixo vê o anuário do colégio e o pega também. Beberica o uísque e senta-se na cama. Folheia lentamente os recortes e fixa-se em uma das manchetes com a foto do delegado, um homem bem-aparentado, bigode farto, cabelos castanho-claros cortados em mecha e partidos ao meio. Ao seu lado estão dois inspetores: um sujeito mal-encarado das feições rudes, cabelos crespos cortados baixinho, barba e bigode cobrindo parcialmente uma cicatriz e uma morena do nariz arrebitado e jeitão autoritário. A manchete informa: "Morte do garoto de 11 anos foi suicídio sem uma causa objetiva". No rodapé da matéria há o nome do delegado, doutor Alfeu Miranda Macaforte e dos inspetores Carlos Daniel E. U. Zanatta e Érika Santana Lynz.

Lívio fica pensativo e seleciona outro recorte com a foto do filho estirado no fosso do prédio. Está de barriga para cima deixando à vista uma fratura exposta em um dos braços e na perna. O rosto está desfocado. Lívio respira fundo para conter o aperto no peito e guarda o recorte. Abre o anuário e o folheia a procura da turma do filho. Os alunos aparecem ao lado de um homem da pele clara, bigode farto, cabelos levemente grisalhos e óculos de aro fino e de um padre gordinho usando uma sotaina preta. Lívio mais uma vez se comove ao ver a foto do filho e sente as lágrimas brotarem nos olhos. Embaixo de cada foto há um nome. O homem está identificado como coordenador pedagógico e chama-se Bento Souza Carbonne e o padre, Rosalvo Albertino Pyccio.

"Professor Carbonne e padre Rosalvo", pensa enquanto olha para a foto dos dois e lembra-se de ter conversado com eles após a morte do filho.

Volta para o início do anuário e observa a foto com todos os membros diretores e professores do colégio. Os nomes do professor Carbonne e do padre Rosalvo voltam a aparecer em destaque junto ao nome do diretor, padre Heleno Grecco, e do vice-diretor, padre Francisco Costa Davide.

Lívio olha para a fotografia, por alguns instantes, e volta a folhear o anuário até que decide fechá-lo de vez. Lembra-se da última briga que teve com o filho e mais uma vez sente o peso da culpa pelo que aconteceu. Guarda o material no maleiro, pega o copo de uísque e volta para a sala. Acomoda-se no sofá, liga a televisão e volta sua atenção para o programa Silvio Santos. Após consumir a segunda dose de uísque, cochila no sofá.

ψ

O telefone toca e Lívio acorda sonolento. Confunde-se com a penumbra que tomou conta do apartamento e com a voz de Silvio Santos na televisão. Senta-se no sofá assim que ouve o telefone tocar pela terceira vez e o atende no quarto toque:

— Alô. — atende e olha para o relógio de pulso: são 18h50.

— Lívio, sou eu.

— Diga aí, Mário.

— Tava dormindo, bicho? Tá com uma voz de sono da zorra.

— Pois é. Tomei duas doses de uísque e acabei cochilando no sofá.

— Ahn… Você acredita que Cecília foi pra casa da amiga dela?

— Pô, você forçou a barra e se ferrou.

— Ela queria o quê? Que eu ficasse aqui de babá, de graça?!

— Parte pra outra, que é melhor, meu amigo. Vai ficar aí se lamentando?

— É… Deixa pra lá. Quero ficar grilado com isso não. Bora lá pra Barra?

— Tô fora, bicho, se vira sozinho aí.

— Você é um bunda-mole mesmo, hein! Deixou aquele morenão escapar e agora vai ficar aí enfurnado no apartamento?

— Tchau, Mário. — responde Lívio e desliga o telefone.

Lembra-se de Isadora e vai até o quarto à procura da carteira. Pega o guardanapo com o número do telefone da moça e volta para a sala. Hesita por um instante, mas faz a ligação. No segundo toque uma voz feminina atende:

— Alô.

— Boa noite.

— Boa noite.

— É da residência de Isadora?

— Quem gostaria de falar?

— Ahn… Lívio.

— Sei… O tal que ela conheceu em Ilhéus.

— Isso!

— Um momentinho, moço.

Instantes depois, a moça atende. Está surpresa e nervosa.

— Lívio?!

— Oi, Isadora, foi tudo bem na viagem?

— Tudo bem, Lívio. Que bom que você conseguiu me ligar!

— Eu já estou em Salvador.

— Você já voltou?! Aconteceu alguma coisa?!

— Bem, eu, Mário e Cecília acabamos nos desentendendo e achamos melhor retornar.

— Vocês brigaram?!

— Mais ou menos... Nós discutimos e resolvemos que era melhor voltarmos. Não tinha clima para ficarmos lá.

— E o que foi que aconteceu assim de tão grave?

— Deixa isso pra lá. O importante é que eu queria voltar pra te ver... E aqui estou.

— Oh, que amor... Eu também estava aflita pra te ver novamente, Lívio... Na verdade, achei que você não ia mais me ligar.

— E por que eu faria isso?

— Ah, sei lá!

— Só não vou hoje aí pra te ver, porque estou um caco e sei que você também deve estar cansada, mas... Posso ir te ver amanhã à noite?

— Claro!

— Me diga então onde é sua casa.

— Sabe o Teatro Castro Alves...

ψ

Isadora desliga o telefone visivelmente eufórica. Abraça a mãe e dá vários pulinhos de alegria.

— Você quer me derrubar, é, menina?!

— Lívio voltou, minha mãe, e disse que vem aqui amanhã à noite pra me ver. A senhora acredita?!

— É?! Ele até que tem uma voz bonita. Tomara que seja uma boa pessoa.

— Vê se fala mais baixo aí, ôh! Quero ouvir o noticiário.

— Deixa de agonia, Dan, tem noticiário todo dia. — retruca Dona Núbia.

— Deixa meu pai quieto, minha mãe. Vamos lá pro quarto.

— Que alegria é essa, minha mãe? — questiona Elder, que aparece na sala com uma mochila nas costas, pronto para sair.

— Vai pra onde, Edinho? — questiona Isadora.

— Vou na casa de uma colega, a Elis. E não fiquem me esperando, que eu vou demorar.

— E onde a Elis mora, Edinho?

— Tchau, minha mãe. — diz o rapaz sem se preocupar em dar satisfação à mãe e segue em direção à porta da rua.

— Elder!

Indiferente ao apelo da mãe, o rapaz sai e bate a porta.

— Você vai deixar ele sair assim?!

— Edinho já tem 18 anos, minha mãe. A senhora quer que eu faça o quê, hein?

O ruído da moto invade o sobrado.

— Eu não fico sossegada quando esse menino sai com essa moto.

— Deixa o menino, minha mãe.

— Desde que você deu essa moto pra Edinho que meu sossego acabou.

— Edinho queria muito essa moto, minha mãe. Ele se tornou um rapaz estudioso e ajuizado. Não sei porque a senhora fica com essa preocupação toda... Deixa ele ser feliz.

O motor ruge alto e desaparece aos poucos.

— Vocês ouviram isso?! — fala Seu Danilo, apontando para a televisão.

— O quê, meu pai?

— Um garoto de 11 anos escorregou no sanitário e bateu com a cabeça no batente do boxe. Parece que o menino sangrou até morrer...

— Ai, meu pai! Quero saber disso não... Que horror! — retruca Isadora e franze a testa.

Puxa a mãe pelo braço e vai para o quarto.

CAPÍTULO 29

O motoqueiro entra lentamente no pátio da igreja e estaciona a CB400 preta na penumbra, entre uma caminhonete e um frondoso flamboyant. Desliga o farol e o motor e abaixa o visor do capacete preto. Olha para o relógio de pulso, são 19h34, e volta sua atenção para a entrada principal da igreja bem iluminada e lotada, com fiéis de pé na parte interna do átrio.

O sujeito empertigado, tenso, ouve o som distante e abafado do padre celebrando a missa e olha insistentemente de um lado ao outro, preocupado com a iluminação precária no pátio e em não ser surpreendido por estranhos. Um feixe de luz e o rugido do motor de carro chamam sua atenção para o Chevette branco que acabara de entrar no estacionamento. O veículo circula lentamente pela área lotada e estaciona em uma vaga distante, no extremo oposto ao templo. Um homem vestindo calça preta e camisa xadrez de mangas compridas salta do veículo, olha desconfiado de um lado para o outro, como se procurasse alguém, fecha o carro e segue em direção à igreja. O motoqueiro reconhece o sujeito, o coração acelera, e acompanha-o visualmente até o sujeito desaparecer no interior da igreja.

Ψ

A nave está lotada com as pessoas de pé pelos corredores laterais, nos fundos e na entrada do átrio. O homem passa com dificuldade pelos fiéis e posta-se próximo à última fileira de bancos, ao lado de uma das colunas das arcadas. Carrancudo, faz o sinal da cruz e força as vistas na tentativa de reconhecer o padre que está celebrando a missa, sem sucesso.

"Droga!", pensa e contorna a área dos fiéis pelo corredor esquerdo.

Aproxima-se o máximo possível do altar-mor, mas não reconhece o vigário que está ministrando a missa.

"Mas que droga! Onde aquele gordinho safado se meteu?!", pensa.

O homem olha discretamente de um lado para o outro até avistar uma senhora com a camisa padrão da paróquia. Achega-se na mulher e murmura ao pé de ouvido:

— Preciso falar com o padre Rosalvo. Ele está?

A senhora franze a testa, meneia a cabeça rapidamente e faz sinal para que ele faça silêncio e preste atenção no sermão. O homem franze a testa, torce a boca e gesticula grosseiramente. Dá as costas e contorna a área do presbitério até alcançar um dos corredores laterais. Vai até o escritório, mas a porta está trancada e, apesar das batidas insistentes protagonizadas por ele, ninguém atende. Irritado, contorna a igreja por trás e vai para a sacristia. Um senhor negro, cabelos brancos, usando camisa da paróquia está sentado em uma cadeira de madeira e se levanta com a súbita chegada do homem de barba e bigodes grisalhos e cenho cerrado.

— Preciso falar com o padre Rosalvo, urgentemente. — diz o homem.

— Só quem está aqui hoje é o padre Lucas e ele está celebrando a missa, senhor.

— Tem certeza de que ele não está na sacristia?!

O senhor do andar desajeitado abre a porta.

— Veja o senhor mesmo, não tem ninguém aqui.

O homem aproxima-se da porta, passa as vistas pelo interior da sacristia, resmunga palavras desconexas, dá meia-volta e sai da igreja pelos fundos.

Ψ

O sujeito contorna a igreja pela lateral e retorna ao estacionamento. Caminha a passos largos em direção ao carro, sob o olhar atento do motoqueiro, agora de pé ao lado da motocicleta. Assim que o homem entra no carro, o motoqueiro sobe na CB400 e liga o motor. O Chevette branco sai lentamente do estacionamento e o motoqueiro resolve segui-lo.

O trânsito está livre e o sujeito dirige rápido pela avenida até alcançar o primeiro retorno à esquerda. Volta em direção à praia, entra no primeiro acesso à direita e sobe rumo ao conjunto residencial. Reduz a velocidade assim que alcança os primeiros prédios e segue em baixa velocidade contornando os edifícios, até entrar no estacionamento lateral de um dos prédios. Estaciona o carro voltado para o playground, desliga o motor e apaga os faróis. O motoqueiro encosta a moto no meio-fio, do outro lado da rua, e observa o homem de gestos nervosos saltar do Chevette e ir até o portão de entrada do prédio ao lado da guarita.

O sujeito dirige-se ao porteiro falando e gesticulando de forma exacerbada. O porteiro interfona e retorna com alguma informação. O homem parece não gostar do que ouve e gesticula nervosamente antes de retornar ao carro. Liga o motor, os faróis, e acelera duas vezes fazendo o motor rugir alto. Manobra o veículo, engata a primeira marcha e arranca forte fazendo os pneus cantarem no asfalto.

O motoqueiro volta a seguir o Chevette mantendo uma distância segura.

ψ

Após transitar por avenidas de vale, o veículo entra em um acesso lateral, reduz a velocidade e para em frente ao portão de ferro de um prédio de seis andares. O porteiro reconhece o carro e o condutor, abre manualmente o portão, o homem manobra o Chevette, entra e estaciona no pátio em frente ao playground. O motoqueiro encosta metros à frente e observa tudo pelo retrovisor. Assim que vê o sujeito desaparecer no hall de entrada, ele manobra a moto, capacete fechado, encosta no meio-fio em frente ao prédio e olha fixamente em direção à portaria. O porteiro levanta-se com a intenção de vir até o portão, mas o motoqueiro arranca e acelera forte a moto em direção à avenida de vale.

— Eu, hein! — resmunga o porteiro e volta a se sentar.

ψ

O professor entra no apartamento e bate a porta. Empunha o telefone e liga para a residência do padre Rosalvo. Depois de muito insistir, sem sucesso, desiste e vai para a cozinha. Serve-se com uma taça de vinho, sente o aroma de olhos fechados, e toma um gole. Estala a língua e volta a sentir o aroma do vinho. Bebe mais um gole.

— Desgraçado! — resmunga em tom baixo e volta para a sala.

Liga a televisão, senta-se no sofá e tenta relaxar. Lembra-se que tem o telefone do Papa e levanta-se. Vai até o aparador onde fica o telefone e a agenda e folheia apressadamente a caderneta até encontrar o nome e o número que procura.

— Você vai ver uma coisa, seu gordo safado. — resmunga enquanto disca o número.

O telefone toca insistentemente até desconectar. Irritado, bate o aparelho no gancho e esbraveja:

— Droga!!

Bebe o restante do vinho de um gole só e volta para a cozinha. Enche novamente a taça e bebe de vez fazendo careta. Pousa a taça sobre a pia e resolve tomar uma ducha. No quarto, sente o efeito do álcool nas pernas bambas. Senta-se na cama, livra-se dos sapatos, puxa a camisa para fora das calças, com raiva, desabotoa os punhos da manga e se joga sobre o colchão. Não consegue esquecer as ameaças veladas do padre e esbraveja, agora com a voz embolada:

— Gordinho safado!

Ajeita-se com dificuldade na cama e dorme.

CAPÍTULO 30

Segunda-feira, 13 de janeiro de 1975.

O motoqueiro encosta a moto próximo à escadaria, ao lado do único poste de iluminação pública com uma lâmpada acesa, e a moça salta da garupa sem pressa. O rapaz desliga a moto, desce e a apoia no descanso. Apesar da rua deserta e mal iluminada, o casal abraça-se e troca algumas carícias despreocupadamente. A moça, então, confere as horas no relógio de pulso, são 1h34, e fica agitada.

— Vixe, tá muito tarde, amor! Deixa eu ir. — diz Sileide, uma moreninha do rosto arredondado e cabelos cacheados tocando os ombros, e beija o namorado.

— Vou esperar aqui, até você entrar em casa! — afirma Marcos, um negro magrelo dos cabelos estilo black power, e volta a subir na moto.

A moça desce a escadaria apressada, evitando os cantos escuros da viela mal iluminada, com um amontoado de casas humildes de um lado e do outro, a maioria sem reboco. A madrugada está silenciosa e ouvem-se claramente alguns rápidos latidos de cães ecoando no vale, assim como o assovio do vento canalizado na baixada. Ela nota réstias de luz entre a parede e o telhado de um casebre à direita, o que lhe dá certo alento. Ouve também o som distante da sirene da viatura da polícia vindo do outro lado da baixada, e logo desaparece. Olha para trás e o namorado acena. Responde com um gesto e continua descendo as escadarias, apressada. Outro ponto de luz aparece entre o telhado e a parede de outra casa, mais abaixo. A porta abre-se lentamente e um homem negro dos cabelos e barbas brancas enfia o rosto na greta. Ele assusta-se ao ver a moça descendo a escadaria àquela hora da madrugada.

— Toma juízo, menina. Isso lá é hora de tá na rua?

— Tem nada não, Seu João! — responde e aperta os passos.

Chega em casa com a chave na mão e acena para o namorado no alto da escadaria. Ele retribui o gesto, acelera a moto, ouve-se o rugido do motor reverberar na noite silenciosa e desaparece.

Sileide tenta enfiar a chave na fechadura, mas nota que a porta está apenas encostada. Perplexa, o coração dispara e a moça entra na casa escura e silenciosa.

— Minha mãe! — vozeia a moça, ao mesmo tempo que leva a mão ao interruptor da luz.

Liga e desliga duas vezes, mas a luz não acende.

— Minha mãe!!

Sem resposta, vai tateando até o móvel ao lado da mesa, abre a primeira gaveta e pega uma vela e uma caixa de fósforos. Acende a candeia e vai em direção ao quarto. Tropeça em algo e apoia-se na porta. Primeiro, vê uma almofada no chão e, depois, o vulto da mãe estática sobre a cama.

— Mãe...

A moça levanta a mão com a vela acesa e percebe que algo está errado. Sente o coração acelerar desmedidamente e a respiração fica difícil. Aproxima-se da mulher estirada sobre a cama e toca em seu corpo.

— Mãe... — repete com voz embargada, pressentindo o pior.

Nota o rosto ensanguentado do corpo inerte. Arregala os olhos e olha para a mão suja de sangue.

— Ahhhh!! — grita e afasta-se, colocando-se contra a parede; a vela apaga e a escuridão invade o pequeno casebre.

Em pânico, a moça volta para a escadaria.

— Socorro!! Alguém me ajude...

Ajoelha-se olhando para a mão ensanguentada e suja com pó branco. Desata a chorar.

— Socorro!! — grita mais uma vez.

CAPÍTULO 31

Lívio levanta cedo após uma noite mal dormida e apressa-se em tomar uma ducha de água quente. Ensaboa-se rapidamente e deixa a água escorrer livremente pelo corpo. Sua mente volta a revisitar o passado com lembranças do filho. Lembra-se também da ex-esposa e da filha. As recordações incomodam. O grandalhão lava o rosto e sacode a cabeça freneticamente para espantar os maus pensamentos. Termina de enxaguar o corpo e sai do banho, sentindo-se melancólico.

Veste-se e vai até a janela do quarto. Abre a persiana e, por instantes, contempla o céu encoberto com nuvens cinzentas. Abre um pouco a janela e deixa entrar uma brisa úmida e fria. Respira fundo, confere as horas no relógio de cabeceira, são 6h50, e vai para a cozinha preparar o café da manhã. Enquanto espera a água ferver, abre um pacote de biscoitos recheados com chocolate e come um. Em seguida, prepara o café, toma um menorzinho e resolve ir à padaria comprar o pão.

Municia-se com a carteira, confere que tem dinheiro e vai para o banheiro olhar-se no espelho. Ajeita os cabelos, olha mais uma vez a situação do tempo e sai do apartamento sem pressa. Usa o elevador e na saída do hall se depara com o porteiro.

— Bom dia, Seu Zé!

O senhor grisalho abre um sorriso largo.

— Bom dia, Seu Lívio. Pensei que o senhor só voltava no final da semana.

— Pois é, Seu Zé. Precisei voltar antes.

— Tudo bem, Seu Lívio.

Lívio acena ao sair do prédio e desce a ladeira a pé. Passa na banca de revistas, compra o jornal, olha rapidamente as manchetes e segue para a padaria, onde compra o pão. Minutos depois, está em casa tomando o café da manhã enquanto folheia o jornal A Tarde. Lê rapidamente as manchetes da primeira página, mas acaba se entretendo com o caderno de esportes. Folheia mais uma vez o periódico matutino e detém-se na página policial atraído pela manchete: "Aprendiz de coroinha morre após queda no sanitário".

Lembra-se que leu sobre o acidente no dia anterior e franze a testa. Foca agora nas duas fotos apresentadas na reportagem. Na primeira aparece o garoto com o uniforme escolar ostentando uma corrente com um medalhão de São Bento no peito; o rosto aparece desfocado e com uma tarja nos olhos. No rodapé da foto, o nome da criança: "Eduardo Mendes Dornatella; idade: 11 anos". Trata-se da mesma foto que viu na reportagem do dia anterior. Na segunda foto aparecem um homem e um padre ao lado de seis crianças vestidas como coroinhas. Apesar de a foto ser em tons de preto e branco, dá para perceber que uma das crianças é loirinha, a menor do grupo, e está com um círculo preto em volta do rosto. Todas as crianças estão com tarjas pretas nos olhos. No rodapé da foto aparecem os nomes: "Carlos Tribucci, Edmar Santos, Lian Alvarezzi, padre Rosalvo, professor Carbonne, Eduardo Dornatella, Jorge Ramirez e Roque Silva".

Lívio empalidece ao ler os nomes do professor Carbonne e do padre Rosalvo. Levanta-se e vai para a sala lentamente enquanto olha fixamente para as fotos.

"Padre Rosalvo e professor Carbonne?!", pensa. "É muita coincidência... A idade, o medalhão... E agora o professor Carbonne e o padre Rosalvo... Meu Deus!".

Senta-se no sofá, lê a matéria e fica ainda mais intrigado com os fatos. Confere as horas, são 7h45, e resolver ir até o Colégio Dom Pedro.

ψ

Isadora entra na clínica e dirige-se gestualmente a algumas pessoas que encontra pelo corredor. Segue direto para a sala de descanso e vestuário. Duas moças conversam e trocam de roupas indiferentes à sua pessoa. A morena bronzeada, de ar jovial e leve sorriso estampado no rosto, vai até seu escaninho, abre a porta, confere suas coisas, guarda a bolsa e veste o guarda-pó branco. Olha-se no espelho e por último troca a sandália de salto médio por um sapatinho fechado de salto baixo. Fecha o escaninho, confere as horas, olha para as duas moças, uma delas fala ininterruptamente sob o olhar atento da outra, e sai da sala sem que as duas demonstrem sequer tê-la notado. Vai até a copa-cozinha e estranha a presença de uma moça aparentando 25 anos, trajada com o uniforme dos funcionários da copa. Ela sorri ao ver Isadora debruçar-se no pequeno balcão da cozinha.

— Bom dia! — diz Isadora.

A moça sorri cordialmente.

— Bom dia.

— Dona Maria não veio hoje?!

— Não, parece que alguém da família dela faleceu e ela não vem hoje.
Isadora empertiga o corpo e franze a testa.
— Nossa, coitada da Dona Maria!
— A senhora quer um cafezinho?
Isadora franze a testa e torce a boca.
— Não! Agora não, obrigada. — retruca e vai registrar o ponto.

CAPÍTULO 32

Erika chega à delegacia e dirige-se à sua mesa de trabalho indiferente ao burburinho reinante na sala. A morena veste calça jeans justa no corpo, botas de cano médio preto e usa um blusão de couro preto sobre uma camiseta de malha creme. Joga duas pastas-arquivos e dois jornais sobre a mesa, um deles é a edição de domingo, retira o blusão colocando-o dependurado no encosto da cadeira, senta-se e abre o jornal A Tarde que acabara de comprar.

Folheia o periódico à procura da página policial. Seus olhos acham de imediato a foto dos seis garotos vestidos de coroinhas ao lado de um homem e um padre e outra foto com um garoto com o uniforme escolar. Reconhece a foto e lê a manchete. Franze a testa e lê os nomes nos rodapés das fotos. Meneia a cabeça lentamente, aperta os lábios, e recosta-se para ler a matéria.

Instantes depois, um homem grandalhão aproxima-se e observa a morena absorta na leitura.

— Bom dia, Kika!

A moça carrancuda levanta os olhos do jornal, encara o homem à sua frente e diz, sem rodeios:

— Senta aí, Negão!

— Êhh! Que cara é essa?!

A moça pousa o jornal sobre a mesa e aponta para a foto com o dedo batendo sobre ela seguidamente.

— O tal garoto que caiu no sanitário e morreu... O do medalhão, era aprendiz de coroinha, sabia?

— E daí?!

— E daí que os coordenadores do curso são o professor Carbonne e o padre Rosalvo. Esse professor Carbonne era o professor de matemática do garoto Lívio que se suicidou — ela aponta para a pasta com o título: "Caso Lívio Fontenelle Leal Filho". — e o padre Rosalvo era o professor de Religião.

Zecão joga o corpo para frente, apoiando-se com os braços sobre o tampo da mesa e murmura:

— Isso por si só não quer dizer nada.

— Duas crianças de 11 anos, duas mortes trágicas, o mesmo medalhão e os mesmos professores, principalmente esse tal de padre Rosalvo... Tá rebocado, Negão... Tem coisa aí!

Zecão torce a boca e recosta-se na cadeira.

— O que é que tem o padre?!

A moça respira fundo, joga o corpo para a frente e comenta em tom baixo:

— Eu não confio nesses padres com carinha de santo!

O telefone toca sobre a mesa de Zecão; ele vira-se, preocupado. A moça mostra-se irritadiça.

— Vai lá atender logo essa zorra e veja se consegue os tais relatórios da perícia.

O telefone volta a tocar pela terceira vez; o homem assente e levanta-se. Vira-se, mas o toque cessa. Ele coloca as mãos na cintura, olha para a inspetora com ar de interrogação e ela retruca rispidamente:

— Vai lá, pô, e vê se consegue o que te pedi!

O homem dá de ombros e vai para a mesa. Retira os óculos escuros e senta-se, sem perder de vista a colega debruçada sobre o jornal. O telefone volta a tocar e ele atende prontamente:

— Alô!

...

— Diga aí, Jorjão.

...

— Tô ouvindo. — retruca e faz algumas anotações em uma cadernetinha.

...

— Pode falar.

...

— Tem certeza?!

...

— Só tem esse cara aí, é?

...

— Pô! O cara se mete em todas, é?!

...

— Tudo bem. — confere as horas. — Dez horas no Jardim dos Namorados, mas acompanha esse caso de perto, parceiro. Acho que tem merda aí.

...

— Tudo bem. Barraca de cocos. Valeu!

O negro grandalhão desliga o aparelho, levanta-se, vai até a mesa do cafezinho e se serve com um menorzinho. Toma um gole e volta para a mesa da inspetora Érika. Senta-se, toma mais um gole e a moça murmura em tom ríspido:

— E aí? Vai conseguir a zorra dos documentos ou não?!

— Você tá azeda hoje, hein?

— Pô, Negão... — a moça recosta-se na cadeira e abre os braços com ar interrogativo e cara enfezada. — Vai sacanear agora, é?!

— Tudo bem. Desculpa, vai. Dez horas vou me encontrar com o cara lá no Jardim dos Namorados e ele me passa o material.

A moça relaxa e dirige-se ao grandalhão, agora com voz mansa:

— Lá onde você pegou esse cafezinho aí, tem mais? — diz ela e arqueia a sobrancelha.

O homem sorri e levanta-se.

— Vou pegar um pra você.

A morena do nariz arrebitado sorri e observa o parceiro se afastando. Olha em volta e por instantes observa o entra e sai de policiais e só então se dá conta do burburinho na sala. Meneia a cabeça, volta sua atenção para o catálogo telefônico sob o aparelho e o folheia atrás do número do Colégio Dom Pedro. Zecão aproxima-se e pousa o cafezinho sobre a mesa. Ela deixa a lista de lado e beberica o café.

Zecão senta-se, toma um gole do café e comenta:

— Essa madrugada ocorreu um assassinato lá na baixa do tubo. Uma senhora de 52 anos levou um tiro na cabeça... à queima-roupa, diga-se de passagem, e vários tiros no peito... E a mulher estava envolta em pó de cocaína. Quem está à frente do caso é seu amigão lá da 46DP.

— Amigo do cão!

— Pois é, ele está conduzindo o caso como briga de facção pelo controle de tráfico.

— Bom, não posso pajear tudo o que esse elemento faz.

O homem cerra o cenho e aproxima-se da moça:

— Acho que você vai querer se meter.

A moça recosta-se, meneia a cabeça e abre os braços.

— E por que eu faria isso, Negão?!

Sempre em tom baixo, o homem continua falando:

— Meu parceiro me adiantou o que já apuraram. Segundo ele, essa tal senhora trabalhava na limpeza da igreja onde o tal garoto, o que se acidentou, o Eduardo, tomava o curso para coroinha com o padre Rosalvo e o tal professor.

A moça joga o corpo para frente, semblante fechado, e murmura:

— Tem certeza?!

— Foi o que meu parceiro falou. Pedi pra ele ficar de olho nesse caso também.

— Como é o nome dessa mulher?

Zecão coloca o bloco de notas sobre a mesa e aponta para os rabiscos.

— Aurelina Dozanol Pereira.

— Zecão, procure saber quem é essa senhora, quem encontrou o corpo, se alguém da família já foi ouvida, quem mais foi ouvido... Enfim, quero saber tudo sobre esse caso.

— O que você quer saber, exatamente, Kika?

— Se a morte dessa senhora tem relação com tráfico de drogas ou se foi queima de arquivo, pô! Pra mim tá cheirando a queima de arquivo.

O homem dá um sorriso curto, torce a boca e finaliza em tom sério:

— Foi o que pensei.

— Por isso que a gente se dá bem, Negão. Outra coisa, hoje nós temos um enterro pra ir lá no Campo Santo. Às 15h30 a gente se encontra lá. Ok?

— Fechado.

— Bem, cuida desse caso aí, que eu vou ver se consigo falar com alguém lá do Colégio Dom Pedro.

Érika volta sua atenção para o catálogo telefônico. Após folheá-lo, encontra um número e faz a ligação. Uma voz feminina atende:

— Colégio Dom Pedro, bom dia.

— Bom dia, sou a inspetora Érika Lynz e preciso de umas informações sobre dois professores. Não sei se eles ainda trabalham aí.

— Senhora, não podemos passar informações por telefone e o diretor não está na sala nesse exato momento.

— E esse assunto só pode ser tratado com o diretor?!

— Tem o vice-diretor, mas eles estão juntos na área externa do colégio. É que estamos em obras.

— Tudo bem, então vou dar uma passada aí mais tarde.

Érika desliga o telefone, recosta-se na cadeira e fica pensativa.

Zecão percebe o jeitão distante da colega e se aproxima.

— Conseguiu alguma coisa do colégio?

Érika respira fundo e joga o corpo em direção à mesa.

— Vou ter que ir lá pessoalmente.

— Já pensou na possibilidade de ir até a igreja?

— Sim, mas agora não é o momento. Se eu estiver certa e o crime da tal senhora tiver relação com a morte do garoto, pode ser que... — Érika olha de um lado para o outro e abaixa o tom da voz. — a onça... esteja por perto e não vamos querer assustar a fera agora, ou vamos?

— Tem razão! O cara não ia gostar de saber que você está fazendo uma investigação paralela.

CAPÍTULO 33

A manhã continua carrancuda, céu parcialmente nublado, e os primeiros raios de sol surgem timidamente entre nuvens cinzentas. Uma moto encosta no portão de acesso ao estacionamento do Colégio Dom Pedro às 8h37. O motoqueiro, um homem grandalhão usando capacete, calça jeans, camisa de mangas compridas e tênis, identifica-se e acessa a área do colégio. Estaciona a moto próxima à catraca de entrada, dependura o capacete no guidão e segue em direção à portaria. Passa pelo acesso lateral, desviando-se das catracas, e depara-se com a movimentação de trabalhadores pelos corredores. O forte cheiro de tinta no ar o incomoda. O homem franze a testa, corre os olhos pelos jardins laterais e volta sua atenção para o corredor. Nota o cavalete pintado com uma seta vermelha apontando para a sala da coordenação e vai até ela. Encosta-se no balcão e uma moça magrinha dos cabelos loiros longos, aparentando 20 e poucos anos, aproxima-se:

— Bom dia, senhor!

— Bom dia. Sou pai de um ex-aluno do colégio e gostaria de conversar com dois dos professores dele, na época, é claro.

— Agora no período das férias o senhor não vai conseguir falar com nenhum dos professores. O diretor está aí. Pode ser com ele?

— Tudo bem. Eu falo com o diretor.

— Como é o nome do senhor?

— Lívio Fontenelle Leal.

— Ok! Um momento, senhor.

A recepcionista dirige-se à sala nos fundos da área administrativa, entreabre a porta, fala alguma coisa e sinaliza para o homem entrar.

O grandalhão passa pelo acesso lateral ao balcão e atravessa a sala com quatro mesas de trabalho; três delas ocupadas com outras duas moças e um rapaz. A moça afasta-se e Lívio entra na sala. O padre levanta-se e cumprimenta o homem à sua frente.

— Bom dia. Sou o padre Heleno.

— Bom dia, padre.

— Sente-se, por favor. — Lívio senta-se e o padre também. — Em que posso ajudá-lo? Dona Aline me disse que o senhor é pai de um ex-aluno do colégio.

— Sim! Sou pai do Lívio Fontenelle Leal filho, o garoto que se suicidou em 69. Talvez o senhor se lembre desse caso.

O padre comprime os lábios, meneia a cabeça lentamente e responde com sua voz naturalmente rouca, carregada de sotaque, mas serena:

— Sim... Sim! Me lembro do pequeno Lívio, sim. Lamento muito pelo que aconteceu, Sr. Lívio. Imagino o quão difícil deve ser relembrar essa tragédia. Enfim... Em que posso ajudá-lo?

— Na verdade, padre Heleno, eu ainda procuro respostas para o que aconteceu com meu filho. Recentemente um garoto caiu no sanitário e morreu em decorrência desse acidente.

— Sim, eu soube do ocorrido pelos jornais. É difícil, às vezes, compreender os desígnios de Deus. Um acidente lamentável.

— Bem, o fato é que fiquei muito impressionado com algumas semelhanças com o caso do meu filho.

O padre ajeita-se na cadeira, franze a testa e encara o homem à sua frente.

— Como assim, Sr. Lívio?!

— O garoto tinha 11 anos, a mesma idade do meu filho quando ele se suicidou, era igualmente tímido e usava o mesmo tipo de medalhão de São Bento que Livinho ganhou do professor Carbonne, na época. E para completar, esse garoto também se relacionava com o professor Carbonne e com o padre Rosalvo.

O padre, agora com um olhar severo e semblante fechado, recosta-se na cadeira acolchoada em tom vermelho, posiciona as duas mãos com os dedos trançados entre si, apoiando o queixo, e, após um rápido momento de reflexão, questiona:

— Aonde exatamente o senhor quer chegar, Sr. Lívio? De fato, eu não tinha atentado para esses detalhes.

— Não sei, padre, mas gostaria de falar com o professor Carbonne e com o padre Rosalvo sobre meu filho e, quem sabe... entender o que de fato motivou Livinho a cometer o suicídio.

— Bem, Sr. Lívio, eu entendo perfeitamente essa sua angústia, mas sinceramente, não acredito que conversar com o professor Carbonne ou com o padre Rosalvo vá de fato esclarecer isso. Se bem me lembro, na época do acontecido, ambos foram interrogados pelos investigadores da polícia e o que ambos relataram basicamente é que seu filho era muito tímido e se mostrava incapaz de conviver com as adversidades do dia a dia, quero dizer... Ele não conseguia se impor diante dos colegas e se sentia ameaçado.

Lembranças vêm à mente de Lívio:

> Vê o garoto magrelo de aparência frágil jogando bola no pátio em frente à garagem da casa. Ele e mais dois amigos. Eles riem, correm, brigam, caem e voltam a jogar... Lívio era sempre o que se machucava mais, às vezes chorava, mas no fim eles se entendiam e o garoto parecia feliz.

— É esse exatamente o ponto, padre Heleno. Livinho convivia perfeitamente com os vizinhos, com os primos, com a família... Contudo o colégio parecia ser algo aterrorizante para ele. Será que acontecia algo a mais aqui no colégio que não sabemos?

O padre respira fundo e mostra-se cada vez mais carrancudo.

— O que mais poderia ter acontecido, Sr. Lívio?!

— É o que eu quero descobrir, padre!

Os dois olham-se por instantes, ambos carrancudos e com olhares desafiadores.

— Bem, Sr. Lívio, tanto o professor Carbonne quanto o padre Rosalvo já não trabalham aqui. Sinto muito não poder ajudar.

— O senhor poderia me passar o endereço deles?

— Acho melhor o senhor ligar e conversar com eles por telefone antes de qualquer coisa, Sr. Lívio. Tenho certeza que o nome deles está no catálogo telefônico.

— Tudo bem, padre, mas deixa eu te fazer mais uma pergunta.

O padre assente gestualmente.

— Como era o comportamento deles com as crianças?

O padre mostra-se ofendido e responde com rispidez:

— O que o senhor está querendo insinuar, Sr. Lívio?!

O homem grandalhão comprime os lábios e cerra o cenho visivelmente chateado.

— Não estou insinuando nada, padre! — enfatiza. — Estou apenas atrás de respostas. Hoje eu vejo as coisas com mais lucidez e tenho a impressão que o motivo do suicídio do meu filho não foi devidamente apurado.

Lívio levanta-se; o padre também.

— De qualquer forma, obrigado pela atenção, padre.

Decepcionado com a visita, Lívio sai da sala deixando a porta aberta. Despede-se rapidamente da moça que o atendeu e segue com passadas rápidas e cabeça baixa em direção ao estacionamento. Esbarra-se em uma moça e ambos se olham por instantes.

— Me desculpe. — diz Lívio.

A moça empertiga o corpo, nariz arrebitado e jeitão autoritário. Olha o homem de cima a baixo e retruca:

— Tudo bem.

Ψ

A morena encosta-se no balcão e a moça magrinha vem atender.

— Bom dia!

— Bom dia. Eu liguei há alguns minutos atrás. Sou a inspetora Érika — ela mostra o distintivo. — e preciso falar com o diretor.

— Ah, tudo bem. Ele acabou de atender uma pessoa.

— Sei... Um grandalhão desajeitado que saiu daqui agora.

A moça sorri.

— Bem, ele não me pareceu desajeitado, mas saiu daqui meio aborrecido, eu acho. — a moça volta a sorrir. — Enfim, vou ver se o padre Heleno pode recebê-la agora.

A moça vai até a porta da sala da diretoria, bate uma vez, a entreabre, fala alguma coisa com o padre e sinaliza para que a inspetora entre.

Érika adentra a sala e mostra o distintivo.

— Sou a inspetora Érika Lynz e preciso fazer algumas perguntas.

Atônito, o padre aponta para a cadeira e a moça se senta.

— Perguntas?! Aconteceu alguma coisa? — questiona o padre, que também se senta.

A morena respira fundo, guarda o distintivo e fala em tom carregado de tensão:

— Estou revendo um caso antigo, na verdade, o suicídio de um garoto, ex-aluno desse colégio.

— O garoto Lívio Fontenelle Filho.

— Isso mesmo!

— A senhora está revendo esse caso a pedido do pai desse garoto?!

— Na verdade, não. Apenas acho que o caso não foi devidamente apurado na época. Pressões externas, se é que me entende.

— Ahn... Sei. É que o pai desse garoto, o Sr. Lívio Fontenelle Leal, acabou de sair daqui... e ele também acha que as causas que motivaram o suicídio do garoto não foram devidamente apuradas. Palavras dele! Ele queria falar pessoalmente com o professor Carbonne e com o padre Rosalvo... Por acaso não foi a senhora que esteve à frente desse caso... na época?!

— Sim, fui pressionada a fechar o caso sem conseguir esclarecer as motivações do garoto, já que o objetivo era apurar se de fato tinha sido suicídio e isso ficou bem claro que sim.

— Ah, sim... Entendi!

— Surgiu um fato novo que me fez voltar a esse caso.

— A morte do tal garoto que caiu no sanitário... Foi o que disse o pai.

Érika comprime os lábios e franze a testa.

— Isso mesmo, padre! Há algumas semelhanças entre as duas mortes que não posso deixar passar despercebidas.

— Seu Lívio me disse a mesma coisa. A idade, a excessiva timidez das crianças, o medalhão, o professor Carbonne e o padre Rosalvo. Tem certeza que vocês não conversaram antes sobre isso, inspetora?!

— Não! Com certeza, não, mas vejo que preciso conversar com esse pai também. Mas me diga uma coisa, padre Heleno... Naquela época... o senhor se lembra de algum fato relevante, algo de anormal na conduta do professor Carbonne ou do padre Rosalvo que mereça ser dito?

— Como assim?! — o padre franze a testa. — A senhora quer saber exatamente o quê?

— Padre Heleno, eu vou ser bem direta. Eu quero ter certeza de que tanto o garoto Lívio, quanto o garoto Eduardo, que eles não foram... digamos assim, molestados pelo professor, ou pelo padre ou quem sabe por ambos.

Padre Heleno enrubesce e empertiga o corpo. Carrancudo, comenta:

— Mas... isso é um absurdo!

— Será que é tão absurdo assim, padre Heleno? Eu reli o material dessa investigação e me lembro perfeitamente que tanto o professor quanto o padre alegaram que Lívio era um menino muito tímido, que ele não conseguia se enturmar e era vítima de brincadeiras dos colegas. Os pais afirmaram na época que o garoto tinha boa convivência em casa e com os vizinhos, mas que ele não queria ir para a escola... e que nos dias que antecederam o suicídio, o garoto parecia apavorado. O pai foi mais enfático em afirmar que nem a ideia de mudar o garoto de turno fez com que ele aceitasse o retorno às aulas. Hoje, depois do que aconteceu com o garoto Eduardo, me pergunto: o que fez um garoto de 11 anos escorregar no sanitário e cair de forma a sofrer um acidente fatal? O que fez um garoto de 11 anos se suicidar se jogando do alto de um prédio?

O padre Heleno está pasmo, cara enfezada, mas calado.

— No caso recente, do Eduardo, na manhã do dia do acidente fatal o menino esteve com o padre Rosalvo e com o professor Carbonne. Será que aconteceu alguma coisa que deixou o garoto apavorado e isso de alguma forma tenha contribuído para o acidente?

Padre Heleno levanta-se e passa a andar de um lado para o outro da sala, visivelmente nervoso. A inspetora Érika cala-se e observa o jeito agoniado do homem bem-vestido com calça social preta, camisa social branca com colarinho romano e abotoaduras douradas nos punhos.

O padre encosta-se na janela e contempla o vazio por instantes. Volta para a mesa, senta-se e comenta:

— O professor Carbonne era o coordenador pedagógico na época, além de professor de matemática. O padre Rosalvo era o professor de Religião. Os dois sempre se deram muito bem.

— Eles ainda trabalham aqui?

— Não! No ano seguinte ao suicídio do garoto Lívio, os dois deixaram o colégio.

— Sei. O senhor se lembra de algo... Olhando agora por essa nova perspectiva, vamos dizer assim? Algo que possa comprometer a conduta de ambos com os alunos?

O padre abre as mãos e meneia a cabeça negativamente.

— Do que adianta o que eu penso ou não? Não tenho nada que prove que eles possam ter abusado daquela criança.

— Talvez o senhor não tenha uma prova concreta, mas talvez possa me dar um norte. Pessoas que trabalhavam na época, próximas a um e ao outro, é claro, e que ainda não foram ouvidas, ou apontar um comportamento que possa me dizer se estou no caminho certo, ou não. Sei lá! Se eles abusaram dessas crianças... precisamos pará-los ou continuarão fazendo isso mais e mais vezes.

— Não sei, inspetora, mas agora me lembro que os dois dedicavam uma atenção especial para os garotos que demonstravam ser mais frágeis e tímidos... e, tanto o professor Carbonne como o padre Rosalvo, costumavam dar medalhões para esses garotos como incentivo. Medalhas de São Bento, como a que o garoto Lívio usava.

— E como a que o garoto Eduardo usava, padre.

— Meu Deus! Será possível?!

— Particularmente, acho que sim, padre Heleno, mas preciso de provas para reabrir o caso.

— Eu não consigo me lembrar de nada em especial.

A morena enfezada levanta-se e fala com autoridade:

— Force a mente um pouco mais, padre, e se lembrar de alguma coisa, me ligue, por favor. Aqui está o meu cartão e prometo conduzir o caso com o máximo de sigilo possível para preservar a imagem do colégio, é claro. Na verdade, o caso ainda não foi reaberto, mas sei o estrago que um assunto desses pode fazer.

— Um escândalo desses seria péssimo para o colégio e para a igreja.

— Eu sei e não pretendo abrir uma briga nem com o colégio, nem com a igreja. Tudo o que quero é descobrir a verdade e, se estiver certa, tirar os dois de circulação.

Érika movimenta-se em direção à porta de saída.

— Se essa possibilidade de abuso a uma criança aqui dentro do colégio ventilar na imprensa... você terá que conversar com outra pessoa, minha cara inspetora. Você acaba de colocar meu pescoço na guilhotina.

A moça vira-se e encara o padre.

— Não fui eu quem colocou seu pescoço na guilhotina, padre Heleno, mas sim o professor Carbonne e o padre Rosalvo. Agora o senhor tem que decidir de que forma quer sair desse episódio: de cabeça erguida ou como cúmplice de dois prováveis pervertidos sexuais. Se eu estiver certa, é claro. E eu aposto que estou!

O padre enrubesce e franze a testa. Érika sai da sala deixando a porta aberta. Fala gestualmente com a moça que lhe atendeu e segue com passadas rápidas em direção à porta de saída. Cruza com um homem de estatura mediana, moreno-claro, usando uma camisa social creme com colarinho romano. Cumprimenta-o gestualmente e antes de sair ouve a voz da atendente:

— Bom dia, padre Francisco.

Érika vira-se e escuta:

— Padre Heleno está aí?

— Sim. Ele está sozinho, padre.

O homem entra na sala do diretor. Érika volta, apoia-se no balcão e dirige-se à recepcionista:

— Aqui tem algum telefone que eu possa usar?

— Ali perto das roletas de saída tem telefone público. Se a senhora precisar de fichas, a banca de revistas, lá na frente do colégio, vende.

— Certo, obrigada. Por falar nisso, esse senhor que entrou aí — ela aponta para a sala do diretor. —, é o vice-diretor?

— Sim. Padre Francisco.

— Tudo bem. Mais uma vez, obrigada.

A inspetora posta-se em frente a um dos três aparelhos de telefone público preso na parede e confere as horas: são 10h20. Mete a mão no bolso da calça, pega duas fichas telefônicas, insere uma delas no aparelho e disca um número. Após o segundo toque uma voz feminina atende:

...

— Cris, é a Érika.

...

— Zecão está por aí?

...

— Cris, preciso do endereço de uma pessoa. Tem uma pasta na primeira gaveta da minha mesa. Dentro dela tem uma agenda. Pega pra mim que eu espero, mas tem que ser rápido, porque estou no telefone público.

...

Segundos depois, o aparelho emite um som de alerta e a moça insere mais uma ficha telefônica. Confere as horas e mostra-se ansiosa. Pega mais uma ficha telefônica no bolso e aguarda. Instantes depois, ouve a colega do outro lado da linha:

...

— Procure por Lívio Fontenelle.

...

— Isso. Lívio Fontenelle Leal. Me diga aí o endereço e o telefone do cara. — pede com o gancho apoiado entre o ombro e a cabeça. Com as mãos, segura uma caneta e um bloquinho de notas.

...

Érika faz a anotação e volta a segurar o fone com uma das mãos.
— Valeu, Cris.

A inspetora sai do colégio apressada, coloca o capacete e olha-se no espelho retrovisor da moto. Torce a boca em desagrado, dá partida no motor e arranca em direção ao portão de saída. Acelera na avenida.

ψ

Minutos depois, Érika estaciona sua moto na rua enladeirada, em frente a um prédio azul e branco de seis andares. Tira o capacete deixando-o dependurado no guidão da moto e vai até o portão de entrada de olho no porteiro. Ele aproxima-se.

— Bom dia. — diz a morena e mostra o distintivo. — Sou a inspetora Érika Lynz e gostaria de falar com o Sr. Lívio Fontenelle Leal.

O senhor grisalho abre o portão, conduz a morena até o playground e liga para o apartamento do homem pelo interfone.

...

— Bom dia, Seu Lívio. Tem uma moça aqui, querendo falar com o senhor. Ela disse que é investigadora da polícia.

...

— Tudo bem.

A senhora pode subir. — O porteiro aponta para o hall dos elevadores. — É o apartamento 401.

Érika aquiesce gestualmente e entra no hall. Sisuda, aperta o botão de chamada dos elevadores e sobe.

ψ

Érika sai em um pequeno hall que dá acesso a dois apartamentos. Sente o cheiro de carne de sol frita, confere as horas, são 11h10, e aperta a campainha do 401. A porta abre-se e a morena se vê frente a frente com o grandalhão em quem se esbarrou no colégio.

— Bom dia. Sou a inspetora Érika Lynz da polícia civil. — a moça mostra o distintivo. — O senhor é Lívio Fontenelle Leal?

— Sim!

— Podemos conversar um pouco, Sr. Lívio?

Atônito, o homem grandalhão convida gestualmente para que a inspetora entre.

— Você não é a moça que se esbarrou comigo lá no Colégio Dom Pedro?!

— Sim!

A morena sorri de forma contida sem deixar de encarar desafiadoramente o grandalhão; ele também sorri, mas logo fecha o semblante e fala de forma séria e contida:

— Tenho a impressão de que já conheço a senhora.

— Sim. Eu investiguei a morte do seu filho em 69 — o homem franze a testa. — e, infelizmente, fui pressionada a encerrar o caso sem conseguir apurar o real motivo que levou o garoto a cometer o suicídio. Sinto muito, Seu Lívio.

Lívio cruza os braços e mantém o cenho cerrado. Os dois continuam encarando-se.

— E o que a traz aqui, inspetora?!

A moça respira fundo e olha rapidamente para o interior do pequeno apartamento timidamente decorado.

— O senhor esteve falando com o diretor do Colégio Dom Pedro, o padre Heleno...

— Sim, e daí?! — interrompe Lívio, de forma ríspida.

— Também estive falando com o diretor, Sr. Lívio, e por isso estou aqui.

— Sei... — o grandalhão finalmente abaixa os olhos e convida a inspetora a se sentar, gestualmente.

A moça senta-se na ponta do sofá ao lado da porta da varanda e o homem puxa uma das cadeiras da pequena mesa redonda e se senta diante da morena do nariz arrebitado e olhar desafiador. Ela recosta-se, cruza as pernas e volta a falar:

— Um fato aconteceu recentemente, que me fez pensar... Talvez seu filho tenha sido vítima de algum tipo de abuso, Seu Lívio, e estou investigando essa pista extraoficialmente, devo lhe dizer.

Lívio mostra-se tenso. Levanta-se e começa a esmurrar a própria mão.

— Por acaso esse fato recente seria a morte do garoto que caiu no sanitário? Um tal de Eduardo?

— Isso mesmo. Deduzi que o senhor também fez a mesma leitura que eu.

— Sim. Passei todos esses anos me sentindo culpado pela morte do meu filho e agora vejo que possa ter ocorrido algo muito maior e mais grave a ponto de levá-lo ao suicídio. Então, fui lá ao colégio disposto a conversar com o professor Carbonne e com o padre Rosalvo, mas eles não trabalham mais no colégio.

— Não creio que uma conversa com esses dois senhores vá adiantar de alguma coisa, Seu Lívio. Precisamos de algum fato novo que justifique reabrir o processo, colher novos depoimentos e fazer uma acareação com os dois.

— Estou pensando em ir à delegacia que conduziu o caso e apresentar alguma queixa, sei lá...

— Sugiro ao senhor se manter distante daquela delegacia, Seu Lívio. Alguma coisa me diz que algumas pessoas que trabalham ali não têm interesse em esclarecer o caso do seu filho.

— Mas a senhora não trabalha lá?!

— Trabalhava! Fui transferida para outra delegacia. Eu estava sendo um problema para uma determinada pessoa, mas isso é outro assunto.

— Inspetora... — Lívio interrompe a fala, demonstrando ter esquecido o nome da moça. Ela completa de pronto:

— Érika.

— Inspetora Érika, eu preciso fazer alguma coisa. São coincidências demais entre esse caso recente e o do meu filho. A idade das crianças, ambas extremamente tímidas, o medalhão, o professor e o padre. Esses dois homens podem ter feito algum mal a meu filho.

— Também acho, Seu Lívio.

— Quem está investigando o caso desse garoto de agora?

A inspetora levanta-se e aproxima-se da porta da varanda.

— Esse é o problema, Seu Lívio. É o mesmo homem que pediu a minha cabeça e que forçou a barra para encerrar o caso do seu filho, mas eu estou fazendo uma investigação em paralelo e se esse sujeito tem alguma coisa a ver com tudo isso, vou descobrir.

— E o que eu faço?

— Bem, se o senhor sair por aí fazendo perguntas, pode deixar os dois, o professor e o padre, em alerta. Não posso impedi-lo de fazer isso, mas peço ao senhor um tempo e que o senhor tente se lembrar de algum fato importante que possa nos dar mais pistas. Talvez se encontrássemos outras crianças que também receberam o tal medalhão... não sei. Talvez uma delas esteja disposta a falar.

O homem começa a andar de um lado para o outro esmurrando a própria mão.

— Guardei muita coisa daquela época, mas nada nesse sentido, inspetora, até porque a relação com o medalhão somente surgiu agora. Ou melhor, eu só percebi isso agora.

— Bem. Aqui estão meus telefones. Da delegacia, a 42DP, e da minha residência. Se o senhor conseguir alguma coisa, por favor, me procure.

— Tudo bem.

— Será que sua esposa não teria mais alguma informação que possa ajudar na investigação?

— Ex-esposa, inspetora. Desde nossa separação que não temos nenhum tipo de contato.

— Bem, você tem o endereço dela? Eu posso procurá-la.

— Sim. — Lívio anota o endereço em um pedaço de papel. — Aqui está, só acho que... Bem, talvez ela não possa ajudar muito. Desde que o Livinho morreu ela entrou em depressão e talvez não queira reviver tudo isso novamente.

— Sei. Ela mora sozinha?

— Não. Mora com os pais e com nossa filha, a Luiza.

— Tudo bem!

A inspetora confere a anotação no papel, guarda-o no bolço da jaqueta e segue em direção à porta de saída.

— Tenha paciência agora, Seu Lívio, e não faça nada que possa prejudicar as investigações ou mesmo colocá-lo em risco.

Lívio abre a porta.

— Tudo bem, mas me mantenha informado, por favor.

A moça assente com um sorriso contido e entra no elevador.

CAPÍTULO 34

A inspetora entra na delegacia e acena para o policial no balcão de recepção. O homem empertiga-se todo para apreciar a morena esbelta e abre um sorriso largo. A moça entra na sala de trabalho, a maioria das mesas está vazia, mas em uma delas um homem negro está recostado na cadeira comendo um sanduíche, lendo um laudo da perícia técnica. Assim que o grandalhão nota a moça, endireita-se e aponta para que ela se sente à sua frente.

A inspetora confere as horas no relógio de parede, são 12h43, e retira o blusão de couro. Joga-o sobre a mesa do outro lado do corredor e se senta à frente do inspetor.

— E aí, conseguiu os documentos?

— Sim. — ele aponta para a pasta sobre a mesa. — E aqui está o laudo. — entrega-lhe em mãos.

A moça olha superficialmente o relatório preliminar da perícia, abre a pasta-arquivo e folheia as cópias dos depoimentos e fotos.

— Você chegou a analisar esse material?

Zecão morde o sanduíche, mastiga apressadamente, engole, toma um gole do refrigerante e comenta:

— Não gostei do que vi aí, Kika. Trouxe pra você. — aponta para um pacote fechado sobre a mesa. — Misto quente. Quer dizer, agora já deve estar frio.

A moça abre o pacote e faz cara de nojo.

— E aí, Negão, o que você descobriu, hein?

— Aí estão os depoimentos do pai, da mãe e dos avós do garoto, mas não vi o depoimento da tal moça que levou o garoto para a aula dos coroinhas, tampouco do padre Rosalvo e do professor Carbonne.

A inspetora franze a testa e mostra-se irritada.

— E por que a moça não prestou depoimento?!

— Segundo meu parceiro, ela deveria prestar depoimento hoje pela manhã, mas não compareceu. Parece que o Zanatta está investigando o sumiço da moça.

— Ahn... Se depender desse imbecil, essa moça não aparece nunca mais.

— Por falar em imbecil, ontem à noite ele não foi à missa dominical das 19h.

A inspetora recosta-se na cadeira e fica pensativa. Zecão termina de comer o sanduíche e bebe mais refrigerante.

— Negão! — diz a morena e joga-se para a frente, apoiando-se no tampo da mesa com os dois braços. — Estava pensando... — abaixa o tom de voz. — O Zanatta frequenta a mesma igreja onde o garoto esteve pela última vez antes de morrer... Ele está investigando o assassinato da senhora que trabalhava nessa mesma igreja e agora a babá do garoto desaparece e é ele quem está à procura dela. Eu não gosto dessas coincidências, Negão! Será que o mauricinho tá metido em algum esquema com esse padre e o tal professor?!

— Cacete! Será?! A gente tinha que dar uma prensa nesse padre e nesse professor. Você não acha melhor falar com o delegado?

— Ainda não, Negão. O cara é bem-articulado. Se a gente partir pra cima sem dados concretos, quem vai se ferrar é a gente.

O homem torce a boca e ajeita-se na cadeira.

— Ôh, Kika, vai comer o sanduba ou não? — Zecão aponta para o saco aberto.

— Essa borracha aí? Tô fora!

— Então deixa comigo que eu dou conta.

— Negão, quero que você descubra o paradeiro dessa moça. Quero saber onde ela mora, fale com os pais, com os amigos, com quem você quiser, mas descubra onde essa moça foi parar.

O grandalhão fecha a cara, ajeita-se na cadeira empertigando o corpo e se mostra preocupado.

— É território do Zanatta.

— Tá com medo, Negão?!

— Medo o quê, pô?! E se o cara descobrir que a gente tá futucando nesse caso?

— Acho que ele não vai querer escancarar, mas não vai moscar, que a fera é braba.

— Eu me garanto, mas vou comer pelas beiradas. Vou falar com meu camarada e a gente levanta isso discretamente.

— Certo.

— E a visita lá no colégio?

— Depois a gente fala sobre isso. Agora vou procurar alguma coisa decente pra comer e depois vou analisar esse material. — a moça levanta-se. — Dezesseis horas, lá no Campo Santo. Tá lembrado?

Zecão sorri e assente gestualmente com o punho cerrado e o polegar em riste. A moça vira-se para sair e o inspetor questiona em tom de preocupação:

— Kika, você vai de moto? Tô achando que vai chover feio hoje.

— Tô preparada, Negão. Fica na sua.

A inspetora vai até sua mesa, guarda a pasta-arquivo na gaveta, veste o blusão e sai com passadas rápidas.

ψ

Lívio entra no estacionamento interno do supermercado e estaciona a moto próximo à rampa de acesso à parte superior da loja. Acorrenta a roda dianteira na barra presa ao piso e segue para a ala das compras com o capacete na mão. Está carrancudo e preocupado com a visita inesperada da inspetora da polícia. Relembra mentalmente os fatos que antecederam o suicídio do filho à procura de algo importante. Entra na área do restaurante e vai diretamente até o telefone público preso em um dos cantos da parede. Insere uma ficha, disca o número da residência da ex-esposa e aguarda de cabeça baixa e olhos fixos no piso. Uma pessoa atende e ele reconhece a voz da sogra. Desliga o aparelho imediatamente.

— Droga! — esbraveja.

Aborrecido, vai até o balcão, faz o pedido, paga pelo almoço e senta-se em uma das mesas alheio às pessoas em volta. Almoça sem conseguir desvencilhar-se das lembranças passadas e das ideias terríveis que rodam sua mente: come e gesticula como se estivesse conversando com alguém. O grandalhão está distante e seu jeitão displicente e aéreo chama a atenção das pessoas em volta e provoca risadinhas de deboche e comentários maldosos, mas o homem sequer nota que é alvo das chacotas. Mergulhado em suas angústias, finalmente termina de almoçar. Leva a bandeja até o balcão de devoluções e desce para o subsolo do supermercado. Pensativo, libera o cadeado da roda da moto, coloca o capacete, confere as horas, são 14h10, e decide ir ao Cemitério Campo Santo.

CAPÍTULO 35

O tempo continua fechado, com nuvens carregadas ganhando uma tonalidade escura em um prenúncio de chuva iminente. O sol volta a se esconder e os ventos trazem um forte cheiro de umidade e maresia. Lívio estaciona a moto próxima a uma barraca de flores e contempla as nuvens de aspecto medonho. Preocupado, prende o capacete no guidão, trava a roda traseira com uma corrente e dirige-se ao homem sentado atrás do balcão da banca:

— O senhor pode dar uma olhada pra mim? — diz o grandalhão apontando para a moto.

— Pode deixar aí, moço. Ninguém mexe não.

— Valeu!

O grandalhão de barba e bigode bem-aparados coloca os óculos escuros, olha de um lado para o outro preocupado, as pessoas estão apressadas, apalpa a pochete presa na cintura e mais uma vez contempla as nuvens escurecidas. Confere as horas, são 15h05, e segue em direção à entrada lateral do cemitério. Sobe dois lances de escadas sem pressa, vai até o quadro de avisos e examina a listagem das salas dos velórios; encontra o nome Eduardo Mendes Dornatella na sala H. Sisudo, respira fundo, corre os olhos de um lado ao outro e segue pelo corredor em direção à sala, mas se detém a certa distância ao ver as pessoas aglomerando-se em frente ao local do velório. A sala está repleta de amigos e familiares que se revezam em torno do caixão. O clima é tenso e melancólico diante do desespero dos familiares mais próximos.

O grandalhão hesita, mas se aproxima da sala e, aos poucos, do caixão. Sente o coração acelerado e os olhos lacrimejam ao ver o rosto de feições angelicais da criança. Lembra-se do próprio filho e retira-se da sala emocionado. Anda pelo corredor apinhado de gente e segue em direção à capela do cemitério. Para em frente ao templo, contempla as enormes portas de madeira em verde-musgo da construção em estilo gótico, vira-se e observa, desolado, as árvores e o corredor com calçamento em paralelepípedo que leva aos grandes portões de ferro da entrada principal. Recorda-se do enterro do filho e olha fixamente para o piso. Respira fundo e segue em frente. À direita, os mausoléus familiares trabalhados em mármore e decorados com imagens enormes e medonhas de anjos e santos chamam a atenção, mas o homem se limita a uma rápida olhadela e segue em direção ao túmulo do filho dobrando à esquerda da catedral. Anda pela via lateral até alcançar um conjunto de jazigos perpétuos. Segue à esquerda e seus olhos alcançam a tampa do túmulo do filho no exato momento em que começa a chuviscar. Detém-se, encara as nuvens carregadas com preocupação e veste uma capa plástica preta que trouxe na pochete. Volta a contemplar o túmulo do filho à distância, mas desiste de se aproximar. Encosta-se na parede dos fundos da capela, confere as horas, são 15h38, encara mais uma vez as nuvens carregadas e resolve retornar ao pavilhão das salas dos velórios, temeroso de que a chuva engrosse.

ψ

Padre Humberto entra no escritório da paróquia visivelmente agitado. Está vestindo calça social preta, sapatos pretos e camisa social azul escura de mangas compridas e colarinho romano. Fala gestualmente com Dona Célia e senta-se à mesa.

— Bom dia, padre. — responde ela e volta sua atenção para os arquivos.

O pároco confere as horas e faz uma ligação. Um homem atende depois do segundo toque:

...

— Boa tarde, padre Lucas!

...

— Sim. Preciso que o senhor venha celebrar a missa das 17h30, padre.

...

— Preciso resolver um assunto de ordem pessoal, só isso.

...

— Não vou poder esperá-lo, mas Dona Célia vai estar aqui... e as ajudantes e os coroinhas chegam às 16h30, mais ou menos.

...

— Obrigado, padre Lucas. — agradece o pároco e desliga o telefone.

O homem alto, forte, grisalho, de gestos refinados, levanta-se e emposta a voz:

— Dona Célia, vou sair agora e preciso que a senhora ajude o padre Lucas a fechar a igreja.

— Padre Rosalvo não vem?!

— Não sei, Dona Célia, ele foi rezar a missa de corpo presente do garoto Eduardo e não sei se ele ainda vai passar por aqui hoje. Mas se ele chegar antes do final da missa, a senhora pode ir embora. Só avise ao padre Rosalvo que ajude o padre Lucas no fechamento da igreja.

— Tudo bem, padre. Pode deixar.

O pároco dá um sorriso contido e sai do escritório.

ψ

A neblina transformou-se em uma chuva fina persistente. A inspetora Érika estaciona e desliga a moto sobre o passeio ao lado do portão principal do Cemitério Campo Santo. Puxa o descanso, olha em volta atentamente e desce da moto vestindo um macacão plástico sobre as roupas. Tira o capacete pendurando-o no guidão da moto, cobre a cabeça com o capuz da capa e mais uma vez olha em volta à procura de rostos conhecidos. Um garoto sai de uma das barracas, roupas e cabelo molhados da chuva, aproxima-se e dirige-se à morena encapuzada:

— Pode deixar que eu tomo conta, dona.

A moça abre o macacão plástico preto e mostra o distintivo da polícia. O garoto não se intimida, faz sinal de positivo com a mão direita e volta a falar:

— Aqui ninguém mexe não, dona.

A morena sorri e entra no cemitério, sem pressa. Anda com cuidado pela rua de paralelepípedos molhados sem perder de vista a movimentação à sua esquerda e na área dos velórios. Fixa o olhar no amontoado de pessoas na porta principal da capela, sempre à procura de um rosto conhecido.

"Aonde é que o Negão se meteu?", pensa e anda em direção ao corredor dos velórios.

Entra na parte coberta e seus olhos alcançam um homem negro, alto e forte usando óculos escuros e uma camisa floral folgada e chamativa. O grandalhão está encostado em um dos cantos do hall que dá acesso à área administrativa e às escadarias que levam a uma das ruas secundárias, na lateral do cemitério. Ele reconhece o jeitão da morena dentro do macacão plástico e faz sinal levantando discretamente os óculos escuros. Ela assente gestualmente e vai até o mural com a programação dos velórios. Encontra o nome do garoto Eduardo Mendes Dornatella, olha mais uma vez na direção do amigo, abaixa o capuz e vai para a sala H. Transita com certa dificuldade no corredor molhado e apinhado de pessoas esperando pelos velórios: três simultâneos.

A inspetora aproxima-se com dificuldade da sala H tentando escapar dos respingos da chuva persistente. Sente o ambiente quente, abafado e melancólico com as pessoas disputando espaço para ver o corpo do garoto de rosto angelical e desiste de se aproximar mais. Observa atentamente as pessoas e reconhece apenas os pais do garoto com base nas fotos publicadas nos jornais.

Érika volta para o corredor de circulação, olha de um lado ao outro e, finalmente, fixa-se na capela do cemitério onde vê um homem solitário em meio à chuva. O sujeito está usando roupas pretas, um guarda-chuva que lhe cobre o rosto e se mantém estático na parte mais alta da escadaria, sempre voltado para a área dos velórios.

Um homem esbarra-se na inspetora e ela gira o corpo rapidamente.

— Desculpe! — diz o sujeito apressado e segue em frente.

A morena franze a testa, mas não retruca. Acompanha o sujeito até ele desaparecer em meio à multidão e, então, vê um homem grandalhão no extremo oposto do corredor dos velórios. O sujeito está usando óculos escuros e uma capa plástica preta.

"Seu Lívio?!", pensa e caminha na direção do homem que gira o corpo e desaparece próximo dos sanitários.

A morena respira fundo e desiste de segui-lo. Está mais interessada no misterioso homem que viu próximo à escadaria da capela. Volta seus olhos para lá, mas não o vê. Procura em volta e acaba desistindo. Sua atenção agora é para um rapaz magrelo dos cabelos compridos e desgrenhados caminhando em direção à sala H. O jovem está vestindo uma capa plástica preta molhada, segura um capacete na mão esquerda e força a passagem para dentro da sala provocando certa agitação entre as pessoas que se sentem incomodadas com seu jeitão impetuoso.

A inspetora não o perde de vista e vê o rapazote se aproximar até tocar na alça do caixão sob o olhar atônito dos familiares, que parecem não reconhecer o jovem. O rapaz magrelo fixa-se no rosto angelical da criança e chora por breve instante. Da mesma forma que chegou, sai apressado e segue em direção à capela. Puxa o capuz plástico para cobrir a cabeça, aperta os passos e atravessa a rua de paralelepípedos correndo em meio à chuva fina. Sobe as escadarias e desaparece no interior da capela.

ψ

Um homem com roupas e sapatos sociais pretos entra na igreja segurando um guarda-chuva molhado. Ele caminha com rapidez e determinação pela lateral direita em direção ao altar-mor. O salão dos fiéis está praticamente vazio com apenas uma senhora visível e ajoelhada no genuflexório em frente ao altar. A nave silenciosa reforça o som das passadas firmes do homem e assim que ele alcança o corredor que leva à sacristia, outra senhora o interpela:

— Boa tarde, professor.

— Boa tarde, Dona Célia. Preciso falar com o padre Rosalvo. — retruca o homem e ajeita os óculos com a mão direita; está carrancudo e com jeitão de poucos amigos.

— Acho que o padre Rosalvo não vem hoje, professor. Ele foi rezar a missa de corpo presente daquele garotinho que se acidentou.

O professor franze a testa e torce a boca em claro sinal de desagrado.

— E o padre Humberto?

— Quem está aí na sacristia é o padre Lucas.

— Droga! — murmura e sai apressado.

ψ

Finalmente, o padre chega ao velório e prepara-se para rezar a missa de corpo presente. A multidão abre passagem e o homem entra na sala com um terço e uma bíblia em mãos. Cumprimenta respeitosamente os pais desesperados e se aproxima do caixão. Por instantes, observa o corpo do garoto coberto de pétalas de rosas, mas é o medalhão de São Bento ornando o corpo do garoto que lhe prende a atenção por instantes. O padre enrubesce e seu corpo estremece. Esforça-se para disfarçar a emoção. Faz o sinal da cruz e inicia o rito da celebração eucarística sem pressa e com muita intensidade na impostação da voz e na observância meticulosa do rito religioso.

A mãe está aos prantos, amparada pelo pai da criança que segura forte no caixão e chora silenciosamente. Há um clima de muita comoção entre amigos e familiares com a morte trágica da criança.

Quatro homens usando capas plásticas transparentes sobre os macacões cinza, aguardam o final da missa. A chuva fina não dá trégua e o vento insiste em borrifar água para dentro da capela, aumentando a agonia dos presentes.

Após ser oferecido o sacrifício eucarístico e a saudação da última despedida, as pessoas começam a sair da sala protegidas por sombrinhas e guarda-chuvas, abrindo, assim, espaço para os homens de macacões cinza conduzirem o caixão até o carrinho estacionado na área externa; o choro dramático e inconformado dos familiares toma conta do velório.

O padre gordinho veste uma sotaina preta e observa, consternado, a retirada do corpo da capela e a acomodação do caixão sobre o carrinho. Casualmente, seus olhos alcançam um homem do outro lado da via, próximo ao portal principal da capela: o sujeito está vestindo roupas pretas, inclusive um blusão de mangas compridas e capuz, sapatos pretos, chapéu preto, óculos escuros, empunhando um guarda-chuva preto peculiar. O homem aproxima-se da escadaria, isolado e distante das pessoas que se abrigaram na capela, encarando insistentemente o padre; ambos encaram-se por instantes.

A inspetora Érika também nota o homem alto de roupas pretas na escadaria, mas não consegue ver seu rosto. O padre, por sua vez, fica intrigado e preocupado com o olhar insistente do homem. Abaixa os olhos por instantes e os eleva novamente, mas o estranho some.

$$\psi$$

O jovem magrelo dos cabelos compridos desgrenhados acompanha o cortejo de longe. Caminha lentamente observando ora a procissão à sua frente, ora os jazigos e as imagens sombrias de anjos e santos que decoram o cemitério. Taciturno, o rapaz olha para o céu escurecido e sua mente revisita um passado longínquo do qual não consegue se libertar:

> O garoto magrelo encontra uma das bandas da porta de madeira dupla aberta, mas hesita em entrar. Excessivamente tímido, olha fixamente para o professor sentado à mesa no extremo oposto da pequena sala. Não sabe o que fazer; está trêmulo.
>
> O homem de camisa branca com mangas compridas, colarinho romano, óculos de aro largo preto, olhos verdes severos, pele rosada e bigodes fartos acena; o garoto entra, dá um passo à frente e o homem fala com autoridade:
>
> — Feche a porta!

Uma sequência de relâmpagos e trovões distantes o traz de volta dos devaneios. Sente o borrifar da chuva fina e persistente em seu rosto e volta a observar as discretas sepulturas sobre a grama verde. Cada vez mais soturno, passos lentos, o rapaz enfia a mão sob a capa plástica e sob o blusão de couro e apalpa o objeto enfiado entre a camisa e a calça jeans: o coração acelera. Confere o horário, encosta-se na lateral do muro e espera: observa o cortejo entrando por entre os jazigos enquanto novas lembranças lhe vêm à mente; sente náuseas, cospe no chão várias vezes e meneia a cabeça insistentemente.

ψ

Intrigado, o padre acompanha o final do cortejo ao lado dos familiares do garoto. É uma caminhada lenta sobre a pequena viela de paralelepípedos molhados e escorregadios. O chuvisco não cede, o tempo esfria e escurece rapidamente. As pessoas caminham juntas, encolhidas pelo vento frio; umas choram, outras rezam silenciosamente, mas a maioria apenas segue o cortejo preocupada em cumprir o ritual e escapar da forte chuva que ameaça desabar sobre a cidade.

O cortejo finalmente para em frente ao local do túmulo onde uma tenda improvisada cobre o jazigo aberto. Um forte lampejo e uma trovoada, que reverbera forte sobre o cemitério, dão sinais de que a tempestade está chegando. O tempo escurecido por nuvens cinzentas está piorando e as pessoas se mostram preocupadas e ansiosas pelo fim do funeral.

Os familiares e amigos arrodeiam a tenda enquanto o caixão é abaixado para dentro do túmulo. Mais um trovão ecoa no descampado, as pessoas instintivamente olham para o alto, o padre acelera a prece e os homens de macacão se apressam em fechar o jazigo. O padre, com o olhar fixo na sepultura, encerra a oração e faz o sinal da cruz. Levanta as vistas e vê o homem de preto com seu guarda-chuva exótico, distante, no alto da colina que dá acesso à catedral, a observar o funeral. O homem de sotaina preta estremece e mais uma vez faz o sinal da cruz.

Mais um forte clarão seguido de uma forte trovoada encerra a cerimônia melancolicamente; as pessoas dispersam-se aos poucos e o homem de preto desaparece por trás das árvores. A chuva começa a engrossar.

Érika, que se manteve afastada do cortejo, observa a rápida desmobilização das pessoas pressionadas pelo temporal. Procura pelo homem de preto, pelo outro homem com a capa plástica e acaba vendo o rapaz magrelo de cabelos desgrenhados correndo em direção à saída do cemitério. Volta sua atenção, mais uma vez, para os pais do garoto sepultado e os vê saindo ao lado dos avós e do padre gordinho. Pega seu rádio comunicador dependurado no pescoço, embaixo da capa plástica, e determina com autoridade:

— Me espera no portão principal, Negão!

A morena contorna a área dos jazigos por trás, para se livrar da pequena multidão que caminha na estreita ruela ao lado da capela, e vê o homem de preto na esquina da catedral observando a família do garoto.

"Quem é esse cara, hein?!", pensa e acelera o passo em direção ao homem.

O sujeito misterioso dobra à direita e desaparece atrás da capela; a moça corre em sua direção e usa detalhes em alto relevo da quina da estrutura arquitetônica da capela para apoiar a mão e fazer a curva rapidamente sem escorregar no piso molhado. Bate-se com outro sujeito e ambos vão ao chão.

— Droga! — esbraveja a moça; do chão vê o homem de preto entrar na área dos velórios e desaparecer em meio à multidão.

— Tá maluca?! — reclama o sujeito.

Érika levanta-se sem dar atenção ao homem com as calças sujas, esbravejando. Volta a correr até alcançar a área coberta e, com dificuldade, alcança a escadaria que desce para a rua lateral. Olha em volta à procura do homem, mas não o vê. Desce as escadas correndo, esbarrando e empurrando as pessoas e finalmente se detém no passeio da rua lateral. Olha de um lado para o outro, ofegante, mas é tarde demais.

— Merda! — esbraveja a moça e retorna pela escadaria em direção à área dos velórios.

Corre as vistas em volta e desiste. Por fim, acelera os passos pela rua de paralelepípedos em direção aos portões de ferro do acesso principal ao cemitério. Zecão está próximo à moto da moça, embaixo de um guarda-chuva. Ele nota a capa rasgada, os cabelos molhados e a respiração forçada da moça. Franze a testa e torce a boca.

— Aconteceu alguma coisa, Kika?! — questiona ele.

A moça coloca as mãos na cintura, respira fundo olhando em volta e confere as horas: são 17h20.

— Aparece lá em casa umas 20h30, Negão.

Érika senta-se na moto encharcada, coloca o capacete e olha para o amigo com uma expressão interrogativa estampada no rosto enquanto liga a moto.

O garoto aparece e a morena lhe dá uma moeda.

— Valeu! — agradece o garoto e sai correndo.

— Hoje ainda?! — pergunta Zecão.

— Daqui a pouco, Negão! — retruca ela com autoridade e acelera a moto; desaparece no trânsito engarrafado.

CAPÍTULO 36

O padre dirige o fusquinha pelo trânsito caótico com a intenção de passar pela paróquia, e assim o faz. Depois de alguns minutos circulando por ruas e avenidas alagadas e congestionadas, entra no estacionamento da igreja e manobra o veículo estacionando-o em uma das várias vagas disponíveis.

Chove forte, o que faz o vigário hesitar em sair do carro. Abatido, o homem gordinho respira fundo e confere o horário no relógio de pulso.

"Dezoito e quinze", pensa e comprime os lábios. "A missa deve estar no final".

Observa a chuva lavando os vidros já totalmente embaçados e decide sair. Pega seu guarda-chuva molhado sobre o tapete de borracha, lado do carona, abre-o parcialmente e destrava a porta do Fusca que fica semiaberta: recebe borrifos de água no rosto até conseguir abrir o guarda-chuva completamente. Bate a porta do carro e anda apressado em direção à igreja. Esforça-se para controlar a força do vento sobre o guarda-chuva e, ao mesmo tempo, evitar as poças de água no calçamento de paralelepípedos. Sobe os cinco degraus rapidamente e para no átrio em frente ao portal de entrada arfando; observa a igreja iluminada, com poucos fiéis assistindo a missa e meneia a cabeça desapontado. Gira o próprio corpo ficando de costas para a nave, respira fundo tentando recuperar o fôlego e fecha seu guarda-chuva. Surpreso, vê o homem de roupas pretas parado do outro lado da rua, segurando um guarda-chuva. Apesar da chuva forte, o sujeito, com o rosto parcialmente encoberto pelo capuz e pelas sombras da noite, mantém-se impassível junto ao poste da esquina.

O padre intrigado e temeroso sente o coração acelerar e as mãos ficam trêmulas.

"Meu Deus! Quem é esse sujeito, hein?!", pensa e entra na igreja.

Ajoelha-se rapidamente fazendo o sinal da cruz e contorna o local dos fiéis pela esquerda, indo diretamente para uma das portas laterais. Dá um passo em direção ao passeio e procura pelo homem do outro lado da rua, mas não o vê. Olha para trás, temeroso, e avança mais um passo à frente a ponto de receber borrifos da chuva insistente: procura pelo homem misterioso, sem sucesso, e retorna para a porta lateral. Fica ali parado com a mente fervilhando, olhando o vazio. Alguém toca-lhe no ombro. O padre assusta-se e gira o corpo rapidamente com os olhos esbugalhados.

— Hamm...

— Oi, padre.

— Jesus Cristo! — murmura. — A senhora quer me matar de susto, Dona Célia?! O que que a senhora está fazendo aqui a essa hora?!

Dona Célia, uma senhora morena-clara, magrinha, viúva, na faixa dos 55 anos, cabelos curtos pintados de preto, estatura mediana, de pouca conversa, trabalha na paróquia das 8h às 17h. A senhora carrancuda está visivelmente agoniada e retruca:

— O padre Humberto me pediu para esperar o senhor chegar.

O padre olha em direção ao altar-mor e só então percebe que é o padre Lucas quem está celebrando a missa.

— Onde está o padre Humberto?!

— Ele precisou sair e me pediu para esperar o senhor chegar.

— Sei...

— Ah, e pediu para o senhor ajudar o padre Lucas a fechar a igreja.

O padre franze a testa, mas assente.

— É que eu estou de saída, padre, e a missa já está acabando.

O padre assustado olha em direção ao presbitério, os fiéis estão de pé e o padre Lucas profere as últimas palavras da celebração.

— Tudo bem, Dona Célia, pode ir.

— Não se preocupe com o pessoal da limpeza. Eles vão estar aqui amanhã logo cedinho pra deixar a igreja prontinha pra missa das sete.

— Tudo bem. Boa noite, Dona Célia.

— Boa noite, padre. — a senhora despede-se e sai em direção ao portal principal com passadas curtas, mas rápidas.

A chuva finalmente dá uma trégua. O padre mais uma vez procura pelo homem do outro lado da rua e desiste. Então, parado no canto da nave, volta sua atenção para as últimas palavras do padre Lucas e dos fiéis:

— Aquele que, por sua morte, vos deu a eterna liberdade, vos conceda, por sua graça, a herança eterna.

— Amém!

— E, vivendo agora retamente, possais no céu unir-vos a Deus, para o qual, pela fé, já ressuscitastes no batismo.

— Amém!

— Abençoe-vos, Deus Todo-Poderoso, Pai e Filho e Espírito Santo.

— Amém!

— Glorificai o Senhor com vossa vida. Ide em paz, e o Senhor vos acompanhe.

— Graças a Deus.

Ψ

Os fiéis deixam a igreja em meio a um pequeno burburinho. O padre Lucas concentra-se na arrumação do altar sendo surpreendido pelo padre gordinho dos olhos miúdos que se aproxima visivelmente tenso.

— Está tudo bem com o senhor, padre Rosalvo?!

O padre respira fundo e assente.

— Tudo.

— O senhor parece ofegante. Tem certeza que está tudo bem?

— Confesso que a morte desse garoto, o Eduardo, me abalou, padre Lucas! Foi uma tragédia! Mas estou bem.

— É verdade, padre. E como foi o velório?

— Horrível!

— Imagino... Bem, padre, estou terminando de arrumar o altar e parece que os coroinhas já arrumaram a sacristia... Enfim, vou fechar o portal principal e vamos embora. Eu estou um caco e preciso descansar um pouco antes das orações.

— Tudo bem. Vou passar rapidinho no escritório e te ajudo a fechar a igreja.

Ψ

O padre entra no pequeno escritório e acende a luz. Seus olhos vão diretamente para a mesa de trabalho, onde vê a imagem de São Bento na lateral direita do tampo, ao lado da bíblia. Senta-se, respira fundo e benze-se ao lembrar do rosto do garoto dentro do caixão. Recosta-se por instantes na cadeira e lembra-se do estranho que parece segui-lo. Lembra-se, então, das ameaças de Deus e do Papa e fica ainda mais preocupado. Vai até a porta dos fundos e confirma que está tudo quieto e silencioso: à esquerda vê os muros da igreja e a avenida principal timidamente movimentada e à direita, os tonéis de lixo mergulhados nas sombras do pátio escuro. Temeroso, fecha a porta, apaga a luz do escritório e sai apressado.

ψ

Apesar da friagem e da forte umidade no ar, a chuva dá uma trégua. O estranho de roupas e luvas pretas, com um guarda-chuva na mão esquerda, está acomodado sob a marquise das lojas comerciais, do outro lado da rua, em frente à igreja. Quieto, ele observa o estacionamento sendo esvaziado e as luzes da paróquia sendo apagadas; o ponto de ônibus está vazio e a via de acesso, deserta. Confere as horas, são 19h25, fecha o guarda-chuva e atravessa a rua. Caminha pela pracinha parcamente iluminada com passadas curtas, sem pressa e se aproxima mais do estacionamento. Para ao lado de uma das árvores, protegido pelas sombras. Olha em torno de si, desconfiado, e volta sua atenção para a igreja. Instantes depois, o portal principal é fechado e isso faz com que o sujeito empertigue o corpo e abra o guarda-chuva com a intenção de proteger ainda mais o rosto encoberto pelo capuz.

Padre Rosalvo surge pela lateral direita da igreja acompanhado do padre Lucas e isso faz o elemento de preto hesitar; ele mantém-se atrás da árvore observando os dois padres andando juntos até que eles se despedem ainda no pátio interno: com um aperto de mãos, eles separam-se. O homem loiro dos cabelos escorridos e franja, agora vestindo uma capa plástica, sobe na moto estacionada próximo ao gradil e dá a partida sob o olhar triste e preocupado do homem gordinho dos olhos miúdos. O padre motoqueiro sai pelo portão principal e o padre Rosalvo cuida de fechá-lo com o cadeado.

O padre acelera a moto e rapidamente sai do estacionamento. O outro padre caminha em direção ao fusquinha estacionado próximo a uma das árvores. Começa a chuviscar e o padre acelera os passos sem perceber a presença do homem de preto escondido nas sombras, atrás de outra árvore. Enfia a chave na fechadura e percebe um dos pneus dianteiros furado.

— Droga! — esbraveja e olha em direção à saída do estacionamento à procura do padre Lucas.

Resmungando, termina de abrir a porta do carro, puxa a trava do capô e vai para a frente do veículo. Preocupado com a chuva e com o local deserto, apressa-se em abrir o capô. Curva-se para retirar o pneu estepe e após algum esforço, consegue puxá-lo e arriá-lo no piso do estacionamento.

Sente a respiração ofegante e respira fundo. Curva-se mais uma vez sobre o porta-malas para pegar a chave de roda e escuta passos atrás de si. Logo depois, sente algo duro encostar em sua cabeça.

ψ

Um estampido ecoa no pátio do estacionamento da igreja e o corpo do homem gordinho tomba para dentro do porta-malas do Fusca. O homem de preto abaixa o capô sobre o corpo inerte, agora trêmulo, e retira-se apressado do local. Caminha a passos largos em direção à marquise das lojas, do outro lado da rua. Está apressado e desajeitado com o guarda-chuva seguro na mão esquerda e a arma na mão direita. Desnorteado, olha de um lado ao outro, coloca a arma no bolso da calça e aperta os passos. Corre para atravessar a rua ao ver um carro se aproximando. Os faróis ofuscam o homem assustado: ele tropeça e cai. O carro freia bruscamente, a porta do motorista abre-se e uma mulher salta, trêmula, para ajudar o homem deitado no asfalto. Ele ajoelha-se na pista molhada e encara a mulher assustada nos olhos.

— Tudo bem, moço?!

O sujeito apavorado levanta-se e sai correndo em direção à marquise. Dobra à esquerda, corre mais alguns metros e dobra à direita dos prédios. A moça aturdida volta a si quando outro carro para ao lado. Ela vê o guarda-chuva do homem no chão e, por instinto, pega-o.

— Tudo bem, moça?! — grita uma voz masculina de dentro do carro.

Ela olha em direção à esquina, onde o homem de preto desapareceu, assente gestualmente, entra em seu carro e acelera.

CAPÍTULO 37

Apesar da noite fria e úmida, a chuva fina deu uma trégua. Lívio encosta a moto em frente ao sobrado, retira o macacão plástico, dobra-o e acomoda-o dentro de uma sacola de couro presa ao bagageiro. Deixa o capacete dependurado no guidão e vai até o portão de ferro, onde viu um botão de campainha abrigado dentro de uma caixa metálica. Diante do gradeado, observa a luminosidade nas estampas de vidro canelado da janela da sala e sente-se inseguro. Volta seus olhos para a rua pouco movimentada e iluminação precária e isso o deixa preocupado. Confere as horas no relógio de pulso, são 20h40, e finalmente aperta o botão da campainha. Instantes depois, a porta dupla de madeira envernizada abre-se e uma mulher morena, cabelos presos e franja, coloca parte do corpo para fora. Encara o homem grandalhão e o reconhece.

— Lívio!

O homem acena; a moça abre um sorriso largo, sai apressada e abre o portão de ferro.

— Você veio, amor?!

Lívio assente e abre um sorriso. Os dois abraçam-se e beijam-se ali mesmo, no passeio da rua.

— Me desculpe pelo horário, amor, eu sei que está um pouquinho tarde...

— Aconteceu alguma coisa?! Você está com uma cara horrível. — conclui a morena e puxa-o pelo braço para a varanda do sobrado.

Dona Núbia aparece na porta da varanda e Isadora faz as apresentações:

— Minha mãe, esse é Lívio... Lívio, essa é minha mãe, Dona Núbia.

— Prazer, Dona Núbia. — cumprimenta o homem com voz tensa e aperta a mão da senhora de olhar atento.

Dona Núbia sorri, desconcertada.

— Você não vai convidar o rapaz pra entrar, minha filha?

— A gente vai ficar aqui fora mesmo, minha mãe... pra gente poder conversar um pouquinho.

— Tudo bem. Com licença, moço. — Dona Núbia sorri, entra em casa e deixa a porta encostada.

Isadora fecha a porta e volta a abraçar o grandalhão abatido, que corresponde ardorosamente, enquanto comenta:

— Pensei que você não vinha mais... — desvencilham-se. — Senta um pouquinho, amor.

Lívio respira fundo e senta-se em uma cadeira de vime de dois lugares; a moça acomoda-se ao lado.

— Eu fui a um enterro no final da tarde e ainda estou meio atordoado.

— Enterro?! Alguém da sua família?

— Não. Foi o enterro de um garoto que se acidentou no sanitário. Não sei se você viu nos jornais.

— Meu pai comentou alguma coisa... Você conhecia esse garoto?!

— Na verdade não, mas uma série de coincidências com a morte de meu filho me fez acompanhar esse caso de perto.

— Coincidências?! Então é por isso que você está assim, tão abatido?!

— Pois é, acho que sim. Eu voltei pra casa depois do enterro e revirei a papelada que guardei sobre o que foi apurado na época em que meu filho cometeu o suicídio, e quanto mais leio esses recortes jornalísticos e laudos, me convenço de que meu filho sofreu algum tipo de abuso.

— Abuso?! Como assim, Lívio?!

— Bem, descobri que esse garoto, o Eduardo...

Ψ

A inspetora Érika está debruçada sobre o relatório preliminar do caso do garoto Eduardo quando escuta a campainha tocar. A morena franze a testa, confere as horas, são 21h06, levanta-se, empunha a pistola e vai até a porta. Confere quem é o visitante pelo olho mágico, abre a porta e ironiza:

— Errou o caminho, foi, Negão?!

O homem torce a boca e entra no apartamento, calado. Vai até a janela, puxa a cortina um pouco de lado e contempla o pátio onde estacionou o carro. A morena volta a sentar-se à mesa e coloca a pistola sobre as pastas.

— Conseguiu alguma coisa sobre a babá do garoto?

— Tem um cabra ali, Kika. — o grandalhão carrancudo aponta para o pátio. — Um motoqueiro... parado e olhando pra cá. — a voz tensa deixa a inspetora em alerta.

A morena afasta-se da mesa e esgueira-se pelo outro lado da cortina. Olha o motoqueiro de capacete: a moto está com o farol aceso e o motor ligado. Logo em seguida, aparece uma moça que monta na garupa, coloca o capacete e o motoqueiro arranca em direção à portaria.

— Relaxa, Negão!

— A coisa tá pegando, Kika. Com o capiroto solto por aí, não dá pra relaxar, não.

— Bem, diga aí, Negão. O que foi que você descobriu?

A morena senta-se à mesa. Zecão pega um bloco de notas no bolso do blusão, aproxima-se da mesa e aponta para as anotações.

— O nome da moça é Rosangela Rodrigues da Silva e ela é do interior, lá de Nazaré. Um camarada meu garante que a moça não apareceu por lá e o porteiro do prédio, onde o tal garoto morava, disse que viu a moça sair durante a confusão do entra e sai do pessoal do Corpo de Bombeiros e da civil. Segundo meu camarada, o Jorjão, o porteiro disse que ela estava com uma mochila e acompanhada de um homem. Pela descrição, é o Barnabé, da 46DP.

— O parceiro do Zanatta?!

— Isso mesmo. Parece que vai constar no inquérito que a moça pediu carona e ficou lá na rodoviária.

— Aquele sarará desgraçado deve estar mentindo! Se der uma prensa nele, o cara desembucha rapidinho.

— Parece que estão querendo abafar o caso, Kika! Tem gente grande interessada que o assunto não caia na mídia para não comprometer a imagem da igreja e dos padres.

— Comprometer a igreja?! Que merda é essa, hein, Negão?!

— Parece que a ordem é não envolver a paróquia que o garoto e a família frequentavam.

— Desgraçados!

— Bom, o fato é que ninguém viu a moça lá pela rodoviária, muito menos o Barnabé, que é figurinha marcada dos "lamparinas" de lá.

O grandalhão volta para a janela e olha desconfiado por entre a cortina. Érika respira fundo, levanta-se e também vai até a janela.

— Acho que vi a onça lá no cemitério. — comenta a morena enquanto corre os olhos pelo estacionamento.

— O quê?!

— Vi um cara estranho lá no cemitério. Acho que era o Zanatta. Não tenho certeza, porque o rosto estava encoberto por um guarda-chuva, mas ele estava elegantemente vestido de preto, camisa de mangas compridas pra dentro das calças, luvas... Bem almofadinha, que nem seu amiguinho.

— Amigo do cão! — retruca Zecão e vai até a porta da cozinha, na qual se encosta e cruza os braços.

— O cara parecia que estava acompanhando o enterro do garoto, mas sempre à distância. Tentei alcançá-lo, mas escorreguei e caí feito uma jaca mole. O desgraçado desapareceu no meio da multidão que estava lá na área dos velórios.

O grandalhão sorri.

— Ahn, então foi assim que você rasgou a capa de chuva.

Érika torce a boca.

— Vi também o pai daquele garoto que se suicidou em 69.

— O que que ele estava fazendo lá?!

A morena respira fundo e dá de ombros.

— Tem pizza em cima do fogão. Pega lá, Negão, e vem aqui que vou te contar essa história direitinho.

ψ

À medida que Lívio vai falando, Isadora mostra-se tensa e agitada. Levanta-se, puxa outra cadeira e senta-se de frente para o homem sisudo e de voz tensa.

Após alguns minutos de relato, Isadora comenta:

— Meu Deus, Lívio! Nem posso acreditar no que você está me dizendo. Quer dizer que seu filho estudou no Colégio Dom Pedro?!

— Sim, por quê?!

— Meu filho, o Elder, também estudou lá... e foi aluno desse professor Carbonne e do padre Rosalvo. Aliás, eu os conheci pessoalmente.

— Quer dizer que em 69 seu filho também estava lá no Colégio Dom Pedro?!

— Sim. Ouvi comentários sobre um aluno que se suicidou... mas o caso foi muito bem abafado e pouco se soube do que aconteceu... Meu Deus! Então era seu filho... E o Elder também tem um medalhão de São Bento, igual ao que seu filho usava, e igual ao desse tal garoto de nome Eduardo... Meu Deus, Lívio, será que meu filho também foi abusado por esses dois e foi por isso que ele relutava tanto em ir às aulas? E pra completar, se tornou um rapaz estranho.

— Como assim, estranho?!

Isadora está pálida. Levanta-se, confirma que a porta da sala está fechada e, então, volta a falar, sempre em tom baixo:

— Às vezes acho que Elder não se encontrou, sexualmente falando.

— Você comentou sobre isso lá em Ilhéus.

— Pois é. Ora ele demonstra interesse por meninas, ora por meninos, além do jeitão peculiar... Edinho vive trancado no quarto, pouco fala com a gente e seus amigos se resumem a três ou quatro colegas. As poucas vezes que tentei falar com ele sobre isso, ele se afastou ainda mais de mim.

— Isadora, talvez seu filho tenha passado por alguma experiência ruim com esse professor e com esse padre... E se ele falasse sobre isso, talvez a gente consiga que a polícia reabra a investigação. Hoje, conheci uma inspetora da polícia civil e ela está querendo reabrir o caso, mas precisa de algo mais concreto. Ela disse que foi pressionada a encerrar o caso lá em 69, e que a delegacia onde o caso foi tratado inicialmente não é confiável. Ou melhor, tem um inspetor que forçou a barra, provavelmente com o apoio do delegado, é claro, para encerrar o caso sem esclarecer os reais motivos do suicídio. Ela está fazendo uma investigação extraoficial e precisa falar com pessoas que não foram ouvidas na época. O seu filho poderia ser uma delas e talvez alguém mais que você se lembre. Um funcionário, alguém que possa ter visto alguma coisa e não tenha tido coragem de falar na época.

Isadora começa a andar de um lado para o outro, visivelmente nervosa. Lívio levanta-se e segura nos braços da moça.

— Me desculpe, Isa. Vejo que estou trazendo meus problemas pra você e isso não é certo.

Isadora abraça o grandalhão, olha em seus olhos e pondera:

— Lívio, eu estou envolvida nisso também. Só de pensar que todos os problemas que meu filho vivenciou e está vivenciando agora podem ter sido causados por esses dois professores, isso por si só me deixa muito revoltada. Realmente precisamos fazer alguma coisa e buscar uma punição pra esses caras... Vou tentar falar com Elder, mas acho que vai ser muito difícil dele concordar em falar sobre isso... Espera aí... Tem uma senhora que agora está trabalhando na mesma clínica que eu... Ela trabalhou lá no Colégio Dom Pedro e foi demitida. Ela ficou de me contar os detalhes da demissão e... agora... ligando uma coisa com a outra, acho que ela foi demitida na mesma época da morte do seu filho. Será que ela sabe de alguma coisa?

— Precisamos falar com essa mulher.

— Amor, Dona Maria não trabalhou hoje. Parece que alguém da família, ou conhecido dela faleceu, mas acredito que amanhã ela volte ao trabalho. Vou dar um jeito de conversar com ela e aí te ligo. Vou conversar também com Edinho... Por falar nisso, ele saiu à tarde e não chegou ainda.

— Isadora, assim que você conseguir falar com essa senhora, você me liga. Vou fazer o possível para estar em casa entre 11h e 14h. Tudo bem?

— Tudo bem, mas me faz um favor, amor... — pondera a morena com voz tensa e semblante abatido. — Me dá um tempo antes de falar com essa inspetora sobre meu filho.

— Tudo bem, não se preocupe com isso. Vamos nos concentrar primeiro nessa tal Dona Maria. Me dá um abraço forte agora, vai.

Os dois abraçam-se amargurados. Assim que se afastam, a moça nota um machucado no cotovelo esquerdo de Lívio.

— Você se machucou, amor?

O grandalhão instintivamente olha para o cotovelo e faz cara feia como se ainda sentisse dor.

— Não foi nada. Me ralei no muro da garagem lá de casa.

— E você não passou nada aí?

— Na verdade não tinha nada em casa, mas vou passar na farmácia e faço um curativo... Mas deixa isso pra lá e me dá outro abraço e um beijo.

Ψ

A inspetora Érika comenta sobre sua visita ao Colégio Dom Pedro e o encontro casual com o pai do garoto Lívio e por fim, após analisar o relatório sobre o caso do garoto Eduardo, conclui:

— Bem, esse relatório que você conseguiu com seu parceiro não faz nenhuma alusão ao fato do garoto ter ido à igreja na manhã do sábado, tampouco tem os depoimentos do padre Rosalvo e do tal professor Carbonne, ou mesmo de qualquer um dos funcionários da igreja. Por aqui — a morena aponta para uma maçaroca de papéis —, não foi feita nenhuma ligação do acidente com a igreja, nem com os padres e nem com a morte da tal senhora... — Érika folheia uma cadernetinha —, Dona Aurelina Dozanol Pereira, que era funcionária da igreja e trabalhou justamente naquela manhã em que o garoto esteve lá. Acho que você tem razão, Negão, estão tentando abafar o caso. A questão é: por que?!

— O que você pretende fazer, Kika?

— Se esse caso for encerrado assim, eu vou abrir o verbo lá na corregedoria.

— Tá louca?! Você vai fuder com o delegado.

— Vou falar com o delegado antes, pô. O cara parece ser sério, gente boa mesmo, mas se ele fraquejar...

— Que merda que a gente tá se metendo, viu Kika. Já tô sentindo o mau cheiro.

— Vê se você não cagou nas calças, pô! Vai afrouxar agora, é?

O homem levanta-se de rompante, de cara fechada, apoia-se com uma das mãos no ombro da morena carrancuda e com a outra, bate o dedo em riste no meio da caixa torácica da morena.

— A valentona aí é de carne e osso, hein?!

Érika desvencilha-se rispidamente e se levanta com a cara ainda mais enfezada.

— Vá bater esse dedão no peito da sua vó. Eu agora vou até o fim, tá ouvindo, Negão?! Custe o que custar. E se você quiser cair fora... — a morena aponta para a porta com o dedo em riste. — pode ir embora, que eu sei me cuidar.

O homem grandalhão aproxima-se da moça dos olhos faiscantes, testa franzida, olhar miúdo e desafiador e dá um murro na própria mão enquanto respira fundo tentando se acalmar.

— Cadê a pizza, pô? Quando eu fico irritado, o jeito é comer.

A morena relaxa e dá um sorriso contido.

— Eu também sou assim, Negão. Tem lá no forno... E tem cerveja também. Bora tomar uma?

— Bora!

ψ

Uma moto para em frente ao portão de ferro que dá acesso à garagem do sobrado e um jovem enfiado dentro de um macacão plástico preto e capacete, salta, abre o portão demonstrando nervosismo e entra manobrando a moto. Isadora levanta-se, Lívio também.

— É o Elder, Lívio.

O rapaz tira o capacete e olha atônito para o casal na varanda. Entra segurando o capacete na mão, cabelos molhados e desgrenhados e cara de assustado. A mãe apressa-se em falar:

— Edinho, meu filho, esse aqui é... Lívio. — o rapaz enruga a testa e olha atravessado para o homem. — Eu o conheci lá em Ilhéus.

Lívio estende a mão para cumprimentá-lo, mas o rapaz não é receptivo. Torce a boca, abre a porta com a chave que carrega na mão e entra sem falar uma só palavra: bate a porta. Isadora fica desconcertada.

— Me desculpe, Lívio. Essa é a primeira vez que Elder me vê com um homem aqui...

— Tá tudo bem, Isadora. — Lívio dá um beijo na testa da mulher estremecida. — É melhor eu ir embora agora.

— Me desculpe, amor.

Isadora volta a abraçar Lívio. Os dois beijam-se e, logo em seguida, o grandalhão vai embora.

CAPÍTULO 38

O telefone toca no momento em que Zecão se encosta ao lado da janela atraído pelo burburinho de adolescentes circulando no pátio em frente ao prédio. O grandalhão confere as horas, são 21h40, e encara a parceira com ar interrogativo. Érika torce a boca e olha para o aparelho sem disposição para atendê-lo, mas no terceiro toque, levanta-se com uma foto em mãos, na qual o padre Rosalvo e o professor Carbonne aparecem ao lado dos coroinhas.

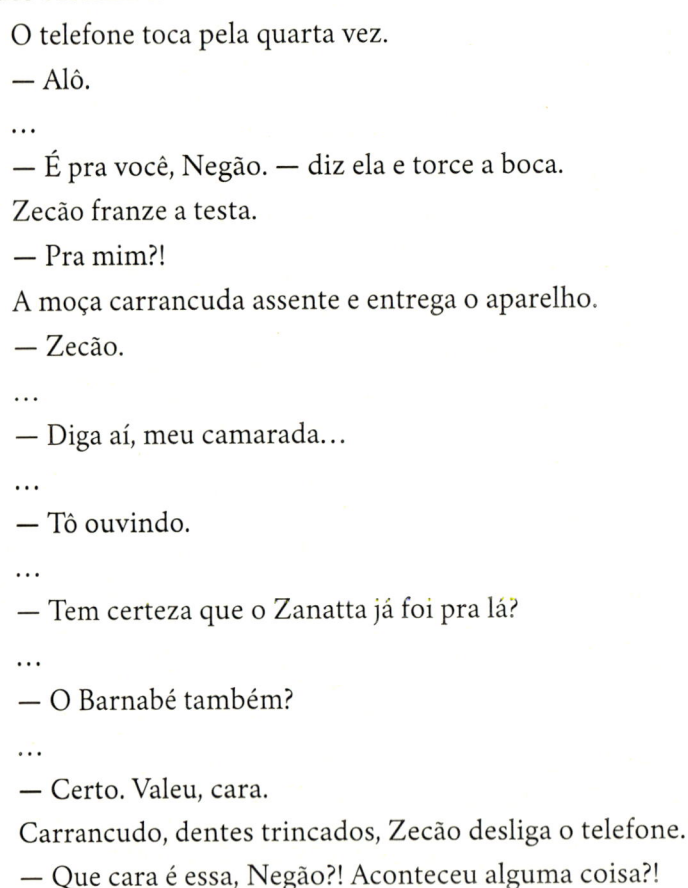

O telefone toca pela quarta vez.

— Alô.

...

— É pra você, Negão. — diz ela e torce a boca.

Zecão franze a testa.

— Pra mim?!

A moça carrancuda assente e entrega o aparelho.

— Zecão.

...

— Diga aí, meu camarada...

...

— Tô ouvindo.

...

— Tem certeza que o Zanatta já foi pra lá?

...

— O Barnabé também?

...

— Certo. Valeu, cara.

Carrancudo, dentes trincados, Zecão desliga o telefone.

— Que cara é essa, Negão?! Aconteceu alguma coisa?!

— O padre Rosalvo foi encontrado morto, próximo à tal igreja onde o garoto Eduardo tinha aulas para coroinha. Tudo indica que foi uma execução sumária.

A morena contrai as sobrancelhas e torce a boca.

— Já está confirmado que a vítima é o padre Rosalvo?!

— Sim. Não levaram nada do homem e ele estava com os documentos.

— Negão, vou trocar de roupas e a gente vai dá uma olhada nisso.

ψ

O entorno da igreja está movimentado com a presença de duas viaturas da polícia civil, uma da polícia militar e outra do Corpo de Bombeiros. As luzes azul e vermelha dos giroscópios refletem no piso molhado do estacionamento, criando uma atmosfera sombria no local com iluminação restrita. Um Chevette vermelho sinaliza para entrar no estacionamento e um policial militar, portando um fuzil preso ao corpo pela alça de segurança, faz sinal para o carro parar e se aproxima da janela do motorista. O homem acende a luz interna do veículo e mostra a credencial da polícia civil. O policial militar confere o documento, olha para a morena sentada no carona e ela apresenta o distintivo.

— Ok. — assente o policial e faz sinal para que eles entrem no estacionamento.

Zecão estaciona o veículo mais afastado das viaturas oficiais. Saem do carro com discrição e seguem com passadas curtas em direção à área isolada pela polícia. Enquanto caminham, Érika examina cuidadosamente a área em torno do ponto isolado. A igreja está fechada com todas as luzes apagadas e a iluminação do estacionamento está por conta de dois postes de iluminação pública; um sobre o passeio na lateral direita e outro sobre o passeio da frente. A morena gira o corpo e observa a área comercial do outro lado da rua, às escuras, e vê um vulto esgueirando-se nas sombras abaixo da marquise. Ela toca no braço do grandalhão e ambos param a pouco menos de 10 metros da área isolada pela polícia técnica.

— Acho que tem alguém lá do outro lado, Zecão. — diz a morena. — Tá vendo aqueles tonéis de lixo ali na esquerda… — ela aponta. — embaixo da marquise? Me dá cobertura, que eu vou dar uma olhada.

A morena atravessa a praça com passadas firmes e rápidas; Zecão aproxima-se de uma das árvores e de lá observa o trabalho dos policiais de um lado e a movimentação da inspetora cruzando a rua sem pressa. Érika aproxima-se dos tonéis e nota uma pessoa sentada sobre um papelão, enrolada em um cobertor esfarrapado. A inspetora retira a pistola do coldre axilar, confere a munição e segue com a arma empunhada discretamente. Assim que se aproxima, o homem, um senhor negro barbudo e grisalho, assusta-se e encolhe-se enrolado no cobertor. A inspetora faz sinal para ele não fazer barulho e mostra o distintivo da polícia. Guarda a pistola no coldre e se abaixa.

— Não tenha medo, senhor. Sou policial... O senhor viu o que aconteceu ali... onde estão os outros policiais?

O homem assustado, com olhos esbugalhados, meneia a cabeça negativamente, encolhe-se ao máximo e apoia o corpo na parede da loja.

— O senhor ouviu alguma coisa, um tiro, um grito, alguma coisa estranha?

O homem continua calado, negando gestualmente.

— Aqueles policiais que estão ali... — a morena aponta em direção à igreja. — certamente ainda não viram o senhor aqui e é melhor que o senhor converse comigo e não com eles. — murmura a inspetora.

O homem maltrapilho sente-se intimidado e fica agitado.

— Acho que ouvi um tiro, moça, depois vi um homem correndo. — a inspetora sinaliza para que ele fale baixo. — Ele caiu aí na rua e um carro quase atropelou o cara. A moça quis ajudar, mas o cara levantou rápido, saiu correndo e foi pra aquele lado ali. — explica o homem e aponta. — Depois apareceu outro carro, ouvi o homem perguntar se estava tudo bem... e os dois foram embora.

— E como era esse homem? O que caiu no asfalto.

— Ele estava com roupa escura, um blusão com um capuz sobre a cabeça e carregava um guarda-chuva na mão. Ele ficou um tempo naquele canto ali — aponta. —, com o guarda-chuva aberto, olhando em direção à igreja. Eu fiquei quieto aqui no meu cantinho, porque as pessoas não gostam de moradores de rua... principalmente à noite... E eu fiquei com medo do jeitão dele. Paradão, com a mão no bolso direito, parecendo que segurava alguma coisa. Fiquei com muito medo, moça. Depois ele fechou o guarda-chuva e atravessou a rua. Aí eu não vi mais nada. Depois eu escutei um barulho parecendo tiro. Aí eu só vi o homem cair na rua e depois sair correndo.

— Como é o nome do senhor?

— João.

— Seu João, precisamos conversar melhor, mas aqueles policiais ali não podem vê-lo ou vão querer detê-lo para interrogatório e temo por sua segurança. Vou levá-lo para um lugar seguro para conversarmos melhor. Tudo bem?

O homem assente. A inspetora empunha o rádio comunicador e diz:

— Negão, pega o carro, dá uma volta no quarteirão e me pega aqui junto aos tonéis.

ψ

Zecão olha em direção ao aglomerado de policiais sob o reflexo azul e vermelho dos giroscópios das viaturas e vê o inspetor Zanatta e o inspetor Barnabé conversando com um dos peritos e apontando para o corpo sobre o porta-malas do Fusca.

— Ok. — responde Zecão.

O grandalhão vira-se e anda calmamente em direção ao Chevette sem perder de vista os policiais militares na entrada do estacionamento. Entra no carro, mas hesita em ligá-lo, temendo chamar a atenção do inspetor Zanatta. Espera um momento e por sorte chega o rabecão. O veículo entra no estacionamento e estaciona em um ponto que dá cobertura ao Chevette. Um Gol da imprensa chega logo em seguida e Zecão aproveita a movimentação para ligar o carro e sair lentamente. Passa pelos policiais militares, acena e acelera o veículo na avenida. Entra na primeira transversal à esquerda e segue até a próxima esquina, onde, com cuidado, manobra novamente à esquerda. Volta a acelerar o veículo pela avenida principal e passa rápido ao lado da igreja. Zecão segura firme no volante com as duas mãos e divide sua atenção com os retrovisores, preocupado em não ser seguido. Continua em frente, passa pela sinaleira da rua onde estão os tonéis e entra na segunda transversal à esquerda. Segue em frente, invade a próxima sinaleira com cuidado e dobra à esquerda voltando em direção à igreja. Dirige devagar por mais duas quadras, farol baixo, dobra à esquerda e estaciona ao lado dos tonéis.

Dois outros veículos estão parados na sinaleira e um terceiro estacionou no lado oposto, onde curiosos começam a exigir uma ação enérgica da polícia militar. Érika aparece com o morador de rua, mantendo-o abaixado, Zecão abre a porta do carro, sai e o morador de rua entra, jogando-se no banco de trás. Outro carro aparece na rua e para ao lado do Chevette, contudo seus ocupantes estão focados na confusão do outro lado da rua. Zecão volta a entrar no carro, Érika contorna o veículo e entra pelo lado do carona. O sinal abre e os carros arrancam lentamente. O inspetor também dá partida no Chevette e cruza a avenida em direção ao acesso norte.

— Vamos pra onde, Kika? — questiona o homem carrancudo, ao mesmo tempo que olha para o espelho retrovisor interno; vê o homem barbudo e grisalho fitando-o com cara de assustado: o homem cheira mal.

— Vamos lá pra Buraquinho, mas se certifique que não estamos sendo seguidos, Negão. — orienta a morena com autoridade e olha para o banco de trás: o morador de rua está encolhido, visivelmente assustado.

ψ

Minutos depois, o Chevette para em frente a um portão de madeira, em uma rua de terra batida e iluminação precária. Os faróis jogam luz sobre o muro "chapiscado" e pintado de branco e refletem nos cacos de vidros colocados no topo da cerca. Dois cães latem insistentemente e avançam sobre o portão. A morena desce do veículo com uma pasta-arquivo em mãos e anda com cuidado para não pisar nas poças de lama. Os cães ficam agitados, latem, rosnam e pulam no portão.

— Quieto, Rambo! Quieta, Valentina! — vozeia a inspetora.

Os dois cães da raça Rottweiler, apesar de nervosos, calam-se. A moça abre o cadeado do portão e dá mais um comando de voz:

— Canil!

Os cães desaparecem na escuridão do terreno iluminado por uma única lâmpada acesa na varanda da casa. A moça abre os portões, o carro entra e Zecão o estaciona em frente ao varandão. O grandalhão salta e conduz o homem seguro pelo braço até a varanda. Érika abre a porta e os dois entram na sala escura. Zecão encontra o interruptor e acende a luz. Antes de entrar, a moça vozeia:

— Rambo... Valentina!

Os cães aparecem e a moça faz um afago nos dois animais de portes avantajados e pelos brilhosos. Entra na casa e fecha a porta.

ψ

Érika aponta para a pequena mesa de madeira rústica com quatro cadeiras e diz:

— Sente-se, Seu João.

O homem maltrapilho senta-se visivelmente apreensivo. Zecão mantém-se de pé, braços cruzados e cara enfezada. A inspetora pousa a pasta-arquivo sobre a mesa e se dirige ao mendigo:

— Seu João, vamos relembrar as coisas com calma. O senhor disse que viu o tal homem em pé olhando para a igreja. Como era esse homem? Alto, baixo, gordo, magro, branco?

— Alto e branco... quer dizer... estava um pouco escuro, moça, mas ele tinha barba e bigode... A barba era baixinha... — o homem gesticula, tenso.

— E os cabelos?

O homem meneia a cabeça.

— Não sei, moça. Ele estava usando aquele troço na cabeça... Não deu pra ver.

Érika mostra-se agitada. Levanta-se e caminha lentamente em volta da mesa. Zecão observa tudo de longe, encostado na porta do sanitário.

— E o tal carro que quase atropelou o homem? O senhor sabe que carro é esse? O senhor viu a placa?

Zecão meneia a cabeça lentamente; o morador de rua gesticula visivelmente nervoso.

— Moça, eu não vi a placa e... Eu não sei ler... Só sei que era uma Brasília marrom.

Érika para de andar, olha para Zecão e mostra-se prestes a explodir de raiva. Zecão sinaliza para ela ir com calma. A moça respira fundo e continua inquirindo:

— E a tal moça que tentou ajudar o cara... Como era essa a moça?

— Magrinha, cabelão preto, branca... Sei lá. — o homem levanta-se.

— O senhor não se lembra de mais nada, um detalhe... qualquer coisa a mais que possa ajudar a localizar esse assassino?

O homem olha para Zecão, depois para Érika e meneia a cabeça lentamente.

— Vamos repassar... — insiste a inspetora. — O homem fica em pé embaixo da marquise... roupas pretas... capuz sobre a cabeça... Ele usava luvas, Seu João? — questiona a moça e olha para o senhor maltrapilho.

— Não. — afirma o homem e volta a se sentar na ponta da cadeira.

A inspetora continua pressionando o homem:

— O tal sujeito estava com um guarda-chuva preto na mão esquerda... e estava com a mão direita no bolso, aparentemente segurando algo... É isso, Seu João?

— Isso.

— Ele usava sapatos ou tênis?

— Não sei, moça. Não me lembro.

A inspetora respira fundo, impaciente.

— O senhor ficou com medo ao ver o homem parado sob a marquise... aí resolveu ficar escondido atrás dos tonéis. Quando escutou o tiro... foi olhar e viu o homem correndo e cair na rua em frente aos tonéis... foi isso?!

O homem mantém o olhar fixo no piso e meneia a cabeça afirmativamente.

A inspetora continua com suas conjecturas:

— Um carro freia e uma moça desce... E aí, seu João?

— O sujeito deixou o guarda-chuva cair no chão e a moça pegou depois. — retruca o morador de rua.

— Como?! — a inspetora aproxima-se mais do senhor, encolhido na cadeira.

— É isso... O cara caiu e deixou o guarda-chuva no chão quando ele se levantou e saiu correndo. A moça pegou o guarda-chuva... Outro carro apareceu... O cara falou alguma coisa e os dois foram embora. Acho que a moça levou o guarda-chuva com ela.

— E depois, Seu João?

— Depois? Depois eu voltei pra meu canto e fui dormir. Acordei com a polícia chegando lá. Aí foi que eu fiquei escondido mesmo.

— Fez bem, Seu João. Nesse caso, o senhor fez muito bem em não dar as caras por lá. Agora quero que veja umas fotos. Como o senhor anda ali pela região da igreja, é possível que o senhor já tenha visto essas pessoas antes. — sugere a inspetora ao mesmo tempo que abre a pasta-arquivo e retira dois recortes de jornal.

Mostra os recortes e questiona:

— O senhor já viu esses dois homens antes?

O homem olha as fotos por um tempo e assente.

— Os dois? O padre e esse outro homem também?

O homem volta a assentir.

— Foi esse padre que foi assassinado, Seu João.

O senhor de bermuda e camisa encardidas benze-se.

— Esse outro homem... O senhor o viu recentemente lá na igreja?

O morador de rua volta a olhar para o recorte de jornal e meneia a cabeça negativamente. Érika olha para Zecão, testa franzida, e respira fundo.

— Tudo bem, Seu João.

— E o que eu vou fazer agora, moça?

— O senhor vai ficar uns dias aqui, pra sua segurança. Vou dar um jeito de colher seu depoimento oficialmente sem colocá-lo em risco, depois o senhor será liberado e vai para onde quiser.

Os latidos espaçados dos cães levam a inspetora até a seteira da frente. Ela abre a janelinha e vê um homem abrindo o cadeado. Zecão empunha a pistola e o morador de rua fica de pé, com os olhos esbugalhados.

— É Seu Antonio, o caseiro. É melhor o senhor não falar nada sobre esse crime... Certo, Seu João? — a morena olha severamente para o senhor. — Para sua segurança.

O homem assente e a inspetora abre a porta da sala. O rapaz branquelo usando bermuda, camisa branca de mangas curtas e sandálias de tiras de borracha entra na varanda e se dirige à inspetora:

— Boa noite, Dona Érika. A senhora num avisô que vinha.

— Eu não sabia que vinha, Seu Antonio. Chega à frente.

O senhor cinquentão, atarracado, mas forte, abre um sorriso largo deixando à vista a falta do canino superior esquerdo e entra na casa; os cães ficam nervosos, rosnam, mas permanecem sentados no chão arenoso.

— Esse aí é Seu João. — aponta a inspetora. — Ele vai ficar aqui essa semana, vai tomar um banho agora e quero que o senhor, Seu Antonio, empreste umas roupas pra ele. Amanhã cedo o senhor providencia comprar uma bermuda e uma camisa pra ele... e uma sandália também. À tardinha eu venho aqui e quero encontrar tudo certinho. Ajeita pra ele dormir lá no quarto de hospedes. Certo?

Seu Antonio coça a cabeça enquanto olha para o senhor malvestido, fedido, barbudo, cabelos desgrenhados e cara de assustado. Apesar da curiosidade aguçada diante da figura bizarra, limita-se a assentir.

— Veja se tem alguma coisa pra ele comer aí na geladeira, Seu Antonio... Se não tiver, o senhor providencia. — orienta a moça carrancuda.

Érika tira uma carteira de dinheiro do bolso frontal da calça jeans, separa algumas cédulas e entrega ao caseiro.

— Compre comida... pão, leite, ovos, carne... O que precisar. Tá na sua responsabilidade agora, Seu Antonio.

— Tudo bem, Dona Érika. — assente o caseiro e volta a encarar o mendigo dos pés à cabeça.

— Tudo certo, Seu João?! — questiona a inspetora.

O homem maltrapilho assente e abaixa as vistas. A morena recolhe os documentos deixados sobre a mesa e os guarda na pasta-arquivo. Passa as vistas na sala timidamente mobiliada, dá uma geral nos dois quartos, na suíte, no sanitário e, por último, na cozinha. Satisfeita com a arrumação da casa, ela sinaliza positivamente para Seu Antonio.

— Cuida de tudo aí, Seu Antonio, e não custa lembrar: em boca fechada não entra formiga. — reforça a moça, cara enfezada, e aponta para o morador de rua.

— Pode deixar, Dona Érika.

Por fim, a moça autoritária torce a boca e dá um tapinha nas costas do grandalhão de cara amarrada.

— Vamos embora, Negão.

ψ

Zecão dirige pela Avenida Paralela com a inspetora Érika calada e reflexiva.

— Você sabe que não pode manter esse cara na sua casa por muito tempo, não sabe?

— Negão, se o Zanatta estiver metido com esses assassinatos, esse mendigo corre risco de vida. Acho que se ele for colocado frente a frente com o assassino... ele pode fazer o reconhecimento.

— Merda, Kika! As coisas estão se complicando...

— Zecão, fale com seu camarada lá pra ficar atento e te avisar se alguma denúncia anônima surgir sobre esse assassinato e principalmente para o caso dessa moça resolver se apresentar.

Zecão respira fundo e meneia a cabeça insistentemente.

— Kika, como é que você vai resolver esse caso do mendigo, hein?

— Tô pensando, Negão. Vou dar um jeito de conversar com o delegado e pedir garantias de vida pra ele.

— Kika...

— Pô, Negão! Segura a onda aí, tá? Eu sei o que estou fazendo, pô!

CAPÍTULO 39

Terça-feira, 14 de janeiro de 1975.

O rabecão sai do estacionamento levando o corpo do padre Rosalvo, mas os peritos continuam trabalhando na cena do crime, apesar de prejudicados pelos chuviscos intermitentes. O inspetor Zanatta afasta-se do grupo e vai discretamente até o orelhão público, no passeio lateral da igreja. Olha em volta, vira-se, ficando de frente para o sítio da ocorrência, confere as horas, são 1h40, e faz uma ligação.

A chamada é atendida no quarto toque:

— Alô...

— Apagaram o gordinho safado, aqui na frente da igreja.

— O quê?!

— Mataram o padre Rosalvo, pô!

A linha fica silenciosa...

— Você ouviu o que eu disse?! Quem fez essa merda, Papa?!

— Como eu vou saber?! — reponde o homem com voz trêmula. — E como foi isso?

— Não tenho tempo agora para detalhes... mas o safado bem que mereceu. O problema é que isso vai chamar a atenção para a paróquia, merda. Não sei até que ponto posso controlar isso sem chamar a atenção da mídia. Primeiro a morte do garoto e agora a morte do padre, isso sem falar na faxineira.

— E o que eu faço?

Um silêncio segue-se enquanto o homem coloca mais uma ficha telefônica no aparelho.

— Alô. — soa a voz mansa e trêmula do outro lado da linha.

— Amanhã dois detetives da civil vão te procurar para fazer as perguntas de praxe. Você tem que agir como sempre agiu. Faça de conta que nada de anormal acontece ou aconteceu na paróquia, principalmente se o assunto for em direção ao garoto que se acidentou. Nada de detalhes. A coordenação dos coroinhas sempre ficou aos cuidados do padre Rosalvo e você não sabe de detalhes. Entendido? Aliás, você não sabe de nada!

— Certo!

— Merda! Quem mais queria acabar com a raça do padre Rosalvo, padre?

— Não sei...

— Por acaso você tem alguma coisa a ver com isso, meu amigo?!

— Não! Claro que não!

— Bem, pelo menos ficamos livres daquele babaca pervertido. — responde o homem e bate o telefone.

CAPÍTULO 40

Isadora chega cedo à clínica e vai direto para a copa-cozinha. Encontra Dona Maria preparando o café ao lado de uma moça esbelta e simpática a quem dirige um sorriso contido. A moça retribui da mesma forma.

— Bom dia, Dona Maria, meus pêsames! — diz Isadora. — Eu soube que alguém da família da senhora faleceu.

— Obrigada, Dona Isadora. Foi minha comadre.

Isadora comprime os lábios.

— Nossa, sinto muito! E como foi isso? Ela estava adoentada?

Consternada e preocupada, Dona Maria sai da copa e puxa Isadora para um canto do corredor, afastada da copeira.

— Pois é, até agora eu ainda não entendi direito o que foi que aconteceu, minha filha. O fato é que Aurelina foi assassinada e a polícia tá falando que minha comadre estava envolvida com tráfico de drogas, mas eu sei que isso tudo é mentira.

Isadora empalidece.

— Jesus Cristo! E aí, Dona Maria?!

— E aí que está todo mundo desnorteado e revoltado. Minha afilhada, a que encontrou a mãe morta, está à base de remédios lá em casa. A bichinha tá apavorada.

— Nossa! Sinto muito pelo que aconteceu. Se a senhora precisar de alguma coisa, é só falar. Se eu puder ajudar...

— Obrigada, Dona Isadora. Agora deixa eu voltar pru serviço.

— Dona Maria, eu sei que o momento não é apropriado, mas eu precisava muito conversar com a senhora. — Isadora consulta as horas no relógio de pulso, são 7h20. — Já está no seu horário de trabalho?

— Na verdade, não, minha filha, eu só pego às 8h. É que eu estou meio agoniada e resolvi adiantar as coisas.

— A gente pode conversar um pouquinho ali fora?

— Tudo bem, Alana termina de fazer o café. — responde Dona Maria; em seguida vai até a moça e dá instruções.

Alana assente com um sorriso e Dona Maria e Isadora se isolam em uma área restrita aos funcionários, nos fundos da clínica.

— Aconteceu uma coisa que me deixou muito preocupada, Dona Maria, e que pode ter a ver com o Colégio Dom Pedro, naquela época em que a senhora trabalhava lá...

ψ

Isadora e Dona Maria conversam rapidamente, mas o suficiente para deixar as duas absolutamente pasmas e preocupadas diante da gravidade dos fatos.

— O que a gente vai fazer, Dona Isadora? As meninas estão sozinhas lá em casa e depois do que a senhora me disse, a gente pode tá correndo perigo.

— Calma, Dona Maria. Lívio conhece uma inspetora da polícia que está tentando reabrir esse caso do suicídio do filho dele e a gente aproveita e fala sobre esse caso da sua comadre e das meninas.

— Eu tô com muito medo, Dona Isadora.

— Tenha calma, Dona Maria. Eu vou conversar com a enfermeira-chefe, explicar o que está acontecendo e a gente vai sair pra resolver isso. Tudo bem?

— Certo.

— Então volta lá pra copa-cozinha, deixa tudo organizado, que eu vou resolver isso.

ψ

Lívio acorda com o telefone tocando, mas hesita em se levantar devido à letargia advinda da noite mal dormida, na qual permaneceu remoendo os fatos que antecederam a morte do filho. Senta-se na cama e o telefone silencia após o terceiro toque.

"Droga!", pensa e esfrega o rosto; sente o corpo moído.

O telefone volta a tocar e ele finalmente atende a ligação.

— Alô!

— Lívio, é Isadora.

O homem desperta ao reconhecer a voz da moça e sente o coração acelerar.

— Isadora?!

— Consegui falar com Dona Maria, Lívio, e a coisa é mais grave do que a gente pensava. Ela está com muito medo e acho bom a gente falar com aquela tal inspetora de polícia o mais rápido possível.

— O que você descobriu?!

— Não dá pra falar por telefone, amor. Eu estou na Clínica Ortopédica do Campo Grande e, se você vier, eu dou um jeito de sair com Dona Maria. Já avisei aqui.

— Tudo bem. Eu vou localizar a inspetora Érika e dou um jeito de ir pegar vocês aí.

— Tá bom, então, amor. A gente está esperando. Tchau.

Lívio desliga o aparelho e sente que está trêmulo. Pega o cartão da inspetora na carteira e faz uma ligação para a delegacia. Após três chamadas, uma voz masculina atende:

— Delegacia de polícia, bom dia!

— Bom dia, preciso falar com a inspetora Érika.

— Ela ainda não chegou. É só com ela?

— Sim! Por favor, avise à inspetora que foi Lívio Leal quem ligou e que preciso falar com ela urgentemente. Diga que estou aguardando uma ligação.

— Tudo bem, senhor.

Lívio desliga o aparelho e liga para o outro número. O telefone chama insistentemente, mas ninguém atende. Irritado, o grandalhão bate o telefone no gancho e esbraveja:

— Merda!

Deixa o cartão ao lado do telefone e vai tomar um banho.

ψ

Érika entra na delegacia com a cara enfezada de sempre. Bate com o jornal no balcão e acena rapidamente para o policial da recepção. O homem abre um sorriso largo e imposta a voz:

— Bom dia, inspetora!

A moça entra na sala dos investigadores e caminha com passadas firmes em direção à sua mesa. Ouve galanteios perdidos entre o burburinho dos policiais e o ruído das máquinas de escrever, mas prefere ignorá-los. Joga o jornal sobre a mesa e vai para a mesinha do café. Enche meio copo de 300 ml e volta para sua mesa. Senta-se, toma um gole do café preto e relê a manchete da página policial: "Padre assassinado em frente à Igreja de São Benedito".

Um policial aproxima-se e dirige-se à inspetora:

— Bom dia, Érika. — a morena levanta os olhos e responde gestualmente. — Um tal de Lívio Leal ligou te procurando. Ele disse que era urgente e que estava esperando uma ligação sua. O cara parecia bem nervoso.

— Tudo bem, obrigada, Leo.

O policial bate uma vez no tampo da mesa e se afasta. A inspetora joga o jornal sobre a mesa, tira um bloco de notas do bolso interno do blusão de couro e o folheia rapidamente. Disca um número e, após o segundo toque, uma voz masculina atende:

...

— Bom dia, é Seu Lívio?

...

— É a inspetora Érika. O senhor me ligou?

...

O inspetor Zecão entra na sala e a inspetora sinaliza para ele se aproximar.

— Sei...

...

— E onde fica essa clínica, Seu Lívio?

...

Enquanto seu interlocutor explica, a inspetora faz anotações em seu bloquinho. O grandalhão senta-se à mesa e ela aponta para a notícia sobre o assassinato do padre.

— Nos encontramos lá, Seu Lívio, em aproximadamente 40 minutos. — afirma a moça carrancuda e desliga o aparelho.

Toma um gole do café e comenta:

— O pai daquele garoto que se suicidou em 69, Seu Lívio, ele encontrou duas pessoas que tem informações que podem ajudar a apurar responsabilidades tanto para o caso de 69, como para o caso do garoto Eduardo. Eu vou me encontrar com eles para avaliar melhor a situação. Não quero me precipitar.

— É bom mesmo, Kika, porque a coisa está se complicando. Parece que a imprensa já associou o caso do assassinato do padre com a morte do garoto Eduardo e com o assassinato da faxineira, a tal de Dona Aurelina. O elo em comum é a Igreja de São Benedito. Eles deixaram a pergunta no ar? Tem ou não tem relação?!

— Antes de responder a essa pergunta, precisamos entender as motivações para cada um dos crimes. Agora levanta essa bunda grande da cadeira e fica esperto. Quero saber quem é essa moça que ficou com o guarda-chuva do assassino.

O grandalhão torce a boca e se levanta.

— Meu parceiro tá de olho. Qualquer coisa, ele avisa.

— Então dá um tempo aqui enquanto eu vou me encontrar com Seu Lívio.

— Kika, quem você acha que poderia ter matado o tal padre?

A moça torce a boca e meneia a cabeça.

— O que eu posso te dizer é que não foi a onça. Pelo menos não pessoalmente. — garante a morena e sai com passadas rápidas.

— Tá de carro, Kika? — inquire o inspetor.

Sem reduzir as passadas ou olhar para trás, a morena limita-se a fazer sinal de positivo com a mão direita, punhos fechados e polegar em riste acima dos ombros.

CAPÍTULO 41

Às 9h50, Érika manobra o fuscão preto e encosta no meio-fio em frente à clínica ortopédica. Reconhece Lívio ao lado de duas mulheres; uma delas, a morena dos cabelos presos como rabo de cavalo e franja, veste calça jeans, uma blusinha de malha sem manga com listras pretas e brancas na horizontal e sandálias tipo plataforma; a outra, uma senhora negra, baixinha e gordinha dos cabelos presos com lenço branco, usa vestido estampado abaixo dos joelhos e segura uma bolsa preta de alça curta pressionada contra o corpo.

Érika liga o pisca alerta do carro, aciona rapidamente a buzina por duas vezes e abre a janela da porta do carona. Lívio olha em direção ao carro e a morena acena. O grandalhão aproxima-se da janela do carona e estende a mão para cumprimentar a inspetora.

— Bom dia, inspetora, estas são as pessoas que lhe falei, Isadora e Dona Maria.

As duas mulheres cumprimentam a policial gestualmente. Érika responde da mesma forma e comenta em tom baixo e tenso:

— Precisamos de um lugar tranquilo para conversar, Seu Lívio, antes de irmos para a delegacia. Estamos lidando com um caso encerrado e outro que está se complicando. Preciso me certificar de que temos dados consistentes para envolver o delegado e convencê-lo a reabrir o caso do seu filho.

— Pode ser lá em casa?

— Seria ótimo!

— Bem, eu estou de carro, então, nos encontramos lá no prédio.

— Tudo bem.

ψ

O clima na 42DP fica pesado. O delegado Romeu desliga o telefone visivelmente irritado. Levanta-se e corre as vistas pela sala à procura da inspetora Érika e do inspetor Zé Carlos, sem sucesso.

— Merda! — esbraveja.

O homem bem-vestido, com um terno impecável e gravata vermelha, sai da saleta e aborda uma das policiais que está digitando algo em uma máquina de escrever.

— Cris, você viu a inspetora Érika ou o Zé Carlos?

— Zecão está na sala de interrogatórios, Dr. Romeu. Parece que pegaram um olheiro no aeroporto.

O homem carrancudo mostra-se surpreso e suas feições ficam ainda mais tensas.

— Um olheiro, e por que não me avisaram?!

— Eles tentaram, mas o senhor estava ao telefone.

— Droga! Tem certeza que foi um olheiro lá do Aeroporto Dois de Julho?

— Bem, foi o que entendi. Eles estão na sala lá dos fundos. — responde a policial e aponta para o corredor ao lado da mesa do cafezinho.

Emburrado, o delegado dirige-se à sala do interrogatório e se depara com outros dois policiais na antessala. Cumprimenta-os gestualmente e passa a observar o interrogatório pela janelinha de vidro.

— Quem é o elemento aí?

— A gente estava de olho nele há uns 20 dias, doutor. Pegamos o cara aliciando um casal de jovens pra levar uma criança pra Montevidéu. O casal está na outra sala. Eles já abriram o bico, mas a história é a mesma de sempre e que a gente já conhece bem. Zecão está apertando o bacana ali pra ver se ele abre o bico.

O delegado volta a olhar para a saleta do interrogatório, mãos na cintura, puxando o paletó para trás, e meneia a cabeça lentamente, cético quanto à eficácia do interrogatório.

— Merda! Assim que o Zé Carlos terminar, diga que eu quero falar com ele.

ψ

O elemento está elegantemente vestido com terno cinza, camisa preta e gravata vermelha. Responde a maioria das perguntas com evasivas e nega veementemente que estava tentando aliciar o casal de jovens. Após as perguntas de praxe, Zecão foca em obter o nome do mandante. Ainda de pé ao lado do interrogado, espalha uma série de fotos de pessoas procuradas por crimes diversos, que vai desde tráfico de drogas até agenciamento de menores.

— Quero saber quem é o cabeça dessa operação, seu bosta! Você reconhece algum desses elementos?

O homem da cabeça lustrosa, rosto de traços marcantes, linhas retas, olha com desdém para as fotos e meneia a cabeça. O inspetor abre o blusão deixando à vista a pistola no coldre axilar e retira uma foto recortada de jornal da pasta que está sobre a mesa. Abre e mostra para o elemento. O sujeito engole em seco e meneia a cabeça negativamente. Zecão coloca outra foto ao lado do recorte de jornal, debruça-se, apoiando-se com as duas mãos sobre o tampo da mesa e expõe os fatos com voz tensa:

— Vou te contar uma coisa, seu cabeça de bosta. Esse sujeito aí, tô falando isso só entre nós dois... está promovendo uma verdadeira faxina. Você deve ter ouvido falar na senhora que foi executada lá na Baixa do Tubo, da babá que desapareceu na rodoviária, a tal que cuidava do garoto que caiu no sanitário e morreu, e do padre que foi assassinado em frente à igreja. Quem você acha que está fazendo isso, hein?! — o homem começa a transpirar. — Tá ventilando por aí que um tal de Deus está comandando a milícia e o tráfico de crianças... e está se livrando de quem possa prejudicá-lo. Vou cuidar para que ele saiba que você o dedurou. — o inspetor bate com o dedo sobre a foto recortada. — Será a sua palavra contra a minha, mas na dúvida, você acha que ele vai fazer o quê?

O interrogado, agora de olhos esbugalhados, meneia a cabeça freneticamente.

— Eu não sei de nada!

O grandalhão empertiga o corpo, respira fundo e guarda a foto e o recorte de jornal na pasta.

— Tudo bem! O senhor vai ficar preso no mínimo por cinco dias para as averiguações de praxe. Durma bem, meu caro! — ironiza o inspetor e movimenta-se até a porta.

— Espere!! — vocifera o homem amedrontado. — Se eu abrir o bico, eu sou um homem morto.

— Você já é um homem morto, cabeça de bosta! — retruca o inspetor e sai batendo a porta.

— Eu falo!! — grita o elemento desesperado.

ψ

Lívio, Isadora, Dona Maria e a inspetora Érika entram no pequeno apartamento, todos visivelmente tensos. Érika coloca a pasta-arquivo sobre a mesa e expõe a situação:

— Muito bem... como Seu Lívio já deve ter lhes dito, eu sou a inspetora que cuidou do caso do suicídio do garoto Lívio — ela olha para Lívio; ele abaixa as vistas. —, e confesso que fui pressionada a encerrar o caso sem esclarecer ao certo o que motivou o garoto a tomar essa decisão drástica. Mas, a bem da verdade, nunca abandonei esse caso por completo e estou disposta a forçar a reabertura dele se vocês me derem algo de concreto.

— Tem algo, Lívio, que Dona Maria relatou e me mostrou que preferi te falar aqui, na presença da inspetora. — confidencia Isadora com o semblante pesado. — É algo muito grave.

— Como assim?! — questiona Lívio. — O que a senhora sabe de tão grave assim, Dona Maria?!

Dona Maria empalidece e a inspetora aponta para uma das cadeiras da mesa.

— Sente-se aqui, Dona Maria.

Isadora providencia um copo d'água e enquanto a senhora se acomoda, Isadora volta a falar:

— E tem outra coisa, inspetora. Dona Maria é comadre daquela senhora que foi morta lá na Baixa do Tubo...

— Aurelina Pereira. — completa Dona Maria.

— Parece que a polícia está dizendo que ela está envolvida com tráfico de drogas — continua Isadora. —, mas Dona Maria garante que é tudo mentira e que poucas horas antes de ser assassinada, Dona Aurelina contou ter visto o padre Rosalvo e o professor Carbonne levar o garoto Eduardo, o que morreu na queda lá no sanitário, para a sacristia em atitude suspeita. E isso aconteceu no mesmo dia em que o garoto morreu.

— Meu Deus! — comenta Lívio, atônito.

A inspetora respira fundo e mostra-se preocupada.

— Tem certeza, Dona Maria? Isso é muito sério!

— Eu juro pelo que há de mais sagrado, dona.

Érika comprime os lábios e encara o grandalhão por alguns instantes. Então, pondera com autoridade que lhe é peculiar:

— Me conte primeiro o que a senhora sabe sobre esse caso da Dona Aurelina e do garoto Eduardo, Dona Maria, por favor.

— Naquela manhã de sábado...

ψ

Zecão volta a abrir a porta da saleta do interrogatório e encara o interrogado com cara enfezada.

— Muito bem, vou chamar um escrivão para colher seu depoimento. Conforme for, a gente dá um jeito de te dar alguma proteção.

ψ

Após o breve relato da senhora baixinha de sotaque cearense, a inspetora conclui:

— Isso que a senhora está me dizendo é muito grave, Dona Maria. A senhora viu esses tais papéis higiênicos?

— Não! Eu imagino que ela guardou em casa, apesar de eu ter aconselhado minha comadre a jogar tudo no lixo.

— Era importante ter essa prova material. De qualquer forma, vou verificar se os peritos encontraram alguma coisa nesse sentido.

— Eu não sou detetive ou coisa parecida — pondera Lívio. —, mas me parece que o assassinato de Dona Aurelina foi pra evitar que ela denunciasse o caso.

— Provavelmente, sim, Seu Lívio. Infelizmente, esse caso também está fora da minha jurisdição, mas vou conversar com o delegado e se necessário envolver a corregedoria da polícia. Bem, e quanto ao caso de 69? O que a senhora tem a dizer que possa me ajudar na investigação do suicídio do garoto Lívio?

A senhora levanta-se agitada. Aperta uma mão contra a outra e olha para Isadora. Seus olhos e expressões faciais pedem socorro.

— É preciso falar, Dona Maria. Se o que eu acho que aconteceu for verdade, esse homem tem que ser punido severamente.

Lívio também se mostra nervoso. Encosta-se na parede próxima da porta da varanda e cruza os braços.

— Eu sempre limpava a sala do professor Carbonne no final da tarde, porque ele tinha que estar presente. Aí, um dia... Era uma sexta-feira... Me lembro como se fosse hoje, eu bati na porta e o professor me mandou entrar. O telefone tocou e ele ficou em pé ao lado da mesa e eu vi que a calça dele estava suja... Tinha uma mancha no lugar do... — a senhora erubesce. — do negócio dele.

— Do pênis? — questiona a inspetora.

— É... Aí eu entrei no hall da cozinha e do sanitário e vi mais sujeira... Aquela gosma branca no chão do sanitário... e perto tinha uma foto de uma criança. — a senhora empalidece e olha para Lívio, que pressente o pior e puxa os cabelos para trás; olhos esbugalhados. — Aí eu guardei... Eu tava assustada e o professor me ameaçou falando pra eu ter cuidado com as coisas que se passavam na minha cabeça e com o que eu falava. Eu fiquei apavorada e na semana seguinte fui demitida.

— E a senhora ainda tem essa foto? — questiona a inspetora.

— Eu sempre carrego comigo, dona, na minha carteira. — confessa a senhora e abre a bolsa. Puxa o zíper de um compartimento lateral e retira um pacotinho plástico com uma foto 3x4 e o entrega à inspetora, já de luvas.

Isadora aproxima-se de Lívio e o abraça. Lágrimas escorrem dos olhos do grandalhão enquanto a inspetora retira a foto do plástico e a observa por alguns instantes examinando os dois lados da fotografia.

— É a foto do seu filho, Seu Lívio. — afirma a inspetora.

Lívio vira-se para a parede e se esforça para conter o choro. Isadora consola-o com afagos e depois se dirige à inspetora:

— Acredito que meu filho também tenha sido vítima desse monstro, mas não sei se consigo convencê-lo a depor, inspetora. Ele se tornou um rapaz problemático, antissocial, vamos dizer assim, e até hoje carrega consigo essa tal medalha de São Bento que o professor Carbonne deu para ele.

— Seria importante o depoimento do seu filho, Dona Isadora, apesar de que com essa prova material — a inspetora exibe a foto cuidadosamente segura pelas bordas. — e com o depoimento de Dona Maria, acredito que conseguirei reabrir de imediato o processo e indiciar o professor Carbonne.

— E o que a gente faz agora, inspetora? — questiona Isadora.

A morena de olhar severo e jeitão autoritário respira fundo e responde:

— Bem, eu vou até a 42DP conversar com o delegado e ver a melhor forma de colher o depoimento de Dona Maria e lhe dar segurança também, é claro. Para ela e as duas meninas. Sugiro vocês darem um tempo aqui enquanto eu resolvo isso. Pode ser, Seu Lívio?

O grandalhão assente gestualmente.

CAPÍTULO 42

A inspetora Érika retorna à delegacia por volta das 10h20, e encontra o delegado Romeu e o inspetor Zecão conversando reservadamente em uma sala protegida por divisórias metade-vidro e persianas abaixadas, porém com as aletas abertas. O delegado parece nervoso, gesticula bastante e se mantém de pé ao lado da cadeira; o inspetor, apesar de sentado à mesa, também parece agitado. Preocupada, encosta-se em sua mesa sem tirar os olhos da sala de reuniões. Uma policial aproxima-se e avisa:

— Érika, o delegado quer falar com você.

— Ahn... Certo. O que está rolando lá, Cris?

— Parece que pegaram um olheiro lá no Aeroporto Dois de Julho e o elemento resolveu abrir o bico.

— Tá de brincadeira?!

— Acho que o delegado e Zecão estão falando sobre isso.

A policial pisca um olho e volta para sua mesa.

Érika bate à porta e entra.

— Feche a porta, Érika. — ordena o delegado em tom severo. — Sente-se aí.

— Ouvi falar que pegaram um olheiro lá no aeroporto...

Zecão assente gestualmente, mas o delegado retruca rispidamente:

— Esse é outro assunto, inspetora. — o homem senta-se, acende um cigarro, traga e solta uma longa baforada. — Primeiro quero saber o que a senhora foi fazer lá no Colégio Dom Pedro inquirindo o diretor sobre um caso encerrado há anos. A primeira ligação que recebi hoje foi justamente do secretário. Que merda foi essa, inspetora?! — vocifera o delegado enfaticamente e esmurra a mesa.

A inspetora surpreende-se com a bronca e enrubesce.

— Consegui provas materiais e testemunhais de que a morte do garoto Lívio, lá em 69, foi motivada por abuso praticado por um professor e um padre que na época trabalhavam no Colégio Dom Pedro, delegado.

— Como é que é?!

— Isso mesmo que o senhor ouviu. E tem mais! A morte daquele garoto, o Eduardo, o que caiu no sanitário e morreu sábado passado, também pode ter sido motivado por abuso sexual praticado por esse mesmo professor e o mesmo padre. Aliás, o padre é o mesmo que foi assassinado no domingo passado... e posso apostar que tem relação com o assassinato daquela senhora lá na Baixa do Tubo. Acredito que esses crimes estão relacionados e a morte do padre e da senhora não passam de queima de arquivos. E sabe quem está investigando esses casos? O mesmo inspetor da 46DP que forçou a barra para que o caso do garoto Lívio fosse encerrado lá em 69, sem investigar a fundo a real razão do suicídio. É do inspetor Zanatta que estou falando, delegado.

— Você está sugerindo que o Zanatta está envolvido nesses crimes que a senhora relatou, inspetora Érika?!

— Veja bem, delegado, por hora quero que me ajude a reabrir o caso do garoto Lívio. Minhas testemunhas estão prontas para depor e a prova material, uma foto 3x4 do garoto com resíduos de sêmen do professor Carbonne, também está em condições de passar por perícia.

O delegado Romeu levanta-se. O homem está visivelmente tenso, tragando e soltando baforadas como uma "Maria Fumaça", mas se esforça para falar em tom mais brando.

— Muito bem, inspetora. Me explique em detalhes o que você descobriu.

Ψ

À medida que a inspetora Érika faz a explanação dos fatos, o delegado demonstra um misto de surpresa e preocupação, mas ouve atentamente fazendo poucos apartes. Zecão levanta-se e ouve o relato de pé, com os braços cruzados, encostado em uma das divisórias.

— Sei que os crimes estão na jurisdição do delegado Alfeu, Dr. Romeu, mas acho pouco provável que essas investigações em que o inspetor Zanatta está envolvido tenham um desfecho minimamente satisfatório. Tive, por exemplo, acesso ao processo da morte da faxineira, Dona Aurelina... — Érika consulta seu caderninho de anotações. — Aurelina Dozanol Pereira. Ela foi assassinada na madrugada da segunda-feira passada e, um dia depois, já existe um relatório preliminar do inspetor Zanatta apontando que a linha de investigação está voltada para briga entre quadrilhas por disputa de ponto de venda de drogas, enquadrando essa senhora, a Dona Aurelina, como traficante. Muito rápido e conveniente, não acha, delegado?! Com isso, ele tirou todas as atenções de cima da igreja onde o garoto Eduardo esteve no sábado pela manhã sob a tutela do padre Rosalvo e do professor

Carbonne. Isso justamente no dia em que o garoto morreu acidentalmente. Por que um garoto de 11 anos cai no sanitário e morre... assim... do nada? Talvez porque estivesse muito assustado... Não sei... E onde está a moça que levou o garoto para a igreja?! Ela simplesmente desapareceu, doutor. Ela estava com quem na última vez que foi vista? Com o inspetor Barnabé, parceiro do Zanatta, que disse tê-la deixado na rodoviária. Bem, já sabemos que a moça não apareceu em casa, na cidade de Nazaré. Se ela não está em casa... para onde a moça foi? E o que foi feito até agora para encontrá-la? Nada! Absolutamente nada, Dr. Romeu!

O delegado respira fundo e apaga a baga do cigarro no cinzeiro.

— A situação é realmente preocupante, inspetora, mas preciso de algo mais para abrir uma acusação contra o Zanatta e isso vai respingar no Dr. Alfeu.

— Que se dane o Dr. Alfeu! — retruca Érika.

— E o depoimento do olheiro, delegado? — questiona Zecão. — Ele reconheceu o Zanatta como sendo um dos chefões.

— Já lhe disse que esse depoimento não tem consistência, inspetor. Pô! Vai ser a palavra de um bandido contra a de um policial, e depois nós sabemos que o senhor pressionou o cara pra confessar.

— Ninguém encostou no cara, delegado. — rebate o inspetor. — Eu só dei um incentivo.

O delegado torce a boca em desaprovação às considerações do grandalhão e volta a se sentar. Acende outro cigarro, traga forte e solta a fumaça pela boca e nariz simultaneamente. Após breve instante de reflexão, olha firme para a inspetora e questiona:

— Essas testemunhas são confiáveis, inspetora?

— Pode apostar nisso, Dr. Romeu!

O homem traga mais uma vez, recosta-se e solta a fumaça lentamente pela boca enquanto parece refletir sobre o assunto. A mesa fica envolta em fumaça e a inspetora se mostra incomodada. Zecão anda de um lado para o outro em um eterno vaivém: o grandalhão está preocupado com o que está por vir.

Dr. Romeu apaga o cigarro esmagando-o no cinzeiro de vidro e se levanta apoiando as duas mãos sobre o tampo da mesa.

— Vamos fazer o seguinte — diz ele encarando Érika. —, me aguardem lá fora enquanto eu faço uma ligação.

A inspetora olha para Zecão e o grandalhão assente com um pequeno gesto. Os dois levantam-se.

— Tudo bem. — diz ela sem tirar os olhos do delegado e se levanta. — Esperamos lá fora.

Ψ

Érika e Zecão vão até a máquina do café e de lá veem o delegado falando ao telefone.

— Com quem será que o delegado está falando, hein, Negão?

— Só Deus é quem sabe, Kika! Mas concordo que essa merda toda vai respingar no Dr. Alfeu.

— Aqueles dois almofadinhas que se fodam! — conclui a morena e se serve de café.

Zecão também se serve e dá uma bebericada.

— E o cara que você levou lá pra sua casa? Você não disse nada sobre isso ao delegado.

— Na hora certa, Negão. Conhece aquela história do confio, mas não confio? — a morena diz isso e vai para sua mesa de trabalho, senta-se e recosta-se.

Zecão acomoda-se na cadeira em frente, olha de um lado para o outro, sala repleta e barulhenta, e questiona em tom baixo:

— Você não confia no Dr. Romeu?!

A inspetora torce a boca.

— Seguro morreu de velho, Negão!

Zecão olha ligeiramente em direção à sala do delegado e meneia a cabeça.

— Tem alguém em quem você confie, Kika?

A morena carrancuda dá um leve sorriso.

— Confio em você, Negão! Coloco minha vida em suas mãos.

O grandalhão fica sem palavras e olha para a inspetora com ar interrogativo.

— Érika e Zé Carlos, venham até aqui vocês dois. — vocifera o delegado mal-humorado de pé em frente à porta da sala.

Os dois inspetores entram na sala. O delegado aponta para as cadeiras em frente à sua mesa. Senta-se e solta uma baforada sem tirar os olhos da inspetora, que não se intimida.

— E então, delegado?

— Esse assunto que você me trouxe é muito grave, inspetora, e poderá envolver o Dr. Alfeu. É óbvio que não poderei conduzir uma investigação nesse nível sozinho, assim sendo, conversei com a delegada Gabrielle da corregedoria. Expliquei o caso e propus que ela acompanhe os depoimentos juntamente comigo. Se o caso for consistente, ela vai conduzir as investigações.

— Ótimo, Dr. Romeu!

— Então traga suas testemunhas para cá, agora à tarde. Vamos pegar os depoimentos e encaminhar a prova material para análise da polícia técnica. Se o que você me disse se comprovar, a corregedoria vai assumir as investigações e reabrir esse processo do garoto Lívio.

A inspetora respira aliviada, mas questiona:

— E o secretário?

— Vou ganhar tempo, inspetora, mas se notarmos que não temos nada de consistente nas mãos... — o delegado franze a testa e solta mais uma baforada de fumaça. — Bem, traga as testemunhas e as provas materiais, inspetora, depois a gente decide os próximos passos.

ψ

Pontualmente às 14h daquele mesmo dia conturbado, o delegado colhe os depoimentos de Dona Maria Albertina Cruz Sozza, de Isadora Lima Capaverde e de Lívio Fontenelle Leal. É um processo longo e exaustivo conduzido pela delegada Gabrielle Dias, uma loira dos cabelos curtinhos, olhos verdes e cara de enfezada. Após mais de quatro horas de perguntas e respostas, o dia escurecendo, Gabrielle levanta-se e sentencia:

— Não temos como ignorar os fatos aqui relatados, Dr. Romeu. A corregedoria vai assumir esse caso e vamos emitir agora mesmo um mandado de prisão preventiva contra esse tal professor Bento Souza Carbonne. Quanto à perícia da prova material, a sua equipe pode cuidar disso e me enviar o relatório o mais rápido possível. Amanhã cedo quero estar frente a frente com esse professor.

— E quanto ao inspetor Zanatta?

— Abriremos um processo na corregedoria, Dr. Romeu, para averiguar se houve algum tipo de desvio de conduta, vamos dizer assim, mas será conduzido por mim em total sigilo, é claro.

Dr. Romeu respira fundo e assente.

— É claro, Dr.ª Gabrielle.

— E providenciarei todas as garantias para a Dona Maria Sozza e as filhas. — afirma Gabrielle. — Ok?!

— Tudo bem. Ótimo!

CAPÍTULO 43

Quarta-feira, 15 de janeiro de 1975.

Pontualmente às 6h, duas viaturas da polícia civil e o carro do inspetor Zecão estacionam em frente ao prédio onde mora o professor Carbonne. É uma manhã de tempo firme, céu claro e temperatura amena. O interfone toca insistentemente até que o professor acorda sonolento, ainda sob o efeito do sonífero que vem tomando regularmente nos últimos dias. Pachorrento, vai até a cozinha e atende ao chamado:

— Alô.

— Professor Bento Souza Carbonne?

— Sim.

— Polícia civil, professor. Temos um mandado de prisão contra o senhor. Abra a porta, por favor.

O homem branquelo fica rubro e sente o coração palpitar mais forte.

— O quê?! — questiona o homem, agora trêmulo.

— Abra a porta, professor, ou entraremos à força.

O homem hesita e mil coisas passam em sua cabeça. Ainda sob efeito do sonífero, não consegue raciocinar direito. Uma segunda ameaça de invasão faz o homem abrir o portão eletrônico da entrada do prédio e ir para a sala de estar ainda de pijama. Olha fixamente para a porta sem saber exatamente o que fazer, até ouvir batidas fortes. Temeroso, abre a porta e ouve a voz de prisão:

— O senhor está preso, professor Bento Carbonne! — comunica o policial que lhe entrega o mandado.

O professor, agora pálido, lê o documento. Outros policiais entram no apartamento, incluindo a inspetora Érika e o inspetor Zecão.

— Coloque suas roupas, professor, vamos levá-lo para a delegacia da corregedoria da polícia civil para prestar depoimento. — ordena Érika com autoridade.

— Preciso de um advogado... — retruca o professor com voz trêmula.

— Lá na delegacia o senhor poderá fazer uma ligação para seu advogado ou para uma outra pessoa que possa ajudá-lo. Agora vista suas roupas e separe algumas peças para levar com o senhor.

O homem permanece estático, sem saber o que fazer e sem conseguir processar direito o que está acontecendo.

— Vamos logo com isso, professor! — vozeia Zecão. — Não temos o dia todo.

Carbonne gira o corpo e entra no quarto acompanhado do grandalhão. Os demais policiais, quatro deles, vasculham a casa à procura de provas que possam incriminar o homem. Minutos depois, uma policial abre uma das portas do guarda-roupa e comenta:

— Tem um cofre aqui, Érika. — diz a policial e carrega com dificuldade a burra de aço, acomodando-a sobre a cama.

O professor esbugalha os olhos; a inspetora Érika questiona em tom ríspido:

— Qual o segredo do cofre, professor?!

O homem volta a ficar rubro e gagueja:

— Eu não me lembro.

— Muito bem, levem o cofre para a delegacia. — determina a inspetora e vira-se encarando o professor visivelmente apavorado.

— Muito bem, professor, vamos embora.

Ψ

Na corregedoria, a Dr.ª Gabrielle sinaliza para a inspetora Érika acompanhá-la juntamente com outro policial que conduz o professor Carbonne até uma sala reservada. A delegada abre a porta, aponta para o aparelho telefônico sobre a mesa e diz, impostando a voz:

— O senhor tem até as 14h para conseguir um advogado, Sr. Bento Carbonne. Use aquele aparelho ali para fazer uma ligação. O senhor tem 10 minutos e depois o levaremos para uma cela provisória para aguardar o interrogatório.

O homem abatido olha para a delegada, depois para a inspetora. Entra na sala, a policial fecha a porta, e aproxima-se da mesa. Disca um número no aparelho telefônico e, instantes depois, identifica-se em tom baixo:

— Alô. É o professor Carbonne.

— Professor Carbonne?!

— Estou na delegacia da corregedoria da polícia civil… Fui preso… e preciso de um advogado.

— Sinto muito… mas nós não temos nada a ver com isso!

— Preste muita atenção, padre! Estou sendo acusado de abuso de menor... e preciso de um advogado urgentemente e sei que você pode me ajudar. Serei interrogado às 14h e preciso de ajuda, entendeu, padre?! O padre Rosalvo sempre me falava que o senhor podia ajudar... que éramos do mesmo time, se é que me entende.

— Eu não sei o que o padre Rosalvo disse, mas...

— Escute aqui, seu desgraçado, me ajude se não quiser se fuder junto comigo... Entendeu agora?!!

— Tudo bem!

— Preciso desligar. — conclui o homem da face rosada, agora pálido.

O homem desliga o aparelho, abre a porta da sala e a delegada se dirige à policial com autoridade:

— Pode levar o Sr. Bento Carbonne para a cela especial.

O homem é retirado da sala sob o olhar severo da inspetora Érika.

— A partir de agora é com a corregedoria, inspetora Érika. — explica a delegada. — O caso será conduzido em sigilo para não prejudicar as investigações. À tarde, colheremos o depoimento do Sr. Bento e aguardaremos o resultado da perícia da prova material para dar seguimento às investigações.

— Tem mais uma coisa, delegada. — diz Érika. — Tem uma pessoa, um morador de rua, que viu o assassino do padre Rosalvo. Ele afirmou que o homem era branco, tinha barba e bigodes, usava roupas escuras e blusão com capuz sobre a cabeça. Pelo que esse morador de rua disse, na fuga o assassino quase foi atropelado por um carro e deixou um guarda-chuva cair na rua. A motorista, uma moça, saiu do carro para ajudá-lo e recolheu esse guarda-chuva. Diante dos últimos acontecimentos, achei melhor mantê-lo afastado do inspetor Zanatta e da equipe dele. Posso trazê-lo aqui para que a senhora possa interrogá-lo oficialmente?

— Sim, claro. E onde ele está?

— Em um lugar seguro, doutora.

— Bem, vejo que você está bem envolvida nesse caso, inspetora Érika.

— Sim!

— Posso pedir para que você venha trabalhar conosco... por empréstimo, é claro. O que acha?

— Acho ótimo, Dr.ª Gabrielle, mas gostaria que o meu parceiro viesse comigo.

— Muito bem, vou conversar com o Dr. Romeu e conforme for, você já participa do depoimento do Sr. Bento, respondendo a mim, é claro. Outra coisa, a sua participação ficará limitada à apuração do caso do garoto de 69 e na apuração dos assassinatos, mas as investigações em torno das ações do inspetor Zanatta ficarão a cargo do meu pessoal e correrá em total sigilo. Vou cuidar para que seu parceiro venha junto com você.

— Ótimo, doutora.

— Então estamos entendidas?!

— Sim, senhora!

O telefone toca e a delegada se senta para atender. Faz sinal para que a inspetora aguarde.

— Alô, bom dia.

...

— Sei. — a delegada, faz anotações em um bloco de notas sobre a mesa e sinaliza para que a inspetora se sente.

...

— Aonde foi isso, Dr. Romeu?

...

— Tudo bem. Vou conversar com o Dr. Juarez para trazer essa moça para cá sob custódia. A essa altura do campeonato, receio que ela possa estar correndo risco de vida.

...

— Ok, obrigada.

A delegada desliga o telefone e faz outra ligação que é prontamente atendida.

— Dr. Juarez?

...

— Dr. Juarez, aqui é a Dr.ª Gabrielle Olivares, da corregedoria da polícia civil...

Ψ

Após uma rápida conversa com o Dr. Juarez, Gabrielle desliga o telefone e se levanta.

— Bem, você ouviu, Érika. A partir de uma denúncia anônima, a babá do garoto Eduardo, essa tal de Rosangela da Silva, foi resgatada com vida de um cativeiro em uma chácara próxima ao aeroporto. Pedi para trazê-la para cá e vamos mantê-la, juntamente com Dona Maria Sozza, sob proteção até essa história se esclarecer e a gente punir os responsáveis por esses crimes. A merda é que os caseiros dessa chácara foram mortos durante a invasão. — Érika franze a testa e torce a boca. — Acho prudente você trazer logo esse morador de rua para cá, inspetora. Vamos tomar o depoimento do homem e dar igual proteção a ele.

— Tudo bem, doutora. Vou providenciar isso.

ψ

Na 46DP o clima é de normalidade. Recostado em sua cadeira, o inspetor mantém um cigarro aceso na boca e folheia um relatório da perícia técnica. Bem-vestido com traje social fino, pernas cruzadas exibindo o sapato social preto-lustroso, o homem traga forte e solta a fumaça despretensiosamente enquanto lê. O telefone toca e o homem mal-encarado dá mais uma tragada e solta outra baforada de fumaça antes de atender.

— Inspetor Zanatta.

— Papa falando. É urgente.

O homem arrogante recosta-se na cadeira, tapa o fone com uma das mãos e olha desconfiado para os lados: a sala está movimentada e barulhenta.

— Ok. — responde e desliga o aparelho.

Carrancudo, apaga o cigarro no cinzeiro sobre a mesa, levanta-se, veste o blusão e sai da sala discretamente. Na recepção é abordado por um dos colegas.

— E aí, meu camarada, tá de saída?

— E aí, Pereira? Vou dar uma esticada nas pernas e já volto. — diz ele e sai da delegacia com passadas rápidas.

"Esticada nas pernas… Eu, hein!", pensa o colega e dá de ombros.

ψ

Apesar de ter um telefone público em frente à 46DP, Zanatta anda por dois quarteirões até o próximo telefone público. Coloca uma ficha e faz a ligação. Uma pessoa atende do outro lado da linha:

— Alô.

— Deus.

— Prenderam o professor Carbonne e o estão acusando de abuso de menor.

— Esse tal professor Carbonne é aquele que andava com o gordinho safado?

— Sim e ele quer que eu arranje um advogado pra ele.

— Esse homem sabe da nossa sociedade?!

— Não! Quer dizer, acho que não... mas ele falou que o padre Rosalvo disse que nós éramos do mesmo time, essas coisas... Não sei se ele falou sobre a sociedade.

— Desgraçado! Com certeza ele deve ter aberto o bico.

— Bem, ele me ligou em tom de ameaça. O que eu faço agora?

— Tudo bem, meu amigo. Vou conseguir um advogado até eu pensar em uma solução definitiva. Mas eu te avisei que aquele cara não era confiável. — conclui o homem enfezado e desliga o telefone.

CAPÍTULO 44

Sexta-feira, 17 de janeiro de 1975.

A sala da Dr.ª Gabrielle está agitada com as presenças do Dr. Romeu, da inspetora Érika, do inspetor Zecão, do Sr. Lívio Fontenelle Leal e da Sr.ª Isadora Lima Capaverde. Sisuda, a delegada fecha a porta e sinaliza para que eles se sentem à frente da mesa. Ocupa sua cadeira, respira fundo, abre uma pasta-arquivo que está sobre a mesa e folheia os documentos en passant.

— Bem, tenho aqui todos os depoimentos colhidos e um relatório preliminar da perícia técnica. Encontramos no cofre do professor Bento Carbonne um álbum fotográfico com várias fotos 3x4 de crianças aparentando ter entre 11 e 14 anos. Entre elas está a foto do seu filho, Dona Isadora. — a delegada encara Isadora por instantes; ela empalidece e abaixa as vistas. — E quanto à foto do garoto Lívio — a delegada olha agora para Lívio; o homem mantém os olhos fixos nela, apesar do semblante pesado. —, encontrado pela Sr.ª Maria Sozza... Nessa foto encontramos resíduos de material genético, esperma, e o teste de DNA comprovou que são do professor Bento Carbonne. Mas temos um longo caminho pela frente, senhores e senhoras. O professor Carbonne nega que tenha abusado de fato das crianças e que apenas colecionava as fotos dos garotos... que se sentia excitado ao vê-las... e que se masturbava, nada mais. O depoimento do seu filho, Dona Isadora, o rapaz Elder Capaverde, seria muito importante. Estamos trabalhando também para localizar onde estão as demais crianças, hoje já são rapazes, é claro... E depois, temos que convencê-los a depor contra o professor. O fato é que as fotos, por si só, não significam que elas foram de fato abusadas e há uma chance do homem se livrar das acusações sem os depoimentos.

— Meu filho está resistente a depor contra o professor, doutora. — explica Isadora. — Na verdade ele se recusa a falar sobre o fato. Acho que ele se sente envergonhado.

— Não podemos obrigar seu filho a abrir uma acusação contra o professor, Dona Isadora, mas isso pode ser decisivo para conseguirmos uma condenação. Sem esse depoimento é provável que o professor Bento

Carbonne pague uma fiança, responda ao processo em liberdade e talvez nunca receba uma condenação.

Isadora, visivelmente tensa e abatida, sente o peso da responsabilidade. Olha para Lívio e abaixa as vistas. Ele acolhe-a segurando em suas mãos.

— Em algum momento Elder vai perceber que precisa fazer alguma coisa e vai depor. — pondera Lívio. — Vamos dar um tempo ao rapaz.

— E essa ligação que o professor Carbonne fez para a paróquia São Benedito, doutora? — comenta Érika.

— Isso é algo que temos que investigar com cuidado, inspetora Érika. Aliás, qualquer coisa que envolva a igreja.

A inspetora franze a testa, mas não retruca.

— E qual é a relação do inspetor Zanatta com a Igreja São Benedito, doutora? — questiona o Dr. Romeu.

Gabrielle respira fundo.

— Dr. Romeu, particularmente, acho que o Zanatta e o pároco têm uma relação que vai muito além da religião, mas uma abordagem direta pode alertar nosso alvo e dificultar as investigações. E se lembrem que qualquer acusação que envolva um dos padres tem que ser muito bem articulada e fundamentada. Não queremos nos indispor com a alta cúpula da igreja, muito menos com o governador e o prefeito. Assim sendo, no tocante aos padres, vamos comendo pelas beiradas, com muito cuidado.

— E a relação entre o professor Carbonne e o padre Rosalvo Pyccio? O que vocês já descobriram? — volta a questionar o Dr. Romeu.

— O padre Rosalvo tinha um álbum com as mesmas fotos dos garotos que constavam do álbum do professor Bento Carbonne. Segundo o professor, os dois eram muito amigos e compartilhavam do mesmo gosto por fotos de crianças, mas que eles não as molestavam de fato. O assassinato do padre Rosalvo cria algumas dificuldades na investigação, aliás, esse é outro assunto pendente. Quem matou o padre Rosalvo e por quê?!

— Quer dizer então que sem os depoimentos do Elder e de outros rapazes que tenham sido vítimas do professor Carbonne, não vamos conseguir mantê-lo preso, é isso?

— Infelizmente, sim, Sr. Lívio. Mas por outro lado, com base nos depoimentos já colhidos de vocês dois — a delegada olha para Isadora. — e da Dona Maria, vou solicitar vistas aos processos que investigam os assassinatos da Sr.ª Aurelina e do padre Rosalvo e vou abrir uma investigação sobre o sequestro da moça Rosangela, a babá do garoto que morreu. Enfim, talvez encontremos algo mais que incrimine esse professor Bento Carbonne.

Soa uma batida à porta e uma policial entra.

— Desculpe-me, doutora, mas é que a Srta. Rosangela Rodrigues da Silva acabou de chegar.

Dr.ª Gabrielle levanta-se e dirige-se ao casal de forma cortês:

— Sr. Lívio e Sr.ª Isadora, peço que me aguardem um pouco lá fora. Vou ter uma conversa preliminar com a Srta. Rosangela e depois voltamos a nos falar.

Todos se levantam.

— Tudo bem. — diz Lívio; Isadora assente gestualmente.

— Zé Carlos, por favor, leve os dois para tomar um café. Dr. Romeu e inspetora Érika, fiquem, por favor. — diz Gabrielle.

Lívio, Isadora e Zecão saem da sala e a inspetora Érika e o Dr. Romeu voltam a se sentar.

— Traga a moça, por favor. — diz Gabrielle e serve-se com um cafezinho. — Vocês aceitam?

Dr. Romeu assente e a delegada repassa um copinho plástico com café. O delegado toma um gole e acende um cigarro.

A policial retorna com a moça e a delegada aponta para uma das cadeiras entre a inspetora e o delegado.

— Sente-se, Srta. Rosangela.

A morena magrela dos cabelos encaracolados curtinhos, abatida e com ar de amedrontada, senta-se e olha ligeiramente para a inspetora Érika e para o delegado Romeu.

— Aqui você está em segurança, Srta. Rosangela. — afirma a delegada. — Essa é a inspetora Érika e o delegado, Dr. Romeu. Está tudo bem com você, quero dizer... fisicamente, é claro?

A moça assente e abaixa as vistas.

— Srta. Rosangela, você poderia nos descrever o que aconteceu naquele dia em que o garoto Eduardo faleceu? Sabemos que você o levou para a aula na paróquia do bairro e que depois foi buscá-lo. A senhorita notou algo fora do normal?

A moça levanta as vistas ligeiramente, olha de soslaio para Érika e depois para o delegado e diz:

— Eu cheguei na igreja às 11h50 para pegar o Eduzinho e uma senhora que trabalha lá me disse que todos os garotos tinham sido liberados às 11h e que o Edu estava na sacristia com o padre. Pouco depois, o padre... um gordinho, não me lembro o nome dele, apareceu com o Eduzinho seguro pela mão. Achei o Edu meio estranho e o padre disse que tinha dado um medalhão de presente ao menino. Fomos embora, mas o Edu estava estranho... Ele parecia muito assustado. Não quis comer e foi para o quarto dormir. Eu falei que ia ligar para o pai dele, mas o garoto não quis, acho que é porque o pai não queria que ele fosse ser coroinha. Mas à tardinha eu liguei para Seu Roberto e ele pediu para falar com o Eduzinho. Fui chamar o garoto no quarto, mas ele estava no banho. Eu bati na porta do sanitário e disse que o pai dele estava no telefone. Só ouvi o grito do garoto falando "não" e depois o barulho da queda e de vidro quebrando... — a moça começa a chorar. — Pedi ajuda pelo interfone e quando abriram a porta do sanitário... ele já estava morto.

— Se acalme, Srta. Rosangela. — diz Gabrielle; a moça cobre o rosto com as duas mãos.

A inspetora Érika levanta-se, testa franzida e ar de preocupada.

— Vou pegar um copo de água.

A delegada abre uma pasta-arquivo, separa cinco fotos e mostra para a moça.

— Você reconhece essas pessoas?

Érika retorna com a água e entrega-a para Rosangela. A moça bebe um pouco e aponta para as fotos.

— Esse é o padre que trouxe o Eduzinho na saída. Esse homem estava lá quando eu cheguei pela manhã para deixar o garoto na igreja, esses outros dois padres, apesar de já ter visto eles lá na igreja, não estavam lá no sábado e este outro aqui, nunca vi antes.

— Tudo bem. A última pessoa que te viu antes do seu desaparecimento foi o porteiro do prédio e ele disse que você saiu em uma viatura da polícia com um homem que ele descreveu como sendo de cor branca, cabelos crespos duros cortados baixinho, lábios grossos e nariz chato. Por acaso foi este homem aqui? — questiona a delegada e mostra mais uma foto.

— Isso. Foi ele mesmo. Ele me deixou na rodoviária falando que eu deveria ir pra casa e que depois eu seria procurada para prestar depoimento. Ele me deu inclusive o dinheiro da passagem. Lá eu fui abordada por um casal... Eu estava atordoada com tudo o que tinha acontecido. Eles me convenceram a entrar em um carro falando que me levariam para Nazaré e depois eu apaguei. Quando acordei estava amarrada sobre uma cama em um quarto fechado.

A delegada mostra mais duas fotos.

— Você os reconhece?

— Sim. Foram eles que me abordaram lá na rodoviária.

— Tudo bem, Srta. Rosangela. Vou precisar que você repita tudo isso diante de um escrivão para que possamos abrir um inquérito para apurar responsabilidades. Neste ínterim vamos colocá-la sob proteção até as coisas se esclarecerem melhor. Vamos dar um jeito de você falar com seus pais, mas você não vai poder vê-los por agora. É para sua segurança. Tudo bem?

A moça aquiesce. A delegada levanta-se, vai até a porta e se dirige a uma das policiais:

— Ana, por favor, leve a Srta. Rosangela para uma das salas de interrogatório e sirva-lhe água e café. Daqui a pouco irei colher um depoimento.

— Tudo bem, doutora.

— Quem é o escrivão que está aí?

— O Carlos.

— Diga a ele que colheremos o depoimento da Srta. Rosangela em meia hora.

— Tudo bem, doutora. — responde a policial e sinaliza para que a moça a acompanhe.

ψ

A delegada Gabrielle pede para que Lívio e Isadora entrem, guarda os documentos dentro da pasta-arquivo e então comenta:

— Sr. Lívio e Sr.ª Isadora, vou intimar os pais do garoto Eduardo para um novo depoimento, mas para mim está muito claro que o garoto se assustou temendo algum tipo de pergunta invasiva ou mesmo uma punição do pai. Provavelmente o garoto se apavorou, escorregou e caiu no sanitário. A queda em si parece ter sido uma fatalidade. A babá, a Srta. Rosangela, atesta que o garoto voltou estranho da igreja, não quis comer e se recolheu ao quarto completamente apático. Diante do que já sabemos, sou obrigada a acreditar que o menino foi abusado e isso o deixou desorientado e temeroso em enfrentar o pai. Infelizmente não temos provas materiais e vai ser difícil condenar o professor Bento Carbonne sem os depoimentos de que já falamos.

— Não é possível que esse doente pervertido vá sair ileso! — pondera Lívio. — Duas crianças morreram, pelo menos outra, o filho da Isadora, convive com traumas psicológicos que afeta a vida do rapaz até hoje. Meu Deus... Alguma coisa tem que ser feita para punir esse monstro!

— Eu compreendo sua revolta, Sr. Lívio, e quero que saiba que faremos o possível para encontrar uma forma de tirar esse elemento de circulação e por isso mesmo que volto a reforçar: o depoimento do filho da Sr.ª Isadora é muito importante, assim como o depoimento de outras possíveis vítimas. Enfim, agradeço o esforço que vocês têm feito para ajudar a polícia.

Lívio e Isadora levantam-se.

— Eu custo a acreditar que diante de tantas evidências, esse animal possa ser solto nos próximos dias, doutora. — insiste Lívio.

Dr.ª Gabrielle, o Dr. Romeu e a inspetora Érika levantam-se e a delegada afirma em tom sério, mas com polidez:

— Faremos o possível para que isso não aconteça, Sr. Lívio, e caso consigam que o rapaz deponha, podem me ligar a qualquer momento. Tenham um bom dia.

CAPÍTULO 45

O clima na casa dos Capaverde anda tenso desde que Isadora prestou depoimento na polícia. Os pais posicionaram-se contrários ao fato de ela ter se envolvido no caso do assassinato na Baixa do Tubo e protagonizaram críticas severas à filha. No entanto, Isadora está decidida a levar o caso à frente e bate à porta do quarto do filho. O rapaz enfia o rosto no vão da porta entreaberta.

— O que foi, minha mãe?!

— Precisamos conversar um pouco, Edinho.

O rapaz fecha o semblante, faz muxoxo e afasta-se com a intenção de fechar a porta. Isadora segura-a com as mãos e coloca um dos pés de forma a impedir que a porta se feche. O rapaz vira-se de costas, vai para a cama onde se deita com a barriga para cima e cobre o rosto com o braço direito. Isadora entra, fecha a porta e senta-se na cadeira da escrivaninha. Respira fundo, dá uma olhadela no quarto, no caderno aberto sobre a mesinha e, então, comenta:

— Edinho, meu filho, o professor Carbonne está preso e pode ser solto a qualquer momento. Segundo a polícia, somente o depoimento da Dona Maria e a foto do garoto Lívio não são suficientes para garantir a condenação daquele animal pervertido. Ele insiste em dizer que nunca fez nada de errado com os garotos, que apenas colecionava as fotos e que... Não gosto nem de falar isso... Misericórdia... Mas que ele apenas se sentia excitado ao olhar para as fotos e que se masturbava... Enfim, se você sabe de alguma coisa que possa incriminá-lo...

Elder começa a chorar e vira-se completamente na cama ficando agora de lado, encolhido e de costas para a mãe.

— Meu filho, meu instinto de mãe diz que esse homem fez alguma coisa errada com você e imagino como deve ser difícil falar sobre isso... mas se não fizermos nada, ele vai continuar abusando de crianças e outras podem morrer, como aconteceu com Lívio e agora com o Eduardo. Tudo leva a crer que esses meninos foram abusados tanto pelo professor Carbonne, quanto pelo padre Rosalvo. Vamos cruzar os braços e deixar esse miserável depravado sair impune?!

Sem se virar, o garoto pronuncia-se com voz embargada:

— Eu já entendi, minha mãe. Me deixa sozinho, por favor!

Amargurada e preocupada com o filho, Isadora inclina-se para tocar no rapaz, mas desiste. Sente os olhos marejando e se levanta.

— Tudo bem, Edinho. Pense no que te falei e se você decidir depor... eu estarei sempre ao seu lado. Daqui a pouco eu devo sair com Lívio para encontrar com os pais do Eduardo. Estamos nos unindo para pressionar a polícia e, quem sabe, envolver a imprensa para dar mais visibilidade ao caso.

O rapaz vira-se de súbito, olhos vermelhos, semblante carregado e suplica com voz embargada:

— A imprensa não, minha mãe, por favor. Isso só vai me expor ainda mais. Por favor... Estou me sentindo muito envergonhado. Como eu vou encarar meus amigos?

Isadora senta-se na cama e finalmente abraça o filho depois de anos de afastamento. As lágrimas brotam em seus olhos e ela opina com voz embargada:

— Você não precisa ter vergonha de nada, meu filho. Você era só uma criança vítima de um maníaco sexual e eu tenho muito orgulho de você. Apesar do que você deve ter passado nas mãos daquele monstro, você é uma pessoa boa e sensível. Tenho certeza que seus amigos vão pensar a mesma coisa e vão te apoiar. Eu só não posso te prometer nada, porque tem outras pessoas envolvidas. O Lívio tem o filho que se suicidou e os pais do Eduardo também... Enfim.

— Minha mãe... eu quero depor, sim. Aquele homem fez coisas horríveis e eu tenho pesadelos até hoje. Eu tinha vontade mesmo era de acabar com a raça daquele desgraçado, minha mãe.

Isadora aperta o rosto do garoto contra o peito e ficam assim por breve instante: lágrimas brotam em seus olhos e escorrem pelo rosto; o rapaz fragilizado soluça.

— Eu estou muito orgulhosa de você, meu filho. Falar sobre isso e punir os responsáveis vai te fazer bem. Tenho certeza disso.

ψ

Por volta das 21h10, Roberto, um homem moreno de estatura mediana, cabelos ondulados penteados para trás, e Letícia, uma morena dos cabelos curtinhos, batem à porta do apartamento. Lívio apressa-se em atender. Confere o olho mágico, abre a porta e o casal entra após um breve cumprimento.

Isadora aproxima-se e cumprimenta-os com dois beijos no rosto. Luiza, a filha de Lívio, 20 anos, magrinha empertigada dos cabelos cacheados, sorri, dirige-se a todos gestualmente, mas não se levanta da cadeira.

Roberto e Letícia estão visivelmente abatidos com a morte recente do filho e ressabiados com a separação igualmente recente. Sentam-se no sofá de dois lugares, mas mantendo um certo distanciamento; Isadora senta-se à mesa, ao lado de Luiza; Lívio continua de pé.

— Como disse, Roberto e Letícia — expõe Lívio. —, acreditamos que seu filho tenha sido vítima de abuso sexual por parte do padre Rosalvo e do professor Carbonne. O padre Rosalvo, de uma forma ou de outra, foi punido. No entanto, o professor Carbonne, apesar de estar preso, pode ganhar a liberdade a qualquer momento.

— Esse assassinato do padre Rosalvo, meu pai, será que está relacionado com a morte do Eduardo?

Lívio dá de ombros e torce a boca.

— Não sei, minha filha.

— Eu nunca gostei dessa ideia de coroinha. — afirma Roberto. — Ouvi várias vezes falarem deles com certo preconceito, vamos dizer assim... como se os garotos fossem afrescalhados... coisas desse tipo. E de padres molestando os garotos também...

Letícia levanta-se nervosa, cobre a boca com as duas mãos e vai até a porta da varanda, emburrada. Roberto torce a boca e meneia a cabeça envergonhado com o que disse e se levanta.

— Me desculpe, Letícia. — retrata-se Roberto. — Eu não devia ter dito isso dessa forma. Eu sei que você não tem culpa de nada... Culpado são esses dois bandidos que se ocultaram atrás da igreja para se aproveitar da inocência e fragilidade das crianças.

— E por que vão soltar esse animal pervertido?! — questiona Letícia visivelmente amargurada.

Isadora aproxima-se de Letícia tentando acalmá-la. Roberto volta sua atenção para o comentário de Lívio:

— Bem, pessoal, a delegada entende que as provas colhidas até agora são fracas, mas tenho uma boa notícia e Isadora pode confirmar isso. Elder, o filho dela, vai depor — Isadora assente. — e creio que dificilmente o safado do professor Carbonne vai escapar de uma condenação. O problema é que a pena para esses casos é relativamente leve e seria necessário encontrar outras pessoas que tenham sido vítimas do homem para que as penas possam ir se somando e se tornem significativas.

— Vamos depor amanhã. — afirma Roberto. — Recebemos uma intimação para prestarmos novo depoimento na delegacia da corregedoria.

— Nós tentamos falar com a delegada agora à noite, mas não conseguimos. — esclarece Lívio. — Mas amanhã cedo vamos tentar agendar o depoimento do Elder para garantir que o professor não seja liberado neste ínterim.

— Você sabe qual é a pena para esse tipo de crime, Lívio? — questiona Roberto.

— Acho que de seis meses a dois anos de detenção. Para falar a verdade, não sei nem se cumpre isso em regime fechado.

— Mas que merda de país é esse?! — diz Isadora. — Quer dizer que o desgraçado abusa das crianças a tal ponto de levar os garotos à morte e fica tudo por isso mesmo?!

— Por isso é que a gente tem que se unir e não deixar isso acontecer. — pondera Lívio. — O primeiro passo vai ser o depoimento do seu filho, Isadora, para não deixar o safado ser liberado para responder em liberdade.

— A gente tem é que cortar a rola desse escroto. — diz Luiza de rompante.

— Calma, Lú. — retruca Lívio em tom repreensivo.

— Ela está certa, Lívio! — afirma Roberto. — Ele merece mesmo é ter a rola, os dedos, a língua... tudo arrancado. Aí eu quero ver.

Lívio respira fundo, comprime os lábios e meneia a cabeça tentando ordenar as ideias.

— Não vou falar que essas coisas não passam na minha cabeça, porque passam, mas vamos ter calma e trabalhar para punir os responsáveis dentro da lei.

— Minha mãe até hoje luta contra a depressão. — comenta Luiza. — A coitada vive à base de remédios, não sei como ela está conseguindo trabalhar. E o desgraçado aí, de boa. Se a gente bobear, o cara vai sair dando risada.

— Eu, particularmente — diz Lívio. —, acho que tem mais gente envolvida nesses abusos de crianças e é por isso que precisamos ter paciência, pessoal, e acompanhar tudo de perto para não deixar ninguém sair impune.

— Lívio tem razão. — afirma Isadora. — Vamos manter a calma, gente.

Lívio estende a mão para Isadora e os dois se abraçam. Letícia volta a se sentar no sofá e Roberto se desculpa mais uma vez.

— Tem café, gente — oferece Luiza. —, vocês querem?

— Eu aceito, Lú. — diz Letícia.

— Eu também vou aceitar um cafezinho. — responde Roberto e senta-se ao lado da ex-esposa.

CAPÍTULO 46

O Chevette preto entra na área do Jardim dos Namorados e estaciona ao lado de um trailer de lanches. São 23h40, noite de tempo firme, céu limpo e lua quarto-minguante. Um homem branco, de cabelos duros aloirados, lábios grossos e nariz chato, salta do carro exibindo uma corrente grossa com o distintivo da polícia civil sobre uma camisa quadriculada e aberta até a metade. O sujeito corre as vistas em volta, vários carros com casais de namorados estão estacionados sobre a área gramada, mas se fixa na viatura da polícia militar, na qual dois policiais estão encostados e conversando. O homem arrogante vai até o trailer, pede um cachorro-quente e come ali mesmo, sem pressa, enquanto observa a entrada e saída dos carros com os casais de namorados.

Duas motos com quatro motoqueiros usando capacetes e blusões pretos com emblemas dourados estacionam em um ponto afastado, próximo à pista principal, e esperam com as motos ligadas. Chega mais uma viatura da polícia militar que entra lentamente na área e estaciona ao lado da outra viatura. Quatro policiais saem do carro e juntam-se aos outros dois militares.

A noite está agradável com temperatura amena. O homem dos cabelos crespos e aloirados bebe um refrigerante, olha em volta mais uma vez, confere as horas e paga a conta. Volta para o carro, liga o Chevette acelerando forte por duas vezes, o motor ronca alto, e arranca em direção à Itapuã. As duas motos também aceleram e saem sem despertar suspeitas.

Com o toca-fitas ligado, som alto e vidros abertos, o homem dirige despreocupado pela avenida litorânea pouco movimentada e com iluminação precária. Distraído, não se preocupa com as duas motos que o seguem emparelhadas à distância. O Chevette para em uma sinaleira; um dos motoqueiros aproxima-se pelo lado esquerdo e para ao lado. O carona saca uma submetralhadora escondida sob o blusão e dispara contra o motorista, que morre sem esboçar reação. O motoqueiro acelera forte e a moto sai em disparada. Ato contínuo, a segunda moto aproxima-se e o carona acende um coquetel molotov e o joga no interior do carro; o motoqueiro acelera e a dupla sai em disparada enquanto o veículo arde em chamas.

CAPÍTULO 47

Sábado, 18 de janeiro de 1975.

Érika e Zé Carlos saem da corregedoria direto para o estacionamento. São 19h10 e a noite já tomou conta da cidade. Assim que se aproximam do carro, o grandalhão mostra-se preocupado.

— A coisa tá pegando, Kika. Esse caso aí do Barnabé... Pra mim não tem dúvidas. O cara ia ser intimado a depor no caso do sequestro... e apagaram o sujeito.

— Eu sei, Negão, e é melhor a gente ficar esperto pra não receber a galinha pulando. Mudo de nome se o Zanatta não estiver por trás disso tudo. Quiçá o delegado Alfeu também não está envolvido.

— Bem, o sujeito estava na delegacia na hora do crime, com o delegado plantonista e o escrivão.

— O malandro não ia sujar as próprias mãos.

Zecão respira fundo, abre dois botões da camisa e mostra o colete por baixo.

— Tá usando um?

— Não.

O grandalhão abre o porta-malas do carro e pega um colete.

— Coloque por baixo desse seu blusão aí, vai.

— Bom, seguro morreu de velho. — concorda a inspetora e enfia a pasta plástica com documentos dentro da mochila que está no porta-malas. Em seguida, retira o blusão de couro preto, o coldre axilar com a pistola e os acomoda sobre a mochila. Olha de um lado para o outro enquanto veste o colete, repõe o coldre axilar e volta a vestir o blusão preto. Confere a pistola e, então, dirige-se ao parceiro em tom de preocupação:

— Negão, vamos lá para o Orixás Center. É melhor a gente sair da rotina até a poeira assentar. Tenho uma amiga que vive viajando e ela tem um apartamentinho lá. Ela deixou a chave comigo, pra eu usar em caso de emergência.

— Orixás Center?! Legal... Bora lá. — assente Zecão e apodera-se da escopeta enrolada em um pano preto. Municia a arma, engatilha e passa para Érika.

— Se algum malandro encostar, passa fogo!

A morena dá uma última olhada no porta-malas e confere a munição da carabina novamente.

— Tem mais dessas vermelhinhas aí, Negão? — questiona a inspetora apontando para o porta-munição com quatro cartuchos calibre 12 preso na lateral da arma.

— Tem mais lá no porta-luvas, Kika.

O inspetor fecha o porta-malas e os dois entram no Chevette. Érika mantém a escopeta em mãos apontada para o teto do carro e o grandalhão coloca a pistola engatilhada entre as pernas. Liga e conduz o veículo lentamente até sair do estacionamento da corregedoria. Acelera na avenida.

ψ

A residência dos Dornatella está silenciosa e mergulhada em uma tênue penumbra, onde o som da televisão soa baixo, solitário e melancólico. Apenas a réstia de luz vinda da cozinha, onde Dona Clarice, mãe de Letícia, está lavando algumas louças, dá sinais de vida. Letícia jogou-se na rede estirada na varanda do apartamento e observa, apática, as imagens da novela Escalada.

A campainha toca, mas Letícia continua espichada na rede sem demonstrar a intenção de se levantar. A campainha toca pela segunda vez e Dona Clarice aparece. Olha para a filha deitada na rede, torce a boca, acende a luz da sala e abre a porta.

— Roberto?!

— Boa noite, Dona Clarice. Posso falar com Letícia?

A senhora hesita; Letícia senta-se na rede.

— Quem é, minha mãe?

— Roberto, minha filha... — retruca desconcertada. — Entra, Roberto.

Letícia levanta-se da rede, franze a testa e olha para Roberto interrogativamente. Ele entra, mas se estaca ao lado do sofá.

— Desculpe ter vindo assim, sem avisar... Foi só pra saber se está tudo bem com você, Letícia... Te achei muito abatida depois dos depoimentos lá na delegacia.

Letícia respira fundo, dá de ombros forçando um leve sorriso, mas não consegue encarar Roberto nos olhos. Encosta-se na porta da varanda com os olhos voltados para o piso.

— Tá tudo bem. — diz ela. — Não precisava se preocupar.

— Eu estou lá na cozinha. — comenta Dona Clarice e retira-se com passadas curtas e rápidas.

Roberto fica desconcertado, enfia as mãos nos bolsos da calça e comprime os lábios.

— Então, eu já vou. — decide o homem e gira o corpo na intenção de sair.

Letícia dá dois passos à frente e fala, de rompante:

— Espera!

Roberto segura na maçaneta da porta e olha para Letícia. Os dois encaram-se por instantes; o telefone toca...

— Fique um pouco. — diz Letícia com voz suave, apesar do semblante pesado.

O telefone volta a tocar; Roberto olha para o aparelho sobre a mesinha ao lado do sofá, mas logo em seguida escuta a voz de Dona Cecília atendendo na cozinha.

— Venha aqui pra varanda um pouco. — diz Letícia e retira a rede de um dos ganchos e a acomoda sobre uma das cadeiras de vime. Por fim, aponta e Roberto senta-se em outra cadeira.

Ela senta-se ao lado e comenta sem encarar o homem:

— Se eu tivesse te ouvido, nada disso teria acontecido.

Letícia emociona-se e sente os olhos marejando. Levanta-se, encosta-se no parapeito da sacada e fixa as vistas na avenida de vale.

Roberto levanta-se e aproxima-se da ex-esposa:

— Quando eu fui contra essa história de coroinha, a minha única preocupação era não ver Eduzinho se envolvendo com a igreja e depois inventar de seguir a vida religiosa, sei lá. Jamais pensei que ele pudesse vir a ser molestado... Você não tem culpa nenhuma, Leti. Você sempre foi uma pessoa religiosa, criada em uma família muito religiosa e era normal que você apoiasse o envolvimento de Eduzinho com a igreja. Eu é que sempre fui meio largado, apesar de crer em Deus, e não gosto de ver as pessoas com essa coisa... Sei lá... Tratando os padres como se eles fossem uns semideuses.

Letícia começa a chorar e cobre o rosto com as duas mãos. Roberto toca em seu ombro, consternado com o choro da mulher.

— Leti...

A mulher vira-se, com olhos vermelhos, lágrimas escorrendo no rosto, e encara o homem nos olhos. Os dois abraçam-se e ela desata a chorar compulsivamente.

ψ

Elder abre a porta do guarda-roupa e mais uma vez contempla as várias fotos da época do Colégio Dom Pedro e alguns recortes de jornal. Passa a mão sobre a camiseta e sente o medalhão que carrega consigo desde aqueles tempos. Fecha o guarda-roupa, retira o medalhão e encara-o pensativamente. Por fim, vai até a sala: Isadora e os pais estão assistindo novela na televisão.

— Minha mãe...

Os três viram-se com a abordagem inesperada do jovem tímido de poucas palavras.

— Vem cá no quarto. — completa o rapaz e dá meia-volta; a mãe segue-o, preocupada.

— O que foi, meu filho?

Elder encosta a porta e entrega o medalhão à mãe, que faz cara de interrogação.

— Vocês vão se reunir outras vezes para acompanhar as investigações sobre... — o rapaz abaixa as vistas. — A senhora sabe.

— Sim, Elder. Por quê?

— Eu quero ir com você. — afirma o rapaz e encara a mãe.

Isadora mostra-se duplamente surpresa com o filho. Olha para a corrente, cerra os punhos e então aquiesce com voz decidida:

— Claro, meu filho. Eu estou muito orgulhosa do que você fez hoje. O seu depoimento foi o primeiro passo pra gente punir aquele monstro e agora... se libertar dessa corrente...

Os dois abraçam-se, a campainha toca e Isadora se desvencilha carinhosamente do filho.

— Deve ser Lívio. Depois a gente conversa, tá?

O rapaz assente e Letícia se retira.

ψ

Lívio e Isadora vão para a varanda, abraçam-se, beijam-se e sentam-se na cadeira dupla de vime de onde contemplam a rua de tráfego modesto.

— Sabe o que aconteceu agorinha, pouco antes de você chegar?

— O quê?!

— Edinho tirou a corrente com o medalhão de São Bento e me entregou.

— Que bom! Parece que falar sobre os abusos e denunciar o professor fez bem ao rapaz.

— Pois é, e ele disse que quer participar das próximas reuniões que fizermos para acompanhar as investigações sobre o caso dos abusos.

— Ele, mais do que ninguém, tem direito a isso. Ele será muito bem-vindo.

Os dois voltam a se abraçar, trocam mais beijos em um breve momento de intimidade. Isadora recosta-se e mostra-se preocupada.

— Você acha que vamos conseguir manter o professor preso?

— Por ora, sim, mas é necessário que a polícia encontre os garotos das fotos e que eles se predisponham a falar.

— Quer dizer que existe a chance daquele monstro ser liberado?

— Infelizmente, sim. Mas a minha ideia é na próxima reunião propor alardear o caso na mídia. A polícia basicamente comenta sobre os assassinatos, mas praticamente nada foi divulgado sobre o caso do professor Carbonne. Acho que eles estão tentando abafar o caso para não expor a imagem do colégio e da igreja.

— Se aquele safado sair ileso, eu juro que mato o desgraçado!

— Ele não vai sair ileso, Isa. Ele vai ter que pagar de um jeito ou de outro.

ψ

Luiza está no quarto em frente ao espelho, escovando os cabelos compridos. A mãe entra e observa a filha toda arrumada: calça jeans estilo cigarrete super stone, tênis Topper vermelho e uma blusinha de alça, também na cor vermelha. Sobre a cama tem um blusão de couro preto e uma bolsa pequena de alça longa.

— Vai pra onde, Luiza?

— Vou sair com uns amigos, minha mãe.

— Sair pra onde?! Que amigos?!

— Oxe, minha mãe! Vou pra um barzinho ali perto do Clube Português.

— Olha lá, hein! Não vai encher a cara de cerveja.

A moça faz muxoxo e continua a escovar os cabelos. A mãe muda de assunto.

— Você acha que esse tal professor Carbonne vai continuar preso?
— O quê?!
— O pervertido do professor Carbonne vai continuar preso?!

Luiza vira-se para a mãe, testa franzida, olhar apertado e diz:

— É melhor que ele fique, viu minha mãe! Aquele desgraçado não vai sair de bonzinho nessa história, não.

— Acho bom mesmo, porque depois de tudo o que aconteceu... eu sou capaz de fazer uma besteira se esse homem sair da cadeia.

— Se acalme, minha mãe. Em vez de ficar aí pensando besteira, a senhora devia é parar de culpar meu pai pelo que aconteceu com Livinho.

Kátia engole em seco, semblante pesado, abaixa as vistas e se vira para sair do quarto. Luiza percebe que foi ríspida com a mãe e vai até ela.

— Minha mãe, venha cá e me dá um abraço bem forte. — as duas abraçam-se. — Desculpa. Eu te amo, tá?

— Você tem razão, minha filha. Não posso passar a vida inteira culpando seu pai por causa dos atos desse monstro pervertido. Você tem razão. — aquiesce Kátia e sai do quarto cabisbaixa.

Ψ

Zecão dirige sem se descuidar dos retrovisores. O grandalhão está preocupado em não ser surpreendido e dirige calado, focado principalmente nos motoqueiros com alguém na garupa. De tempo em tempo, reduz a velocidade do carro e dirige próximo ao meio-fio para se certificar de que não estão sendo seguidos. Érika também está preocupada e reflexiva. Repassa mentalmente os casos de assassinatos, o sequestro, o caso do abuso sexual sofrido pelo garoto Lívio e o possível abuso do garoto Eduardo. Fica agitada, ajeita-se no banco do carro e confere mais uma vez a escopeta. De vez em quando mexe com as mãos como se estivesse conversando.

Zecão nota a agitação da colega, mas prefere continuar calado e focado no trânsito. Minutos depois, o grandalhão estaciona o Chevette no último piso do estacionamento do Orixás Center. Salta do carro com a pistola na mão, olha para o alto tentando ver o último andar do prédio redondo e vai até o fundo do carro. Érika desce e fica encostada na porta aberta com a escopeta em posição de tiro: vasculha o local correndo os olhos em volta.

O grandalhão abre o porta-malas, enfia a pistola na cintura, olhando de um lado para o outro, pega a mochila da morena e a coloca nas costas. Retira uma sacola comprida e arredondada, pousando-a no piso, e fecha o porta-malas. Segura a sacola com a mão esquerda, empunha a pistola com a direita e vai até o beiral da mureta de contenção do estacionamento: olha desconfiado para a avenida de onde vem o som de música alta e se impressiona com o movimento de carros e pessoas na frente do centro comercial.

— Merda!

Érika bate a porta com força. Zecão vira-se e meneia a cabeça em desagrado. A morena enfia o cano da escopeta entre a calça jeans e o corpo, cobre a arma com o blusão e fala com autoridade:

— Vamos nessa, Negão! — diz e segue em direção ao hall dos elevadores e escadas; Zecão vai atrás mantendo a pistola empunhada próxima ao corpo.

Assim que entram no hall, o grandalhão enfia a arma no bolso da frente da calça e a cobre com o camisão florido. Entram em um dos elevadores e Érika aperta o botão do 12º andar. Os dois sobem calados, com o olhar fixo nos pequenos números vermelhos exibidos no display acima da porta.

Instantes depois, a porta abre-se.

— Apartamento 12013. — murmura a inspetora sisuda e segue para a direita contornando o corredor arredondado.

Zecão vem atrás com a mão direita sob a camisa segurando a pistola. A morena para em frente à terceira porta, retira a penca de chaves no bolso da calça e tenta encontrar a que abre a porta do apartamento. Zecão não tira os olhos do corredor vazio. Vai até a mureta de proteção e olha pelo fosso central. Primeiro para baixo e depois para cima: avista o céu escuro ofuscado pela luminosidade da cidade. Uma porta abre-se do outro lado do fosso, um casal de jovens sai do apartamento, despede-se do outro casal e segue em direção aos elevadores. A porta volta a se fechar e o casal para em frente ao elevador. Conversam e dão risada sem notar a presença dos policiais.

Érika abre a porta, recebe o bafo quente com cheiro de mofo no rosto e faz cara de nojo. Por fim, acende a luz da sala.

— Bora, Negão!

Os dois entram, Érika fecha a porta, Zecão joga a sacola no chão e entra no quarto com a arma em punho.

Acende a luz, aproxima-se da cama e comenta ironicamente:

— Tem uma cama de casal aqui, Kika! Dá pra dormir de conchinha.

— Liga pra sua mãe, Negão!

— Ôhhh... Olha a ignorância, pô. — responde o grandalhão enquanto abre as duas portas do guarda-roupa. Passa os olhos nas roupas e bugigangas e fecha as portas. Observa a penteadeira repleta de perfumes e material de maquiagem, pousa a mochila sobre a cama e sai do quarto.

— Tem certeza de que mora alguém nesse lugar abafado cheirando a mofo?!

Érika vem saindo da cozinha.

— Anita passa mais tempo viajando do que aqui, pô... E na geladeira só tem água.

Zecão torce a boca.

— Que legal! Eu adoro água.

— Tem erro não, Negão. Tem uma lanchonete lá embaixo. Anita disse que é só ligar que eles mandam trazer aqui.

— Ligar?

— Pelo interfone, pô! — responde a morena e volta para a cozinha.

Ao lado do aparelho tem uma lista de números. Ela encontra o da lanchonete e disca.

...

— Boa noite. Tá saindo o quê de lanche?

...

— Um momento, por favor.

A morena tapa o fone com a mão e fala com o grandalhão:

— Hambúrguer, cheeseburger, misto quente...

— Hambúrguer com batata frita, cerveja e refrigerante. — responde sem hesitar.

— Dois hambúrgueres com batatas fritas, duas Brahmas e duas Coca-Colas.

...

— Apartamento 12013.

...

— Ok. Obrigada.

Zecão vai até a janela da sala, abre a cortina, em seguida abre a janela e recebe uma brisa fresca no rosto que invade e areja o pequeno apartamento.

— Cacete! — respira fundo. — Melhor assim, pô!

— Sabe de uma coisa, Negão, acho que aqueles padres lá da igreja estão envolvidos com esses abusos de crianças. Pelo menos o tal do padre Humberto, o responsável pela paróquia. Ele já foi visto várias vezes conversando com seu amigo lá, o Zanatta.

— Amigo do cão!

— Mas a delegada tá cheia de dedos para investigar os padres. Fica com essa história de ir comendo pelas beiradas e não resolve porra nenhuma.

— Ninguém quer se envolver com a igreja, Kika.

O grandalhão pousa a pistola sobre a mesa e volta para janela. Encosta-se no beiral de costas para a rua e cruza os braços. A inspetora aproxima-se carrancuda e comenta:

— Acho que temos que dar uma prensa nesse padre Humberto, Negão. Como é que uma criança é abusada na sacristia da igreja e o responsável não sabe de nada?

— Na verdade, estamos supondo que o garoto foi abusado! Não se esqueça de que não temos nenhuma prova material que ateste isso.

Érika respira fundo, torce a boca, mas não tece nenhum comentário. Retira o blusão, jogando-o sobre o sofá, retira o coldre axilar e o deposita sobre a mesa. Em seguida se livra do colete e faz menção de ir para o quarto.

— E o assassinato do padre Rosalvo? — questiona Zecão; a morena gira o corpo e encara o grandalhão — Afinal, quem você acha que matou o homem?

Érika senta-se no sofá, deixa o colete sobre o colo e abre os braços, apoiando-os no encosto.

— Sei lá... Imagino que o padre Rosalvo tenha passado a ser uma ameaça... talvez para a reputação da igreja... Ou ele se sentiu ameaçado por alguém depois do episódio do garoto Eduardo e revidou com ameaças... Em resposta... ele foi assassinado. Talvez o padre Humberto, ou o próprio Zanatta, ou, quem sabe, os dois tenham tramado a morte do padre Rosalvo.

— Então você acredita que o padre Humberto e o Zanatta estão envolvidos nesses casos de abusos? É isso?

— Negão, o Zanatta frequenta assiduamente essa paróquia e foi visto várias vezes conversando com o padre Humberto. Na verdade, acho que os dois se associaram de alguma forma, mas não está claro com qual objetivo.

— Será que eles encomendaram a morte do padre Rosalvo?

— Pensei nisso, Negão, mas analisando um pouco mais friamente, acho pouco provável que o Zanatta esteja envolvido neste caso. O Zanatta não colocaria um Zé Mané qualquer para fazer o serviço. O assassino me pareceu um amador que se apavorou, saiu correndo desnorteado, tropeçou e caiu na frente de um carro deixando para trás uma prova que pode incriminá-lo. Enfim... Acho que não foi encomendado pelo Zanatta... Logo...

— Então seria o padre Humberto o assassino?

Érika levanta-se, vai até a janela, respira o ar fresco e continua conjecturando:

— Segundo foi apurado, na noite do crime o padre Humberto não celebrou a última missa e se justificou dizendo que não estava se sentindo bem e que ficou em casa, onde mora sozinho. Aliás, a casa do padre está a mais ou menos uma quadra de distância da igreja. Enfim, teríamos que aprofundar as investigações, fazer acareações, interrogar funcionários, vizinhos, pressionar o homem, mas a delegada Gabrielle e o delegado Romeu têm sido cautelosos quanto a isso. O delegado Romeu ainda está lidando com a reclamação do diretor do Colégio Dom Pedro, com relação a minha ida lá, e agora, com a imprensa repercutindo o assassinato do padre Rosalvo parece que o próprio secretário está cobrando uma solução para o caso sem envolver a igreja e o colégio dos padres. Pode?!

A campainha toca, Zecão vai até a mesa e empunha a pistola.

— Deve ser os lanches, Negão. — pressupõe Érika e empunha sua pistola com a mão direita. Com a outra, pega o colete e o coldre e, da porta, joga os apetrechos sobre a cama do quarto. Enfia a pistola na cintura.

O grandalhão vai até a porta, arma em posição de tiro, olha pelo olho mágico e enfia a pistola na cintura.

— É o lanche. — afirma e abre a porta.

Uma moça magricela, cabelos presos e avental com a logomarca da lanchonete se apresenta segurando uma bandeja com os sanduíches e bebidas.

— Boa noite. Vocês pediram lanche?

— Boa... Sim, pedimos sim! — responde Zecão e sinaliza para que a moça sorridente entre.

A moça pousa a bandeja sobre a mesa e faz menção de entregar a comanda com os pedidos ao grandalhão, mas a morena do nariz arrebitado a toma para si. A moça arqueia a sobrancelha, olha rapidamente para o grandalhão, ele abaixa as vistas e dá um sorriso contido, e então explica:

— A senhora assina a comanda e pode pagar amanhã durante o dia. É só apresentar a via da senhora.

— Tudo bem, então. Nós vamos querer um café da manhã e pagamos tudo junto.

— Se a senhora quiser, eu posso deixar o pedido do café da manhã registrado e trago na hora que vocês quiserem entre 6h e 10h.

— Ótimo! Então faça isso e traga café da manhã para dois, às 7h.

A moça anota o pedido em uma comanda e confirma:

— Café da manhã para dois, às 7h horas, apartamento 12013. Confere? — diz a moça e abre um sorriso para o grandalhão.

Zecão enche o peito de ar e mostra os dentes com um sorriso largo. Érika fecha o semblante e dirige-se à moça em tom jocoso:

— Você também gosta de brincar de conchinha, é?! Mas não aqui!

— O quê?!

— Deixa pra lá. Café pra dois, às 7h. — repete Érika, rispidamente, e aponta para a porta da rua.

— Com licença. — fala a moça, desconcertada, e sai apressada.

Zecão dá um sorriso contido e vai para a cozinha com uma garrafa de cerveja na mão. Volta com dois copos cheios, entrega um para a inspetora, os dois brindam e bebem uma golada. O grandalhão fecha os olhos, saboreando a bebida gelada e comenta:

— Nossa! Estava precisando de uma geladinha.

— Fala não, Negão. De vez em quando tem que tomar uma, se não, não aguenta não.

— E essa relação entre o professor Carbonne e o padre Rosalvo? Parece que os dois eram bem próximos, já que estavam envolvidos no caso do garoto Eduardo. Será que esse professor não sabe de mais alguma coisa?

Érika franze a testa e torce a boca.

— Acho que sim, mas a delegada Gabrielle não apertou o homem suficientemente. Ele negou ter qualquer tipo de envolvimento com o padre Humberto e afirmou que a única relação dele com a igreja era a coordenação do grupo de coroinhas a pedido do padre Rosalvo. Ela não teve peito para intimar o padre Humberto a prestar depoimento, mas esteve lá na igreja conversando com ele, sozinha é claro, pra não despertar a atenção da imprensa. Segundo ela, o padre Humberto disse não se envolver diretamente com o grupo de coroinhas e que isso era uma atribuição do padre Rosalvo e ele tinha carta branca para resolver todos os assuntos relativos ao curso, inclusive escolher o coordenador.

— E se a gente desse uma prensa nesse professor lá na delegacia?

— Ainda não, Negão. Não quero correr o risco de ser afastada das investigações.

ψ

Letícia desvencilha-se dos braços de Roberto e enxuga as lágrimas que escorrem pelo rosto.

— Se eu pudesse voltar no tempo, jamais permitiria que meu menino fosse se meter com essa história de coroinha... mas como é que eu podia imaginar uma coisa dessas?! — comenta a mulher chorosa e se senta em uma das cadeiras de vime.

Roberto respira fundo pensando nas palavras que vai dizer.

— Se eu pudesse voltar no tempo, Letícia, jamais tomaria aquela decisão de me separar de você. Minha obrigação era ficar ao seu lado e ao lado do nosso filho. Talvez a minha saída tenha fragilizado ainda mais o garoto e acabou acontecendo o que aconteceu.

Dona Clarice aparece na porta da cozinha, vai até o meio da sala e se dirige à filha com ar de aborrecida:

— Seu pai de novo, Letícia. Quer um cafezinho, Roberto?

— Não, Dona Clarice, obrigado.

Clarice volta para a cozinha e Letícia comenta:

— Meu pai quer que minha mãe volte pra casa, mas eu estou relutante por causa desse caso aí da Rosangela. A verdade é que, além de estar preocupada com essa história do sequestro, ainda não estou preparada para ficar sozinha aqui.

Roberto respira fundo e se levanta. Letícia também se levanta.

— Bem, eu vou indo. — afirma o homem e caminha até a porta.

Letícia acompanha-o e abre a porta que dá para o hall dos elevadores.

— Obrigada por ter vindo, Beto.

O homem aperta o botão do elevador, respira fundo, dá um sorriso contido e, meio sem jeito, comenta:

— Poxa vida, eu nem falei com sua mãe.

— Ela está assistindo novela lá na cozinha. Tem problema não.

O elevador chega, o homem abre a porta e entra.

— Te ligo amanhã.

Letícia assente gestualmente com um sorriso contido e melancólico estampado no rosto.

CAPÍTULO 48

Quinta-feira, 23 de janeiro de 1975.
Cinco dias depois...

Bento Souza Carbonne conseguiu liberdade provisória mediante pagamento de fiança e isso levou Lívio Leal a coordenar uma série de entrevistas com a imprensa denunciando o professor e o falecido padre Rosalvo Pyccio. A mídia repercutiu fortemente os casos de abusos praticados dentro do Colégio Dom Pedro, relatados pelo próprio Elder Capaverde, fazendo, inclusive, alusão ao suicídio do garoto Lívio em 1969 e à recente morte do garoto Eduardo. Outros ex-alunos do colégio solidarizaram-se e relataram outros casos de abusos praticados pelos professores de matemática e religião e isso levou a um novo mandado de prisão contra o professor Carbonne. A exposição massiva da imagem do Colégio Dom Pedro na mídia provocou o afastamento do então diretor, padre Heleno Grecco, e do vice-diretor, padre Francisco Davide. Os dois passaram a ser investigados em sigilo pela polícia e pela igreja.

O escândalo apressou o afastamento em definitivo do delegado Alfeu Miranda Macaforte e do inspetor Carlos Zanatta das funções administrativas na 46DP. Como desdobramento, a delegada Gabrielle assumiu as investigações dos casos de assassinatos envolvendo o padre Rosalvo Pyccio, a Sr.ª Aurelina Pereira e o investigador Barnabé Canaverde, assim como a investigação do sequestro da babá Rosangela Silva.

ψ

Érika e Zecão estão sentados à frente da delegada Gabrielle discutindo o avanço das investigações na busca pelo professor Carbonne, quando são interrompidos por uma policial que bate à porta e adentra a sala.

— Tem uma moça aí dizendo que reconheceu o professor Bento Carbonne em um desses noticiários da tevê e queria falar com a senhora, Dr.ª Gabrielle.

A delegada recosta-se e arqueia a sobrancelha.

— E aonde é que está essa moça?!

— Na sala de reuniões dois.

— Bem, vamos ver do que se trata. — diz a delegada e se levanta. Érika e Zecão também se levantam. O telefone toca e a delegada torce a boca, mas atende:

— Dr.ª Gabrielle...

...

— Um momento, senhor. — diz a delegada e tapa o fone com a mão. — É o secretário. Érika, você e o Zecão recebam essa moça e vejam do que se trata, por favor.

— Tudo bem. — retruca a inspetora. — Vamos lá, Negão.

Érika entra na sala e duas mulheres se levantam: uma moça aparentando 20 e poucos anos e uma senhora cinquentona, distinta e altiva.

— Sentem-se, por favor. — diz a inspetora apontando para as cadeiras da mesa retangular; Zecão fecha a porta e se posta de pé encostado em uma das paredes com os braços cruzados e olhar severo.

As duas sentam-se, a moça com uma sacola da Sandiz no colo. Érika pousa um bloco de notas sobre a mesa, senta-se e encara ora a jovem, ora a senhora.

— Sou a inspetora Érika Lynz e aquele ali é o inspetor José Carlos. A delegada Gabrielle está em reunião e eu estou aqui para ajudá-las.

A moça mostra-se insegura e olha para a mãe.

— Fala, minha filha.

— Meu nome é Carolina Oliva e essa é minha mãe...

— Nilda Oliva. — completa a senhora.

A moça coloca a sacola da Sandiz sobre a mesa; a inspetora olha para a sacola, franze a testa e encara a jovem.

— É sobre o tal professor que está sendo acusado de abuso sexual. — diz a moça. — Vocês já o localizaram?

— Não! Por acaso vocês têm alguma informação que possa nos ajudar a capturá-lo? — questiona a inspetora e arqueia a sobrancelha.

— Não! Não. — responde a garota visivelmente nervosa. — Na verdade eu vi esse homem... quando quase o atropelei...

— Atropelou?!

A inspetora empertiga-se na cadeira; testa franzida e lábios apertados.

— Ela não atropelou o homem! — intervém a mãe.

— Tudo bem, Sr.ª Nilda. Me desculpe... Eu entendi. Continue, por favor, senhorita.

— Eu demorei a ligar uma coisa com a outra, mas isso aconteceu na noite em que ocorreu aquele assassinato... lá no estacionamento da Igreja São Benedito... A mesma que a imprensa vem falando sobre o caso do coroinha que se acidentou no sanitário.

— Espera aí, Srta. Carolina... — a inspetora olha alternadamente para as duas mulheres à sua frente. — Você está se referindo ao assassinato do padre Rosalvo Pyccio?!

— Isso mesmo! — confirma Dona Nilda.

Zecão franze a testa e se senta à cabeceira da mesa. Érika encara a senhora rapidamente, então, volta-se para a moça.

— Me conte isso em detalhes, Srta. Carolina.

— Pode me chamar apenas de Carolina, por favor. — a inspetora assente gestualmente. — Era uma noite chuvosa e a pista estava molhada. Tudo aconteceu por volta das 19h30 e foi tudo muito rápido... Um homem veio correndo do estacionamento e atravessou a rua... Ele parecia bastante nervoso... Só que ele escorregou e caiu na frente do meu carro. Eu freei bruscamente, saltei... perguntei se ele estava bem e o homem saiu correndo.

— Sei... E como era esse homem... como ele estava vestido?

— Ele usava roupas pretas e um blusão com um capuz sobre a cabeça. E esse sujeito que eu vi se parece muito com esse tal de professor Bento Carbonne. O farol do carro iluminou bem o rosto dele e eu pude ver a barba, o bigode... E os olhos eram... Bem, acho que verdes.

A inspetora Érika arqueia as sobrancelhas e olha para o inspetor Zecão. O grandalhão dá de ombros e torce a boca.

— Uma testemunha disse que o homem deixou cair um guarda-chuva e que uma moça, magrinha, assim como você, o pegou. — comenta a inspetora Érika.

— O guarda-chuva está aqui nessa sacola.

Érika levanta-se, abre a sacola e olha, incrédula, para o guarda-chuva preto.

— Zecão, consiga um saco plástico para acomodarmos essa prova.

— O que vocês vão fazer com esse guarda-chuva?! — questiona Dona Nilda fazendo cara de preocupada.

O grandalhão sai da sala, a inspetora volta a se sentar, agora com o semblante fechado.

— Esse guarda-chuva vai passar por perícia na tentativa de encontrarmos digitais...

— Mas nós pegamos nesse guarda-chuva... A gente não sabia...

— Não se preocupe, Sr.ª Nilda. O ideal é que não tivesse sido manuseado, mas estamos à procura de digitais específicas e não se preocupem com o fato de encontrarmos ou não as digitais de vocês.

— Tudo bem.

— Muito bem, Srta. Carolina... quer dizer, Carolina. Você acha que alguém mais viu o que aconteceu?

— Não sei, inspetora. Tinha chovido e o estacionamento da igreja parecia deserto e estava mal iluminado... A avenida principal até que estava movimentada, mas aquela rua lateral estava deserta. No momento em que eu quase atropelei o homem, outro veículo, um Opala branco, parou ao lado. O motorista perguntou se estava tudo bem... mas acho que ele só viu o homem correndo e desaparecer na esquina.

— Sei. Você se lembra o dia exatamente, Carolina?

— Foi numa segunda-feira... Dia 13, para ser mais exata.

— Certo! Você não viu mais ninguém?

— Não!

— Bem, me conte novamente essa história com todos os detalhes possíveis. Quem sabe você se lembre de mais alguma coisa.

A moça respira fundo e retoma a explanação.

— Tinha chovido e a pista estava molhada...

ψ

Zecão retorna usando luvas e ensaca o guarda-chuva e o lacra. Retira as luvas e senta-se enquanto a moça conclui o relato.

— Muito bem, Carolina, vou pedir para você repetir isso que você nos disse mais uma vez, só que agora na presença do escrivão, e assim que conseguirmos encontrar o professor Carbonne, te chamaremos para fazer um reconhecimento.

— Tudo bem, mas eu estou com medo. — confessa a moça; a mãe aquiesce.

— Não se preocupem. Vamos manter o máximo de sigilo possível. O guarda-chuva será periciado e se encontrarmos as digitais do professor Carbonne, certamente conseguiremos indiciá-lo por assassinato, com o seu depoimento, Carolina, é claro.

A moça assente.

— Aguardem aqui, por favor, que o escrivão vem transcrever seu depoimento. O inspetor Zé Carlos vai acompanhá-las... — Érika olha para o grandalhão; ele assente. — Depois nos falamos.

Érika sai da sala levando o material para perícia. Em seguida, vai até a sala da delegada Gabrielle. Bate uma vez e abre a porta. A delegada está ao telefone, mas sinaliza para que entre e se sente.

— É rapidinho, doutora. — murmura a morena sisuda e mantém-se de pé em frente à mesa.

A delegada desliga o telefone e olha interrogativamente para a inspetora.

— Estamos colhendo o depoimento da moça, doutora. Ela afirma ter visto o rosto do homem que matou o padre Rosalvo Pyccio. — a delegada recosta-se na cadeira e franze a testa. — Ela reconheceu o professor Bento Carbonne como sendo esse homem e trouxe o guarda-chuva, que, segundo ela, ele deixou cair quando saia correndo da cena do crime.

— E a descrição dessa moça bate com a daquele morador de rua?!

— Sim, e a dinâmica também.

— Nossa! Quer dizer que, além de corruptor de menores, o homem é um assassino frio e calculista?!

— Confesso que eu estava tão focada no assunto dos abusos que não me ocorreu que ele poderia ser o assassino.

— Muito bem, em que sala está essa moça, Érika?

— Na sala dois, com o escrivão e o Zé Carlos.

A delegada s levanta-se e faz menção de contornar a mesa quando o telefone toca. Ela atende:

— Doutora Gabrielle.

...

— Sim... — a delegada volta a se sentar e faz sinal para Érika aguardar.

...

Érika afasta-se e fica próxima à porta de saída.

— Tem certeza?!

...

— Mantenha sigilo, inspetor, por enquanto. Vou conseguir um mandado de busca e irei acompanhar pessoalmente essa ação. — afirma a delegada com voz grave e bate o telefone.

Dr.ª Gabrielle volta a ficar de pé e então explica:

— Conseguimos ligar o cativeiro da babá sequestrada, a Rosangela, com um local de nome Abrigo Lar das Crianças. O inspetor Bruno Santis esteve lá e encontrou tudo fechado. Os vizinhos se negam a falar com a polícia, o que nos leva a crer que algo ilegal acontecia por lá. Bem, agora vou fazer umas ligações e conseguir um mandado de busca. Neste ínterim, acompanhe de perto esse depoimento, inspetora. Depois vou pedir urgência na perícia do guarda-chuva.

— Ok, doutora.

A morena gira o corpo e sai da sala.

CAPÍTULO 49

Sexta-feira, 24 de janeiro de 1975.

Érika entra na sala da corregedoria e, antes mesmo que consiga se sentar à mesa, a delegada Gabrielle sinaliza para que ela vá até sua mesa.

— Sente-se, Érika.

Assim que a morena se acomoda na cadeira, a delegada entrega-lhe uma pasta com alguns documentos.

— Esse é o resultado da perícia no guarda-chuva, inspetora. Foram encontradas digitais do professor Bento Carbonne no cabo, na haste metálica interna e na ponta metálica do guarda-chuva. Com isso e os depoimentos da Srta. Carolina Oliva e do morador de rua, vou indiciar o professor Carbonne por homicídio qualificado. O cara está ferrado!

— Bem que se fala, hein, doutora: quem vê cara, não vê coração.

— Bom, com isso vamos intensificar as diligências para capturar esse professor e mais cedo ou mais tarde a gente pega o elemento.

— Enfim... E como andam as investigações... lá do delegado Alfeu e do inspetor Zanatta?

Gabrielle torce a boca e recosta-se na cadeira.

— Isso está sendo tratado por uma equipe especial, inspetora, com ordens para conduzir as investigações em sigilo total. Esses casos mancham a imagem da polícia e não quero os holofotes voltados para nós.

— Mas...

— Posso te adiantar que até o momento não temos nenhuma prova material contra o inspetor Zanatta, se é isso que está te preocupando.

— E aquele depoimento...

— É frágil, inspetora, e você sabe disso tão bem quanto eu.

A morena respira fundo e recosta-se na cadeira, decepcionada.

— Tudo bem, Dr.ª Gabrielle. E quanto ao mandado de busca lá no tal abrigo?

— Encontramos uma casa... Bem, digamos assim, arrumada, limpa, roupas de crianças, tudo muito limpo, brinquedos, uma dispensa com alimentação... Aparentemente as crianças eram bem tratadas. Localizamos alguns documentos de recebimento provisório dessas crianças emitidos pela vara da infância e juventude com anuência do conselho tutelar. Esses documentos foram encontrados amassados e jogados em um dos tonéis de lixo e estão sendo checados quanto à autenticidade. Bom, já descobrimos que o imóvel está em nome de um tal de João de Deus Santos Boliva, já falecido há mais de 20 anos lá em São Luís, no Maranhão, o que reforça a tese de que algo de ilegal rolava naquele sobrado e que o acolhimento das crianças podia ser apenas um pano de fundo.

— Só falta a paróquia do padre Humberto estar envolvida com esse abrigo.

— Como você sabe, estive pessoalmente com o padre Humberto e ele me disse que a paróquia fazia vários trabalhos assistenciais em abrigos e, segundo já apuramos, ela atendia também ao Abrigo Lar das Crianças. Ele disse que era o padre Rosalvo quem conduzia esses trabalhos de evangelização.

— E o que ele disse sobre esse tal de João de Deus sei lá o quê?

— Disse que não o conhece e nem ouviu falar sobre esse nome. Segundo ele, a paróquia foi procurada por uma senhora de nome Maria Alcinda, que se apresentou como representante do abrigo, mas que ele não sabe nada a respeito dessa mulher.

— Muito estranho, doutora. Aposto que esse padre está escondendo alguma coisa.

— Até conseguirmos provas que o incriminem, estamos de mãos atadas, inspetora.

Érika torce a boca, respira fundo e gesticula com as mãos em claro desapontamento.

— Voltando ao assunto do professor Carbonne, o homem sumiu do mapa, hein, doutora.

— Bem, agora é tudo uma questão de tempo. Já solicitei a montagem de fotos do professor com possíveis disfarces e vamos encaminhar para a mídia repercutir. O cara não vai conseguir se esconder por muito tempo, pode ter certeza disso.

ψ

Érika sai da sala da delegada e Zecão sinaliza para que ela vá à sua mesa. A morena carrancuda retira o blusão, joga-o sobre sua mesa e vai até o parceiro. Senta-se à mesa, o grandalhão joga o corpo para frente e comenta em tom baixo:

— Tá rolando aí que tem milicianos à procura do professor Carbonne.

A morena meneia a cabeça.

— Que merda, hein, Negão! Esse cara deve saber muito mais do que já falou.

— Se ele não se entregar... ele vai se fuder. Escreve aí.

O telefone toca na mesa da inspetora e ela vai atender.

— Alô.

— Bom dia, inspetora, é Lívio Leal.

— Bom dia, Seu Lívio.

— Inspetora, vocês já têm alguma ideia de onde está o professor Carbonne?

— Infelizmente não, Seu Lívio, mas as investigações evoluíram e temos novidades. O professor Carbonne foi indiciado por homicídio qualificado e agora ele está sendo procurado, não só por abuso de crianças, mas também pelo assassinato do padre Rosalvo Pyccio.

— Como é que é?!

— É isso, Seu Lívio, mas não posso dar mais detalhes por telefone. Logo mais esse caso vai repercutir na mídia e acreditamos que a captura do professor Carbonne é uma questão de tempo.

— Gostaria de conversar pessoalmente com a senhora, é possível? Preciso de mais detalhes.

— Seu Lívio, não podemos dar mais detalhes para não prejudicar as investigações.

— Desculpe-me, inspetora, mas sem a nossa ajuda, o caso de 69 ainda estaria engavetado e provavelmente o assassinato da Dona Aurelina não estaria sendo investigado.

Érika respira fundo e olha para os lados, pensativa.

— Vamos fazer o seguinte, Seu Lívio. Posso passar aí no seu apartamento em torno das 20h?

— Tudo bem, inspetora. Às 20h.

— Combinado.

CAPÍTULO 50

A noite avança com tempo firme e temperatura amena. O pequeno apartamento de Lívio está agitado com a presença de Isadora, Elder, Luiza, Roberto e Letícia aguardando a chegada da inspetora Érika. Luiza e Elder foram para a varanda, acomodaram-se em duas cadeiras de vime e engataram uma conversa discreta; os demais se sentaram em torno da mesa, com exceção de Lívio que se manteve de pé ao lado de Isadora, folheando uma série de documentos. Roberto e Letícia, diferentemente do último encontro, estão mais próximos e interagindo com mais naturalidade, mas as olheiras de Letícia e a aparência abatida de Roberto, mais magro e com a barba por fazer, não escondem o drama pessoal que o casal vive com a recente perda do filho.

Lívio está carrancudo. Fecha a pasta de documentos e respira fundo demonstrando um pouco de ansiedade.

— Bem, pessoal — diz Lívio impostando a voz. —, vamos ver o que a inspetora Érika tem a nos falar, mas acho que a polícia está sendo pressionada a não aprofundar as investigações em torno da paróquia e do padre Humberto.

— Você acha mesmo que o padre Humberto está envolvido nesse caso dos abusos? — questiona Letícia.

— Diante de tudo o que já foi levantado, acho pouco provável que ele não saiba de nada, mas estou preocupado com a forma como a polícia está conduzindo o caso.

Roberto levanta-se de rompante; o homem está visivelmente nervoso.

— Não vou deixar esse filho da p... — o homem dá um murro na mesa. — Merda, não vou deixar que esse pervertido saia impune, Lívio.

O clima fica tenso e silencioso. Letícia segura no braço de Roberto. Ele respira fundo e se senta.

— Roberto, esse padre vai pagar pelo que fez de uma forma ou de outra. Se a polícia não cumprir com o papel dela...

A campainha toca e interrompe a fala de Lívio. Luiza levanta-se e movimenta-se rapidamente em direção à porta da sala.

— Pode deixar que eu atendo, pai.

Elder passa para a sala e fica de pé atrás da cadeira da mãe.

— Vamos tentar manter a calma, pessoal. — pondera Lívio; Roberto abaixa os olhos e meneia a cabeça lentamente.

Luiza olha pelo olho mágico e abre a porta. A inspetora Érika dá um sorriso contido ao reconhecer a moça e a cumprimenta.

— Boa noite.

— Boa noite, inspetora. — Luiza encara o grandalhão atrás da morena e sorri; ele retribui o gesto. — Entrem.

— Obrigado por ter vindo, inspetora Érika. — agradece Lívio e aperta a mão da policial.

— Boa noite, Seu Lívio. Boa noite a todos. — o clima está tenso e a resposta do grupo é gestual. — Esse é o inspetor Zé Carlos... Não sei se o senhor se lembra dele, Seu Lívio.

— Sim, me lembro do inspetor, sim. — Lívio comprime os lábios enquanto aperta a mão do policial. — Tudo bem, inspetor?

O policial grandalhão assente.

— Bem, inspetora — continua Lívio. —, eu ainda não disse a eles o que a senhora me adiantou. Você pode repetir, por favor?

Érika passa os olhos severos rapidamente por todos.

— Seu Lívio, como o senhor mesmo disse, devemos a vocês o avanço que já conseguimos nas investigações e por isso estou aqui. Mas espero que entendam que é preciso manter discrição e sigilo, para a segurança de vocês. As coisas estão se desdobrando e ir à mídia agora sem provas concretas, seria desastroso e até mesmo perigoso. Vocês levaram o caso do professor Carbonne a público e isso foi positivo na medida em que só envolvia o professor, mas agora estamos falando de pessoas dispostas a matar. — Érika expõe a situação em tom grave, semblante fechado, carrancuda mesmo. O ambiente fica ainda mais tenso.

— A senhora tem a minha palavra de que não iremos à mídia sem sua anuência, inspetora, e tenho certeza de que todos aqui presentes concordam com isso. — Lívio olha um por um e eles assentem gestualmente, com exceção de Roberto que se mantém carrancudo e desvia os olhos para o piso.

— Muito bem. Como te falei pelo telefone, Seu Lívio, a tal moça que quase atropelou o assassino do padre Rosalvo, na noite do crime, é claro, se apresentou ao reconhecer o rosto do professor Bento Carbonne como sendo do assassino. Ela entregou o guarda-chuva que ele deixou cair durante a fuga e a perícia encontrou impressões digitais do professor. Com isso temos material suficiente para indiciá-lo. É claro que as investigações avançarão no intuito de esclarecer a motivação e localizar a arma do crime, mas a condenação é certa.

Um burburinho forma-se na sala. Elder enrubesce e contorna a mesa, aproximando-se da inspetora, mas é Luiza quem fala exalando ódio nas palavras:

— Quer dizer que aquele maníaco sexual é também um assassino?!

Érika gira o corpo em direção à jovem e responde de forma firme:

— Sim! Não tenho dúvidas disso.

O ambiente fica ruidoso com o converseiro. Lívio intercede:

— Calma, pessoal! Vamos deixar a inspetora nos relatar tudo o que ela sabe. Silêncio, por favor.

Érika respira fundo enquanto o silêncio volta ao ambiente. Alguns se sentam; Elder mostra-se agitado e Luiza o segura pelo braço, tentando acalmá-lo.

A inspetora volta a falar:

— Temos informações de que milicianos estão à procura do professor Carbonne, o que me faz crer que ele sabe muito mais do que já falou.

— Milicianos?! — questiona Lívio. — O professor Carbonne corre risco de vida, é isso?

— Sim... Não tenho dúvidas de que os milicianos querem eliminar o professor Bento Carbonne. Estamos empenhados em capturá-lo antes, mas tudo é possível.

— Tomara que os milicianos peguem esse desgraçado. — vocifera Elder, de rompante.

Érika olha para o rapaz e pondera:

— Se nós o pegarmos primeiro é possível que ele denuncie outras pessoas que estejam envolvidas com essas práticas abusivas. É melhor que não o peguem.

— Nós acreditamos que o padre Humberto também possa estar envolvido nos casos de abusos e estamos preocupados em não deixá-lo escapar impune. — argumenta Roberto.

— Eu também acho... Como é mesmo o nome do senhor? — questiona a inspetora.

— Roberto Dornatella.

— Pois é, Seu Roberto, eu também acredito que sim, mas até o momento não temos nada de concreto que confirme isso e... para ser bem sincera com os senhores, há muita pressão para não se investigar a paróquia e os padres sem que tenhamos algo consistente e irrefutável. Estou fazendo o melhor que posso, mas se eu forçar a barra, eles me tiram do caso. Podem ter certeza disso.

— Que merda, hein, inspetora! — reage Lívio.

— Mas também podem ter certeza que tanto eu quanto o inspetor Zé Carlos não nos intimidamos com isso e vamos até as últimas consequências para punir a todos. O que quero dizer é que não adianta nos precipitarmos e colocarmos tudo a perder. Se esse padre está envolvido, mais cedo ou mais tarde isso vai aparecer, sem falar em outras pessoas que também acho que estão envolvidas e que estão sendo investigadas sigilosamente.

— Outras pessoas?! — questiona Lívio. — Por acaso seriam o inspetor Zanatta e o delegado Alfeu daquela delegacia que a senhora trabalhava?

Érika olha para Zecão e torce a boca preocupada em não passar informações sensíveis para o grupo. O grandalhão dá de ombros e abaixa as vistas.

— Sim, Seu Lívio. Particularmente, acho que eles estão envolvidos com os padres e o professor em algo muito maior, mas as investigações estão em curso e ainda não posso confirmar nada. Pense comigo, Seu Lívio. A babá do garoto Eduardo... — a inspetora olha para Roberto e Letícia: ambos abaixam os olhos. — ela foi sequestrada e tudo indica, pelo depoimento prestado pela moça, que o parceiro do Zanatta estava envolvido. Aí o cara é executado a tiros um dia antes de ter sua prisão decretada. — Érika respira fundo e passa os olhos rapidamente em todos na sala. — No cativeiro encontramos provas materiais que nos levaram até um abrigo para menores abandonados, crianças entre 10 e 14 anos, e ao chegar lá, o abrigo estava abandonado. Deixaram algumas coisas para trás e encontramos documentos que ainda estamos verificando a autenticidade, mas aposto que são falsos e o nome do proprietário responsável pelo abrigo é um homem que já morreu há mais de 20 anos. Esse abrigo recebia serviços assistenciais da paróquia do padre Humberto e ele não negou isso. Aliás, ele afirmou que o padre Rosalvo cuidava da evangelização das crianças desse abrigo.

— Tudo converge para as mesmas pessoas e para a Igreja São Benedito. — constata Lívio.

— Isso mesmo, Seu Lívio. Mas essas provas são insuficientes para indiciar o padre Humberto.

— E esse abrigo? Os vizinhos não disseram nada que possa ajudar?

— Ninguém quer falar com a polícia, Seu Lívio, o que reforça minha tese de que rolava algum delito por lá. Algo grandioso, tipo aliciamento e tráfico de crianças.

O grupo mostra-se surpreso e retoma as conversas paralelas. Lívio pede silêncio gestualmente e questiona:

— Tráfico de crianças?!

— Estamos investigando uma quadrilha especializada em tráfico de crianças para o exterior e um dos olheiros que prendermos reconheceu o inspetor Zanatta, por foto, é claro, como sendo um dos cabeças. A princípio, seria a palavra de um contra a do outro, mas estamos apertando o cerco, Seu Lívio. Mais cedo ou mais tarde vamos desbaratar essa quadrilha, mas se a gente se precipitar, só pega peixe pequeno.

— Realmente não imaginava que o caso do meu filho fosse ter esse desdobramento, inspetora. Tráfico de crianças está muito além da minha imaginação, aliás, creio que nenhum de nós aqui imaginou algo tão grandioso e sórdido, assim. — Lívio olha no rosto de um a um: há uma perplexidade generalizada estampada no rosto de todos.

— Será que eles abusavam dessas crianças que eram recolhidas no abrigo?! — questiona Isadora.

A inspetora respira fundo, olha mais uma vez para o inspetor e então conclui:

— Nós temos que considerar todas as possibilidades, pessoal, e essa é uma delas... Enfim, acho que é isso.

Lívio olha rapidamente para os demais e então se dirige à inspetora:

— Obrigado por ter vindo, inspetora Érika... Obrigado, inspetor Zé Carlos.

— Tudo bem, Seu Lívio, mas como disse, é melhor vocês se manterem afastados das investigações, por questões de segurança. — Érika volta a olhar um por um nos olhos. — Manterei vocês informados na medida do possível. Boa noite a todos.

Lívio abre a porta e os dois policiais vão para o hall dos elevadores; Zecão aperta o botão de chamada.

— Qualquer coisa, eu ligo pra senhora. — afirma Lívio.

A inspetora assente gestualmente; Zecão limita-se a controlar a chegada do elevador. Ele abre a porta e os dois vão embora.

ψ

O clima é tenso e Roberto continua emburrado. Lívio mostra-se preocupado e se dirige ao grupo com autoridade.

— Vocês ouviram o que a inspetora disse. — pondera ele impostando a voz. — Nada de conversar com amigos e vizinhos sobre essas investigações. A coisa está tomando uma proporção e um rumo perigoso e não vamos nos expor sem necessidade. Tudo bem?

— Enquanto todos os envolvidos com os abusos não forem presos e punidos, eu não vou descansar, Lívio. — retruca Roberto; Letícia assente, solidária.

— O nosso objetivo continua o mesmo, Roberto. Garantir que todos sejam punidos. Todos! Tenho certeza que a inspetora Érika e o parceiro dela estão trabalhando firmes com esse propósito e nós vamos acompanhar de perto as investigações. Só peço discrição! Temos que agir com cautela, pessoal. Só isso.

— Acho que está claro, Lívio. — retruca Roberto. — Vamos embora Letícia, que está ficando tarde. Eu te deixo em casa.

Letícia aquiesce, despede-se de Isadora com um abraço, dirige-se gestualmente aos demais e vai até o ex-marido.

— Nós também já vamos, pai. — diz Luiza. — Edinho vai me levar.

O rapaz enrubesce, mas assente.

— Tudo bem, então. — responde Lívio e passa o braço em torno dos ombros de Isadora; ela sorri e dirige-se ao filho:

— Vai com cuidado, Edinho. Nada de correria com essa moto. Olha lá, hein!

— Pode deixar, minha mãe.

Roberto, Letícia, Elder e Luiza tomam o elevador e o casal volta para o apartamento.

— Estou preocupada, Lívio. Será que o professor Carbonne e o padre Rosalvo estavam envolvidos com essa quadrilha que traficava crianças?

— Envolvidos ou não, eles precisam pagar pelo que fizeram. O padre Rosalvo acabou pagando com a própria vida, agora temos que focar no professor Carbonne e no padre Humberto.

— E essa quadrilha?

— É com a polícia civil, Isa. Nosso problema imediato é garantir punição para o professor Carbonne e o padre Humberto. Vamos focar nisso, ok? — O grandalhão diz isso e abraça a morena esbelta.

ψ

Roberto está chateado e dirige calado. Letícia, pensativa, olha fixamente para o movimento na rua sem se fixar em nada. Ambos estão distantes e pensativos até que Letícia cobre o rosto com as duas mãos e puxa os cabelos para trás.

— Não vou ficar em paz enquanto esse professor Carbonne e o padre Humberto não forem punidos. Cada vez que passo em frente àquela igreja, a minha vontade é entrar e acabar com a vida daquele desgraçado do padre Humberto. Pra mim está claro que ele sabia de tudo e não fez nada para impedir, Roberto... Como é que pode um absurdo desse?!

Letícia fica com a voz embargada e os olhos começam a lacrimejar. Roberto não encontra palavras diante do desespero da ex-esposa.

— Como é que se pode abusar de uma criança inocente, Beto, ainda mais dentro da sacristia?!

Com a mão direita, Roberto segura na mão de Letícia, sem tirar os olhos do trânsito.

— Esse cara vai pagar de um jeito ou de outro, Leti. Agora tente se acalmar, vai.

Letícia respira fundo e limpa os olhos com um lenço. Recosta-se no banco do carro e volta a se distanciar. Minutos depois, Roberto estaciona o carro em frente ao prédio.

— Você não quer subir um pouquinho comigo? — pergunta com voz dengosa.

— Tem certeza que sua mãe não vai se incomodar?

— Na verdade, acho que ela vai adorar te ver. Minha mãe está doida pra voltar pra casa e até perguntou por que você não volta logo pra cá.

Roberto sente a adrenalina no sangue, respira fundo, toma coragem e toca carinhosamente nos cabelos loiros da mulher.

— Bem, só depende de você...

O coração da loirinha dos olhos azuis acelera e ela segura na mão do homem ao seu lado. Os dois olham-se por instantes e beijam-se ali mesmo.

ψ

Elder encosta a moto em frente ao prédio e Luiza desce; os dois tiram o capacete. A moreninha dos cabelos escorridos prende-o na lateral do banco da moto, aproxima-se do rapaz dos cabelos desgrenhados e segura em sua mão. O rapaz tímido enrubesce.

— Você tem sido muito corajoso e forte, Edinho. No fundo no fundo, você é uma pessoa muito especial... sensível... gosto muito de estar com você.

O rapaz sente o coração acelerado e o rosto queimando, mas se mostra inseguro diante dos últimos acontecimentos.

— Eu também gosto muito de estar com você, Lú, mas minha cabeça ainda está muito confusa...

— Está tudo bem, Edinho. — diz ela, carinhosamente. — Por ora basta saber que você gosta de estar comigo. Tchau!

A moça abre um sorriso contagiante enquanto anda até o portão. Aperta a campainha, ele abre-se eletronicamente, a moça olha para trás e o rapaz acena.

— Tchau, Lú.

A moça manda um beijo gestualmente, acena e entra fechando o portão atrás de si. O rapaz coloca o capacete e acelera a moto.

CAPÍTULO 51

O som alto invade a sala do pequeno apartamento e o homem mal-encarado mostra-se irritadiço, andando de um lado para o outro enquanto o comparsa confere a munição da pistola. Sisudo, o sujeito vai até a janela, apoia-se no canto da parede e olha a movimentação na rua: homens, mulheres e casais bebem e dançam em torno de um Gol vermelho com o som ligado e o porta-malas aberto exibindo as potentes caixas de som.

— Prenderam o Bira lá no aeroporto e o cara abriu o bico. — diz o homem corpulento, de braços tatuados e cabeça raspada.

— Ele é um grande X9, filho da puta... mas o safado sabe que encomendou a alma ao diabo.

— E o almofadinha lá de 42DP? O cara tá começando a incomodar.

— É outro babaca que vai se fuder a qualquer hora. — diz o homem mal-encarado e faz uma ligação que é atendida no terceiro toque:

— Alô!

— Sou eu, Deus.

— Já te disse pra não ligar pra minha residência, principalmente a essa hora, pô!

— Aquele bunda mole lá da 42DP tá botando as manguinhas de fora.

— Estou de olho nele, mas não posso fazer nada agora, meu amigo! Você é que tem que escolher melhor seu pessoal.

— Aquele X9, filha da puta tá com os dias contados. Assim que ele for transferido de carceragem, a gente apaga ele.

— Acho bom. E vê se não deixa rastro. Chega de tanta cagada, pô! E por falar em cagada, é bom garantir que seus amigos lá do abrigo não apareçam falando merda por aí.

— O pessoal de lá é ponta firme, Santinha, e vão desaparecer por um bom tempo.

— Cuidado, meu camarada, pra essa merda não se virar contra você.

Em seguida, ouve-se o som do telefone sendo desligado.

— Vadia!! — esbraveja o homem mal-encarado e bate o telefone no gancho.

CAPÍTULO 52

Quarta-feira, 29 de janeiro de 1975.
Cinco dias depois...

Érika e Zecão entram na corregedoria e são abordados de imediato por uma policial.

— Bom dia, Érika. Pelo jeito você não esteve em casa.

— Não. Aconteceu alguma coisa?!

— Parece que invadiram seu apartamento, reviraram tudo e depois tocaram fogo.

— Invadiram meu apartamento?!

— Pois é. Os vizinhos acionaram a polícia militar e o Corpo de Bombeiros e a civil foi envolvida agora pela manhã. Dr.ª Gabrielle foi pra lá com uma equipe de peritos.

— Que merda! É melhor a gente ir pra lá, Negão. Valeu, Cris.

Minutos depois, Zecão manobra o Chevette na área de estacionamento próxima ao prédio. Os bombeiros já haviam se retirado do local, mas duas viaturas da polícia civil e uma da polícia militar ainda estavam estacionadas na área. Alguns curiosos se aglomeravam nas proximidades deixando o local agitado.

Érika sai do carro e corre em direção ao prédio. Um policial militar faz sinal para que ela pare. A morena identifica-se e entra apressada. Zecão fica na entrada do edifício atento à movimentação no entorno.

Ψ

O corredor está com forte cheiro de queimado, há sinais de fuligem por todo lado e a porta da sala está aberta e isolada com duas fitas traspassadas em forma de "x".

Uma das vizinhas está de prontidão na porta do apartamento e assim que vê Érika, vai até ela, esbaforida.

— Graças a Deus, minha filha, que seus pais não estavam em casa. Quase que botaram fogo no prédio todo. A polícia está aí. Parece que a porta foi arrombada.

— Bom dia, Dona Ana. Vou dar uma olhada e depois a gente conversa, tudo bem?

— Vai lá, minha filha.

Érika veste luvas nas mãos, passa por entre as fitas de isolamento, sem perder de vistas os sinais de arrombamento na porta, e entra no apartamento, tudo empretecido pela fuligem. Logo está diante da delegada Gabrielle e alguns peritos.

— Os dois quartos foram destruídos pelo fogo, Érika. — comenta a delegada. — Por sorte, o Corpo de Bombeiros atuou rápido.

A morena olha em volta e comprime os lábios impressionada com a destruição e sujeira.

— Fizeram um estrago e tanto, hein!

— Só não foi pior, porque o vizinho do andar de baixo escutou ruídos estranhos e ligou para a polícia. Acreditamos que a ação foi orquestrada e quando perceberam a chegada da viatura, os elementos tocaram fogo nos quartos e se evadiram. Ninguém foi preso.

Érika circula pelos cômodos do apartamento, sempre carrancuda, e volta para a sala onde a Dr.ª Gabrielle passa algumas instruções para os peritos.

— Acho que estou incomodando alguém, Dr.ª Gabrielle, mas se estão pensando que vão me intimidar... estão muito enganados!

— Tinha alguma coisa de valor nos quartos?

— Não! Apenas roupas de meus pais.

— E onde estão seus pais?

— No interior.

— É bom mantê-los afastados até tudo se esclarecer.

— Tenho certeza que tem a ver com as investigações que estão sendo conduzidas contra o inspetor Zanatta.

— Você tem provas, inspetora?!

Érika torce a boca e franze a testa. Olha em volta, mãos na cintura, e meneia a cabeça. A delegada respira fundo e muda de assunto.

— Antes de sair para cá recebi uma ligação sobre um corpo encontrado às margens da BR-116, próximo a Jequié. — diz a delegada. — Infelizmente parece que é do professor Bento Carbonne. O corpo vai estar no

IML hoje à tarde e quero que você me acompanhe até lá para tentarmos fazer o reconhecimento.

— Que merda, hein, doutora! Parece que a bandidagem está sempre um passo a nossa frente.

— Bem, eu vou conversar com sua vizinha aí do lado. Se quiser me acompanhar... — diz a delegada e aponta para a porta.

— Vamos nessa, doutora.

Ψ

O motoqueiro entra na área do estacionamento e para em frente ao gradeado de ferro que protege a entrada principal da igreja. Há um forte movimento de pessoas saindo e isso faz o homem descer da moto e tirar o capacete sem pressa. Olha em volta, observa os carros manobrando e logo sua atenção se volta para o burburinho de um grupo de senhoras conversando próximo às escadarias. Prende a roda dianteira da moto ao gradeado com uma corrente e entra na área segurando o capacete na mão esquerda. Sobe as escadas e, antes de entrar na igreja, para no átrio e mais uma vez observa a movimentação no estacionamento. É uma manhã ensolarada, com céu de brigadeiro e temperaturas amenas.

O homem entra na igreja e vê o padre ao fundo conversando com alguns fiéis. Caminha lentamente pelo centro da nave e, antes de alcançar o altar-mor, senta-se em um dos bancos à direita. Encara o padre, mas não o reconhece. Olha em volta, preocupado, e resolve abordar uma senhora que está usando uma camisa da paróquia. Ela veio de um dos corredores laterais e segue com passadas curtas para a frente da igreja. O homem levanta-se rápido, cruza o espaço entre os bancos, de um lado ao outro, e acelera os passos até alcançar a senhora. Toca em seu ombro, ela gira o corpo, com olhar interrogativo, e ele a interpela:

— Bom dia, eu preciso falar com o padre Humberto, mas estou vendo que ele não celebrou a missa de hoje.

— Padre Humberto não é mais o pároco dessa igreja, moço. Ele foi transferido de paróquia e o último dia dele aqui foi na segunda-feira passada.

O homem franze a testa, desvia o olhar em direção ao padre e insiste:

— A senhora tem certeza?!

— Sim, mas o senhor pode falar com o padre Lucas. — a senhora aponta para o padre no altar-mor.

— Tudo bem, obrigado.

A senhora assente e segue para a frente da igreja. O homem respira fundo, gira o corpo e volta em direção ao altar-mor com passadas curtas e olhar fixo no vigário. As senhoras finalmente se despendem e o homem de sotaina branca volta sua atenção para a arrumação do presbitério.

O grandalhão aproveita e se aproxima.

— Bom dia, padre. — o homem loiro levanta os olhos verdes e franze a testa interrogativamente. — Me disseram que o padre Humberto foi transferido, isso é verdade?

— Sim! Eu o estou substituindo provisoriamente. Posso ajudá-lo em alguma coisa, senhor?

O homem olha em volta e mostra-se hesitante.

— Senhor! — insiste o vigário.

— É um assunto particular e teria que ser com ele mesmo. O senhor sabe para onde ele foi transferido?

— Ahn... Ele foi para uma paróquia no interior de Minas Gerais. É tudo o que sei.

— Interior de Minas Gerais?! E por que isso?!

— Lamento, senhor, mas não tenho essa informação. Se eu puder ajudá-lo de alguma outra forma... — justifica e encara o grandalhão, que torce a boca e respira fundo visivelmente decepcionado.

— Tudo bem, padre, com licença. — diz o homem e sai da igreja com passadas rápidas.

ψ

O telefone toca por três vezes até que Kátia se dispõe a esticar o braço e atender ao telefone sobre a mesinha de cabeceira.

— Alô.

— Bom dia, Luiza está?

— Luiza saiu. É Lívio quem está falando?!

— Sim, me desculpe. Pensei que você estivesse trabalhando.

— Tudo bem, eu estou de licença. É alguma coisa sobre as investigações?

— Na verdade, sim. Acabei de saber que o padre Humberto foi transferido para uma paróquia do interior de Minas Gerais.

— Como é que é?!

— Pois é, o padre foi transferido e o padre substituto não sabe exatamente para onde.

— Que absurdo! Devem estar articulando para abafar o caso, Lívio. Com certeza esse padre está envolvido nos casos de abusos. Quiçá aqueles padres lá do Colégio Dom Pedro também não estão.

— Se esse desgraçado estiver envolvido, ele vai ter que pagar pelos crimes que cometeu, Káti. O que eu queria é que Luiza me ajudasse a descobrir para que paróquia o desgraçado foi transferido. Receio que eu já esteja visado lá na paróquia e não vão me dar nenhuma informação nesse sentido. Talvez se Luiza fosse lá na igreja ou falasse com alguma das amigas dela.

— Eu vou falar com Luiza e vejo também de que forma eu posso ajudar. Não vou ficar de braços cruzados vendo esse bando de lobos ceifando a vida de crianças indefesas.

— Obrigado, Káti. De qualquer forma, peça para Luiza me ligar no finalzinho da tarde.

— Tudo bem.

ψ

Após uma conversa informal com os vizinhos, a delegada Gabrielle e a inspetora Érika retornam para a corregedoria sem conseguir nada de novo que possa levar aos autores da invasão e incêndio do apartamento. Pouco depois, os peritos também concluem a análise e coleta de vestígios e digitais em áreas não atingidas pelo fogo e liberam o local.

No final daquela mesma manhã tumultuada, a inspetora Érika e o inspetor Zecão entram no casarão que abriga a corregedoria e a inspetora é abordada logo na portaria:

— Érika, uma pessoa de nome Lívio já te ligou hoje umas duas vezes. O homem parece meio agitado.

— Tudo bem, Cris. Vou ligar pra ele.

— E seu apartamento?

— Uma merda só. Depois a gente conversa melhor. — profere a morena carrancuda e vai para a sala dos investigadores.

Zecão vai direto para a área do cafezinho, mas a morena prefere sua mesa de trabalho. Retira o blusão, colocando-o no encosto da cadeira, e senta-se. Disca um número e recosta-se na cadeira, ao mesmo tempo que observa Zecão próximo à mesa do cafezinho. Após a segunda chamada, a ligação é atendida:

...

— Bom dia, Seu Lívio. É a inspetora Érika. O senhor me ligou?

...

— Não estou sabendo de nada, Seu Lívio.

...

— Seu Lívio, tenha calma, por favor. O senhor tem a minha palavra: se esse padre tem culpa no cartório, ele não vai ficar impune!

...

— Vou averiguar e te mantenho informado.

...

— Tenha um bom dia, Seu Lívio. — a inspetora bate o telefone no gancho. — Merda!

Zecão aproxima-se e entrega um copo de café à morena enfezada.

— Senta aí, Negão.

O grandalhão senta-se fazendo cara de interrogação. A moça debruça-se sobre o tampo da mesa e gesticula como quem tenta reorganizar as ideias.

— Segundo Seu Lívio, o padre Humberto foi transferido de paróquia. Ele não conseguiu detalhes, mas informaram lá na igreja que ele foi para o interior de Minas Gerais. Seu Lívio acredita que isso é uma manobra para abafar qualquer tipo de escândalo.

— E provavelmente ele tem razão, Kika. Será que a Dr.ª Gabrielle está sabendo de alguma coisa?

— Sou capaz de apostar que sim, Negão. Tem pressão de todo lado para não criar nenhum atrito com a igreja. Também acho que estão tentando abafar o caso.

— E aí? Você vai falar com a delegada?

— Por enquanto, não. Cadê aqueles seus amigos lá de Minas? Vê se consegue descobrir alguma coisa com eles... Extraoficialmente, é claro.

— Tudo bem, Kika. Deixa comigo. Mas... e esse incêndio lá no seu apartamento?

— Acho que estavam atrás de mim.

— E você fala assim... com essa cara limpa... como se fosse algo sem importância?

— Você quer que eu faça o quê?! Que eu chore?!

Zecão respira fundo e dá de ombros.

— Você disse isso pra delegada?

— Isso o quê, pô?!

— Que estavam atrás de você.

— Eu disse que só podia ser coisa do Zanatta e ela perguntou se eu tinha provas. Enfim... Ela vai abrir um inquérito para apurar o caso... e a coisa fica aí... rolando pra lá e pra cá.

Zecão meneia a cabeça, franze a testa e gesticula incrédulo.

— Deixa essa zorra pra lá, Negão, e veja o caso do padre Humberto pra mim.

— Que merda, pô!

O grandalhão levanta-se, gira o corpo e vai em direção à sua mesa.

— Negão!

O grandalhão vira-se já próximo à mesa e a morena sinaliza para que ele volte até ela.

— Senta aí, Negão.

O homem franze a testa, olha desconfiado para a morena, agora com voz mansa, e se senta.

— Obrigada pelo apoio incondicional. — a morena olha firme nos olhos do grandalhão que abre um sorriso tímido e se recosta na cadeira. — E quer saber de uma? — diz isso e joga o corpo para a frente, aproximando-se ainda mais do homem sentado à sua frente. — Eu gosto quando você me chama de Kika.

O grandalhão sente uma queimação no rosto, empertiga o corpo, franze a testa e arqueia uma das sobrancelhas.

— Êhh! Tá me gozando, é?

Érika sorri e volta a se recostar na cadeira.

— Tô falando sério! Mas não pensa que você é o rei da cocada preta não, viu?

O grandalhão mostra-se tímido e fica sem saber o que falar.

— Deixa isso pra lá, Negão, e vai ver se consegue o que te pedi.

Zecão comprime os lábios, dá um sorriso desconcertado e retorna para sua mesa.

CAPÍTULO 53

No final da manhã daquele mesmo dia tumultuado, Zecão e Érika acomodam-se em uma das mesas da área de alimentação do Mercado do Rio Vermelho voltados para o estacionamento. Uma atendente aproxima-se com o cardápio e o entrega a Érika, que o repassa a Zecão.

— Vou querer o prato do dia, Negão.

Zecão passa os olhos rapidamente no cardápio e diz:

— Pra mim também, moça. Dois pratos do dia.

A atendente anota o pedido na comanda.

— Vão querer algo para beber?

— Uma água mineral, pra mim. — retruca Érika.

— Uma Coca-Cola, por favor. — diz Zecão.

A atendente anota os pedidos e se retira.

— Estava pensando... — murmura o grandalhão e corre as vistas em volta. — Esse incêndio em sua casa pode ser coisa dos milicianos.

— Negão, eu acho que o Zanatta está envolvido nisso e que ele e o delegado têm envolvimento com os milicianos e com o tráfico de crianças. Como não é segredo nenhum que estamos envolvidos nas investigações, acho que entrei na mira dessa bandidagem.

— Entramos, você quer dizer.

Érika respira fundo e meneia a cabeça.

— Negão, por acaso vi um documento sobre a mesa da delegada e dei uma olhadinha. Tratava-se de um relatório sigiloso sobre o delegado Alfeu listando os bens atribuídos a eles, mas que estão em nome de "laranjas". Cara... o homem é barra pesada! Mais de oito milhões em bens. Pode uma coisa dessas?!

— Você já viu o carrão do homem? Tudo bem que o cara é delegado e tem um salário mais ou menos.

— O carro é o de menos, Negão.

A atendente aproxima-se, Zecão e Érika calam-se, e serve a mesa; retira-se em seguida.

— O que mais você viu nesse documento?

— Nada, pô! A delegada estava por perto e eu não podia simplesmente sentar na cadeira dela e ler o documento de ponta-cabeça. Mas vi também outra pasta com o timbre de sigiloso. Estava escrito na capa: "padre três pontinhos".

— Que porra é essa de padre três pontinhos?

— Padre... três pontinhos, ora, dando a entender que é um relatório sobre algum padre. Eu aposto que tem a ver com esses casos que envolvem o colégio e a igreja.

— Você acha que a delegada está investigando os padres?

— É possível.

— E esse pessoal aí... Seu Lívio e companhia limitada?

— O que é que tem?

— Sei lá, tô achando o pessoal muito revoltado, querendo justiça de qualquer jeito.

— É... também estou preocupada, mas acho que eles entenderam o recado e vão ficar mais sossegados agora.

— Será, Kika?! Agora que o padre foi transferido de paróquia... sei não.

Érika respira fundo e limpa a boca com o guardanapo de papel.

— Particularmente acho que Seu Lívio vai tentar achar o padre por conta própria, por isso é importante que você fale com seus amigos lá de Minas. Por falar nisso, você já conseguiu falar sobre isso?

— Sim. Falei rapidamente com o inspetor Tadeu lá de Belo Horizonte. Pedi discrição, mas à noite volto a falar com ele.

— E esse cara é confiável?

— É meu cunhado, pô! O cara é gente boa.

— Não sabia que você tinha uma irmã morando lá em Belo Horizonte.

— Pois é.

Érika desvia os olhos para o estacionamento e nota uma moto parada ao lado dos carros.

— Aqueles dois caras estão olhando insistentemente pra cá, Negão. — ela aponta; Zecão olha para a inspetora e depois, para os motoqueiros.

Érika levanta-se, Zecão também. Os motoqueiros afastam-se e os dois policiais vão até o passeio em frente ao estacionamento. Observam os dois homens movimentando-se lentamente até pararem novamente no extremo oposto do estacionamento. Os dois elementos viram-se em direção aos policiais e um deles, o carona, aponta a mão simulando uma arma e gesticula como se atirasse em clara ameaça. O motoqueiro acelera a moto e desaparecem.

Zecão faz menção de correr até o local onde a moto parou, mas Érika o segura pelo braço.

— Vamos almoçar, Negão. Esses caras vão se fuder, mais cedo ou mais tarde.

ψ

Por volta das 14h10, a Dr.ª Gabrielle, a inspetora Érika e o inspetor Zecão entram na sala de necropsias do IML. O médico legista, um homem gordo da barba rala usando sapatos, roupas, jaleco e touca branca, os conduz até próximo a uma maca centralizada na sala. Sobre ela está o corpo encoberto por um lençol branco.

O legista faz gestos com a mão e balbucia:

— Um momento, por favor. — diz ele e vai até um armário lateral.

A sala fria que parecia confortável logo começa a incomodar. Érika e a Dr.ª Gabrielle cruzam os braços e fazem gestos de desagrado; Zecão mostra-se indiferente.

O legista volta com máscaras e as entrega aos três policiais que as colocam de imediato. O homem gordo e desajeitado puxa o lençol deixando à vista o corpo nu e pálido do cadáver que chama a atenção pelas inúmeras perfurações à bala. Um a um, após uma boa avaliação, os três policiais assentem gestualmente e o legista volta a cobrir o corpo.

Os três policiais retiram as máscaras diante do legista indiferente ao corpo.

— Já enviamos as digitais para análise do papiloscopista, Dr.ª Gabrielle. — afirma o legista. — Acredito que amanhã já poderemos confirmar se tratar ou não do... — o legista olha para uma etiqueta presa na mão do corpo. — do professor Bento Souza Carbonne.

— É o professor Bento Carbonne! — afirma categoricamente a inspetora Érika; Zecão confirma gestualmente.

O homem gordo dá de ombros.

— De qualquer forma, o corpo vai passar pelo reconhecimento da família antes de liberarmos o laudo definitivo.

— Obrigada, Dr. Bruno. O que vimos aqui já é suficiente, por ora. Por favor, me envie um relatório, mesmo que preliminar, o mais rápido possível.

— Tudo bem, doutora.

♈

    Assim que entram na corregedoria, Érika faz sinal para Zecão e os dois vão diretamente para a mesa do cafezinho. A morena serve-se, Zecão também, e voltam para a mesa de trabalho. Érika senta-se, recosta-se na cadeira e beberica o café esfumaçante. Zecão encosta-se na lateral da mesa, mantendo-se de pé, e comenta:

    — O cara foi executado sumariamente! Vários tiros no corpo, concentrados no peito, e um único disparo à queima-roupa e na testa... O tiro de misericórdia. Se você prestar atenção, Kika, foi uma execução típica das ações dos milicianos lá da baixada. Lembra-se daquela faxineira da igreja? A mesma coisa!

    — Pois é, Negão. Tudo gira em torno desses milicianos. Estamos apertando o cerco e os caras sabem disso.

    — E estão de olho em você!

    — Tô preparada. — a morena abre o blusão e bate com os dedos fechados sobre a blusa. — Tenho o colete e você pra me proteger.

    A morena pisca um olho para o grandalhão, ele sorri desconcertado.

    — Vou avisar Seu Lívio que encontramos o corpo do professor, antes que ele fique sabendo pela imprensa.

    Zecão volta para sua mesa e Érika faz a ligação:

    — Alô.

    — Bom dia, Seu Lívio, é a inspetora Érika.

    — Bom dia, inspetora. Conseguiu alguma coisa sobre o paradeiro do padre Humberto?

    — Ainda não, Seu Lívio, mas estamos trabalhando nesse sentido. Na verdade, te liguei para dizer que encontramos o corpo do professor Bento Carbonne crivado de balas.

    — Misericórdia! Tem certeza, inspetora, de que é o corpo do professor?

    — Ainda não temos o resultado do trabalho do médico legista e do papiloscopista, mas eu e o Zecão reconhecemos o cara.

    — Aquele maníaco sexual bem que mereceu, agora falta o padre Humberto.

    — Bom, era isso, Seu Lívio. Assim que tiver novidades, te aviso.

    — Ok. Obrigado, inspetora.

CAPÍTULO 54

Já escureceu quando o telefone toca insistentemente. Lívio sai do sanitário enrolado em uma toalha, vai até a sala e atende a ligação:

— Alô.

— Pai...

— Oi, Lú. Sua mãe te falou que o padre Humberto foi transferido de paróquia?

— Falou, meu pai. Pra mim isso prova que esse padre tem culpa no cartório.

— Pois é, filha. Acho que estão tentando abafar o caso. E o pior é que o padre que ficou no lugar dele disse que não sabe para que paróquia ele foi transferido.

— Eu vou conversar com as pessoas... Alguém deve saber pra onde ele foi.

— Tudo bem, filha. Faça isso, mas com discrição. Não vá se expor sem necessidade.

— Estou pensando em ir lá na paróquia e dar um jeito de conversar com o padre ou com os coroinhas. Quem sabe algum deles sabe de algo?

— Veja aí e, qualquer coisa, você me fala. Outra coisa, Lú. Parece que mataram o professor Carbonne. O corpo foi encontrado em uma rodovia perto de Jequié. A inspetora Érika disse que reconheceu o professor, mas estão esperando um laudo oficial para confirmar.

— Bem feito! Aquele desgraçado teve o que mereceu.

— Pois é, Lú. Só que com a morte do professor Carbonne fica um pouco mais difícil confirmar o envolvimento do padre Humberto nos abusos de crianças. Resta agora localizar alguém lá do tal abrigo de crianças que esteja disposto a falar.

— Eu não sei o senhor, pai, mas pra mim está claro que esse padre Humberto está envolvido nesses abusos e ele vai ter que pagar por isso.

— Eu sei, Lú, mas vamos com calma, tá?

— Tudo bem, meu pai. Eu vou combinar com Edinho pra gente ir lá na igreja e depois te ligo. Tchau, pai.

— Tchau, filhota.

Ψ

Zecão é o primeiro a entrar no apartamento. Acende a luz, joga a mochila sobre o sofá e verifica cômodo por cômodo antes de relaxar e guardar a pistola no coldre. Érika larga a sacola de roupas no chão e se apressa em abrir a cortina e a janela da sala deixando entrar ar fresco no apartamento abafado. Contempla rapidamente a vista noturna e vai para o quarto. Joga a sacola ao lado da cama e abre a cortina e a janela.

— Kika, vou pedir alguma coisa pra comer.

A morena aparece na porta do quarto.

— Eu também quero, Negão, mas comida de verdade.

— Vou pedir um filé com fritas pra mim.

— Então pede pra mim também. Ahn... E água mineral. Enquanto isso, vou tomar um banho.

O grandalhão dos olhos cor de mel liga para o restaurante e faz o pedido escutando o som abafado do rádio vindo do quarto: toca a música Mulher Brasileira de Benito di Paula misturada ao som da água do chuveiro.

— Manda dois filés com fritas, dois litros de água mineral, duas cervejas e duas Coca-Colas.

— Ok. Dois filés com fritas, dois litros de água mineral, duas cervejas... Brahma ou Antarctica?

— Brahma!

— Certo. Duas Brahmas e duas Coca-Colas. Qual o apartamento, senhor?

— Apartamento 12013.

— Tudo bem, senhor. Deve levar mais ou menos uns 30 minutos.

— Tudo bem.

Zecão desliga o interfone e vai até a porta do quarto de onde escuta mais claramente a música tocando no rádio e o som da água do chuveiro. Nota que a porta do sanitário está semiaberta; respira fundo e fecha a porta do quarto.

Senta-se no sofá, ao lado da mesinha com o telefone, e disca para a residência da irmã, em Belo Horizonte. Após a terceira chamada uma voz feminina atende:

— Alô.

— Tina?

— Alô!

— Tina... é Zecão.

— Oi, Zeca. Tudo bem, meu irmão?

— Na luta. E aí... como estão as coisas?

— Tudo bem? Quando é que você vem passar uns dias aqui com a gente?

— O quê? Tá um pouco baixo.

— Quando você vem aqui?!

— Uma hora dessas eu apareço aí e vou levar uma amiga comigo.

— Amiga?! Você tá namorando, mano?

O grandalhão sorri e olha para o quarto. Apesar de a porta estar fechada, continua escutando o som abafado da música tocando no rádio e a água do chuveiro.

— Namorando... namorando, não. Quer dizer... Ah, sei lá, mana. Deixa isso pra lá. Eu estou precisando falar com Tadeu. Ele está aí?

— Tá sim. Espera aí, mas venha e traga sua amiguinha.

— Zeca...

— Oi, Tadeu. Tudo bom?

— Tudo bem, cara. Que história é essa de amiguinha?!

— Tem amiguinha nenhuma não, cara. É a inspetora Érika, minha parceira.

— Parceira, é?! — ironiza Tadeu.

Zecão volta a olhar para a porta do quarto e fica de costas.

— Mas ela é uma gata, amigão. Você ainda vai conhecer a morena.

— Tá apaixonado, hein!

— Deixa essa porra pra lá. O que eu quero saber é se você entendeu o caso lá do padre Humberto. O homem foi transferido para uma paróquia do interior de Minas e a turma daqui tá fazendo gosto ruim para investigar o cara...

Ψ

Luiza sai do banho enrolada na toalha e para em frente ao espelho para escovar os cabelos no exato momento em que a mãe entra no quarto.

— O que você achou dessa história do padre Humberto ser transferido e ninguém saber pra onde?

— Acho que ele deve estar envolvido nessa história de abuso de crianças, minha mãe, se não por que ele iria desaparecer assim, sem que ninguém saiba para onde ele foi?

— A gente não pode deixar esse safado escapar.

— E não vamos!

O telefone toca e Kátia vai até a sala atender. Instantes depois, chama a filha:

— Luiza... Telefone pra você.

A moça aparece na porta do quarto.

— Quem é, minha mãe?

— Acho que é aquele rapaz... o Elder.

— Elder?!

A moça corre para atender à ligação.

— Alô.

— Lú... Elder.

— Oi, Edinho. E aí?

— Tava pensando se a gente podia conversar um pouquinho...

— Claro! Por que você não vem aqui em casa?

— Tem certeza de que não vou te atrapalhar?

— Claro que não, Edinho.

— Então tá bom. Daqui meia hora eu chego aí.

— Tô te esperando. Tchau.

A moça desliga o telefone e começa a saltitar na sala.

— Edinho vem me ver... Edinho vem me ver.

— Que alegria é essa, menina? — questiona Kátia.

— Edinho vem me ver, ora, e eu vou me vestir.

A moça corre para o quarto e Kátia acompanha a filha.

— Você tá namorando com esse rapaz?!

— Não, minha mãe.

— Sei... Pois não parece.

— Oxe!... Tô achando a senhora mais animada esses dias.
— E estou mesmo! Acho que eu precisava era de um objetivo na vida.
— E o que foi assim?!
— Botar esse bando de pedófilos da cadeia, ora.
— É isso mesmo, minha mãe, e a gente vai conseguir!

ψ

— É isso aí, Tadeu. Vê se descobre onde esse cabra tá se escondendo, mas sem alarde. Eu e a inspetora Érika estamos investigando discretamente esse padre e na hora que a gente encontrar algum rastro que o incrimine... a gente grampeia o elemento.

— Deixa comigo, Zeca. Vou falar com uns camaradas do interior. Mais cedo ou mais tarde o cabra vai aparecer. E quando é que você vem aqui?

— Nas férias, quem sabe.

— Vem mesmo, moço. E traz a inspetora Érika com você pra experimentar a comida mineira.

— Deixa de onda, Tadeu. Você acha mesmo que a ela vai querer ir pra aí comigo?! Pirô de vez.

— Do jeito que você falou dessa inspetora, achei que vocês já estavam casados.

— Oxe, que casado o quê, homem? Ôh... Deixa eu ir lá que a conversa tá ficando enrolada. Tchau, Tadeu. Dá um abraço em Tina.

Zecão desliga o aparelho e fica pensativo.

— Que história é essa dela querer ir... Sei lá o quê... Num tô casado!

Zecão assusta-se e gira o corpo em direção à morena. Ela veste-se com um shortinho jeans, uma camiseta de malha sem manga e está encostada na porta do quarto; braços cruzados, testa franzida e olhar severo e desconfiado.

— Ôh... Quer me matar de susto?! Eu estava falando com meu cunhado.

— Sei... E que história é essa de não sei quem não ia querer ir?

— Não... Quer dizer. Tadeu me chamou pra ir visitá-los... lá em Belo Horizonte... e falou pra te levar pra conhecer a comida mineira. Eu só disse que você não ia querer ir pra lá comigo. Pô!

— E quem disse que eu não quero ir?!

— Ahn?!

— Diga a seu cunhado e sua irmã que se me convidar, eu vou sim. Com você, é claro.

— Tá falando sério?!

Érika sorri maliciosamente e muda de assunto.

— E aí? Cadê o padre?

Zecão respira fundo e se levanta.

— Expliquei direitinho a situação e ele vai cuidar do assunto junto com uns camaradas dele do interior. Agora é ter paciência e esperar.

— Não estou com muita paciência não, mas tudo bem. Cadê o rango?

— Deve estar chegando. Posso tomar um banho agora?

— Claro. Vá lá, Negão.

Ψ

O interfone toca e Kátia atende:

— Alô.

— Elder está aqui na portaria. Ele quer falar com Luiza.

— Tudo bem. Luiza já vai descer.

Kátia desliga o interfone e vai até o quarto da moça.

— Luiza, o rapaz já chegou.

A moça olha-se no espelho e ajeita os cabelos.

— Tô bonita?

— Tá linda, minha filha. Desce logo que o rapaz tá esperando.

Ψ

Luiza sai do elevador e vê o rapaz sentado em uma das mesas do playground, em frente ao hall dos elevadores. Esforça-se para conter a euforia, mas não consegue esconder o sorriso largo estampado no rosto. O rapaz levanta-se ao ver a moça se aproximando. Está nervoso e envergonhado, mas seus olhos brilham ao ver o sorriso da moça. Os dois cumprimentam-se com um beijo na face.

— Que bom que você veio me ver, Edinho.

A moça senta-se; o rapaz, também. Os dois estão tímidos, mas Elder se sente também inseguro.

— Eu queria te ver, Lu... e falar um pouco sobre tudo o que se passa na minha cabeça... e quem sabe eu possa fazer uma mudança radical na minha vida.

A moça percebe que o rapaz está tenso e emocionado.

— Edinho, vamos pra aquele cantinho ali, assim a gente pode conversar com mais privacidade.

Luiza levanta-se, estende a mão para o rapaz, ele levanta-se, e vão para uma das mesas no canto esquerdo do playground, atrás de uma das pilastras. Os dois voltam a se sentar, mas Luiza faz questão de ficar bem próxima do rapaz.

— Sabe, Lú, tem umas coisas que preciso falar... e sinceramente não sei como dizer isso... mas essas coisas estão me sufocando — o rapaz fica trêmulo. —, e eu preciso falar.

— Calma, Edinho! — a moça segura na mão do rapaz. — Pode falar.

O rapaz fixa o olhar no piso e meneia a cabeça várias vezes.

— Não sei como falar sobre isso.

— Apenas diga o que vier na sua cabeça, Edinho.

O rapaz respira fundo sem encarar a jovem nos olhos.

— Lú, a primeira vez que tive contato com sexo eu devia ter entre 11 e 12 anos de idade... e isso aconteceu da pior maneira possível. Hoje eu já consigo racionalizar melhor as coisas, quer dizer... nem tanto assim. Mas naquela época foi tudo muito confuso... — o rapaz abaixa as vistas. — Eu era apalpado... por todos os lados... e no final o professor me masturbava... — o rapaz meneia a cabeça seguidamente, sempre de cabeça baixa e sem encarar a moça. — Foi apavorante, mas a primeira vez... foi também muito bom... diferente de tudo o que já tinha experimentado e isso mexeu com minha cabeça. Medo... pânico... prazer... conflito de identidade... Tudo se misturava e no fim deu um nó na minha cabeça. — o rapaz respira fundo e a moça aperta sua mão sem falar nada. — Ao mesmo tempo que ele me ameaçava, ele me fez acreditar que eu tinha que usar um medalhão de São Bento para ficar protegido das ciladas do demônio, como ele falava.

— Ciladas do demônio?!

— Ele falava que o demônio estava me espreitando... Meu Deus! Quando eu não usava o tal medalhão eu tinha pesadelos terríveis, aliás, ainda tenho... mas estou decidido a superar isso, Lú.

— E você vai conseguir, Edinho.

O rapaz respira fundo, toma coragem e encara a moça nos olhos.

— O pior de tudo isso, Lú, é que em todo esse tempo eu não consegui saber quem eu sou realmente... Você entende?

— Com assim, Edinho?

O rapaz solta a mão da garota e se levanta. Vai até a mureta lateral que separa o playground do acesso às garagens, senta-se no beiral que antecede o canteiro com icsórias cuidadosamente podadas e floridas, apoia os cotovelos sobre os joelhos e cobre o rosto com as duas mãos.

Luiza senta-se ao lado.

— Você não tem que falar nada disso comigo, Edinho. Eu gosto de você do jeito que você é e nada mais importa. O que passou... passou e pronto!

— Lú... durante muito tempo eu me senti atraído ora por meninos, ora por meninas... Você entende isso?! — o rapaz diz isso com voz trêmula; Luiza mostra-se tensa e carrancuda. — Eu disse meninos e meninas! — insiste Elder. — E eu me sinto muito envergonhado... fragilizado... Aí aparece você... e tudo muda. Agora eu me sinto completamente atraído por você... — a moça arregala os olhos. — e isso está me deixando ainda mais perturbado.

O rapaz levanta-se, Luiza também. A moça está confusa e sem ação. O rapaz sente-se envergonhado e inseguro. Vai embora de rompante sem que a moça esboce uma reação.

ψ

Zecão sai do banho descalço, usando um bermudão jeans com uma camiseta branca e ostentando seu inseparável correntão de ouro no pescoço. Érika está encostada na janela contemplando a vista noturna da cidade e sente cheiro de perfume no ar.

— Eita! Tá cheiroso, hein, Negão! Vai pra onde assim?

O grandalhão sorri e dá uma resposta pronta:

— Tô procurando uma costelinha pra me encostar, ora.

A morena sorri com desdém.

— Já te disse o que você deve fazer quando bater essas vontades de se encostar em alguma costelinha.

— Ôhh! Bora comer que é melhor. — o grandalhão aponta para a bandeja com os pratos sobre a mesa.

ψ

Luiza entra em casa, cara amarrada, e vai direto para o quarto. Os avós mostram-se preocupados, mas é Kátia quem vai até a filha.

— Aconteceu alguma coisa, Lú?
— Não, minha mãe. Me deixa sozinha, tá?
— Lú...
— Por favor, minha mãe. Depois a gente conversa, tá?

Kátia assente gestualmente e, apesar de preocupada com o jeitão melancólico da filha, sai do quarto. Luiza bate a porta e se joga sobre a cama. Sente-se confusa sobre o que Elder lhe confidenciou, mas está aborrecida por ter deixado o rapaz sair sem que o acolhesse. Em meio a esses sentimentos contraditórios, começa a chorar com o rosto enfiado no travesseiro.

ψ

Elder estaciona a moto na garagem do sobrado e entra em casa sem falar com Isadora e Lívio, que estão deitados na rede presa em um dos cantos da varanda.

— Você viu isso, Lívio?!
— Edinho parecia aborrecido. Será que aconteceu alguma coisa?!
— Sei lá! Ele saiu daqui falando que ia se encontrar com Luiza.
— Estranho! — Lívio levanta-se da rede e ajuda Isadora a sair. — Os dois pareciam estar se entendendo.

Isadora respira fundo, braços cruzados e fixa o olhar na porta da sala.

— Edinho estava tão bem esses dias. O que será que aconteceu?

Lívio abraça Isadora pelas costas e lhe dá um beijo carinhoso no pescoço.

— Não deve ser nada sério. Eles são jovens e logo voltam a se entender.
— Tomara, Lívio... Tomara!

Lívio gira em torno de Isadora e os dois ficam de frente, olhos nos olhos.

— Eu já disse que te amo?

Isadora abraça o grandalhão pelo pescoço e olha em seus olhos.

— Eu também te amo, Lívio, muito! Aliás... essa é a primeira vez que sinto algo tão forte assim... e tenho medo que tudo se acabe como em um passe de mágica.

Lívio dá um beijo na testa da morena.

— Vai dar tudo certo, você vai ver.

Os dois beijam-se longamente.

ψ

Dona Núbia bate à porta do quarto de Elder, mas o rapaz não se manifesta. Ela vocifera:

— Telefone pra você, Edinho. É uma tal de Luiza.

A porta abre-se.

— Quem?!

— Luiza.

O rapaz corre para a sala e atende o telefone:

— Alô!

— Edinho...

— Lú...

— Dá pra você vir aqui de novo só pra eu te dar um abraço?

— Tô indo, Lú.

O rapaz desliga o telefone, abraça a vó, dando-lhe um beijo na testa, e vai correndo para o quarto. Volta com o capacete na mão e toma o rumo da varanda. Passa por Isadora e Lívio, que estavam se beijando, entra na garagem e monta na moto enquanto abre o portão eletrônico.

— Vou ali rapidinho, mãe. Boa noite, Seu Lívio.

Lívio e Isadora olham, atônitos, o rapaz acelerar e sair com a moto deixando o portão aberto.

Dona Núbia aparece na porta.

— Luiza ligou e o menino saiu parecendo um doido.

— Bem, parece que eles se resolveram mais rápido do que eu esperava. — pondera Lívio.

— Graças a Deus! Esse menino merece ser feliz, nem que seja um pouquinho.

— Eles vão ser muito felizes, Isa. — afirma Lívio. — Com fé em Deus!

ψ

Elder estaciona a moto em frente ao prédio, retira o capacete e o dependura no guidão. Luiza já o esperava na portaria, em frente ao portão.

Ela sinaliza para o porteiro, o portão eletrônico abre-se e a moça corre para abraçar o rapaz.

— Me desculpe, Edinho, por ter sido preconceituosa e insensível. — murmura a moça agarrada ao pescoço do rapaz.

— Você é a melhor coisa que já me aconteceu, Lú.

Luiza solta o pescoço do rapaz, afasta-se um pouco e o encara, olho no olho.

— Se você veio até aqui é porque você sente alguma coisa por mim e eu vou esperar o tempo que for necessário. — diz ela.

Agora é o rapaz quem abraça a moça, meio sem jeito, segurando-a forte pela cintura. O jovem sente o coração acelerado, beija a testa da moça e ela fecha os olhos. De um ímpeto ele arrisca beijar a jovem em seus braços; suas bocas tocam-se. A moça trança os braços em seu pescoço e corresponde ao beijo e assim ficam até se sentirem sufocados.

Os dois olham-se e Luiza sugere, com voz dengosa:

— É melhor você ir agora, que já é tarde.

O rapaz sorri e eles voltam a se abraçar. Ele sussurra ao pé de ouvido:

— Gosto muito de você.

— Eu também gosto muito de você, Edinho. — responde a moça e dá um passo atrás.

Elder monta na moto, coloca o capacete, liga a máquina, acena para a moça, ela retribui, e acelera rua abaixo.

Ψ

Érika apaga a luz do quarto, enfia-se embaixo de um lençol fino e fica de lado, abraçada com o travesseiro ouvindo o rádio tocando baixinho, como um sussurro, uma canção romântica. A morena fecha os olhos, mas sua mente está no parceiro.

Zecão apaga a luz da sala, deita no colchonete e tenta se ajeitar com o lençol. Vira-se de um lado para o outro até se esbarrar em um dos pés da cadeira. O ruído reverbera no apartamento silencioso e escuro.

— Ôh, Negão, ainda tá procurando uma costelinha pra se encostar?! — soa a voz de Érika vinda do quarto.

O grandalhão sorri.

— Não vou ligar pra minha mãe, não, ôhh.

Um silêncio se segue, a moça levanta-se e vai até a porta do quarto.
— Negão, que tal você vir dormir na cama comigo?
Zecão assusta-se com a proximidade da voz. Senta no colchonete e se vira. Vê o vulto da morena de camiseta e calcinha.
— Tem certeza?!
A moça vira-se e volta para a cama.
— Tô te esperando, Negão!
O grandalhão pega o travesseiro e vai para o quarto. Vê a morena deitada de lado, virada para o outro lado. Senta-se na beirada da cama e escuta a canção envolvente.
— Kika...
A moça vira-se, dengosa.
— Deita aqui e me abraça um pouquinho.

CAPÍTULO 55

Domingo, 2 de fevereiro de 1975.
Quatro dias depois...

Luiza e a mãe acomodaram-se na parte intermediária da igreja lotada de fiéis e acompanham a última missa do dia celebrada pelo padre Lucas. Kátia está centrada, mas a jovem se mostra agitada e não consegue se ater às palavras do vigário. Aproxima-se da mãe e murmura:

— A senhora espera aqui que eu vou ficar lá na frente.

— Espera um pouco, minha filha. A missa já vai acabar.

Luiza faz muxoxo; a senhora sentada ao lado se mostra incomodada com o murmurinho e pede silêncio gestualmente.

A voz do padre reverbera com as últimas palavras da celebração e a moça resolve aguardar.

— Abençoe-vos, Deus Todo-Poderoso, Pai e Filho e Espírito Santo.

— Amém!

— Glorificai o Senhor com vossa vida. Ide em paz, e o Senhor vos acompanhe.

— Graças a Deus.

As pessoas movimentam-se para sair da igreja, mas o padre as interrompe:

— Um momento, por favor.

A maioria estaca-se para ouvir o padre, outros, indiferentes, deixam o recinto aos poucos, mas ele profere:

— Várias pessoas têm me procurado no intuito de saber para que paróquia o padre Humberto Papallotzy foi transferido e o motivo. Lamento, sinceramente, não ter mais informações para passar aos senhores e senhoras, a não ser o fato de que o padre vinha comentando que estava vivenciando problemas pessoais e que pretendia solicitar um afastamento temporário. Oportunamente, comunico aos senhores que a partir de amanhã estarei assumindo oficialmente a coordenação da nossa paróquia e conto com o apoio e a participação de todos da nossa comunidade. Obrigado.

Um burburinho toma conta do recinto enquanto os fiéis saem da nave. Luiza não se intimida com o aviso.

— Vou falar com o padre assim mesmo, minha mãe. — a moça diz isso e olha fixamente para o homem com as vestes eclesiásticas arrumando o altar-mor ao lado de uma senhora. — Venha comigo.

As duas saem pela lateral direita da igreja, andando com dificuldade em meio à turba barulhenta. Assim que se aproximam do altar, Luiza avista dois coroinhas no corredor lateral indo em direção à sacristia. A moça desiste do padre, segura a mãe pelo braço e segue em direção ao corredor. Alcança os dois rapazotes na porta da sacristia.

— Boa noite, posso falar com vocês um minuto? — diz Luiza.

Os dois garotos entreolham-se, dão de ombros e assentem gestualmente.

— É que eu preciso muito encontrar o padre Humberto. É um assunto de interesse dele, mas o padre Lucas já disse que não sabe para que paróquia ele foi transferido. Vocês sabem de alguma coisa ou conhecem alguém que possa nos ajudar?

Os dois rapazes encaram-se novamente de forma interrogativa. Luiza insiste:

— Minha mãe é muito amiga da família do padre Humberto e eles estão muito preocupados. É que o padre não avisou nada e ele pode estar precisando de ajuda.

— Tem uma pessoa que sempre vinha aqui visitar o padre aos domingos à noite. Talvez ele saiba de alguma coisa. Eu sei que chamavam ele de Betinho e que ele já foi coroinha daqui da paróquia.

— Betinho?! Vocês não sabem o nome completo desse rapaz?

— Não, mas amanhã cedo vocês podem vir aqui e falar com Dona Célia. Ela deve ter o telefone ou o endereço do Betinho.

— Ahn, certo. Dona Célia. Valeu, obrigada.

As duas viram-se e dão de cara com o padre Lucas.

— Boa noite! — diz o padre e sorri gentilmente; os coroinhas entram na sacristia; Kátia e Luiza ficam estáticas.

— Posso ajudá-las em alguma coisa?

— Nós estamos procurando um rapaz que sempre vinha aqui aos domingos. — responde Luiza. — As pessoas o conheciam por Betinho.

O padre franze a testa, desconfiado.

— E vocês são o quê desse rapaz?

— Hamm... — sem saber o que responder, Luiza encara a mãe.

— Esse rapaz, o Betinho, ele sempre visitava o padre Humberto e talvez ele saiba onde podemos encontrá-lo. — responde Kátia.

— Se bem entendi, na verdade vocês querem falar com o padre Humberto.

Kátia assente gestualmente e reafirma verbalmente:

— Sim, mas o senhor já disse que não tem mais informações.

— Certamente que não, senhora.

— Talvez o senhor possa nos dar o endereço desse rapaz. — intervém Luiza.

O padre respira fundo e mostra-se intrigado.

— Afinal, o que vocês querem com o padre Humberto?!

— Padre Lucas...

A porta da sacristia se abre, interrompendo a fala de Luiza, e os dois coroinhas saem.

— Boa noite, padre Lucas. — despede-se um dos coroinhas; o outro acena timidamente.

— Boa noite e que Deus abençoe vocês. Vamos conversar aqui na sacristia. — o padre aponta para que Luiza e Kátia entrem.

O padre fecha a porta e encara severamente Luiza. Ela reage.

— Vou ser muito honesta com o senhor, padre. Tem a ver com a morte do garoto Eduardo, o que foi abusado aqui nesta sacristia pelo padre Rosalvo e pelo professor Carbonne.

O padre benze-se.

— Mas por que vocês querem falar com o padre Humberto? Até onde sei, ele não tem nada a ver com esse fato horrendo.

— E por que ele foi transferido de paróquia dessa forma misteriosa?

O homem dentro da sotaina mostra-se nervoso.

— Foi uma decisão da diocese... e não costumamos questionar essas ordens.

— Padre Lucas, temos razões para acreditar que o padre Humberto está envolvido em abusos de menores, apesar de não termos provas irrefutáveis, mas não vamos deixar isso cair no esquecimento. Por enquanto queremos apenas saber onde ele está.

O vigário movimenta-se com passadas curtas de um lado para o outro, visivelmente nervoso. Batem à porta, ela se abre parcialmente e uma senhora enfia o rosto.

— Desculpe, padre. É só pra avisar que já fechamos a igreja e que estamos de saída.

— Tudo bem. Obrigado, Dona Edna.

A senhora sai e fecha a porta. O padre respira fundo e encara mãe e filha nos olhos.

— Como disse, eu realmente não sei para que paróquia o padre Humberto foi transferido e confesso que fiquei chocado com esse caso do garoto Eduardo, mas não passou pela minha cabeça que o padre Humberto pudesse estar envolvido de alguma forma.

— Pois é, padre — pondera Kátia. —, tudo leva a crer que a igreja está pressionando a polícia para abafar o caso e já que o senhor não sabe para que paróquia o padre Humberto foi transferido, talvez o senhor possa nos passar o endereço do Betinho.

O padre sente-se eticamente pressionado. Cobre o rosto com as duas mãos e faz um instante de reflexão.

— Como é o nome de vocês?

— Kátia e ela é minha filha... Luiza.

— Muito bem, Dona Kátia, me esperem aqui, por favor.

O padre sai da sacristia deixando a porta aberta.

— Mãe, acho que ele realmente não sabe onde o padre Humberto está.

— É, parece que não.

As duas examinam atentamente a decoração da sacristia enquanto esperam. Instantes depois, o padre retorna, com o semblante carregado, e entrega um pedaço de papel à Kátia.

— Aqui tem o endereço do Betinho. Peço às duas, discrição, por favor.

Kátia lê o endereço no papel e entrega-o à filha.

— Tudo bem, padre. Obrigada. Vamos conversar com esse rapaz, quem sabe ele possa nos ajudar.

O padre respira fundo, sentindo-se mais aliviado, assente e aponta para a porta de saída.

— Venham comigo, por favor. A igreja já está fechada e vocês terão que sair pelos fundos.

ψ

Lívio e Isadora esperam por Kátia e Luiza acomodados no interior do carro, mas ficam nervosos quando veem o estacionamento esvaziar e as portas da igreja serem fechadas. Fixam-se em Elder, que está de pé em frente ao gradeado da igreja. O rapaz está inquieto, olhando de um lado para o outro, preocupado com a demora. Por fim, decide ir até o Passat do outro lado do estacionamento.

Lívio e Isadora saem do carro e o rapaz se aproxima com passadas rápidas.

— Será que aconteceu alguma coisa, gente?! — diz Elder.

— Elas devem estar conversando com o padre. — pondera Lívio.

— Será que não é melhor a gente ir até lá? — diz Isadora.

Os três mostram-se indecisos. Elder corre as vistas em volta até alcançar um casal de pé próximo a um Chevette vermelho. O rapaz fixa o olhar, franze a testa e aponta.

— Aquela ali não é a inspetora Érika e o parceiro dela?!

Lívio e Isadora giram o corpo e olham em direção ao apontamento do rapaz.

— Sim! — responde Lívio. — É a inspetora Érika, sim.

O casal nota que está sendo observado e resolve se aproximar.

— Boa noite, Seu Lívio, Dona Isadora, Elder. Pelo jeito vocês não vieram para a missa. — ironiza Érika; Zecão desvia o olhar em direção à igreja.

— Na verdade, não. — responde Lívio.

— Aquelas duas ali não estão com vocês? — diz Zecão e aponta para a lateral da igreja.

O grupo vira-se; Luiza e Kátia param ao perceber a presença da inspetora e do parceiro; Elder corre até elas.

Lívio sorri, desconcertado.

— Sim. É minha filha e a mãe.

— Presumo que vocês estejam tentando descobrir para onde o padre Humberto foi. — comenta Érika.

— Bem, inspetora, já que a polícia está cheia de restrições para investigar os padres, nós resolvemos fazer isso por conta própria.

— Não posso culpá-los, Seu Lívio, mas vocês estão se expondo.

Luiza, Kátia e Elder juntam-se ao grupo.

— Conseguiram alguma coisa? — Questiona Lívio.

Luiza olha desconfiada para a inspetora e Lívio pondera:

— Creio que podemos confiar na inspetora. Conseguiram descobrir alguma coisa?

— O padre Lucas parece que realmente não sabe de nada, mas conseguimos o endereço de um rapaz de nome Betinho. — retruca Luiza. — Segundo dois coroinhas com quem conversamos, esse rapaz costumava visitar o padre Humberto nos domingos à noite. Pode ser que ele saiba de alguma coisa. Aqui está o endereço. É perto do Jardim dos Namorados.

Lívio lê o bilhete e afirma:

— Eu vou falar com esse rapaz.

Érika torce a boca e cerra o cenho, preocupada.

— Seu Lívio, posso ver esse endereço?

Lívio hesita e olha para os demais; Isadora e Kátia dão de ombros; Luiza e Elder também se mostram reticentes.

— Só quero ajudar! — afirma a inspetora.

Lívio decide mostrar o bilhete. A inspetora o lê rapidamente.

— Acho que sei onde fica isso. Talvez seja melhor eu ir com o Zecão falar com esse rapaz, Seu Lívio. É mais seguro para vocês. Sei que não tenho o direito de exigir nada, afinal foram vocês que conseguiram localizar esse possível informante, mas temo pela segurança de vocês caso fiquem por aí fazendo perguntas.

Um burburinho se forma.

— Vamos fazer o seguinte, inspetora. — retruca Lívio. — Nos dois vamos falar com esse rapaz. Isadora, Kátia, Luiza e Elder, vocês voltam para casa, ok?

Os quatros mostram-se contrariados, mas assentem.

— Combinado, então. — afirma a inspetora. — Eu estou de moto, mas Zecão está de carro e o senhor pode ir com ele.

Lívio assente. Respira fundo e aproxima-se da filha.

— Lu, você fica com meu carro e leva Isadora e sua mãe para casa. Tudo bem, Elder?! Depois a gente se fala.

Todos assentem gestualmente.

— Ok! Então, vamos lá. — diz a inspetora.

ψ

Érika estaciona a moto no início da Travessa indicada no endereço e Zecão estaciona o Chevette encostado ao meio-fio com o pisca-alerta ligado. Lívio salta e entra pela ruela mal iluminada em companhia da inspetora. Procuram pela casa de número oito.

— Acho que é aquela ali, Seu Lívio. — Érika aponta para a quarta casa à esquerda, um sobrado de dois andares.

Os dois aproximam-se e conferem o número de identificação.

— Acho que é lá em cima, inspetora. Subindo essa escada aí.

Érika vai à frente pela escada lateral, ouve ruído da televisão ligada, e toca a campainha. Uma senhora abre a portinhola da porta.

— Pois não? — diz ela, desconfiada.

— Boa noite. Seu Roberto da Anunciação Ribeiro está?

A mulher franze a testa.

— Quem quer falar com ele?

— Érika e Lívio lá da paróquia do padre Humberto.

— Hamm... — murmura a senhora e franze a testa. — Mas o padre Humberto não se mudou lá pra Minas Gerais?!

— É verdade, mas precisamos falar com Seu Roberto.

— Sobre o quê? — insiste ela desconfiada.

— Só com ele mesmo, senhora.

— Ahn... Betinho!! — vocifera a senhora gordinha com os cabelos envoltos em um lenço florido.

Um rapaz gordinho, de bochechas proeminentes, pescoço largo e cabelos encaracolados surge vindo de um dos quartos. A senhora abre a porta.

— Betinho, esse pessoal quer falar com você. Eles são lá da paróquia do padre Humberto.

O rapaz das feições delicadas mostra-se surpreso.

— Padre Humberto?!

— Nós precisamos conversar com você em particular. — diz a inspetora. — Pode ser?

O rapaz hesita, mas assente.

— Entrem, por favor. — diz o rapaz.

Érika olha rapidamente para Lívio e entram na pequena sala com um sofá de três lugares de um lado, duas cadeiras de madeira com assentos de almofadas, do outro lado, e uma televisão sobre um pequeno rack.

— Podemos conversar em particular? — reforça a inspetora.

— Pode falar aqui mesmo, minha filha. A gente não tem segredo aqui em casa, não.

— Minha mãe, para com isso. — retruca o rapaz.

A senhora gordinha fecha o semblante e se senta em uma das cadeiras.

— Podemos conversar aqui no meu quarto. — o rapaz aponta. — Entrem, por favor.

Érika estranha o jeitão educado do rapaz, torce a boca e olha rapidamente para Lívio; o grandalhão dá de ombros.

— Venham. — insiste o rapaz sob o olhar reprovador da mãe.

Os três adentram o quarto mobiliado com uma cama de solteiro forrada com um lençol florido, um guarda-roupa de duas portas, um baú preto e uma escrivaninha. O quarto apresenta várias infiltrações pelas paredes desbotadas e emboloradas, principalmente próximo ao forro plástico do teto, e cheira a mofo.

O rapaz abre a janela voltada para os fundos do sobrado, entra ar fresco, e o odor desagradável desaparece aos poucos.

— Quem são vocês? Não me lembro de vocês lá na paróquia.

Érika olha para o rádio ligado sobre a escrivaninha.

— É melhor deixar ligado. Minha mãe é muito indiscreta.

— Certo, entendi. — concorda Érika; Lívio está carrancudo e cruza os braços. — Seu Roberto...

— Podem me chamar de Betinho. Todos me chamam assim... e eu não me importo.

— Tudo bem, Betinho... É que nós precisamos falar com o padre Humberto, só que ele foi transferido de paróquia e lá na igreja ninguém sabe informar para onde ele foi.

— Certo. E quem são vocês? A senhora parece uma policial.

Érika olha para Lívio, comprime os lábios e apresenta sua credencial ao rapaz.

— Eu sou inspetora da polícia civil, mas estamos aqui em uma visita informal. — o rapaz franze a testa, demonstrando preocupação. — E esse é Seu Lívio.

— Eu sou pai de uma criança que se suicidou anos atrás depois de ter sido abusado por um dos professores e por um padre.

O rapaz arregala os olhos e coloca uma das mãos sobre a boca.

— Sinto muito, Seu Lívio, mas o que eu tenho a ver com tudo isso?

— Absolutamente nada, Betinho! — reage a inspetora. — Tudo o que precisamos é encontrar o padre Humberto e conversar com ele.

— O padre não quer que ninguém saiba onde ele está. — retruca o rapaz e aponta para a cama. — Sentem-se um pouco.

— Não é preciso. — retruca Érika; Lívio continua estático, com a cara enfezada e braços cruzados.

O rapaz senta-se na cama.

— Betinho, você já se perguntou qual o motivo para o padre Humberto querer, vamos dizer assim… se esconder?

O rapaz levanta-se da cama e se senta no baú. Mostra-se agitado, apertando uma mão contra a outra.

— O padre está com medo.

— Medo?! Medo do que exatamente?

— Depois da morte do padre Rosalvo, ele ficou assim… meio paranoico, mas quando assassinaram o professor Carbonne ele passou a ter crises de pânico. Aí então ele resolveu pedir para ser transferido. Pelo menos foi isso o que ele me disse.

— Betinho… — continua Érika. — Qual a sua relação com o padre Humberto? — o rapaz mostra-se agitado e se levanta. — Você foi coroinha lá na paróquia e depois passou a visitar o padre regularmente.

O rapaz aumenta um pouco o som do rádio e vai até a janela. Olha para o vazio e permanece calado.

— Tudo bem, Betinho. — pondera Érika e respira fundo. — Você soube da morte do garoto Eduardo e que ele vinha sendo abusado sexualmente pelo padre Rosalvo e pelo professor Carbonne?

O rapaz continua de costas, mas assente gestualmente.

— Nós acreditamos que o padre Humberto possa estar envolvido nesses abusos de crianças e por isso precisamos encontrá-lo e conversar com ele. Se ele for inocente, tudo vai se esclarecer e ele não precisará ficar se escondendo.

O rapaz continua calado e de costas.

— Betinho, com quantos anos você começou a se encontrar com o padre Humberto?

— Doze. — retruca ele com a voz embargada.

— Betinho. — insiste a inspetora.

O rapaz vira-se; seus olhos estão injetados e vermelhos.

— No começo... quando o padre me tocou pela primeira vez... eu fiquei muito assustado. Depois ele me deu um medalhão de São Bento — o rapaz abre a camisa e mostra o correntão; os gestos são delicados e chamam a atenção —, disse que me protegeria e passou a ajudar minha família com dinheiro. Com o tempo passei a gostar... Me acostumei... e assim tem sido minha vida, se escondendo das pessoas e fingindo pra minha mãe ser o que não sou. Vocês devem estar com nojo de mim, não é?

Érika respira fundo e olha mais uma vez para Lívio; ele abaixa as vistas.

— Não viemos aqui para julgá-lo, Betinho, mas o que você acabou de nos relatar por si só já se configura um crime.

— Não vou depor contra o padre, se é isso que vocês querem!

— Calma... calma. Ninguém vai obrigá-lo a nada... mas pense bem, Betinho... assim como ele fez isso com você... ele pode estar fazendo com outras crianças.

O rapaz respira fundo e enxuga os olhos em uma toalha estendida na cabeceira da cama.

— Eu preciso ficar sozinho agora... por favor.

Lívio dá um passo à frente e insiste:

— Precisamos saber onde o padre Humberto está.

— Eu preciso pensar um pouco... por favor. — suplica o rapaz, com olhar triste e fragilizado.

— Mas Betinho... — Lívio tenta ponderar, mas o rapaz o interrompe.

— Não! Por favor!

— Vamos dar um tempo ao rapaz, Seu Lívio. Aqui tem um cartão com meus telefones, Betinho, e vou escrever aqui o telefone do Seu Lívio. — ela diz isso e passa o cartão e uma caneta para Lívio. — Me ligue ou ligue para Seu Lívio amanhã. Nos ajude com alguma coisa, por favor.

Lívio anota o número no cartão e repassa-o para o rapaz.

— Vamos embora, Seu Lívio.

Érika meneia a cabeça e abre a porta do quarto; a mãe do rapaz estava com o ouvido grudado na porta e se assusta.

— Misericórdia!

Érika torce a boca e franze a testa.

— Já estamos de saída... Como é mesmo o nome da senhora?

— Celeste.

— Boa noite, Dona Celeste.

Lívio despede-se gestualmente e Betinho fica parado na porta do quarto.

— Que cara é essa, menino?!

Lívio e Érika saem e a senhora vai até a escada de onde fica observando o casal se afastando.

CAPÍTULO 56

O rapaz está nervoso e preocupado com a visita da policial e do homem grandalhão e carrancudo. Deitado de barriga para cima, mira o forro do quarto em meio à escuridão que tomou conta do ambiente. Sua mente fervilha, o coração está acelerado e sente-se angustiado em meio a sentimentos contraditórios que passam pelo medo, desejo, arrependimento, tristeza, saudades, vontade de se ver livre de tudo isso e, ao mesmo tempo, muita vontade de rever o padre. Vira-se na cama de um lado para o outro até desistir e se levantar.

A casa está silenciosa. O rapaz abre a porta do quarto, tudo na penumbra, e anda até a cozinha, esforçando-se para não fazer barulho. Bebe um copo de água, confere as horas no relógio de parede, são 23h50, e vai até o quarto da mãe. A porta está entreaberta e ela dorme profundamente.

Betinho fecha a porta e vai para a sala. Faz uma ligação e após o quarto toque um homem com voz sonolenta atende:

— Alô.

— Sou eu, Betinho. — o rapaz fala cobrindo a boca e o fone com a mão, na tentativa de abafar o som da própria voz.

— Betinho, aconteceu alguma coisa?! Você está com a voz estranha.

— Mais ou menos.

— Como assim?!

— Estou sentindo sua falta... e estou com medo.

— Você está usando o medalhão?

— Sim...

— Então não precisa ter medo.

— Duas pessoas estiveram aqui querendo saber onde o senhor está.

— Como?! Aí na sua casa?!

— É.

— Quem está me procurando?!

— Uma tal de Érika. Ela é da polícia civil.

— Polícia civil?!

— É. Ela e um homem de nome Lívio.

— Lívio?! Quem é esse Lívio?!
— Parece que o filho dele se suicidou anos atrás.
— Você disse onde eu estou?
— Não! Claro que não.
— Você disse alguma coisa sobre nós?

O rapaz começa a chorar.

— Betinho, o que você disse para essa policial?
— Nada demais, mas acho que ela sabe de nós dois. Eu estou com medo de todo mundo ficar sabendo.
— Betinho, venha ficar aqui comigo... longe disso aí.
— Não posso deixar minha mãe.
— Traga sua mãe com você. Eu vou depositar um dinheiro na sua conta e você vem pra cá com sua mãe. Diz que vai passar só uns dias e depois a gente convence sua mãe a ficar aqui.
— Tudo bem. Eu vou falar com ela, mas eu preciso trabalhar.
— Depois a gente resolve essa questão do trabalho para você, Betinho. Vou depositar o dinheiro amanhã e você vem logo... Venha ficar aqui comigo.
— E essa policial?
— Isso eu resolvo amanhã.

A luz acende e Dona Celeste aparece na sala de camisola e com um lenço branco cobrindo os rolinhos no cabelo.

— Betinho, você está falando com quem a essa hora?!

O rapaz assusta-se e gira o corpo.

— Mãe!

O padre reage prontamente do outro lado da linha.

— Betinho, diga a sua mãe que eu te liguei. Diga que eu estou chamando para vocês virem para cá passar uns dias. Vocês ficam na minha casa, sua mãe pode trabalhar aqui na paróquia e eu ajudo vocês financeiramente.
— Certo. — o rapaz afasta o fone. — Mãe, é o padre Humberto.
— Padre Humberto?!
— Tchau, padre. Vou conversar com minha mãe.
— Amanhã, por volta das 11h, você me liga e a gente combina os detalhes. E não volte a conversar com essa policial!

— Certo. Boa noite, padre.

— O que o padre queria?!

— Ele quer que eu vá com a senhora passar uns dias lá em Minas Gerais. Acho que ele está precisando de ajuda.

— A gente não tem dinheiro pra viajar, Betinho. Que maluquice é essa?!

— Ele vai mandar o dinheiro e a gente fica lá na casa dele.

— Não sei, meu filho. Você não acha estranho o padre chamar a gente assim, do nada?!

— Ele já tinha falado isso antes, minha mãe. Eu só não tive coragem de falar com a senhora. Ele disse que não conhece ninguém lá em Minas e que ele está precisando de companhia e de ajuda lá na paróquia onde ele está agora.

— Não sei, meu filho... Será?!

— A gente vai, mãe. Quando nada, a senhora sai um pouco dessa casa. Depois que meu pai morreu a senhora se entocou aqui e não sai pra nada.

A senhora gordinha com cara de sono nota a aflição nos olhos do filho e acaba cedendo.

— Tá bom, meu filho. Se você quer, eu vou. E quando vai ser isso?!

— Logo. Amanhã eu vejo isso.

CAPÍTULO 57

Segunda-feira, 3 de fevereiro de 1975.

Érika e Zecão entram na sala da corregedoria e seguem para a mesinha do café como de costume. Há um burburinho na sala, típico do início das manhãs, mas os dois policiais mostram-se indiferentes. Servem-se do café e bebericam ali mesmo. A morena vira-se em direção à saleta protegida por persianas e vê a agonia da delegada através das aletas semiabertas: ela gesticula nervosamente falando ao telefone. A inspetora franze a testa, confere o horário no relógio de pulso, são 8h50, sinaliza para o parceiro e vai para sua mesa. Senta-se sem tirar o blusão como o habitual e beberica o cafezinho. Zecão senta-se à frente e nota algo diferente no semblante da parceira.

— Algum problema, Kika?

Érika olha rapidamente para a sala onde a delegada parece estar tendo um ataque de nervos.

— Estou com maus pressentimentos, Negão. Os mangangões não estão dispostos a investigar e punir quem quer que seja que esteja protegido pela igreja. Se descobrem que estamos investigando... vai dar merda.

— A gente já sabia disso.

— Ontem eu me identifiquei como policial lá na casa do Betinho... Aí... estava pensando... E se o rapaz ligou para o padre Humberto?

Zecão recosta-se na cadeira, com o semblante fechado, e olha em direção à sala de reunião: vê o nervosismo da delegada ao telefone.

— Você acha que é por isso que a delegada está em tempo de arrancar os próprios cabelos lá dentro?

— Não me lembro de ter visto a delegada assim antes.

Os dois viram-se na direção da sala e veem a delegada bater o telefone. Ela levanta-se, vai até a porta e chama uma policial. As duas conversam rapidamente e a delegada lança um olhar em direção à mesa da inspetora Érika. Fecha a porta, volta para sua mesa e faz outra ligação sem se sentar.

A policial aproxima-se da inspetora Érika; ela recosta-se, franze a testa e encara a policial.

— Dr.ª Gabrielle pediu para vocês aguardarem aí. Parece que ela quer falar com vocês dois.

— Ela disse isso?!

— Na verdade, ela pediu apenas que vocês não saiam sem antes falar com ela.

— Tudo bem. — retruca Érika e olha para o grandalhão sentado à sua frente.

A policial afasta-se e Zecão comenta:

— Ferrô!

Ψ

Quarenta minutos depois, o delegado Romeu entra na sala da corregedoria elegantemente vestido com um terno cinza, camisa social branca e gravata azul. Segue diretamente para a sala de reuniões, onde a delegada se manteve reclusa entre uma ligação e outra. O homem bate uma vez à porta e entra.

Pelas aletas é possível ver os dois conversando. Aos poucos a conversa fica tensa e os dois delegados passam a conversar de pé. Só é possível ver o vaivém da delegada e os gestos nervosos do delegado.

— Parece que a coisa tá pegando, Negão. Lamento ter te envolvido nisso.

— Calma, pô! Você nem sabe o que está rolando ali.

— Hamm... Uma reunião de boas-vindas é que não é.

A delegada aparece na porta da sala, carrancuda, dirige-se à mesma policial e aguarda. A policial vai até a mesa da inspetora.

— Dr.ª Gabrielle quer falar com os dois.

Érika olha em direção à sala de reuniões e a delegada sinaliza para os dois irem até ela.

A delegada está vestindo um terninho preto, blusa branca e cabelos presos em coque alto. Está enfezada, com olhar miúdo e lábios comprimidos.

Os dois policiais entram e a delegada fecha a porta sem falar uma só palavra. Há um clima tenso na sala. O delegado Romeu está de pé, mãos na cintura puxando o terno para trás. Gabrielle senta-se e recosta-se na cadeira, enfezada. É o delegado quem esbraveja sem rodeios:

— Que merda é essa que vocês fizeram?! Até o governador já ligou. Vocês sabiam que eu e a Dr.ª Gabrielle estamos a um passo de sermos afastados?!

— Como assim, senhor?! — questiona Érika.

— Vocês dois tinham ordens expressas para se manterem afastados da paróquia e do padre Humberto. Esse é um assunto delicado que está sendo conduzido em total sigilo e vocês não tinham nada que estar fuçando por aí, interrogando pessoas!

— Ahn... É isso?! Eu apenas fui falar com um antigo coroinha que se relacionava com o padre Humberto.

— Esse coroinha ligou para o padre Humberto, deu o seu nome e ele fez algumas ligações para figurões... e acabou no colo do governador. A merda está feita, inspetora! É a sua cabeça ou a minha e a da Dr.ª Gabrielle.

— Mas, senhor...

— E mesmo que a gente segure vocês, outro vem em nosso lugar e vocês vão se fuder da mesma forma. Merda!! — esbraveja o delegado.

— O rapaz disse que o padre Humberto o aliciou aos 12 anos.

— Merda, inspetora! Chega! Chega, por favor!! — vocifera o delegado.

Érika abaixa as vistas e a delegada Gabrielle se levanta.

— Vocês estão dispensados dos trabalhos aqui na corregedoria e vão retornar para a 42DP. O Dr. Romeu vai ver o que pode fazer por vocês. Sinto muito, inspetora, mas as coisas não funcionam como você quer.

— A princípio vocês vão ser afastados temporariamente. — explica Dr. Romeu. — Vão tirar férias compulsoriamente e verei o que posso fazer para não afastá-los definitivamente. E vou falar pela última vez: fiquem... longe... do padre Humberto e da paróquia. Fui claro?! — berra o delegado.

CAPÍTULO 58

Após mais uma reunião tensa na 42DP, Érika e Zecão entregam as armas e os distintivos da corporação ao delegado Romeu.

— Espero que vocês tenham entendido a gravidade da situação. — vocifera o delegado de pé atrás da mesa.

O homem traga o cigarro e esmaga-o no cinzeiro de vidro. Solta uma baforada de fumaça e volta a sentar-se, recostado. Dr. Romeu está carrancudo e com olhar desafiador. A inspetora desiste de tentar se explicar.

— Com licença, senhor.

A morena meneia a cabeça, semblante carregado e sai da sala. O grandalhão enfezado abaixa as vistas e também se retira deixando a porta aberta; o delegado levanta-se e bate a porta com raiva. O som reverbera na sala e o clima fica tenso entre os investigadores. Surge um burburinho, mas Érika e Zecão não se deixam envolver. Vai cada qual para sua mesa, calados, fazendo-se de indiferentes.

Érika senta-se à mesa e abre uma a uma as gavetas, à procura de algo pessoal que tenha deixado para trás. Um policial aproxima-se e entrega um envelope fechado.

— Um garoto deixou lá na portaria. É pra você.

— Pra mim?!

— Bem, seu nome está escrito aí. — argumenta o policial. — Boa sorte, inspetora.

— Valeu.

Érika olha desconfiada para o envelope lacrado. Seu nome foi escrito com uma máquina de datilografia em letras de fôrma, caixa alta e na cor vermelha. Zecão aproxima-se com uma mochila nas costas e nota a inspetora olhando fixamente para a correspondência.

— Recebeu uma cartinha de despedida? — ironiza o grandalhão.

A moça encara o parceiro, torce a boca e olha mais uma vez para o envelope, agora contra a luz.

— Senta aí, Negão. — diz a morena e abre o envelope cuidadosamente com auxílio de um estilete.

Ela aperta as laterais do envelope e observa o conteúdo: um papel dobrado e recortes de jornais.

— Tem merda aqui, Negão.

A morena veste as luvas plásticas e retira a papelada. Examina os vários recortes de jornais com fotos nas quais o padre Rosalvo, o professor Carbonne, Dona Aurelina e o inspetor Barnabé aparecem mortos. Carrancuda, ela vai mostrando os recortes para o parceiro e por último abre o papel em branco, dobrado. Está escrito com máquina de datilografia, em vermelho: "A PRÓXIMA É VOCÊ! BOAS FÉRIAS".

— Desgraçado!

Érika mastiga as palavras de tão irritada. Guarda a papelada no envelope e coloca-o em um saco plástico. Vira-se em direção à sala do delegado e o vê atrás de uma cortina de fumaça. Seus olhares cruzam-se e o homem abaixa os olhos, dá mais uma tragada no cigarro e esmaga a baga no cinzeiro. Solta uma baforada de fumaça, levanta-se, veste o paletó e retira-se da sala batendo a porta. Cruza o corredor entre as mesas com passadas rápidas e desaparece no corredor de saída.

Érika fica Intrigada com o jeitão nervoso do delegado.

— E aí, Kika — diz Zecão. —, não vai mostrar isso ao delegado?

— Pra quê, Negão?

A morena confere o relógio de pulso, são 11h47, e levanta-se.

— Vamos embora, Negão.

Ψ

O espaço de alimentação do Mercado do Rio Vermelho está movimentado. Érika aponta para uma mesa vazia e segue até ela atenta às pessoas em volta. Senta-se, como de costume, voltada para a área do estacionamento. Zecão acomoda-se de frente para a inspetora e logo são abordados pela atendente que entrega o cardápio.

— Vou fazer uma ligação ali, Negão. — a morena aponta para um orelhão próximo ao estacionamento. — Peça o de sempre pra mim.

A inspetora levanta-se e o grandalhão dá de ombros. Volta sua atenção para a atendente.

— Dois filés com fritas, uma água mineral e uma Coca-Cola, por favor.

— Ok. Mais alguma coisa, senhor?

— Não, obrigado.

A moça retira-se e Zecão mira a inspetora falando ao telefone. Poucos minutos depois, ela senta-se à mesa.

— E aí?

— Liguei para Seu Lívio. O rapaz não ligou para ele, como eu já esperava.

— Você falou da merda que deu?

— Falei. O cara ficou puto... mas agora não adianta chorar. A merda já está feita.

— Kika... esse bilhete que você recebeu... eu acho que é obra do Zanatta.

— Por falar em Zanatta, veja com aquele seu camarada por onde anda o elemento.

— Domingo passado ele não apareceu lá na igreja.

A atendente aparece e serve a mesa.

— O que você pretende fazer, Kika?

A morena serve-se fazendo cara de dúvida e não faz nenhum comentário.

— Pensei que você ia querer ir a Belo Horizonte. — comenta Zecão, enquanto se serve.

A morena dá um sorriso contido.

— Aliás, hoje à noite você liga para seu cunhado e pergunta se a gente pode passar uns dias por lá.

— Certo. São mais ou menos 20 horas de carro.

— Cacete! Tudo isso?!

— São quase 1.400 quilômetro, Kika. É pau-puro.

— Que merda, hein!

Os dois calam-se e almoçam pensativos, até que a inspetora volta a falar:

— O que você achou da atitude da Dr.ª Gabrielle e do Dr. Romeu?

— Eu? Sei lá! Tem gente grande pressionando e os caras fizeram o que tinham que fazer.

— Também acho, mas...

— Mas o quê?

— Sei lá, Negão. Não gostei do jeitão do delegado.

— Jeitão?! Que jeitão? Eu não vi nada demais. Enrabaram o cara e ele estava esperneando. Só isso.

A morena recosta-se na cadeira, com cara enfezada, cruza os braços e encara o grandalhão nos olhos.

— Quer dizer que é assim... enrabou, esperneou e pronto?!

— Você quer que eu diga o quê, pô?!

Érika respira fundo e dá de ombros.

— Deixa essa porra pra lá, Negão. Estou com umas ideias atrapalhadas na cabeça e preciso pensar um pouco. Vamos terminar de almoçar que eu quero fazer uma visitinha ao Betinho.

— Você tá maluca?!

— Tô! E você não precisa vir junto.

Zecão encara a morena, pasmo. Ela continua:

— Só quero que você veja com seu camarada se ele consegue uma análise das digitais daquela papelada que eu recebi. Outra coisa, peça a ele para analisar as características das letras da máquina de escrever que foi usada. Quero saber se por acaso saiu de alguma das máquinas de lá.

Zecão empertiga o corpo e franze a testa.

— O cara não vai querer fazer isso. É muito vacilo.

— Porra, Negão! Veja o que você consegue e pronto! Só não me perde a porra dessa carta.

— Eu, hein... Calma, pô.

— Calma o cacete! O material está no porta-luvas do seu carro. Paga a conta aí que depois a gente se encontra lá no apartamento. — a morena diz isso e sai pisando forte.

— Merda!

Zecão sinaliza para a atendente trazer a conta. Nesse ínterim, vê, impotente, a inspetora subir na moto e se afastar rapidamente. O ronco da moto possante ecoa no espaço de alimentação.

CAPÍTULO 59

A tarde está quente apesar da brisa que vem do mar. A inspetora entra com a moto na Travessa e estaciona próxima à primeira casa da ruela. Uma moto estacionada mais à frente chama a atenção da morena. Ela retira o capacete, olha de um lado ao outro, confere discretamente a pistola que carrega sob o braço esquerdo e vai em direção à casa do rapaz.

"Essa moto parece com a de Seu Lívio. Será que..."

A inspetora interrompe as elucubrações e para de andar ao ver o homem saindo do sobrado. Uma senhora acompanha-o até o portão de entrada e o grandalhão vem em sua direção cabisbaixo e pensativo.

— Seu Lívio?!

O grandalhão assusta-se com o encontro inesperado.

— Inspetora! Tarde demais, inspetora.

— O senhor falou com o rapaz?

— Eles viajaram... o Betinho e a mãe. A vizinha ficou com a chave da casa e disse que eles vão passar uns dias fora.

— Viajaram pra onde?

— Ela não sabe.

Érika respira fundo e olha de um lado ao outro pensativamente.

— Pelo jeito foram ao encontro do padre Humberto.

Lívio olha para o sobrado e meneia a cabeça, visivelmente chateado.

— Quer dizer, então, que a senhora está suspensa?!

— É. Eu e meu parceiro. Será que a mãe desse rapaz sabe que o filho se relaciona com o padre?

— Também me fiz essa pergunta, inspetora. A vizinha deles comentou que acha o Betinho com um jeitinho meio estranho e que tempos atrás falou sobre isso com a mãe do rapaz e quase ficaram inimigas. Pelo que ela disse, Dona Celeste sequer admite falar sobre o assunto.

— Enfim. De qualquer forma, Seu Lívio, nós temos uns conhecidos lá em Minas Gerais e estamos tentando localizar o padre Humberto. Mais cedo ou mais tarde ele aparece. Eu vou dar uma averiguada lá na rodoviária. Se eles viajaram de ônibus... eu descubro.

— Posso ajudar em alguma coisa?

— Talvez sim, Seu Lívio, mas preciso articular melhor as ideias e aí eu te ligo. Vou te dar outro número de telefone. — ela diz isso enquanto pega um cartão no bolso do blusão; anota o número atrás. — É mais fácil me encontrar à noite, ou antes das 8h da manhã. Qualquer coisa, pode me ligar.

— Ok.

— Tchau, Seu Lívio.

ψ

Zecão estaciona o carro próximo a uma banca de coco verde no Jardim de Alah. Sai do veículo, apoia-se na porta e olha em volta, à espera do amigo. Logo o calor começa a incomodar o grandalhão, que bate a porta do carro e vai até a banca, onde se protege do sol e compra um coco verde.

Instantes depois vê um carro entrar e estacionar metros à frente. Um homem barbudo salta e Zecão reconhece o amigo que vai ao seu encontro. Os dois cumprimentam-se com um aperto de mãos e Zecão aponta para seu carro. Vão até ele, entram e o sujeito comenta em tom de preocupação:

— O que foi que aconteceu, Zecão? Soube que vocês foram afastados.

— Deu merda, amigão! A gente estava investigando uns padres aí e deu merda. E pra completar a inspetora recebeu uma ameaça. — Zecão retira um envelope de dentro de um saco plástico que carrega na mão. — Tá nesse envelope aí. Veja se você consegue uma perícia pra identificar se tem impressões digitais.

— Eu dou um jeito lá com o Caveirinha.

— Será que dá pra analisar se as letras da máquina de datilografia utilizada combinam com alguma das máquinas lá da 46DP?

— Tá de sacanagem?! Isso pode dar merda, pô.

Zecão respira fundo e torce a boca.

— Veja o que você consegue sem colocar nenhum parceiro nosso em esparro. E o Zanatta? Por onde anda o infeliz?

— Tá lá no administrativo. Puto da vida, mas está lá e o delegado Alfeu nem aparece mais por lá.

— Bom, é isso aí. Qualquer coisa, me liga nesse número aqui. — Zecão entrega um cartão com o telefone escrito à mão. — Melhor à noite, Jorjão. Tudo bem?

— Fechado.

O barbudo sai do carro e observa o amigo ligar o Chevette, o motor ronca alto, manobrar e sair do estacionamento sem pressa.

CAPÍTULO 60

Terça-feira, 4 de fevereiro de 1975.

O veículo estaciona nos fundos da igreja Matriz da pacata cidade de Pedra Azul. São 13h20 de um dia quente e ensolarado. O rapaz visivelmente nervoso se vira para a mãe sentada no banco traseiro e diz:

— Vou ver se o padre está aí, mãe.

Ele e o motorista são os primeiros a descerem do Opala. O senhor dos cabelos grisalhos vai diretamente para o porta-malas e abre-o. O rapaz olha em volta, admirado com a simplicidade da cidadezinha, e encanta-se com as árvores em torno da igreja e as enormes pedreiras em volta da cidade. Respira fundo o ar puro e segue para a igreja. Bate na porta dos fundos e uma senhora aparece.

— Boa tarde.

— Boa tarde, o padre Humberto está?

— Quem quer falar com ele?

— Betinho, quer dizer... Roberto Ribeiro.

— Ahn... O padre avisou que o senhor e sua mãe chegariam hoje.

— Pode deixar, Dona Romana. — soa a voz mansa do padre.

A senhora afasta-se e o padre e o rapaz se cumprimentam formalmente com um aperto de mãos: seus olhos brilham. Dona Celeste aproxima-se acanhada.

— Sua benção, padre.

— Deus te abençoe, Dona Celeste. Vocês vão ficar hospedados comigo... É uma casa simples, do outro lado da rua, mas dá para recebê-los sem problema algum.

O motorista aparece com duas malas na mão.

— Dona Romana, por favor, leve Dona Celeste até minha residência, ela e o senhor aqui. — orienta apontando para o motorista. — Mostre a ela o quarto de hóspedes e o sanitário. Com certeza ela está cansada e precisando de um bom banho.

— Obrigada, padre — diz Dona Celeste. —, tem certeza de que não vamos incomodar?

— Eu pedi para o Betinho vir me ajudar aqui na paróquia, Dona Celeste. Eu é que agradeço por vocês terem vindo.

Dona Romana sai na frente e o motorista segue-a. Dona Celeste olha para o filho interrogativamente.

— Vai, minha mãe. Eu vou conversar com o padre e já encontro a senhora lá.

Dona Celeste olha desconfiada para o padre, abaixa as vistas e sai. O padre conduz o rapaz para o escritório, fecha a porta e os dois se abraçam.

— Desculpe, padre. Eu fiquei com muito medo daquelas pessoas querendo saber onde o senhor estava...

— Tudo bem, Betinho. E o cofre?

— Eu insisti, mas o motorista não quis trazer. Ele disse que era perigoso... que a polícia poderia parar o carro e questionar sobre o conteúdo... Enfim, padre. Deixei com a vizinha que mora embaixo.

O padre respira fundo, mas o semblante não esconde o desapontamento e a preocupação.

— Nunca imaginei que seria tão complicado trazer um cofre para cá, Betinho. Vou pedir uma pessoa para pegar e destruir todo o conteúdo. Devia ter pedido isso a você, mas tive medo que me julgasse mal.

— E o que é que tem nesse cofre, padre?

O padre enrubesce, abaixa os olhos, mas responde:

— Documentos, Betinho... Coisas que eram do padre Rosalvo... e que podem me comprometer... mas deixa isso pra lá... — o padre demonstra nervosismo. — Ainda bem que você veio. Estou me sentindo muito só e um pouco apavorado com tudo isso que aconteceu.

O rapaz sorri timidamente.

— Sua mãe sabe que nós...

— Não! Não... ela não pode saber de nada. É melhor assim.

— Tudo bem. A gente dá um jeito. Agora vai ajudar sua mãe e depois descanse um pouco. À noite a gente conversa melhor.

ψ

Assim que o rapaz sai do escritório, o padre faz uma ligação e a outra parte atende na segunda chamada:

— Sim!

— Santinha... é o Papa.

— Já disse pra não ligar pra cá! Por que não esperou para ligar para minha residência à noite?

— Estou preocupado... Não consegui trazer o cofre... e preciso dar um jeito nisso.

— Merda, Papa! E onde está o cofre?

— Está na casa da vizinha do Betinho. A que mora na parte de baixo do sobrado.

— É melhor dar um fim nesse cofre e no que tem dentro.

— Eu sei, por isso estou te ligando.

— Vou dar um jeito. Qual o segredo do cofre?

— Segredo?!

— Você quer que eu envolva mais gente nessa sujeirada toda?!

— Tudo bem. 16D... 15E... 25D.

— Tudo bem. Vou dar um jeito nisso.

— Obrigado.

O padre desliga o telefone e recosta-se na cadeira. Respira fundo e benze-se. Fecha os olhos e reflete sobre tudo o que está acontecendo. Sente um aperto no coração e uma ponta de arrependimento por ter passado a informação sobre o cofre.

"Mas que droga. O padre Rosalvo... que Deus o tenha... conseguiu destruir tudo o que levamos anos para construir... e se eu não tomar cuidado... vou sucumbir nesse lamaçal", pensa.

CAPÍTULO 61

Quinta-feira, 6 de fevereiro de 1975.

A mídia repercute fortemente o protesto na comunidade da Baixa do Tubo, exigindo respostas da polícia sobre o assassinato da Sr.ª Aurelina Dozanol Pereira, crime que caminha para 30 dias sem solução e sem qualquer posicionamento da polícia sobre o andamento das investigações. Com a pressão, a demanda cai no colo da delegada Gabrielle.

O telefone toca e a doutora atende no segundo toque:

— Alô.

— Bom dia, Dr.ª Gabrielle. A senhora já deve estar sabendo dos protestos lá nas vizinhanças da Baixa do Tubo...

— Sim. Estou sabendo.

— E como está esse caso, doutora? O prefeito está me cobrando celeridade.

— Tudo o que posso lhe garantir é que não há nenhuma evidência de que essa senhora tivesse qualquer ligação com o tráfico de drogas. Aliás, ela e os filhos estão limpos, senhor.

— Isso já é assunto fechado, Dr.ª Gabrielle?

— Sim. Tudo indica que foi queima de arquivo vinculado aos abusos sofridos pelo garoto Eduardo Dornatella.

— Esse assunto é um barril de pólvora, doutora. Quanto mais rápido a gente resolver esse caso, melhor.

— Com muito custo conseguimos o retrato falado dos elementos que invadiram a casa da Sr.ª Aurelina, mas lá, naquela região, impera a lei do silêncio e ninguém quer falar sobre o assunto. É preciso paciência até as pessoas se sentirem seguras. Mais cedo ou mais tarde alguém abre o bico.

— E o mandante, doutora?

— Isso é outra história, senhor. Temos alguns suspeitos, mas é cedo para dizer alguma coisa.

— Bom, pelo que entendi, o estopim dessa confusão é o inquérito que foi fechado colocando a Sr.ª Aurelina como traficante de drogas. Precisamos desfazer isso.

— Como o senhor sabe, o inquérito foi reaberto, mas precisamos capturar esses dois elementos para darmos um novo encaminhamento ao processo.

— Chame a família para uma conversa, doutora. Deixe claro que a polícia já sabe que o crime teve outra motivação e que a Sr.ª Aurelina é na verdade uma vítima do crime.

— Como o senhor mesmo disse, essa situação é muito delicada. Não posso dizer que foi uma queima de arquivo... Uma declaração dessas vai desencadear uma série de questionamentos da mídia e isso fatalmente vai respingar na igreja.

— Droga, Dr.ª Gabrielle. Isso nem pensar. Pense em alguma coisa diferente, pô!

— É melhor focar na captura dos dois elementos, senhor. Enquanto isso a poeira assenta e a gente encontra uma forma de limpar a barra da Sr.ª Aurelina sem desviar as atenções para a igreja.

— Não dá pra esperar mais, doutora. Encontre uma boa justificativa para limpar o nome da Sr.ª Aurelina sem envolver a igreja. Minta se for necessário, mas convoque a família para uma conversa ainda hoje para resolver isso. Estamos entendidos, doutora?

Gabriele respira fundo e recosta-se, calada.

— Doutora...

— Tudo bem. Entendido.

A ligação é desfeita e a delegada bate o telefone no gancho, visivelmente aborrecida.

— Droga!

O aparelho volta a tocar e a delegada atende de pronto:

— Alô.

— Bom dia, Dr.ª Gabrielle.

— Bom dia, Dr. Romeu, algum problema?!

— Estou vendo essa manifestação que está acontecendo... sobre aquele caso da Sr.ª Aurelina...

— Estou sabendo, Dr. Romeu.

— Como estão essas investigações, doutora?

— Dr. Romeu, me desculpe, mas não posso comentar sobre isso.

— Qual é o problema, Dr.ª Gabrielle? Estamos no mesmo time...

— Dr. Romeu, me desculpe, mas preciso resolver uns assuntos urgentes. Tenha um bom dia!

ψ

O homem bem-vestido com terno preto de corte clássico, camisa social branca e gravata vermelha acende outro cigarro. Está enfezado e descarrega sua ira no cigarro: dá uma tragada forte e solta uma longa baforada. Levanta-se em meio à cortina de fumaça e fecha a porta da sala com força: o barulho ecoa na sala e os policiais entreolham-se atônitos.

— Droga! Esse pessoal pensa que tem o rei na barriga.

Começa a andar de um lado para o outro, pensativo. Vai até a porta da sala, sinaliza gestualmente para uma das investigadoras e volta para sua mesa deixando a porta aberta. A moça entra e se posta em frente à mesa do homem.

— Feche a porta, inspetora. — ordena rispidamente e dá mais uma tragada nervosa. Recosta-se na cadeira e solta uma baforada.

A mulata, de porte mediano, malhada e cabelos crespos trançados ao estilo boxeadora, dá meia-volta, fecha a porta e se senta à mesa do homem carrancudo envolto na fumaça do cigarro.

— Quero que você e seu parceiro monitorem a inspetora Érika e o inspetor Zé Carlos. — a inspetora franze a testa. — Quero saber onde estão e que merda é que estão fazendo! Essa história deles investigando os padres se tornou um problemão... Bom, é isso aí.

— Não entendi, Dr. Romeu. Afinal, o que foi que a inspetora fez de errado?

— Não vem ao caso agora, inspetora. Cuide apenas de mantê-los sob vigilância.

A mulata cerra o cenho e torce a boca em desagrado.

— Só isso, doutor? Ficar de tocaia e informar?

— Por enquanto é só isso, inspetora Olga. Tocaia... Informar!

— E o trabalho que estamos fazendo lá no aeroporto?

— Cadê o Ronaldão?

— Está no aeroporto dando seguimento ao trabalho que a inspetora Érika estava fazendo.

— Ele vai ter que se virar sozinho... por enquanto, é claro.

— Mas...

— Assunto encerrado, inspetora Olga! E quero um relatório diário. Entendido, inspetora?!

A morena, agora enfezada, levanta-se e encara o delegado.

— Entendido!

Ψ

O ambiente continua tumultuado com a repercussão que a mídia deu ao caso dos protestos na região do Luiz Anselmo. As pessoas entram e saem da sala. O telefone volta a tocar insistentemente. A contragosto, a chamada é atendida de forma ríspida:

— Alô.

— E aí, Santinha, como estão as investigações?

A mulher loira dos cabelos curtinhos e nariz arrebitado reconhece a voz do interlocutor e se levanta.

— Um momento. — tapa o fone e pede gestualmente para que dois policiais que estão na sala, saiam.

Os dois investigadores levantam-se e ela aguarda a porta ser fechada.

— Já disse pra você não me ligar aqui!

— Eu estou preocupado, pô!

— Seu mundinho está desmoronando, meu amigo, mas não diga que eu não te avisei.

— Se eu me complicar, muita gente vem junto...

— Isso é uma ameaça?!

— Entenda como quiser. Acho bom você me ajudar a colocar as coisas nos trilhos novamente.

— Droga! Você quer que eu faça o quê? Que eu saia matando todo mundo que seja uma possível ameaça ao seu mundinho?!

— Se vira, Santinha... Cadê a criatividade? Não é assim que você gosta de falar? — O homem da voz rouca e forte bate o telefone no gancho.

— Alô?! Filho da puta! Merda!!

CAPÍTULO 62

Sábado, 8 de fevereiro de 1975.
Dois dias depois...

Amanhã está chuvosa na pacata cidade mineira de Pedra Azul. A igreja matriz Nossa Senhora da Conceição está fechada e no geral, silenciosa e quieta.

Padre Humberto está no escritório revisando e assinando alguns documentos, quando batem à porta e uma senhora entra.

— Com licença, padre. Já deixei tudo arrumadinho e estou saindo pra almoçar.

O padre instintivamente confere as horas no relógio de parede.

— Nossa! Já são 12h35?!

— É, uai. E semana que vem tem batizado. Tá lembrado, padre?

— Sim. Padre Osvaldo comentou comigo. Vá almoçar, então, Dona Romana.

— A benção, padre.

— Vai com Deus, minha filha... A propósito, a senhora viu o Betinho?

— Ele estava arrumando a sacristia. O rapaz é bem dedicado, não é, padre?!

O homem levanta os olhos e dá um sorriso contido.

— A vocação dele é servir ao senhor.

A senhora também sorri.

— Até mais tarde, padre.

Ele responde gestualmente e a senhora sai pelos fundos da igreja.

ψ

O padre entra na sacristia e fecha a porta. O ruído assusta o rapaz concentrado.

— Como está sua mãe, Betinho?

O rapaz enrubesce.

— Ela está preocupada com a casa lá em Salvador, padre. Acho que ela está querendo voltar.

— E você quer voltar?

O rapaz enrubesce mais uma vez e passa a flanela nervosamente sobre o tampo da mesa.

— Eu queria ficar próximo ao senhor, padre, mas...

— Ótimo! Vou conversar com sua mãe e convencê-la a nos acompanhar.

— O senhor não vai ficar aqui?!

— Não sei, Betinho, as coisas estão complicadas e talvez eu tenha que me mudar novamente, mas, por favor, ainda não tem nada certo. Isso são apenas ideias que estão se passando em minha cabeça.

— Padre, eu preciso arranjar um trabalho.

— Você trabalha aqui na igreja, Betinho, na área administrativa, e eu lhe pago um salário. O que acha?

— Se puder...

— É claro que pode, Betinho, e vou ajudar sua mãe também, já que ela está cuidando da casa.

— Obrigado, padre.

O homem dos cabelos grisalhos e voz mansa encara o rapaz gordinho, que abaixa os olhos timidamente, tranca a porta da sacristia com gestos pensados e se aproxima. Os dois encaram-se por instantes e finalmente se abraçam amorosamente.

CAPÍTULO 63

O Jardim dos Namorados está movimentado com a chegada de turistas para o carnaval. O céu está limpo e o sol brilha forte, favorecendo o aumento do fluxo de pessoas na orla marítima.

Com alguma dificuldade, Zecão consegue estacionar o carro, apesar de um pouco distante do seu ponto de parada habitual.

— Vamos até a barraca de coco, Kika. A gente encontra o Jorjão lá.

O grandalhão desce do carro com a pistola empunhada e coloca-a enfiada nas calças sob a camisa florida. Érika encaixa a pistola entre as calças e as costas, protegida por um camisão branco de mangas compridas arregaçadas. Embaixo do camisão a morena usa um colete e uma camiseta de malha bege. Os dois andam lado a lado no terreno de terra batida e grama rala, atentos à movimentação em volta.

— A gente vai ter que dar um jeito de sair do Orixás agora no carnaval, Negão.

— Estava pensando nisso, Kika, mas a gente vai pra onde? Meu apartamento está visado.

— Ainda não sei, Negão.

— Olha lá. — aponta. — Jorjão está na barraca de coco. Aquele barbudo com a mochila no peito.

Os dois aceleram os passos.

Zecão e Jorjão apertam as mãos. O rapaz alto, pardo, barbudo e com sobrancelhas de fios grandes e assanhados franze a testa e cumprimenta gestualmente a inspetora. Ela comprime os lábios e faz um gesto com a cabeça. O rapaz aponta para a área dos coqueiros e os três se afastam do burburinho em volta da barraca. Ele encosta em um dos coqueiros, abre a mochila e entrega um envelope plástico lacrado e uma pasta branca ao grandalhão.

— Em resumo, pessoal, esse bilhete não foi escrito utilizando uma das máquinas lá da 46DP e nem as impressões digitais correspondem com a dos nossos agentes. O Zanatta tá limpo nesse caso.

Zecão repassa o envelope para a parceira. Ela torce a boca em desagrado.

— De qualquer forma... valeu, Jorjão. — agradece ela. — Se precisar de alguma coisa, é só falar.

Zecão aperta a mão do rapaz, os dois abraçam-se e o sujeito se afasta a passos largos.

— E agora, Kika?

— Vou ligar para a delegada Gabrielle.

— Tá maluca?! A mulher quase comeu seu fígado.

— Fudida... fudida e meio. — retruca Érika e movimenta-se em direção ao orelhão.

— Posso saber o que você quer com a delegada?

— Você já vai saber.

A morena coloca duas fichas no aparelho e faz a ligação:

— Sim!

— Dr.ª Gabrielle, é a inspetora Érika.

— Inspetora Érika?! Confesso que não esperava sua ligação.

— Doutora, no dia em que nós entregamos as armas e os distintivos ao Dr. Romeu, lá na 42DP, eu recebi uma carta anônima com uma ameaça que foi deixada lá na portaria.

— Carta com uma ameaça?!

— Sim. Foi escrita com uma máquina de escrever... Fala que eu sou a próxima e desejando boas férias. Junto tem recortes de jornais com as fotos das pessoas que já foram assassinadas: padre Rosalvo, professor Carbonne, Dona Aurelina e até o inspetor Barnabé.

— Sei... E você quer que eu investigue isso, não é?

— Eu achei muito suspeito receber essa carta lá na delegacia poucos instantes depois de sair da sala do delegado. Quem além da senhora e do Dr. Romeu sabia que nós, eu e o Zecão, seríamos afastados?

— Bem, aqui na corregedoria... somente eu.

— E lá na 42DP?

— Não sei, inspetora... Bem, sugiro você me repassar esse material discretamente. Alguém mais teve acesso a esse material além de você?

— Na verdade sim, delegada. O Zecão e dois outros agentes amigos nossos.

— Tem certeza de que eles são confiáveis?

— Acho que sim!

— Onde você está agora?

Érika hesita em falar.

— Inspetora, você confia ou não em mim?!

— Estou no Jardim de Alah.

— Vou mandar um agente ao seu encontro para pegar essa carta. É melhor você não aparecer por aqui. As coisas estão se complicando, inspetora, e é melhor não confiar em ninguém.

— Tudo bem, eu espero aqui. E quem é o agente?

— Vou ver quem está disponível, mas ele vai chegar aí em uma viatura oficial. Você se aproxima, ele vai se identificar como estando sob minhas ordens, e você entrega o documento. Daqui a 30 ou 40 minutos, mais ou menos. Depois a gente vai conversando.

— Tudo bem. Estou esperando.

A inspetora desliga o telefone.

— Você confia mesmo nessa delegada?!

— Eu não confio em ninguém, Negão.

— Ahn... Sei. Vamos tomar uma água de coco ali. — o grandalhão conduz a morena pelos braços. — Você se lembra da inspetora Olga?

— Aquela morena com cara de lutadora de boxe?

— Ela mesmo!

— E o que é que tem ela?

Os dois encostam-se na barraca e o grandalhão se dirige ao barraqueiro:

— Dois cocos verdes aí, parceiro.

Enquanto o homem providencia os cocos, Zecão volta a falar:

— Ela e o Wagner estão de tocaia, nos observando a uns 30 metros daqui. — Érika franze a testa. — Você está de costas pra eles.

— Aqui estão os cocos. — diz o barraqueiro.

Zecão e Érika tomam um gole usando canudinhos.

— Vamos lá dar as boas-vindas aos nossos amigos? — propõe sarcasticamente Zecão.

Érika bebe mais um gole da água e coloca o coco sobre o balcão. Zecão paga.

— O pneu do carona é meu. — diz ela.

— Tudo bem. Eu fico com o do motorista. É o Opala preto na direção que estou olhando.

A inspetora sisuda vira-se e os dois caminham em direção ao carro. Os dois policiais percebem a movimentação e se abaixam. Érika e Zecão retiram facas retráteis dos bolsos das calças, aproximam-se e furam os dois pneus dianteiros. Em seguida, debruçam-se na janela do carro.

Érika ironiza:

— Vocês precisam de ajuda? — diz ela com a faca próxima ao pescoço da inspetora Olga, que se ajeita no banco lentamente.

Zecão encosta o cano da pistola no rosto do inspetor Wagner; o policial fica paralisado.

— Me empresta sua pistola, inspetora Olga. — pede Érika.

— A sua também, garotão. — completa Zecão.

Os dois policiais olham-se. A mulher durona dos cabelos trançados assente gestualmente e entregam as pistolas lentamente.

Érika e Zecão retiram os pentes das armas e jogam na grama. Zecão volta a falar em tom ríspido:

— Passe a chave do carro.

— Mas que merda é essa?! — questiona Wagner.

— Anda logo, seu merda! — Zecão diz isso e segura o inspetor pelo colarinho, puxando o sujeito em direção à janela do carro.

— Entrega logo essa merda, Wagner. — ordena a inspetora Olga.

O homem entrega a penca das chaves; o grandalhão abre o porta-malas do carro, jogam as pistolas e a penca de chaves dentro, batem a tampa e se afastam a passos largos em direção ao carro de Zecão. Em seguida, deixam o Jardim de Alah com tranquilidade e aceleram na pista em direção a Itapuã.

— Qual é a do delegado Romeu, hein, Kika?!

— Já não sei de mais nada, Negão. Faz a volta aí e vamos lá pra estação rodoviária.

Ψ

Minutos depois de passar por um longo congestionamento, o Chevette vermelho entra no estacionamento da rodoviária. Zecão conduz o veículo lentamente à procura de uma vaga, mas o local está muito movimentado com a proximidade do carnaval.

— Não precisa estacionar, Negão. Para ali perto do orelhão que eu vou fazer uma ligação.

O grandalhão encosta o veículo próximo aos carros e salta com a pistola na mão, mantendo-a colada ao corpo. Apoia-se na porta entreaberta do veículo e inspeciona visualmente a movimentação de pessoas pelo estacionamento. Érika vai até o orelhão, olha em volta cuidadosamente e disca um número. A conversa é breve e ela volta agitada para o carro.

— Vamos para a corregedoria, Negão.

— Você vai entregar o envelope pessoalmente?

— Disse pra delegada que deu merda e que vou mandar uma pessoa entregar o envelope, mas acho que vou entregar essa zorra pessoalmente.

— Sei. Você disse que estávamos sendo seguidos?

— Não! Ela questionou a mudança de planos, mas preferi não falar nada.

— Certo.

Zecão liga o carro e acelera de volta para a rua; entra novamente no engarrafamento, pega o primeiro retorno à esquerda e segue em direção à Rótula do Abacaxi.

ψ

Minutos depois, o inspetor para o carro em frente à corregedoria da polícia civil. Érika salta com o saco plástico na mão.

— Segura a onda aí, Negão.

A morena enfezada vai diretamente para o balcão da recepção, onde um policial folheia um jornal sobre o balcão. A sala está vazia e silenciosa, sendo possível ouvir o barulho da página do jornal sendo virada.

— Preciso falar com a delegada Gabrielle.

O homem levanta as vistas do jornal e encara a morena do nariz arrebitado e cara de durona.

— Você não é a...

— Inspetora Érika.

— Certo. Um momento.

O policial liga para a sala da delegada.

— Dr.ª Gabrielle, a inspetora Érika está aqui.

...

— Ela vem falar com você aqui. Sente-se. — diz o policial apontando para um conjunto de cadeiras próximas à parede oposta ao balcão.

— Tudo bem.

A inspetora começa a andar de um lado para o outro. A porta abre-se e a delegada aparece com o semblante fechado.

— Venha aqui, inspetora.

Érika entra e a delegada a conduz para uma sala de reuniões. Fecha a porta e encara a inspetora.

— E então, Érika, o que foi que aconteceu? Não esperava que você viesse aqui pessoalmente.

— Deixa pra lá, doutora. Aqui está a carta.

Gabrielle examina o material através da embalagem transparente.

— Me explique melhor como essa carta chegou até você.

— Parece que um garoto entregou na portaria da delegacia.

A delegada coloca o saco plástico sobre a mesa, pega um par de luvas no bolso das calças, coloca-as, testa franzida e olhar fixo na embalagem, e abre o invólucro e o envelope. Examina rapidamente o bilhete e os recortes e volta a guardar tudo.

— Realmente, muito estranho, Érika. Quem escreveu isso sabia que você entraria de férias. Por um acaso você tinha férias programadas para agora?

— Não! Claro que não... Eu estava no meio de uma investigação importante.

— Tudo bem. Já que você veio pessoalmente aqui, vamos registar uma queixa formal. O correto seria em uma delegacia, mas nesse caso em particular... dadas as circunstâncias, vamos abrir o BO[2] aqui. Vou chamar o escrivão, você faz um breve relato do que ocorreu e anexamos as provas. Conduzirei pessoalmente essa investigação.

— Tudo bem.

ψ

Uma hora depois, Érika sai da corregedoria. Zecão está de pé encostado em uma das viaturas da polícia. O grandalhão está usando óculos escuros, tem o semblante fechado, braços e pernas cruzados. Ao ver a inspetora, abre os braços ironicamente.

— Já ia entrar aí pra saber o que tinha acontecido.

---

[2] Boletim de ocorrência.

— Vamos embora, Negão. Onde está o carro?

— Lá na frente. — aponta.

Os dois caminham lado a lado pelo passeio.

— E aí? — questiona Zecão.

— Ela abriu um BO e colheu meu depoimento.

— Ela fez isso... aqui na corregedoria?!

— É.

— Estranho! Pensei que ela ia analisar o material e te encaminhar para uma delegacia comum para abrir o BO.

— Ela considerou que esse é um caso especial. Acho que ela está suspeitando que alguém lá da 42DP está envolvido nessa ameaça e que pode ter a ver com as investigações em curso.

— Que porra é essa?! Ela disse isso?

— Não!

— Eu, hein!

Os dois entram no carro e o grandalhão liga o motor.

— Vamos pra onde agora?

— Vamos pra orla. Daqui pra lá eu decido.

Zecão torce a boca, testa franzida, e arranca o carro.

— Aconteceu alguma coisa a mais... lá na corregedoria? Você tá com uma cara esquisita.

— Dr.ª Gabrielle perguntou pelo padre Humberto e pelo rapaz... o Betinho. Ela queria saber se nós descobrimos onde eles estão.

— Ela perguntou isso?! Não foi ela quem disse para não investigar o padre?

— Segundo ela me confidenciou, eles foram proibidos de investigar os padres. Fizeram um acordo e a própria igreja vai investigar e punir o padre Humberto, se for o caso. Na verdade, acho que ela estava me sondando para saber o quanto eu sei sobre esse padre.

— O quê?!

— É isso aí, Negão. Ela disse que está de mãos atadas e que não há nada de concreto que justifique a polícia investigar e constranger a igreja. De qualquer forma, ela disse que ia dar um jeito de continuar investigando sem chamar atenção, mas pediu para que eu me afastasse definitivamente do caso.

— E você disse o quê?

— Que não podia garantir nada, pô!

— E ela aceitou essa sua posição... assim de boa?

— Merda, Negão! Ela ficou irritada e disse que se eu voltasse a me envolver com os padres, ela não me ajudaria em mais nada. E eu quase mandei ela tomar naquele lugar. Parei de falar a tempo, mas ela entendeu... e botou o dedo em riste na minha cara... mas ela segurou a onda... Aí eu disse que se ela não quisesse tratar o caso da carta-ameaça, que eu ia entender. Enfim, ela disse que ia investigar assim mesmo.

— E você confia nessa delegada?

— Não, porra! Mas o que é que eu podia fazer?

— Cacete! É melhor você se acalmar.

— E não me mande ter calma que isso me irrita, porra!! — retruca Érika e recosta-se no banco; meneia a cabeça e respira fundo várias vezes.

— Desculpa, Negão... Quer saber de uma... Vamos lá no Orixás Center pegar nossas coisas. Lá é que a gente não pode ficar.

— Bem, o delegado Romeu com certeza já sabe que estamos lá.

— Pois é, seguro morreu de velho.

CAPÍTULO 64

O trânsito está engarrafado no Vale dos Barris. Já passa das 13h30, quando a dupla percebe que não vai ser fácil chegar ao Orixás Center.

— Que porra é essa, Kika?! Vou usar o giroscópio.
— É melhor não, Negão!
— É uma bosta esse carnaval!
— Só você que acha. Olha quanta gente na rua.
— Boa merda!

Minutos depois, a dupla consegue entrar no estacionamento do Orixás Center. Zecão está irritado e bate a porta ao sair do carro. Caminha e resmunga ao mesmo tempo indo em direção ao hall dos elevadores. Érika é mais precavida e fica para trás observando atentamente o estacionamento. Percebe uma movimentação suspeita de dois homens do outro lado e grita:

— Negão!!

O grandalhão olha para trás e vê a inspetora engatilhar a pistola e apontar em sua direção. Ouve-se o primeiro disparo, que atinge Zecão nas costas: ele tomba no piso cimentado e uma sucessão de tiros reverbera no pátio. A inspetora responde disparando com sua pistola enquanto corre e se abriga atrás de um dos carros estacionados. Os homens avançam e o grandalhão rola pelo chão até se abrigar na lateral do prédio. Érika recarrega a arma e grita:

— Cobertura!!

Zecão atira aleatoriamente em direção aos homens. Érika corre com a pistola em mãos, atirando. Avança até a próxima linha de carros estacionados e se abriga. Saca a outra pistola das costas, rola sobre o capô de um dos carros e abre fogo em direção aos dois homens. Atinge um deles na coxa e o sujeito rola no chão quente. O segundo homem dá cobertura e o elemento ferido se arrasta para o outro lado do estacionamento.

O grandalhão levanta-se, sentindo fortes dores nas costas, mas avança em direção aos dois elementos, atirando. Eles alcançam uma moto, o ferido na garupa; o motoqueiro acelera forte. Érika corre em direção à rampa de acesso ao estacionamento para bloquear a saída dos dois. Zecão corre atrás, mas é obrigado a se jogar no chão para se proteger de novos disparos protagonizados pelo carona. O motoqueiro percebe a movimentação da morena enfurecida e manobra a moto voltando em direção ao hall dos elevadores. Érika atira e atinge as costas do carona, que cai da moto e rola por duas vezes no piso. O motoqueiro não hesita; acelera forte e entra no hall dos elevadores.

Zecão rende o homem ferido, agora estendido no chão, sangrando. Érika entra no hall do prédio e pelo som da moto sabe que o homem desceu as escadas. Ela desce atrás, correndo, mas o motoqueiro é ágil; alcança o terraço e lança a moto contra a multidão que se aglomera nos barzinhos. A moto atropela meia dúzia de foliões, mas o motoqueiro, ágil, pula fora e corre em direção ao engarrafamento de carros. Érika aparece, esbaforida, diante da multidão em pânico; alguns feridos. Desvencilha-se das pessoas a tempo de ver o homem subir em outra moto e desaparecer em meio aos carros.

A morena, arfando, guarda as pistolas, passa pela multidão em pânico e volta para o estacionamento. Encontra o grandalhão de pé junto ao corpo inerte do homem.

— E aí, Negão?!

O grandalhão meneia a cabeça e abre os braços, inconformado.

— O cara não disse nada?!

— Não, Kika! O cara não disse nada.

— Merda! Tira essa camisa aí, Negão.

O grandalhão retira a camisa e a morena examina o colete por fora. Ele tira o colete e ela atesta.

— O colete aguentou o tranco. Você vai sobreviver, Negão.

Algumas pessoas aparecem no estacionamento e Érika grita com a pistola na mão:

— Polícia!! Para trás!!

Ouve-se a sirene da polícia militar se aproximando.

— Só vamos falar alguma coisa na presença da delegada Gabrielle. Entendido, Negão?

— Sim, senhora!

ψ

Um grupo da polícia de choque chega ao estacionamento, fuzis em posição de tiro e um deles grita:

— Mãos na cabeça!!

— Somos policiais... — retruca a inspetora Érika.

— Mãos na cabeça e virem-se!!

Érika e Zecão colocam as mãos na cabeça e ficam de costas. Zecão faz careta de dor com o esforço e esbraveja:

— Merda!

Os policiais aproximam-se com as armas em posição de tiro. A morena enfezada, arfando, insiste:

— Somos policiais e sofremos uma emboscada de dois elementos...

Os dois são imobilizados e desarmados. O capitão examina as identidades dos dois policiais e diz:

— Vamos levá-los para a delegacia, policial.

— Inspetora Érika, capitão.

— E onde estão suas credenciais da polícia civil?

— Estamos de férias, capitão.

— Férias?!

— Por favor, ligue para a corregedoria da polícia civil e entregue o caso para a delegada Gabrielle. Ela pode confirmar tudo.

— Vocês vão para a delegacia mais próxima e lá a gente vê isso.

— Tudo bem, capitão, mas é melhor dar uma olhada se nosso apartamento não foi invadido.

— Apartamento?! Que apartamento?!

— 12013. Na verdade, ele é de uma amiga nossa e o estamos usando por empréstimo.

O capitão olha para a mancha roxa nas costas do homem sem camisa, colete com a marca do disparo sobre o capô do carro, camisa florida no piso, e determina:

— Tenente, providencie um atendimento para o grandalhão aqui.

— A delegada Gabrielle da corregedoria pode atestar que estamos ameaçados de morte. — insiste a inspetora Érika.

O capitão volta-se para sua equipe e ordena:

— Vocês dois vão até o apartamento 12013 e confiram se há algum sinal de invasão, mas não toquem em nada, isso é trabalho da civil. E vocês tirem esses dois daqui.

ψ

Zecão passa por um rápido exame na ambulância do Samu e se junta à Érika, acomodada no banco traseiro da viatura do batalhão de choque: o grandalhão faz questão de vestir o colete sobre o camisão. Após ordem do capitão, os dois são transferidos para o camburão. Os policiais entram na viatura, giroscópio ligado, e saem em meio ao trânsito engarrafado. Ligam a sirene e fazem o retorno logo após o viaduto, seguindo em direção à Praça da Piedade.

Apesar da sirene e do giroscópio ligado, o veículo avança lentamente e cruza com uma viatura da polícia civil indo em direção ao Orixás Center.

— Olha lá, Negão. — aponta Érika, — É uma viatura da 42DP.

— 42DP aqui?! Estranho...

— Muito estranho, Negão!

ψ

Érika e Zecão são encaminhados para uma sala de detenção provisória, tendo as algemas retiradas. Após alguns minutos, o capitão Alex retorna acompanhado de dois policiais e devolve as armas aos dois policiais.

— A delegada Gabrielle confirmou a sua versão, inspetora Érika, e assumiu a responsabilidade por vocês dois. Ela quer falar com vocês e está enviando uma viatura para buscá-los.

— Ok. Podemos esperar lá fora?

— Fiquem à vontade. Vocês estão liberados.

— Outra coisa, o apartamento lá do Orixás Center teve a porta arrombada e estava todo revirado. Parece que a delegada Gabrielle vai assumir as investigações. Segundo ela, o atentado que vocês sofreram está ligado a um caso conduzido pela corregedoria.

— Tudo bem. — retruca a inspetora.

Conferem as pistolas, guardam-nas sob as roupas e saem da sala. Param em frente à porta principal da delegacia e veem a viatura de operações especiais deixar o local. A inspetora está calada e olha de um lado ao outro, sempre desconfiada e reflexiva. Um táxi desponta no final da rua e se aproxima lentamente. A morena olha em direção ao prédio da polícia militar, sente o sol quente na pele e o ar abafado. Olha para o parceiro fazendo cara de dor e então decide:

— Vamos embora, Negão.

A morena enfezada sinaliza para o táxi. O grandalhão franze a testa, estranhando a decisão da parceira, mas se limita a segui-la. Entram no carro e ela dirige-se ao motorista com voz firme e decidida:

— Siga em direção ao Jardim de Alah, por favor.

— Tudo bem, senhora. — responde o motorista e acelera o carro.

Zecão faz cara de dor tentando se ajeitar no banco, mas gesticula querendo saber para onde estão indo.

A morena respira fundo e torce a boca.

— Quer passar em uma emergência, Negão?

— Eu queria mesmo é saber o que está se passando nessa sua cabecinha.

— Estou pensando, Negão. Estou pensando.

CAPÍTULO 65

O sol está a pino quando o táxi se aproxima do Jardim dos Namorados. A inspetora, que até então se manteve calada e sisuda, orienta o motorista com autoridade:

— Siga em frente, moço.

O senhor assente gestualmente.

— Vamos pra onde, Kika?

— Quero conversar pessoalmente com a vizinha do Betinho. Acho que ela sabe de mais alguma coisa e quem sabe ajude a clarear minhas ideias.

— Por falar nisso, como vamos pegar meu carro e sua moto?

— Depois a gente resolve isso. Nós vamos para o outro lado da avenida, moço, naquela Travessa ali. — ela aponta. — O senhor faz o retorno lá na frente.

— Tudo bem, moça.

Instantes depois, o táxi para em frente à Travessa e os dois policiais saltam. Érika paga a corrida sem tirar os olhos da movimentação na rua.

— Fica de olho nesse beco, Negão.

Zecão confere a pistola e recoloca-a na cintura. Encosta o ombro direito no muro "chapiscado" e cruza os braços atento ao movimento na avenida principal. Em seguida, a morena segue a passos largos em direção ao sobrado, que está silencioso e quieto. Abre o portão de ferro e toca a campainha. A portinhola na porta do sobrado do primeiro andar se abre. Uma senhora encosta o rosto e olha ressabiada.

— Pois não?

— Podemos conversar um pouco? Sou conhecida do Betinho, o rapaz que mora ali em cima com a mãe, Dona Celeste.

A senhora franze a testa e abre a porta.

— Ahn... Conhecidos de onde?

— Somos policiais e conhecemos o Betinho lá da paróquia.

— Da paróquia do padre Humberto?!

— Isso mesmo. Como é o nome da senhora?

— Elvira. Mas o que é que está acontecendo, moça? A polícia esteve aqui esses dias e levou o cofre que o rapaz deixou aqui comigo. Misericórdia!

Vocês não vão deixar a gente em paz não, é? Pense aí... O que eu vou falar pro rapaz que deixou esse troço aqui na confiança? Eu conheço Betinho desde bebê, moça. O que que eu vou falar pra ele? Me diga!

— Calma, Dona Elvira. Muitas coisas estão acontecendo e precisamos encontrar o rapaz para esclarecer umas coisas.

— Coisas? Que coisas?! Misericórdia, senhor!

— Só com ele mesmo, Dona Elvira.

— Tô preocupada, moça. Eles viajaram na segunda e de lá pra cá não tive mais notícias.

— Sei. Quer dizer que o rapaz deixou um cofre com a senhora?!

— Foi... Desse tamanho assim. — gesticula. — Ele disse que era do padre Humberto e que depois ele ia dar um jeito de pegar.

— A senhora sabe dizer quem foi o policial que esteve aqui e levou esse cofre?

— Foi uma mulher. Ela usava um correntão no pescoço... com um negócio bonito escrito "Polícia Civil" e "Delegado de Polícia", mas eu não me lembro o nome dela.

— Uma policial?!

Dona Elvira assente gestualmente e continua falando:

— Tinha um homem com ela. Um sujeito esquisito... careca, branquelo e cheio de tatuagem no braço.

— E como era essa mulher?

— Uma loira bonitona dos cabelos curtinhos... e toda maquiada, moça, parecendo que ia pra festa.

— E a senhora não se lembra o nome dela?!

— Não, moça. Na hora eu fiquei muito assustada... O homem estava segurando uma arma de todo tamanho e me olhava com uma cara esquisita.

— E o que ela disse pra senhora? Como ela sabia que esse cofre estava na sua casa?

— Não sei. Ela disse que sabia e que tinha uma ordem de busca, caso eu não cooperasse.

— Tudo bem, Dona Elvira. Que dia foi que essa policial esteve aqui?

— Na terça-feira passada, à noitinha.

— Tudo bem.

A inspetora olha de um lado para o outro e, por fim, arrisca uma pergunta.

— A senhora sabe para onde o Betinho foi, Dona Elvira?

— Não! Eu juro que não.

— Tudo bem, eu acredito na senhora.

— Aconteceu alguma coisa com o Betinho e a Celeste?

— Acho que não, Dona Elvira, mas precisamos falar com o Betinho.

— Eu estou com medo, moça, preocupada com eles. Não sei mais o que fazer.

— Dona Elvira, a melhor coisa que a senhora tem a fazer é ficar quieta em casa e esperar por notícias. Não dá para falar que o Betinho e a mãe estão desaparecidos, até porque eles avisaram que iam viajar. O melhor é esperar. De qualquer forma, nós estamos tentando localizar os dois e... qualquer coisa, a gente avisa.

— Tudo bem, moça.

— Até mais, Dona Elvira.

A senhora gesticula, entra e fecha a porta.

Érika segue a passos largos em direção à avenida, sinaliza para o parceiro e para junto ao meio-fio.

— Você pode me explicar o que está acontecendo, Kika?

— Negão, vamos lá pra rodoviária. Tem um hotelzinho ali em frente e nós precisamos parar pra pensar no que fazer.

— Hotelzinho... Você quer dizer espeluncazinha, né?!

— Pô! Você tem grana pra bancar um cinco estrelas?!

O grandalhão torce a boca e meneia a cabeça.

— E o carro, sua moto e nossas coisas?

— Esquece isso por enquanto, Negão, a não ser que você queira receber outra azeitona pelas costas.

CAPÍTULO 66

Érika e Zecão entram no pequeno quarto de hotel e o grandalhão vai diretamente para a janela protegida com persianas verticais. Preocupado, observa discretamente a movimentação na rua. A morena, sentindo-se esgotada física e mentalmente, entra no sanitário e lava o rosto demoradamente. Em seguida, solta os cabelos, enxuga-se perdida em seus devaneios e volta para o quarto. Retira o blusão e fixa-se no parceiro com a pistola em mãos e olhar voltado para a rua.

A morena Joga o blusão sobre a mesinha de apoio e diz:

— Me deixa ver suas costas, Negão.

O homem afasta-se da janela e pousa a pistola sobre a mesinha. O grandalhão está com um jeitão severo e preocupado.

— E então, Kika... o que está se passando na sua cabecinha? A Dr.ª Gabrielle disse que era para gente esperar lá da delegacia e aqui estamos nós.

— Não sei mais em quem confiar, Negão... Só isso.

Zecão desabotoa e retira a camisa e o colete. Saca a pistola das costas, gira o corpo, ficando de costas. A morena não gosta do aspecto arroxeado da pele. Franze a testa e toca no local com a ponta dos dedos. O grandalhão faz cara feia e dá um passo à frente resmungando:

— Dói, pô!

— Tá roxo, Negão. Foi uma porrada e tanto. Acho bom passar uma pomada. Vou ver se o cara da portaria consegue alguma coisa na farmácia da rodoviária.

— Acho que o elemento usou uma 45. O cara queria me fuder mesmo.

Érika retira a pistola das costas, pousando-a sobre a mesinha de cabeceira, senta-se na cama e disca o número da portaria.

— Moço, estou precisando de uma pomada lá da farmácia. Será que vocês conseguem pra mim?

...

— Meu parceiro aqui tomou uma pancada nas costas e o lugar está roxo e dolorido.

...

— Qualquer pomada. Veja lá, com a farmácia. E peça também remédio pra dor.

...

— Quarto 27. Outra coisa, precisamos comer alguma coisa.

...

— Tudo bem.

— Eles têm convênio com a farmácia da rodoviária. — diz Érika. — Ele vai ligar e pedir para entregar aqui. E ele disse também que tem um cardápio em uma dessas gavetas aí, da mesa. É só ligar para o restaurante, que eles entregam.

O grandalhão dá uma vasculhada rápida na gaveta e coloca o cardápio sobre a mesa.

— Muito estranho aqueles dois de tocaia lá no Jardim dos Namorados... e logo depois a gente sofre uma emboscada lá no Orixás Center. Se os caras estavam nos seguindo, eles sabiam que estávamos no Orixás e podem ter passado o bizú para os milicianos.

— A lutadora de boxe e o rasputim de meia-tigela são o xodó do delegado Romeu. — enfatiza Érika. — Será que o Dr. Romeu mandou seguir a gente?!

— Pode ser, Kika... mas, pensando bem, acho que o cara só queria ter certeza que a gente não vai continuar investigando os padres. Provavelmente os cupinchas dele não têm nada a ver com a emboscada.

— Eu não boto minha mão no fogo, Negão.

A morena respira fundo, meneia a cabeça e agora é ela quem vai até a janela e mira na movimentação em frente à rodoviária. Fica calada e reflexiva.

— Que merda, hein! E esse caso do cofre?

— Sei não, Negão. Pela descrição que Dona Elvira deu, foi a doutora Gabrielle quem esteve lá. Como será que ela soube que o cofre estava na casa da vizinha?

— Alguém abriu o bico, ora! Eles devem estar investigando na surdina.

— Sei não.

— E será que foi realmente a Dr.ª Gabrielle quem pegou esse cofre?

— E quem mais poderia ser, pô? Delegada loira, bonitona e bem-vestida, eu só conheço uma. Sem falar no brutamontes tatuado que estava com ela.

O grandalhão começa a andar de um lado para o outro, pensativo.
— Você acha que a Dr.ª Gabrielle pode estar envolvida nesse atentado?
— Quer saber, Negão? Acho que sim.
— E por que ela mandou o capitão liberar a gente?
— Puta... que... pariu! Preciso pensar, Negão. — retruca Érika e joga-se na cama. — Peça alguma coisa pra gente comer, vai.
— Estou pensando em pedir para o Jorjão ir pegar nossas coisas lá no Orixás.
— Você pirô de vez, Negão! Com certeza estão vigiando o local. Tem loja de roupas ali na rodoviária. É melhor a gente comprar mais uma muda e ir se virando por enquanto.
— Cacete!
— Dá um tempo aí, que eu preciso pensar.
— Tudo bem, vou pedir um rango.

ψ

A noite cai sobre a cidade e o agito se concentra no circuito do carnaval e na orla marítima. No entanto, a região da rodoviária apresenta movimento, ainda que tímido, com a chegada de foliões do interior e outras partes do Brasil. Os dois policiais conseguiram comprar roupas novas, mas o fato de estarem isolados deixa o grandalhão nervoso.
— A gente precisa de munição e armas pesadas, Kika. Não vamos poder ficar aqui nesse quarto acuados que nem ratos.
— Veja se o Jorjão consegue alguma coisa pra gente, mas combina com ele para entregar o material dentro de uma sacola em algum lugar público. Pode ser lá na praça de alimentação do Iguatemi.
Zecão confere o horário, são 19h35, e comenta:
— Acho que vai ser difícil falar com ele agora, mas... vamos tentar.
O inspetor faz a ligação para a residência do amigo, porém o telefone toca insistentemente até a ligação cair.
— Droga!
Disca em seguida para a residência da irmã em Belo Horizonte, mas a ligação cai após a terceira chamada. Irritado, vai até o frigobar, abre uma garrafa de cerveja e serve um copo.
— Vai querer?

Érika solta as aletas da persiana e vai até o grandalhão, que lhe entrega o copo com a cerveja. Ele serve outro copo e faz um brinde:

— Saúde.

— Saúde.

Bebem metade do copo de uma golada. Em seguida, Zecão volta a insistir na ligação e no terceiro toque a chamada é atendida:

— Alô.

— Tina.

— Oi, mano. Tudo bem?

— Mais ou menos.

— Aconteceu alguma coisa?!

— O de sempre. Cadê o Tadeu?

— Ele vai se atrasar, mas pediu pra você ligar umas 21h, que ele quer falar com você.

— Vinte e uma horas? Será que ele conseguiu o que eu pedi?

— Não sei, Zeca. Quando é que você vem aqui?

— Tô vendo aí.

— Você é enrolado, viu Zeca.

— Fica fria, mana. Uma hora dessas eu apareço aí. Às 21h eu volto a ligar, ok?

— Tudo bem, tchau.

— Tchau, mana.

— Tadeu pediu pra ligar às 21h. — comenta Zecão e bate o telefone no gancho. Carrancudo, enche o copo com cerveja, beberica e vai até a janela.

— Relaxa. — diz a morena e serve-se com mais cerveja.

ψ

Pontualmente, às 21h, Zecão volta a ligar para o cunhado, que atende na segunda chamada:

— Alô.

— Diga aí, Tadeu, tudo bem?

— Ôpa, Zecão, tudo bem, meu irmão. Parece que encontramos o elemento.

— Parece ou encontraram, pô?

— Calma, sô! Estava esperando meu camarada me ligar pra confirmar o nome todo do elemento, mas ele não ligou ainda. Chegou um padre novo lá em Pedra Azul, dia 27 de janeiro, e o nome do cara é Humberto. A coisa ventilou, porque o antigo pároco não gostou de ser transferido e... cidade pequena... sabe como é... o caso logo virou notícia.

— Pedra Azul?!

— Isso. É próximo de Vitória da Conquista, aí na Bahia.

— Como é que eu faço pra ter a confirmação?

— Ele garantiu que ia me ligar ainda hoje à noite. Acho que ele deve estar esperando dar 22h horas, que a ligação fica mais barata. Sabe como é. Me liga depois das 22h... umas 22h30.

— Tudo bem. Eu te ligo depois. Valeu, cara!

ψ

O grandalhão, agora vestido com short e camiseta, aproxima-se mais uma vez da janela preocupado e observa a movimentação em frente à rodoviária e ao hotel. Perde-se em pensamentos até ser tocado pela morena.

— E aí, Negão, falou com seu cunhado?

Zecão vira-se e se vê frente a frente com a morena enrolada em uma toalha; cabelos molhados, sorriso e olhar provocativo.

— Bem... dez horas tenho que ligar pra confirmar — ele segura a morena pela cintura e a puxa contra si; a morena arregala os olhos. —, mas parece que encontraram o padre.

A morena trança os braços no pescoço do grandalhão e o encara com um sorriso malicioso no rosto.

— E o que você pretende fazer até às 22h?

O grandalhão carrega a morena no colo, ela agarra-se ainda mais forte em seu pescoço, e coloca-a gentilmente na cama. Apaga a luz do quarto, retira a própria roupa e se aconchega ao lado da morena dengosa.

ψ

O quarto está na penumbra, há uma pistola sobre a mesinha de cabeceira da esquerda e outra na mesinha de cabeceira da direita. O grandalhão e a morena estão embaixo do lençol; ela dormindo virada para o lado e ele com a cabeça sobre os braços cruzados para trás, olhando para o teto. Levanta-se silenciosamente, veste o short e vai até a janela do quarto para observar a rua. Confere as horas, acende o abajur na cabeceira da cama e resolve ligar para o cunhado. Faz a ligação e na terceira chamada ele atende:

— Alô.

— Oi, Tadeu.

— Confirmado, Zecão. É o Padre Humberto Papallotzy.

— Valeu, meu irmão... Você é foda mesmo!

— Quer que a gente faça alguma coisa?

— Só fica de olho no elemento, caso ele resolva desaparecer de novo.

— Tudo bem. E aí, você vem ou não pra cá?

— Tô pensando.

— E a inspetora?

Zecão olha para a morena dormindo do outro lado da cama e questiona em tom mais baixo:

— O que é que tem ela?

— Traga ela com você, uai.

— Se eu for... ela vai junto.

— Você está com jeito de quem está gamadão.

— É, acho que sim.

— É isso aí, meu camarada. Traga ela pra gente conhecer.

— Tudo bem, Tadeu. Qualquer hora a gente aparece aí.

— Venha mesmo.

— Tudo bem. A gente vai se falando.

Zecão desliga o telefone e fica pensativo sentado na beirada da cama. Érika acorda e encosta-se na cabeceira da cama enrolada no lençol. Boceja.

— E aí, Negão?

— O padre está lá em Pedra Azul, Kika. Depois a gente olha no mapa, mas Tadeu disse que é próximo a Vitória da Conquista.

— Tá confirmado mesmo?!

— Padre Humberto Papallotzy. É ele.

— Cacete! Conseguiu falar com seu amigo?

— Vou ligar agora. — diz Zecão e faz outra ligação.

Após a segunda chamada um homem atende:

— Alô.

— Jorjão, sou eu.

— Zecão! Vocês estão aonde, cara?!

— A coisa tá pegando, meu camarada, e a gente tá dando um tempo.

— Tá rolando aí que a inspetora Érika está jurada de morte pelos milicianos.

— Cacete! Jorjão, estamos precisando de munição e duas 12.

— Posso conseguir, mas como vou repassar isso pra vocês? Os cães de guarda do delegado Romeu estão farejando algo e andaram me fazendo umas perguntas, assim como quem não quer nada.

— Quem?!

— Aquela investigadora invocadinha com cara de lutadora de boxe e o barbicha parceiro dela.

— Esses dois sacanas estavam seguindo a gente.

— Mas e aí, como é que vai ser? Consigo as armas pra amanhã à noitinha.

— Coloque tudo em uma sacola e leva lá para o Shopping Iguatemi. Vai pra aquele estacionamento inferior que dá para a praça de alimentação do térreo e deixa no sanitário masculino às 18h, na última baia. Vou estar de olho. Quando você sair, eu entro e pego a mochila.

— E se pintar sujeira?

— Cai fora, meu amigo, que depois a gente se fala.

— Combinado, Zecão, e te cuida.

Zecão desliga o aparelho.

— E aí, Negão, conseguiu as armas?

— Jorjão vai conseguir, Kika, mas estou preocupado.

— Que onda é essa, Negão?!

— Jorjão acha que os milicianos estão por trás do atentado.

— Disso eu não tinha dúvida! A questão é quem está por trás dos milicianos.

— O Zanatta. Só pode ser, Kika!

— E quem está por trás do Zanatta?! Será que é o delegado Alfeu ou, quem sabe, o delegado Romeu ou ainda... a delegada Gabrielle?

— Dr. Romeu?! — arrisca Zecão.

— Bem, a Dr.ª Gabrielle me disse pra não confiar em ninguém e é isso que eu estou fazendo. Pra mim todos são suspeitos até prova em contrário.

Zecão vai até a janela, puxa as persianas para o lado e olha a rua praticamente deserta. Em seguida, volta para a cama.

— Agora que a gente sabe onde o padre está, o que a gente vai fazer?

— Acho que vamos ter que ir lá fazer uma visitinha, mas antes temos que resolver o problema das armas.

— Vai avisar Seu Lívio que encontramos o padre?

— Ainda não decidi sobre isso. Agora vem deitar e me esquenta um pouquinho.

CAPÍTULO 67

Domingo, 9 de fevereiro de 1975.

Um fuscão preto entra no estacionamento coberto do Shopping Iguatemi e circula lentamente até estacionar em uma vaga oposta à área de alimentação. Um homem pardo, com óculos escuros, barba e bigodes fartos com as pontas enroladas, sobrancelhas grossas e assanhadas, salta do carro e olha de um lado ao outro, desconfiado: o estacionamento está parcialmente ocupado por veículos, mas ermo. O homem destrava o porta-malas, circula o carro lentamente, confere as horas, são 17h55, e abre o capô. Empunha uma sacola de lona comprida e arredondada, fecha o capô e corre as vistas em volta. Avista um casal saindo da praça de alimentação, caminhando em direção à lateral direita do estacionamento. Respira fundo, ajeita os óculos escuros e segue em direção à entrada do shopping. O sujeito caminha com passadas firmes, sem pressa, até alcançar a entrada do hall da praça de alimentação. Olha discretamente em volta e segue em direção ao sanitário masculino.

Um senhor de idade está no mictório e um rapaz ajeita os cabelos em frente ao espelho. Os dois mantêm-se alheios ao homem que passa direto e vai para a última baia. Pousa a sacola sobre o vaso sanitário, encosta a porta e confere as horas: são 17h59. Em seguida, retira papel higiênico do rolo preso à parede, dobra várias vezes, sai da baia e usa o bolo de papel dobrado como calço para manter a porta fechada sem a trava. O sanitário está vazio e o homem sai rapidamente andando a passos largos para o estacionamento. Entra no fuscão, mas antes que consiga ligar o carro, um homem vestido de preto aproxima-se da janela, pistola com um silenciador em mãos, e diz, mastigando as palavras de tanto ódio:

— X9 desgraçado! — diz isso e dispara uma vez na cabeça do homem.

ψ

O inspetor Zecão está estrategicamente sentado em uma das mesas e observa toda a movimentação do parceiro. O grandalhão está usando um boné preto, óculos escuros, um camisão branco, calça jeans e coturnos de couro. Olha discretamente de um lado ao outro e vai até o sanitário. Entra junto com dois outros rapazes, que vão diretamente para o mictório. O grandalhão vai para a última baia, empurra a porta e entra. Encosta a porta, abre o zíper do sacolão e confere rapidamente o conteúdo.

"Valeu, amigão!", pensa e volta a fechar a sacola.

Sai da baia segurando o sacolão com a mão esquerda, os rapazes estão na pia lavando as mãos, e acelera os passos para fora do sanitário. Vai diretamente para o estacionamento, dobra à esquerda e vê a inspetora encostada em uma das colunas da garagem. O inspetor sinaliza e ela movimenta-se em direção ao outro lado do estacionamento; ele segue em sua direção quando percebe duas motos entrarem no estacionamento e acelerarem em direção à morena. Os motoqueiros estão de capacetes e os caronas das duas motos sacam pistolas e começam a atirar. Érika reage instintivamente. Saca as duas pistolas, protege-se em uma das colunas e revida aos tiros. Ato contínuo, Zecão larga o sacolão no piso, saca a pistola e corre em direção a ela quando percebe uma terceira moto avançar por trás e parar a poucos metros da inspetora. O motoqueiro, usando capacete, luvas e roupas pretas, deixa a moto entre os carros, saca uma escopeta e caminha em direção à morena, que não percebe a movimentação: Érika continua trocando tiros com os outros motoqueiros, que agora avançam a pé.

Zecão prevê a tragédia iminente e corre em direção à morena.

— Kika!!! — grita. — Atrás de você!!

A morena para de atirar por uma fração de segundo, olha para a direita e observa o terror estampado no rosto do parceiro, que corre em sua direção; o motoqueiro ignora o grandalhão, engatilha a 12, aponta para a inspetora e atira duas vezes consecutivas.

CAPÍTULO 68

A noite cai lentamente sobre a cidade e a iluminação pública começa a ganhar protagonismo em ritmo de carnaval. Os turistas invadiram a cidade e o clima é festivo. Lívio e Isadora, ao contrário, estão reclusos no apartamento, à espera de uma ligação de Luiza. Apesar da televisão ligada exibindo a apresentação do trio elétrico Tapajós na Praça Castro Alves, o casal não consegue se envolver no clima carnavalesco.

— Cadê Lú, que não liga, amor?! — questiona Isadora.

Lívio respira fundo e gesticula impaciente.

— Deve estar esperando a tal ligação lá de Belo Horizonte.

— Você conhece essa amiga de Lú?

— Não. Só sei que ela estuda aqui em Salvador e que está de férias lá em Belo Horizonte. Parece que a tia dessa amiga faz trabalhos assistenciais em uma igreja de lá há muitos anos e ela ia procurar se informar sobre o padre Humberto.

— Eu não aguento mais essa espera. Acho que vou ter um troço.

— É... Eu também estou agoniado. — retruca Lívio e vai até a cozinha. Volta com duas taças de cerveja e oferece uma a Isadora.

A morena beberica e pousa o copo sobre a mesa. Franze a testa e coloca a mão no peito. Sente o coração acelerar.

— Misericórdia! — murmura ela.

— O que foi, Isa? Que cara é essa?!

— Deus é mais! — Isadora benze-se. — Tive uma sensação estranha, como se alguma coisa de ruim estivesse por acontecer.

Lívio aproxima-se e abraça a morena assustada.

— Calma.

O telefone toca e Lívio apressa-se em atender. Letícia aproxima-se.

— Alô!

...

— E aí, Lú?

...

— Onde?

...

— Tem certeza?

...

— Valeu, filha. Tchau.

Lívio desliga o telefone e comenta:

— Padre Humberto está em uma cidadezinha de nome Pedra Azul.

— Pedra Azul?!

— É. Segundo Luiza, fica próxima de Vitória da Conquista.

— E agora, Lívio, o que a gente vai fazer?

— Ainda não sei, Isa. A inspetora foi afastada e não sei se devemos continuar envolvendo ela nessa história.

— Acho melhor conversar com ela, amor.

Lívio respira fundo e bebe mais um gole da cerveja.

— Bom, vou conversar com Roberto e decidimos isso depois.

Isadora abraça Lívio e os dois beijam-se rapidamente.

— Amor, me leva pra casa. É que eu estou muito ansiosa… com uma sensação estranha.

— Tudo bem.

CAPÍTULO 69

Zecão lança-se sobre a morena e a abraça. Os tiros atingem as costas do grandalhão, que se agarra à inspetora. O homem de preto atira mais duas vezes enquanto corre em direção aos dois. Zecão recebe novos impactos e Érika se vê imprensada entre o grandalhão e a coluna.

— Nãaao!! — grita a morena, atirando sequencialmente até descarregar as pistolas contra o motoqueiro de preto. Os ruídos dos tiros ecoam no estacionamento.

O elemento é atingido em várias partes do corpo e cai de joelhos, sangrando; Zecão também. Mais tiros vêm por trás, mas a inspetora está impotente com as armas descarregadas, apoiando o grandalhão que sangra em seus braços. Os quatro motoqueiros avançam até que um carro entra em alta velocidade no estacionamento. Freia bruscamente e os pneus cantam alto no asfalto. Um homem e uma mulher saltam e atiram com fuzis contra os quatro homens. Dois são atingidos mortalmente e os outros dois fogem por entre os carros, alcançam as motos e deixam o estacionamento em alta velocidade.

O motoqueiro de preto tomba sobre o piso; Zecão agoniza nos braços da inspetora Érika. A mulher mal-encarada aproxima-se com a arma apontada para a inspetora Érika, corre as vistas em volta, empunha o rádio comunicador e diz:

— Policial ferido no estacionamento do Shopping Iguatemi. Mandem uma ambulância com urgência e reforço policial.

O outro homem aproxima-se do motoqueiro de preto estirado no chão, confirma que ele está morto e abre seu capacete.

— É o miserável do Zanatta! — diz ele.

Zecão balbucia algumas palavras:

— Kika, você... está... bem?

A morena chora silenciosamente e assente com um gesto. O grandalhão dá o último suspiro, fecha os olhos e seu corpo pende para o lado. A morena aperta-o contra o peito e chora desoladamente.

CAPÍTULO 70

A noite está chuvosa e fria na pacata cidadezinha de Pedra Azul. Apesar do mau tempo, a última missa dominical contou com a presença massiva dos fiéis, que agora se aglomeram para saírem da igreja diante da neblina persistente. Padre Humberto conversa cordialmente com dois casais de idosos que se aproximaram do altar-mor; Betinho faz a arrumação na área do presbitério e Dona Romana e Dona Celeste andam pelas laterais da igreja, certificando-se de que nenhum objeto foi deixado para trás. Minutos depois, com a nave esvaziada, as duas senhoras e o rapaz começam a fechar as portas e basculantes das janelas. O padre vai para a sacristia trocar as vestimentas, mas escuta o telefone tocando no escritório e decide ir atender.

— Alô.

— Santinha falando. Deus morreu, Papa.

— Como?! — o padre fica pálido.

— Deus morreu. Acabou!

— Deus morreu?! Tem certeza?!

— Vamos deixar a poeira assentar, mas em breve o senhor vai poder retornar a Salvador, discretamente, é claro.

— Graças a Deus! — o padre benze-se.

— Por enquanto é melhor o senhor ficar por aí. Preciso resolver definitivamente aquele assunto do abrigo. Enfim... Entro em contato, assim que possível.

— Ahn... O álbum e os documentos que estavam no cofre foram destruídos?

— Estão seguros, Papa. Não se preocupe com isso.

— Mas...

— Boa noite, Papa.

Em seguida, o padre escuta o barulho do aparelho do seu interlocutor sendo desligado e desliga o seu. O homem de sotaina branca está abatido e preocupado.

Betinho entra no escritório e nota a mudança no semblante do padre.

— Tudo bem, padre?

— Mais ou menos, Betinho.

— Está acontecendo alguma coisa?! O senhor está estranho.

O padre esfrega uma mão contra a outra, visivelmente nervoso.

— Eu queria poder começar uma vida nova longe disso tudo, Betinho, mas parece que fiquei preso na teia que eu mesmo teci ao longo dos anos.

O rapaz mostra-se confuso, franze a testa e se aproxima do homem pálido e apavorado.

— Como assim, padre?

— Fiz muitas coisas erradas, Betinho... e a nossa relação é uma delas. Se descobrem... com certeza serei crucificado e você também.

— O senhor quer que eu vá embora, é isso?

— Não... Mas às vezes penso em abandonar a igreja e começar uma vida nova longe de tudo isso, Betinho, onde ninguém conheça a gente.

— E minha mãe? Ela está querendo voltar para Salvador.

— Eu sei... eu sei. — o padre começa a andar de um lado para o outro. — Você não pode abandonar sua mãe. Já fiz coisas erradas demais e não quero fazer mais esse mal.

O rapaz abaixa a cabeça e fixa o olhar no piso.

— Vá ajudar sua mãe e Dona Romana. Depois a gente conversa sobre isso com mais calma.

ψ

Por volta das 22h, a Globo interrompe a programação normal e entra com o noticiário:

> "Salvador viveu momentos de terror em pleno sábado de carnaval...".

Lívio e Isadora estão na varanda do sobrado quando ouvem o chamado. Após as primeiras palavras do repórter, os dois entram na sala. Elder aparece vindo da cozinha, Seu Danilo e Dona Núbia já estavam sentados e escutam, horrorizados, a notícia do violento atentado:

> "Um intenso tiroteio foi registrado no estacionamento do Shopping Iguatemi por volta das 19h, tendo como saldo a morte de três agentes da polícia civil e dois homens procurados pela justiça. Segundo foi apurado, esses homens pertenciam a um

grupo de milicianos que atua nas favelas da região central da capital. Os primeiros relatos, não confirmados oficialmente pela polícia, dão conta de que o inspetor da polícia civil de nome Carlos Zanatta é um dos que morreram no confronto. Ele liderava esse grupo de milicianos e organizou o atentado que vitimou o inspetor José Carlos Brandão e o inspetor Barnabé Canaverde, ambos investigadores da delegacia de homicídios. O atentado teria como alvo a inspetora Érika Lynz, que estava investigando a atuação dessa milícia. Segundo o que já foi apurado, essa milícia está envolvida com o tráfico de crianças para o exterior e eles se utilizavam de abrigos para menores como forma de recrutar crianças…".

— Meu Deus! Mataram o parceiro da inspetora Érika. — comenta Isadora, pálida, e coloca as mãos sobre a boca.

— E agora, Seu Lívio? — questiona Elder.

— Acho que ainda tem muita sujeira debaixo desse tapete, Elder, e até por uma questão de segurança, temos que esperar para ver os próximos acontecimentos.

— E o padre…

— Elder! — Isadora interrompe a fala do filho e sinaliza para ele silenciar apontando para os pais que estão na sala.

— Vocês conhecem essas pessoas, minha filha?!

— Sim, minha mãe. A inspetora Érika e o inspetor Zé Carlos investigaram o caso do garoto Eduardo e do filho do Lívio também.

Elder abaixa as vistas e vai para a varanda.

Lívio respira fundo e meneia a cabeça, preocupado.

— Eu vou indo, Isadora. Boa noite, Dona Núbia e Seu Danilo.

— Boa noite, Lívio. — responde Dona Núbia.

— Boa noite. — responde Seu Danilo.

Na varanda, Elder comenta:

— E o padre Humberto, gente?! Ele vai ficar no bem bom lá em Minas Gerais?

— Por ora não vamos fazer nada, Elder. — diz Lívio com autoridade. — Está ouvindo, Isadora?! Cuidaremos do padre na hora certa. Agora vamos ver o que acontece nos próximos dias e ter calma. Nada de precipitação, por favor! Assim que chegar em casa, vou ligar para Roberto e Letícia. Se eles ouviram essa notícia, devem estar preocupados também.

— Tudo bem, Lívio.

Sisudo, Lívio dá um beijo na testa de Isadora e se despede do rapaz.

— Boa noite, Elder.

— Tchau, Seu Lívio.

Tenso, o grandalhão deixa o sobrado apressado. Elder e Isadora entram em casa no exato momento em que o telefone toca. Isadora senta-se em frente à televisão; Elder vai para o quarto e Dona Núbia atende à ligação:

— Alô...

— Boa noite, posso falar com Elder? É Luiza.

— Boa noite, minha filha. — Dona Núbia cobre o fone e vocifera: — Edinho!! É pra você, meu filho. É Luiza.

O rapaz volta da porta do quarto.

— Vou atender lá na cozinha, vó.

— Luiza?

— Oi, Edinho. Você viu o noticiário? O que foi aquilo?!

— Pois é, Lú, vi sim. Seu pai acha que a gente tem que ficar quieto por enquanto. Ele saiu daqui agora, preocupado com Seu Roberto e Dona Letícia.

ψ

Roberto e Letícia estão nervosos. Roberto liga para a residência de Lívio insistentemente, mas sem sucesso. Começa a andar de um lado para o outro, visivelmente nervoso.

— Droga!

— Lívio deve estar com Isadora, Beto.

— Você tem o número dela?

— Acho que tenho. — Letícia folheia a agenda. — Olha aqui, Beto.

Roberto disca o número, mas só retorna o tom de ocupado.

— Merda!

— O que foi agora?!

— Está dando ocupado.

— Você acha que isso tem a ver com a investigação que envolve o padre Humberto?

— Não sei, Letícia... mas acho que sim! Vamos dar um tempo e eu volto a ligar pra Lívio.

ψ

Minutos depois, o telefone toca; Letícia atende:
— Alô.
— Letícia, é Lívio.
— Oi, Lívio, você viu o noticiário?
— Sim, Letícia. Foi horrível! Roberto está aí?
— Tá. Espera um pouco.
Letícia passa o telefone para o marido.
— Lívio, que merda foi essa lá no Iguatemi, cara?!
— Pois é, Roberto. A coisa está pegando. Tem gente poderosa envolvida nessa sujeirada toda e precisamos tomar cuidado.
— O que a gente vai fazer?! E o padre?!
— Temos que esperar um pouco, Roberto. Vamos dar um tempo para ver o que acontece e aí a gente decide o que fazer.
— Esse padre miserável não vai sair impune.
— Pode ter certeza que não, Roberto, mas temos que ter cuidado. Vamos deixar a poeira assentar e aí a gente decide o que fazer, cara.
— Não sei, Lívio, não vou deixar o que aconteceu com meu filho ficar impune.
— Com nossos filhos, Roberto! E não vai ficar impune, mas precisamos ter calma agora. Tudo bem? Temos que pensar na nossa segurança também, cara.
— Tudo bem! Tudo bem, Lívio. Você tem razão. Vamos ver o que acontece e aí a gente decide o que fazer.

ψ

A igreja está na penumbra, silenciosa e completamente vazia. O homem da voz mansa e gestos delicados, ainda com a sotaina branca, está ajoelhado sobre o genuflexório em frente ao altar-mor, olhar fixo na cruz com a imagem de Jesus Cristo crucificado, orando silenciosamente. O ser inescrupuloso escondido por trás das vestes eclesiásticas sente-se, agora, profundamente arrependido e amargurado. Sua mente vagueia entre a oração e ideias recorrentes que lhe vêm à mente. Sente-se profundamente atormentado pelas memórias das luxúrias do passado e lágrimas brotam em seus olhos. O homem atormentado desiste das orações e vai até o escritório. Acomoda-se em sua cadeira, recosta-se, fecha os olhos por instantes e finalmente se apoia no tampo da mesa. Com uma caneta e um bloco de notas, põe-se a escrever.

ψ

Minutos depois, o homem sisudo coloca seu manuscrito dentro de um envelope, lacra-o com cola e o deixa sobre a mesa. Vai até a sacristia, onde retira e guarda as vestes eclesiásticas, volta para o escritório com passadas curtas, sem pressa, pensativo, pega o envelope, guarda no bolso da calça e decide ir para casa.

A rua está fria, são 21h30, deserta e parcamente iluminada. Atravessa a pracinha em volta da igreja e a rua em frente com passadas largas, abre o portão de ferro da casa e se apressa em ir para a varanda. Bate à porta e Dona Celeste abre-a: está enfezada, mas disfarça ao ver o padre.

O padre entra e percebe o clima tenso.

— Tudo bem?

Betinho abaixa as vistas e Dona Celeste responde:

— Sabe o que é, padre... é que eu preciso voltar pra Salvador. Minhas coisas estão lá...

— Minha mãe.

— Dona Celeste tem razão, Betinho. Se ela quer voltar pra Salvador, nós temos que respeitar isso.

— Mas, padre...

— Venha comigo até o quarto, Betinho. Precisamos conversar sobre isso.

Padre Humberto despede-se gestualmente de Dona Celeste e entra no quarto, cabisbaixo; o rapaz segue-o, emburrado.

Dona Celeste sente a angustia nos olhos do filho, mas não desiste do seu propósito.

CAPÍTULO 71

Terça-feira, 11 de fevereiro de 1975.
Dois dias depois...

Uma pequena multidão espreme-se nos estreitos corredores do Cemitério Campo Santo, mas apesar da aglomeração, o local está relativamente silencioso, sendo possível ouvir o canto dos pássaros, misturando-se aos lamentos de dor dos amigos e familiares que acompanham o funeral.

A inspetora Érika está firme, com óculos escuros, cabelos presos em coque alto e roupas escuras e discretas. Ao seu lado está a irmã do falecido, Cristina Carvalyn e o marido, o inspetor Tadeu Costa Carvalyn. Carrancudo, o homem carrega uma mochila nas costas, arrasta uma pequena mala com rodinhas e se mantém atrás das duas mulheres.

Estão presentes, além dos familiares e amigos do falecido Jose Carlos Brandão, a delegada Gabrielle Olivares, o delegado Romeu Ferrero e amigos da inspetora Érika. Em meio à comoção, há também um clima de revolta devido à forma como o policial foi morto e pelo assédio da imprensa querendo dar cobertura à cerimônia, sendo necessária a presença da polícia militar para manter os repórteres afastados enquanto a cerimônia prossegue.

O silêncio relativo do cortejo é quebrado pela voz rouca do padre celebrando o ritual das exéquias ao pé do túmulo e, minutos depois, pelos lamentos no momento em que quatro homens usando macacões cinza, descem o caixão para o túmulo. A sepultura é fechada e o padre faz mais uma oração.

Érika pela primeira vez tira as vistas da sepultura e olha em volta com cuidado. Em meio à turba que cerca o túmulo, nota a presença da inspetora Olga, do inspetor Wagner, da inspetora Cristina, da delegada Gabrielle e seu fiel escudeiro. Por fim, vê o delegado Romeu enfiado dentro de um terno preto, camisa e gravata pretas, isolado e afastado da multidão.

A morena embezerrada respira fundo e volta-se para o túmulo enquanto o padre continua com a oração. Discretamente se aproxima do inspetor Tadeu e murmura com voz firme:

— Assim que o padre concluir a oração e encerrar a cerimônia, quero sair discretamente sem falar com ninguém, por favor. — o homem assente.

O clima é de muita comoção e todos estão silenciosos e atentos às palavras do vigário em oração, cuja voz ecoa solene sobre os túmulos. Minutos depois, encerra-se a cerimônia, a imprensa tenta se aproximar e se forma um pequeno tumulto. Érika aproveita a confusão e conduz Cristina e Tadeu em sentido contrário, contornando a área do enterro por trás. Andam pelos corredores a passos largos e rapidamente alcançam a frente da capela.

— Por aqui. — diz Érika, apontando para os portões de ferro.

Os três aceleram os passos pelo calçamento de paralelepípedos, passam pelos enormes portões de ferro gradeado e, por sorte, encontram um táxi deixando um passageiro. Tadeu aborda o motorista e eles embarcam. Érika e Cristina acomodam-se no banco de trás, com a pequena mala sobre o banco, entre elas, e o inspetor ocupa o banco da frente com a mochila no colo.

— Aeroporto, por favor. — informa Tadeu com voz grave.

Ψ

Os três fazem o percurso trocando poucas palavras. Entram no saguão do Aeroporto Dois de Julho e Érika aponta para a sinalização indicando a área de alimentação.

Diz com voz firme:

— Vamos conversar um pouco lá em cima.

Os três acomodam-se em uma das mesas em meio ao vozerio das pessoas. Usando óculos escuros, a morena corre discretamente os olhos em volta, sempre carrancuda e desconfiada, e dirige-se ao inspetor: um homem alto, moreno-claro, malhado com o braço direito tatuado, cabeça raspada lustrosa, barbicha e bigodes densos e bem-aparados.

— Que horas é o voo de vocês, Tadeu?

O homem sisudo confere as horas, são 18h10.

— Vinte e uma horas. O que você pretende fazer, Érika?

— Ainda não sei... Como te disse, estou de férias e não sei o que vai acontecer no meu retorno.

— E sua família?

— Estão no interior. Falei com minha mãe ontem à noite... Eles não sabiam de nada e preferi deixar assim, por enquanto... para não preocupá-los. Mas pretendo passar uns dias lá com eles e aí falo com mais calma.

Cristina, uma mulata do corpo escultural, rosto das feições finas e cabelos espichados, ajeita-se na cadeira e segura carinhosamente na mão da inspetora.

— Zecão parecia gostar muito de você.

Érika aperta a mão da jovem e abaixa os olhos. Tadeu respira fundo e dirige-se à morena em tom melancólico:

— Como podemos te ajudar, Érika?

— Não perca o padre Humberto de vista, por favor. Mais cedo ou mais tarde terei que visitá-lo... e dar uma prensa nele.

— Você acha que ele está envolvido nesse caso dos abusos?

— Tenho certeza, Tadeu, mas fui proibida de me aproximar do homem.

— Pressão da igreja?

— Hamm... Pressão de todo mundo. Esses padres são intocáveis.

— E esse atentado? Quem você acha que está por trás disso?

A morena meneia a cabeça e comprime os lábios.

— Eu achava que era o delegado Romeu da 42DP... a delegacia para onde fui transferida... mas agora não tenho mais certeza. Foram os cupinchas dele que me tiraram viva da emboscada.

Os dois calam-se e Cristina comenta:

— Há muito tempo que eu não via meu irmão tão animado. — seus olhos enchem-se de lágrimas. — A última vez que falei com ele pelo telefone... ele parecia muito feliz... e apaixonado por você, Érika.

A inspetora abaixa os olhos mais uma vez e respira fundo.

— Eu me apaixonei por ele também, Cristina, mas parece que não era para dar certo. Mas agora o que importa é que vou até o fim nessa investigação. Só tem um jeito de me parar: me matando. Devo isso ao Zecão e aos pais dessas crianças que morreram.

Tadeu franze a testa, olha para os lados e murmura:

— Pode contar comigo, Érika. Vou dar um jeito de ficar de olho nesse padre. E se ele sumir de novo... dou um jeito de encontrar o elemento. Eu prometo!

CAPÍTULO 72

Sexta-feira, 28 de fevereiro de 1975.
Vinte dias depois...

O atentado ocorrido no Shopping Iguatemi em pleno sábado de carnaval teve repercussão nacional e desviou a atenção da mídia e da opinião pública para os milicianos e para os fatos que se sucederam após a morte do inspetor Zanatta. A polícia recebeu uma série de denúncias anônimas que levaram à prisão do casal que administrava o Abrigo Lar das Crianças e dos homens que assassinaram a Sr.ª Aurelina Pereira e protagonizaram o atentado ocorrido no Orixás Center contra a inspetora Érika Lynz e o falecido inspetor José Carlos Brandão. Após as prisões e coleta de vários depoimentos, a delegada Gabrielle concluiu e encerrou o inquérito que investigava o inspetor Carlos Zanatta. A ele foi atribuído a chefia dos milicianos, a responsabilidade de mando pelos assassinatos do inspetor Barnabé Canaverde, da Sr.ª Aurelina Pereira e do professor Bento Carbonne. A ele também foi atribuído o assassinato triplamente qualificado do inspetor José Carlos Brandão e do inspetor Jorge Amaranto, assim como a responsabilidade de mando pelo sequestro da Srta. Rosangela da Silva. Por outro lado, o delegado Alfeu Macaforte foi punido administrativamente com suspensão de 60 dias, mas inocentado criminalmente por falta de provas.

Na sequência, o delegado Romeu Ferrero foi indiciado e teve prisão preventiva decretada, acusado de ser um dos "cabeças" que controlavam o grupo de milicianos ao lado do inspetor Zanatta. Contra ele pesou a carta-ameaça contra a inspetora Érika Lynz e os depoimentos dos milicianos presos. No dia seguinte à sua prisão em uma cela provisória do batalhão de operações especiais, o delegado foi encontrado morto, enforcado com o lençol da cama, desencadeando um novo inquérito para apurar as circunstâncias da morte.

Ψ

A campainha toca, Lívio confere as horas no relógio de pulso, são 20h30, vai até a porta, observa o visitante através do olho mágico e, surpreso, abre a porta.

— Boa noite, Seu Lívio.

Por instantes, Lívio observa a morena sisuda vestindo roupas sóbrias: calças pretas, blusa cinza, blusão de couro preto, sapatos baixos pretos, cabelos presos em coque alto e usando uma bolsa de couro preta a tiracolo.

Isadora aproxima-se e sorri gentilmente.

— Entra, inspetora. — diz ela.

— Me desculpe, inspetora Érika. — fala Lívio. — Entre, por favor.

A morena adentra e o grandalhão fecha a porta.

— Tentamos falar com a senhora. — diz ele.

— Eu estive afastada, Seu Lívio. Fui passar uns dias com meus pais no interior e só retornei no início dessa semana.

— Soubemos do que aconteceu pelos noticiários... Meus pêsames, inspetora. Sentimos muito pelo que aconteceu.

Érika abaixa as vistas e se esforça para conter as emoções. Respira fundo e então comenta:

— As coisas se complicaram ultimamente, Seu Lívio. Pessoas inocentes morreram e os verdadeiros culpados ainda estão por aí... soltos... inclusive o padre Humberto.

— Descobrimos que o padre Humberto está em Pedra Azul... uma cidadezinha de Minas Gerais.

— Não está mais, Seu Lívio.

— Como?!

— Ontem eu estive com aquele rapaz, o Betinho.

— O Betinho retornou para Salvador?!

— Sim... Ele me procurou e entregou uma carta-confissão redigida do próprio punho pelo padre Humberto. O codinome dele dentro da organização é Papa e ele esclarece detalhadamente como funcionava a sociedade que ele celebrou com o objetivo de aliciar crianças especiais. No topo da pirâmide estão o delegado Alfeu, que usava o codinome Latino, a delegada Gabrielle, de codinome Santinha, e o inspetor Zanatta, de codinome Deus. O documento esclarece como funcionava o esquema de seleção e recrutamento das crianças, como, onde e quem abusava dessas crianças, como eles se comunicavam e ainda deu o nome de outros envolvidos no esquema que tinha como objetivo final o tráfico de crianças e drogas para o exterior.

— Meu Deus! — comenta Isadora. — Misericórdia, senhor!

Lívio respira fundo e meneia a cabeça.

— Então ele confessou os crimes, é isso?!

— Sim e apresentou provas, Seu Lívio. O padre Humberto mantinha uma caixa postal na mesma agência dos Correios onde a quadrilha tinha outra caixa postal, que eles usavam para se comunicar e, por ser um membro importante da organização, ele tinha acesso a muitas informações e lá ele acumulou documentos que incriminam pessoas poderosas e inocentam outras.

— E o que a senhora vai fazer, inspetora?

— Amanhã vou procurar o diretor geral da polícia civil para entregar essas provas... e outras que consegui. Com isso espero colocar um ponto final nesse caso. Com exceção do padre Humberto que, segundo o Betinho, abandonou a batina e desapareceu para viver no anonimato.

Surpreso, Lívio olha para Isadora sem saber o que falar. Érika retira um envelope da bolsa e entrega-o ao grandalhão perplexo.

— Quero que fique com esses documentos, Seu Lívio, e caso aconteça algo comigo peço que divulgue na imprensa.

Lívio observa detalhadamente o envelope, frente e verso, e desvia o olhar para Isadora, que está visivelmente assustada.

— Tudo bem, inspetora, farei isso. E o padre Humberto?

— Vou até o fim, Seu Lívio. Devo isso a vocês... e devo isso ao Zecão também. A morte dele não há de ter sido em vão.

— Estamos decididos a não deixar esse padre sair impune, inspetora. Enfim... Soubemos também da prisão e morte do delegado Romeu.

— Pois é, Seu Lívio. No começo eu achava que Dr. Romeu estava por trás da ameaça de morte e dos atentados que eu e o Zecão sofremos, mas descobri que ele foi vítima de uma armação da delegada Gabrielle, a que conduzia as investigações pela corregedoria. Foi ela quem escreveu a carta-ameaça à minha pessoa e a implantou na delegacia do delegado Romeu com o intuito de incriminar o homem. Ela usou a máquina de datilografia do delegado e papel que ele tinha manuseado. Uma policial presenciou a ação da delegada e vai depor. Com a morte do inspetor Zanatta, a delegada Gabriele viu o caminho livre para tirar o Dr. Romeu de circulação e encerrar as investigações, incriminando o Zanatta como o "cabeça" de toda a operação, e para isso se utilizou, também do falso testemunho de milicianos presos.

— Mas por que queriam tirar o Dr. Romeu de circulação? Até onde sei, ele não se envolveu no caso de abuso das crianças e dos padres.

— Na verdade, o Dr. Romeu vinha conduzindo uma investigação sobre o tráfico de crianças para o exterior e ele começou a incomodar os milicianos ao prender um dos olheiros lá no aeroporto e estava avançando nas investigações em torno de alguns abrigos de menores. O delegado descobriu que os milicianos estavam utilizando documentos de adoção falsos e começou a fechar o cerco em torno desses abrigos. Conseguiu inclusive estabelecer a relação entre o padre Rosalvo com um desses abrigos. Enfim, tenho certeza que a morte do delegado lá na carceragem foi uma queima de arquivos, mas provar isso vai ser outra novela.

— E o que exatamente tem nesses documentos que o Betinho te entregou?

— Recibos de transferências bancárias, uma lista de pessoas usadas como laranjas, nomes e codinomes das pessoas dentro da milícia e da própria polícia civil, endereço e senha da caixa postal utilizada por eles, cartas comprometedoras redigidas do próprio punho pela delegada Gabrielle e pelo delegado Alfeu... Os dois acertando contas e tomando decisões. Enfim... Como disse, tenho pessoas dispostas a deporem contra esses policiais corruptos, inclusive policiais da própria civil e tudo isso vai gerar muito tumulto.

— E os padres lá do Colégio Dom Pedro, o diretor e o vice-diretor? Eles têm algum envolvimento com esses abusos que foram praticados lá dentro do colégio?

— Como disse, os documentos incriminam e inocentam pessoas. O padre Heleno Grecco e o padre Francisco Davide foram inocentados pelo padre Humberto e até então não apareceu nada em contrário, Seu Lívio.

— Bem, e o que a gente pode fazer, inspetora?

— Esperar, Seu Lívio. Esperar.

CAPÍTULO 73

Domingo, 10 de maio de 1975.
Quatro meses depois...

A noite está fria, céu nublado com muita umidade no ar. O rapaz salta na estação ferroviária de Coutos, visivelmente preocupado e desnorteado. Olha de um lado para o outro, feições tensas, e caminha lentamente em direção à saída, acompanhando as poucas pessoas que também desembarcaram na estação.

Preocupado, o rapaz encosta-se em um dos cantos da estação, confere as horas no relógio de pulso, são 20h30, corre os olhos em volta e se dirige aos bancos de espera onde se senta. Fixa o olhar na composição ainda parada e nas poucas pessoas que embarcam apressadas. Distrai-se por instantes.

Um homem da cabeça raspada, olhos verdes, boina preta, calça jeans, camisa de mangas compridas arregaçadas nos pulsos se aproxima do jovem distraído e se dirige a ele com voz mansa:

— Betinho...

O rapaz reconhece a voz do homem à sua frente, mas demora a assimilar as feições sem os cabelos, a barba e o bigode. O jovem dos cabelos encaracolados enrubesce ao identificar o homem.

— Padre?!

Os dois abraçam-se fortemente e o homem sinaliza para que ele o siga até outro ponto mais afastado da estação. Sentam-se em um local com pouca iluminação, escondidos nas sombras.

— Muitas coisas aconteceram, Betinho, desde que nos separamos lá em Pedra Azul. Para minha segurança, mudei de nome e estou lecionando... quer dizer... consegui uma colocação em uma escola aqui em Coutos e pretendo tocar minha vida por aqui, discretamente, distante de tudo o que aconteceu lá em Salvador.

— Eu ouvi na tevê que o caso da morte daqueles garotos e os assassinatos foram esclarecidos e todos foram presos.

O homem da voz mansa abaixa os olhos. O rapaz enrubesce. Está trêmulo e aperta uma mão contra a outra.

— Minha mãe não está bem, padre. Ela se sentiu mal um dia desses aí e lá no Roberto Santos disseram que ela teve um princípio de infarto... algo assim... Estou preocupado com ela.

O padre torce a boca, mas não tece nenhum comentário. Os dois ficam calados por alguns instantes.

— E a gente, padre?

— Se você quiser, nós podemos nos encontrar de vez em quando. Eu aluguei um quarto e sala... tudo muito humilde... e se você quiser...

— Eu quero, padre!

O homem levanta-se, o rapaz também.

— Então venha comigo, Betinho. Depois te trago aqui e você volta para casa.

O rapaz assente e o acompanha.

ψ

Lívio, Isadora, Luiza, Elder, Roberto e Letícia estão reunidos em torno da mesa da sala do apartamento de Lívio jogando conversa fora, comendo pizza e bebendo cerveja e vinho.

O telefone toca e Luiza apressa-se em atender:

— Alô.

...

— Oi, inspetora. É Luiza, a filha dele.

...

— Claro! Espera um pouquinho, que eu vou chamar.

— Pai, é a inspetora Érika.

A sala fica silenciosa e Lívio atende:

— Alô...

...

— Tudo bem, inspetora. Soube que a senhora voltou à ativa...

...

— Como assim?

...

— Grávida?! — Lívio olha perplexo para os amigos. — Parabéns, inspetora... Imagino que a senhora deva estar muito feliz.

...
— O padre Humberto?!
...
— A senhora descobriu onde ele está?!
...
— Certo... E o que a senhora pretende fazer, inspetora?
...
— Obrigado, inspetora.
...
— Isadora? Está bem... E vamos nos casar em breve, inspetora. — o grandalhão diz isso e olha para Isadora, que sorri e abaixa as vistas.
...
— Obrigado.
...
— Tchau, inspetora.

Letícia levanta-se e se aproxima de Lívio.

— Que história é essa de gravidez?!

— Pois é. A inspetora está grávida do falecido parceiro dela.

— Meu Deus! Coitada... — opina Luiza. — Que fim trágico o dessa moça, hein!

Roberto bebe um gole da cerveja e se levanta. Lívio respira fundo e comenta encarando Roberto nos olhos:

— Ela disse que está seguindo o rastro do padre Humberto e acredita que ele está escondido em algum lugar do subúrbio de Salvador.

— Desgraçado! — vocifera Roberto.

— Ela disse que está dando um tempo, mas que vai acertar as contas com esse padre. — Lívio diz isso, bebe mais um gole da cerveja e fica pensativo.

Elder franze a testa e empertiga o corpo.

— Acertar as contas?!

— Também não entendi muito bem, Elder.

Isadora aproxima-se.

— E ela pretende fazer o quê, Lívio?!

— Não sei, Isa... Ela me pareceu estranha.

— Se ela não fizer nada... quem vai fazer sou eu. — retruca Roberto.

— E pode contar comigo! — emenda Letícia.

Elder levanta-se, fica rubro, mas enfatiza:

— E comigo!

Lívio não gosta do rumo que a conversa está tomando. Franze a testa e tenta acalmar os ânimos com autoridade:

— Espera aí, pessoal! Calma!

— É isso mesmo, meu pai! — contesta Luiza. — Se ela não resolver isso, nós é que temos que resolver. Custe o que custar!

— Pessoal! Calma... Calma!! Não vamos fazer besteira e nos arrependermos para o resto de nossas vidas. Calma! — insiste Lívio. — Eu também quero acabar com a raça desse pervertido, mas vamos ter calma, tá?! Muita calma agora, pessoal.

CAPÍTULO 74

Domingo, 27 de julho de 1975.
Dois meses depois...

O tempo está firme, com céu parcialmente encoberto e a lua minguante aparece timidamente entre nuvens. É uma noite sem brilho, com muita umidade no ar e temperatura amena.

Um homem careca e um jovem gordinho dos cabelos encaracolados caminham juntos pela plataforma de embarque da estação de Coutos e param próximos a outras pessoas que esperam pelo trem ferroviário. Os dois mantêm-se calados e com certo distanciamento. Instantes depois, ouve-se o barulho típico da composição se aproximando, as pessoas mostram-se agitadas e um burburinho toma corpo. Os vagões param na plataforma, pessoas saem e outras entram apressadas. O homem e o rapaz abraçam-se silenciosamente, trocam olhares de cumplicidade, apertam as mãos e o rapaz embarca.

O homem de aspecto soturno espera o trem partir e volta para casa andando sem pressa pelas ruas quase desertas do bairro. São 21h, quando o homem entra na rua movimentada e barulhenta em que mora: pessoas conversam, namoram, bebem e dançam na porta de um bar improvisado, com mesas e cadeiras espalhadas pelos cantos da calçada. O homem passa cabisbaixo pela multidão alegre, barulhenta e indiferente a seu semblante apático. Entra na segunda casa depois do bar e sobe a escada lateral sem iluminação. Com passadas curtas, apoiando-se na parede, o homem alcança o segundo piso do sobrado. Do alto ele olha para a rua com iluminação precária e barulhenta. Sente-se incomodado com o som alto e com a algazarra que tomou conta da rua. Amargurado, dobra à esquerda e vai até a balaustrada da varanda, passando em frente à casa do vizinho, fechada e completamente às escuras. Encosta-se na mureta e olha a multidão ensandecida por alguns instantes. Meneia a cabeça em desabono e volta para o apartamento dos fundos.

Estranha as luzes apagadas. Dá de ombros, abre a porta com a chave, entra e aciona o interruptor, mas a luz da sala não acende. Tenta seguidas vezes e desiste.

"Eu, hein!", pensa.

Fecha a porta e caminha com cuidado, tateando as coisas até se esbarrar na mesa.

— Droga!

Um facho de luz se acende nas costas no homem, ele vira-se e tem as vistas ofuscadas: cobre os olhos com o braço. Fica paralisado e o coração dispara ao ver o vulto de uma pessoa à sua frente e algo duro e frio encostar em sua testa. O homem assustado sente uma rápida vertigem e o coração parece que vai sair pela boca: o padre está em pânico, arfando.

— Quem é você?! — questiona com voz trêmula.

Um disparo segue-se à queima-roupa e o homem tomba para trás. Mais cinco tiros, abafados pelo som alto da música que vem da rua, são disparados contra o peito do corpo inerte no piso.

A lanterna é apagada e a arma cuidadosamente acomodada dentro de um saco plástico. Impassível, o vulto oculto no breu observa o cadáver por um tempo. Em seguida, abre a camisa do homem utilizando uma faca retrátil, deixando o peito perfurado e ensanguentado à vista. Empertiga-se, retira um medalhão do bolso, vai até a cozinha, acende uma boca do fogão e coloca a medalha para aquecer, segurando-a com um alicate.

Com o medalhão em brasa incandescendo a escuridão da casa, volta para a sala e deposita-o sobre o peito do cadáver: exala um cheiro forte de carne queimada. A sombra sinistra levanta-se com nojo, joga o alicate ao lado do corpo, retira um pacote de cocaína da bolsa tiracolo e pulveriza o corpo com o pó branco.

O vulto troca de roupas ali mesmo, guarda tudo na bolsa, volta para a cozinha e abre a porta dos fundos. Depara-se com a pequena área de serviços que dá para os fundos de outra casa. Apenas uma mureta separa essa área da área de serviço da casa vizinha, onde se encontram vários tonéis, muitas latas de tintas, vasos com plantas, baldes e roupas estendidas. Esconde a arma do crime na área do vizinho, imprensada entre a mureta e um dos tonéis. Olha em volta, tudo escuro e sem janelas, fecha a porta da cozinha, pega o copo de cerveja que deixou em um dos cantos da casa e sai com cuidado do apartamento.

O corredor continua deserto e na penumbra e pelo vão da escada vê a rua barulhenta apinhada de pessoas. Apoia o copo sobre a balaustrada da escada, retira as luvas, colocando-as cuidadosamente no bolso da calça, joga o capuz do blusão sobre a cabeça e desce calmamente as escadas. Caminha sem pressa e desaparece em meio à multidão ensandecida pelo excesso de bebidas e drogas.

EPÍLOGO

Quarta-feira, 8 de outubro de 1975.
Três meses depois...

O assassinato em Coutos repercutiu fortemente na imprensa, com a foto do padre Humberto estampado nas manchetes dos principais jornais. A polícia civil, na pessoa do delegado Rosalvo Travasso, tratou de se posicionar sobre o caso após pressão da mídia e da sociedade. Na coletiva de imprensa ele afirmou que as investigações estavam em fase inicial e que a principal linha de investigação era a atuação de facções criminosas em função das características e modus operandi do crime: "Provavelmente um crime de vingança: um tiro à queima roupa... na testa, vários disparos no peito e pó de cocaína sobre o corpo", afirmou.

Quando perguntado sobre o medalhão de São Bento grudado no corpo do cadáver, limitou-se a comentar que o fato estava sendo investigado, mas que possivelmente era um artifício para confundir a polícia.

"É cedo para afirmar, mas acredito se tratar simplesmente de queima de arquivo de um padre réu confesso que estava envolvido com milicianos, ponto!", disse ele, enfaticamente.

Uma semana depois, a polícia recebeu uma denúncia anônima e fez uma ação na mesma rua e sobrado onde o padre Humberto foi assassinado. No local, um casal que usava a casa da frente para armazenamento e distribuição de drogas, foi morto ao resistir à prisão e lá foram encontrados 20 quilos de maconha prensada, 10 quilos de cocaína refinada, pedras de crack, armas e muita munição. Após exames periciais, comprovou-se que uma das armas apreendidas, um revólver Smith & Wesson calibre 38, com o número de série raspado, é a mesma arma usada para os disparos que mataram o padre Humberto. Nela foram encontradas as digitais do casal morto no confronto com a polícia.

O delegado Rosalvo Travasso concedeu nova coletiva, na qual o material apreendido foi exibido à imprensa, e nessa oportunidade ele comentou:

"Localizamos a arma do crime, mas não temos como afirmar qual dos dois elementos efetivou os disparos que mataram o padre Humberto. Encontramos digitais do casal na pistola e estamos investigando se eles tinham alguma ligação com os milicianos que atuavam na Baixa do Tubo, mas continuamos trabalhando com a hipótese de queima de arquivo ou vingança, já que o padre denunciou várias pessoas por crimes de tráfico e abuso de menores de idade".

Ao ser questionado sobre a relação do padre com o rapaz que o visitava regularmente, o delegado limitou-se a afirmar que o jovem esteve com o padre na noite do crime, mas que não há nada que o ligue ao assassinato. Fez questão de enfatizar:

"Esse rapaz é mais uma das vítimas do padre Humberto Papallotzy!"

ψ

Uma semana depois, a sala de espera da maternidade está movimentada e tensa. Cinco casais reuniram-se lá e aguardam o parto da inspetora Érika, em curso: os pais, Seu Osvaldo e Dona Selma; Lívio e Isadora; Roberto e Letícia; Elder e Luiza; Tadeu e Cristina.

O homem da careca lustrosa fuma desmedidamente e anda de um lado para o outro, parecendo uma locomotiva; Roberto e Lívio esbaldam-se no café; Luiza, Elder e os pais de Érika isolaram-se em um dos cantos da sala e conversam baixinho, enquanto Isadora e Letícia plantaram-se em frente à porta da sala de parto.

Horas depois, dois enfermeiros saem puxando uma maca; sobre ela está a morena sisuda do nariz arrebitado. Quando ela vê os pais e amigos, abre um sorriso largo, seus olhos brilham e lacrimejam.

— É um menino! — diz ela, com voz embargada, antes de entrar no elevador.

— Vocês vão poder visitá-la daqui a pouco, lá no quarto 202. — comunica o enfermeiro e fecha a porta do elevador.

ψ

Os avós do bebê, Dona Selma e Seu Osvaldo, são os primeiros a entrar no quarto. Minutos depois, o senhor grisalho sai sorridente e comenta orgulhoso:

— Meu netinho está dormindo! Vocês podem entrar.

Os casais amigos encontram Érika recostada na cama, sorridente, o bebê dormindo em um pequeno leito ao lado e a avó pajeando os dois. Cumprimentam-se gestualmente, a inspetora sorri orgulhosa, mas a atenção se volta para o recém-nascido cabeludinho, comprido e forte. Cristina emociona-se ao lembrar do falecido irmão e seus olhos marejam; ela vai até a cama e abraça a cunhada carinhosamente. Tadeu abraça Dona Selma e em seguida cumprimenta mais uma vez a mamãe de primeira viagem gestualmente.

Todos estão emocionados em um misto de alegria e tristeza. Roberto e Letícia estão mais retraídos e melancólicos com as lembranças recentes do falecido filho, mas a loirinha dos olhos azuis esforça-se e comenta:

— Ele é lindo, Érika!

— E enorme! — completa Lívio, com um sorriso largo estampado no rosto.

Roberto aproxima-se do berço e olha demoradamente para o bebê. Dona Selma adianta-se e opina, toda orgulhosa:

— Ele tem 53 centímetros e pesa três quilos e meio!

Isadora arregala os olhos.

— Nossa! Benza Deus!

Roberto relaxa, sorri e abraça a esposa. Ambos se emocionam e se esforçam para conter as lágrimas. A morena do nariz arrebitado também se emociona. Olha para o filhote no bercinho e afirma:

— Vai ser grandalhão igual ao pai.

— E como é o nome dele?

— José Carlos, Lú!

— Igual ao pai?

— Sim, Seu Lívio. É o mínimo que eu podia fazer.

— Parabéns, Érika. Seu filhote é lindo!

— Obrigada, Seu Lívio.

— Que tal começar a me chamar apenas de Lívio?

— Desculpe, Seu Lívio... quer dizer, Lívio. É que já me acostumei.

— E agora, com o bebê, você pretende continuar na polícia?

— É o que eu sei fazer, Isadora.

Isadora sorri e aquiesce. Lívio aproxima-se.

— Mais uma vez, obrigado por tudo, inspetora.

— Fiz o que eu tinha que fazer, Seu Lívio, quer dizer... Lívio. — a morena sorri. — Eu faria tudo de novo se fosse necessário.

Lívio comprime os lábios e assente. Seu Osvaldo entra no quarto e comenta:

— O noticiário só fala no assassinato daquele padre Humberto. Misericórdia! Será que eles não têm outro assunto?!

O quarto fica silencioso. Luiza então comenta:

— A polícia continua investigando a morte do padre Humberto, seu Osvaldo. — Roberto e Lívio entreolham-se e abaixam os olhos. Érika torce a boca. — Estão falando que foi coisa dos milicianos... e tal. O que você acha que aconteceu, Érika?

— Lú, vamos mudar de assunto? — sugere Letícia repreensivamente.

— Tudo bem, Letícia. O fato é que ele, de um jeito ou de outro, pagou pelo que fez. Para mim, é o que importa. Aliás, ele e o delegado Alfeu, que foi condenado e preso.

Lívio enrubesce, torce a boca e assente; Letícia e Isadora trocam olhares de cumplicidade e encaram a jovem inconveniente. A moça abaixa os olhos e um silêncio fúnebre instala-se no quarto. Tadeu respira fundo, abraça Cristina, mas não profere nenhum comentário.

— Tem razão, pessoal. — diz Elder, agora completamente enrubescido. — Isso não tem mais nenhuma importância.

Érika desvia o olhar e foca um ponto qualquer do quarto, sisuda. O bebê chora, Cristina pega-o no colo e o entrega à mãe, que o aperta contra o peito. Aconchegado, o recém-nascido cala-se e adormece. A mãe emociona-se e deixa as lágrimas escorrerem livremente pela face. A mulher durona chora silenciosamente.

Os amigos despedem-se gestualmente e saem silenciosamente.